나라가
당신 것이니

나라가
당신 것이니

김경욱
장편소설

문학동네

차례

프롤로그

★

쿵쿵쿵.

제세동기처럼 심장을 흔드는 진동에 번쩍 눈을 떴다. 가슴 위에서 휴대폰이 울어대고 있었다.

정신을 차리고 보니 염소가 온데간데없었다. 최후의 순간이 고통스럽지 않기만 기도하고 있어야 할 녀석이.

쓰러져 잠든 일인용 소파에서 나도 모르게 펄쩍 튀어올랐다. 가슴에 총알구멍이 나면 이럴까. 숨을 쉴 수 없었다. 억지로 날숨을 끌어올리자 목구멍으로 피비린내가 치밀었다. 휴대폰은 바닥에 떨어지고도 계속 울어댔다. 통화보다는 전기충격이나 인공호흡이 절실했지만 내겐 이 전화를 받지 않을 권한이 없었다.

"염소."

실내를 빠르게 살피던 나는 약속된 두 글자를 입 밖에 내기 위해 목젖을 쥐어짜야 했다. 입에서 실패한 휘파람 같은 소리가 났다. 그 단어는 좀전까지 눈앞에 결박돼 있던 녀석을 가리키는 코드 네임이자 이번 공작의 내 통신 암호였다.

"독수리."

전화기 저편에서도 통신 암호를 댄 뒤 잠시 사이를 뒀다. 어쩌면 곧바로 통보했는지도 모르겠다. 심장이 제대로 뛰지 않으면 시간은 통상적인 속도로 감지되지 않을 수도 있으니. 작전 보류. 그 숨막히는 찰나에 불경한 기대가 뇌리를 스쳤지만 이미 늦었다.

"터치다운."

평양과 워싱턴, 아니 전 세계를 패닉에 빠뜨릴 대본의 클라이맥스가 실현되었다는 통보. 독수리는 주 타깃에 붙인 코드 네임이기도 했다. 가장 높이 날던 그 독수리를 떨어뜨렸다.

역사책에 오늘은 어떻게 기록될까. 사백십오 년 만에 실현된 가이 포크스 데이? 21세기 미국에서 다시 울린 사라예보의 총성? 중서부에서 재현된 댈러스의 악몽?

빨갱이들, 배신자들, 협잡꾼들.

나라는 너희 것이 아니니,

세상은 그렇게 끝장났네.

세상은 그렇게 끝장났네.

꽝하는 한 발 총성과 함께.

무서운 희열이 저 유명한 시구를 비틀며 머리끝부터 발끝까지 훑어내렸다. 동시에 온몸의 피가 빠져나가는 것 같았다. 첫번째 계획의 성공을 알리는 암호는 곧 두번째 계획의 실행을 지시하는 암호였기에.

애당초 보류라는 제3의 길이 있을 수 없는 공작이었다. 성공하거나 더 완벽히 성공하거나, 선택지는 둘뿐. 그런데 내가 모든 걸 망치기 일보 직전이었다.

청심환을 먹는 게 아니었다. 먹더라도 반쪽만 먹었어야 했다. 아니, 아예 챙기지 말았어야 했다. 일생일대의 과업 앞에서 깜박 졸다니. 혀를 깨물고 싶은 심정이었다. 목구멍을 적신 피비린내가 입안 가득히 퍼져나갔다.

침실에도 염소는 없었다. 마지막 희망은 화장실이었지만 역시 어리석은 희망에 불과했다. 나였대도 목숨을 부지하겠다고 기껏 화장실에 숨지는 않았을 테니까.

희망이 너무 늦게 찾아온다면 절망은 지나치게 일찍 들이닥친다. 성마른 절망에 사로잡히지 않기 위해 나는 손목시계 초침에 눈을 맞췄다. 한 눈금 한 눈금 전진하는 바늘 끝에 집중하자 겨우 숨통이 트였다.

염소는 손발이 결박된 채로 의자에 묶여 있었다. 마지막으로 손목시계를 들여다본 게 13시 27분이었으니 넉넉히 잡아도 십오 분 남짓. 탈출의 마술사 후디니가 아닌 이상 멀리 못 갔으리라는 기대 어린 가늠이 그나마 위안거리였다.

기대와 위안은 현관문을 열자마자 반 토막이 났다. 인도로 난 계단 끝에 나무의자가 산산이 부서진 채 나뒹굴고 있었다. 급히 내려가다 굴렀을까. 이음매가 박살날 때까지 온몸을 벽에 부딪쳤을까. 손목과 발목에 채운 케이블 타이는 떨어져 있지 않았다. 눈가리개가 풀린 정황도 없었다. 의자에서만 자유로워졌을 뿐, 두 손이 등뒤로 묶인 눈먼 토끼뜀 신세라는 뜻. 뒤집어 말하면 무심히 지나칠 수 없는 꼬락서니일 테니, 일 초라도 빨리 행방을 파악해야 했다. 누군가의 눈에 띈다면 그 누군가는 반드시 나여야 했다.

어디로 갔을까. 움직이는 것은 가로수 그림자뿐. 포플러 길 양편으로 줄줄이 늘어선 엇비슷한 양식의 이층짜리 미늘 벽 목조주택 안에서도 인기척은 새어나오지 않았다. 자그마한 이 도시의 전부나 마찬가지인 대학의 미식축구팀이 전국 대회 출전권을 놓고 인근 도시 라이벌 팀과 홈경기를 펼치는 날이었다. 게다가 대통령 후보 선출을 위한 공화당과 민주당의 당원 대회가 동시에 열리고 있었다. 도움을 청하기 위해 이마로 두드릴 문은 찾기 어려울 터였다.

부러진 의자 다리를 쥐고서 사위를 둘러보았다. 날이 훤했다. 염소에게 연결되기엔, 달아난 염소의 행방이 머릿속에 그려지기엔 너무 훤했다. 그로기 상태에 빠진 슈퍼맨에게 태양이 필요하다면 내 특별한 능력에는 태양을 가려줄 어둠이 절실했다. 순간 길바닥에 뒹구는 누런 종이봉투가 눈에 들어왔다. 군데군데 찢기고 덕지덕지 오물까지 묻어 있었지만 아쉬운 대로 머리에 뒤집어썼다. 그리고 부랴부랴 눈을 감았다.

주머니에서 복면을 꺼내는 것만으로 빨갱이들은 사색이 되곤 했다. 복면을 제 머리가 아닌 내 머리에 씌우고 나면, 안도하기보다 더 공포에 질렸다. 대부분 어린애처럼 울음을 터뜨렸고 조용히 오줌을 지리는 자들도 있었다.

염소는 어떤 표정을 지었을까.

염소의 의자 다리를 움킨 손에 기를 모았다. 검은 바탕화면 위로 희미한 형체들이 떠올랐다. 칠이 벗어진 마룻바닥, 속이 깊은 선반들, 칸마다 가득 꽂힌 낡은 책들, 책 사이로 드나드는 검은 고양이.

나는 종이봉투를 벗겨내며 달음질치기 시작했다.

이타카.

블록 귀퉁이 건물 일층에 자리한 헌책방. 상호에 끌려 몇 번 들른 적이 있는 곳이었다.

책방은 클로즈드 팻말을 내건 채 닫혀 있었다. 나는 외벽을 빙글 돌아 측면에 난 창문을 확인했다. 미닫이창이 반쯤 열려 있었다. 단골손님인 길고양이를 위해 항상 열어둔다고 책방 주인은 인상 좋은 얼굴로 말했다. 염소는 그리로 숨어든 것이다. 무릎을 맞대고 있던 구부정한 늙은이가 어떤 능력의 소유자인지 상상도 못한 채. 나쁘지 않은 시도였다. 헌책방이라는 곳은 출입문이 활짝 열려 있대도 좀체 눈길을 끌지 못하니까. 어쩌면 죽을 자리를 제대로 골랐는지도 모르겠다. 진즉 땅에 묻힌 자들의 이름이 즐비한 장소 아닌가.

나는 창틈으로 몸을 구겨 넣었다. 책방 안에 내려서자 마룻바닥이 삐걱거렸다. 한 발 한 발 내디딜 때마다 소리가 났다. 까치발도 소용없었다. 걸음을 멈추고 한낮의 어둠에 눈이 익도록 가만히 기다렸다. 펄프 조직이 산화되며 죽어가는 묵은 책 특유의 냄새가 코를 찔렀다. 구두를 벗어야 했다. 양말 바람으로도 삐걱대는 소리는 어쩔 수 없었지만, 최대한 살금살금 움직이며 책장과 책장 사이를 훑었다. 책은 저자명 알파벳순으로 꽂혀 있었다. A, B, C……

D에서 E로 건너가는 순간이었다. 다 잡았다고 방심한 걸까. 온몸을 던져 부딪쳐오는 염소를 피하지 못했다. 내가 포착한 건 미사일 탄두처럼 날아오는 시커먼 머리통과 뿔 잘린 자리같이 희끄무레한 두 개의 가마였다. 가슴께에 묵직하고 날카로운 충격이 느껴지는가 싶더니 몸뚱이가 붕 떠올랐다.

"으어어."

재갈 물린 입에서 비어져나오는 울부짖음에 정신을 가다듬어

보니 나는 벽에 기대 널브러져 있고 염소는 자해하는 사람처럼 이마로 벽을 찧고 있었다. 자해가 아니었다. 내 머리를 노리는 절망적 일격이었다. 눈먼 박치기가 점점 가까이 다가오는데 몸이 말을 듣지 않았다. 베레타를 들어올리려 젖 먹던 힘까지 쥐어짜내야 했다. 두번째 기회는 없으리라. 내 머리가 박살나기 전에 첫 한 발로 녀석의 관자놀이를 관통해야 했다. 팔을 뻗으면 닿을 거리였지만 염소의 머리통이 메두사마냥 여러 개로 보였다. 눈알에 힘을 줄수록 시야는 침침해지고 머리통 숫자는 늘어났다.

염소의 귀에 초점을 맞추려 애썼다. 뒤로 드러누운 둥글넓적한 귀였다. 미끄러지는 음파를 잡아채기 위해 올록볼록 소용돌이치며 검은 원으로 말려들어가는 귓바퀴. 어떤 말들이 고막을 떨게 했을까. 귀가 못생겨서라는 핑계로 실연당한 적도 있을까. 레슬링을 해보지 않겠느냐는 말도 있었을까. 심장을 뛰게 하고 숨이 멎게 만들던 소리들은 무엇이었을까. 나는 방아쇠를 당겼다. 적어도 총소리는 아니었으리라.

처음 내 심장을 뛰게 만든 말은 뭐였더라. 염소의 옆머리에 새로 생긴 귓구멍을 걸고 장담컨대, 사랑 같은 비현실적인 단어는 아닐 것이다.

무언의 사랑을 나누는 절정의 순간마냥 염소는 덜미를 곧추세우고 바르르 떨다 추락하듯 쓰러졌다.

"엑스트라 킥 성공."

휴대폰으로 임무 완수를 알렸지만 뒷정리도 만만치 않았다. 염소의 시신을 원위치시키는 건 단념해야 했다. 물리적으로도 힘에 부치는데다 목격자를 만들 위험이 있었다. 현장에서 마무리할 수밖에. 멀쩡한 집을 두고 왜 헌책방에 와서 죽었을까? 수사에 혼선이 올 것이다. 내일 오전 10시 이전에 문이 열릴 테니 집에서보다 한나절, 어쩌면 하루 이르게 발견되리라. 염소의 주검이 수면 위로 빨리 떠오를수록 유리했다.

고육책이 심사숙고한 계획보다 나을 수도 있다. 염소는 저기 E열 책장에 기대앉아 제 머리에 총알을 박아 넣는다. 어니스트 헤밍웨이. 『무기여 잘 있거라』와 『누구를 위하여 종은 울리나』 바로 밑에서.

머릿속에 무대연출의 윤곽이 잡히니 가슴의 통증이 되살아났다. 코트 안주머니에서 소지품을 하나 꺼냈다. 하모니카 금속판 가운데 부분이 우묵해져 있었다. 자칫 갈빗대가 부러질 뻔했다. 그랬다면 '독수리' 암살범으로 의심받아야 할 시신 역할은 내 몫이 됐을지도 모른다. 나는 뒤미처 가슴을 쓸어내렸다.

기력이 돌아오기를 기다려 머릿속에 짠 퍼즐을 한 조각 한 조각 현실에 끼워맞추었다. 염소의 시신을 눈여겨둔 자리로 끌고 갔다. 발목, 손목, 입, 눈, 모든 결박을 풀었다. 어깨선이 비스듬해지도록 상체를 오른쪽으로 기울였다. 상체가 모로 무너지는 그림은 자연스럽지 않았다. 오른손을 펴 바닥을 짚게 하고 역시 오른무릎을 세워 균형을 잡았다. 내 지문을 지우고 소음기를 떼어낸 베레타를 왼손에 쥐여주었다. 염소는 왼손잡이였다. 계산된 조준은 아니었다. 살기 위해 쏘고 보니 왼쪽 귀였다. 실수를 바로잡아준 두번째 행운이었다.

자리를 뜨려다 말고 나는 우뚝 멈춰 섰다. 결정적인 무언가를 놓친 기분이었다. 문득 정수리에 꽂히는 시선이 느껴졌다. 맞은편 책장 맨 위 칸. 책 사이로 고양이가 한 마리 도사리고 있었다. 새까만 털 속에 호박琥珀처럼 번뜩이는 눈동자. 닫히는 법이 없는 미닫이창의 주인이었다. 검은 고양이는 죽음의 신처럼 꼿꼿한 자세로 모든 것을 굽어보고 있었다.

그제야 빠뜨린 무언가가 떠올랐다.

나는 염소의 얼굴을 가까이 들여다보았다. 동공에서 뿜어져나오는 빛이 전혀 없었다. 내면의 영사기가 꺼져버린 눈동자는 엔딩 크레디트가 다 올라간 스크린처럼 공허했다. 사석이 되는 순간 생기를 잃어버린 검은 바둑돌. 나는 손바닥으로 눈꺼풀을 쓸어내려 덮어주었다. 부릅뜬 눈으로 제 머리를 날리는 사람은 없으니까.

한 사람이 죽는다는 건 어떤 눈빛이 영원히 사라진다는 뜻이다. 별빛은 광원이 소멸된 뒤로도 한참을 날아가지만 눈동자는 우주에서 가장 여린 항성이어서 뒤늦게 남아 반짝이는 눈빛은 없다. 눈동자가 죽으면 눈빛도 죽는다. 둘 사이엔 찰나의 시차도 존재하지 않는다. 모든 눈빛은 매 순간 처음이면서 마지막. 밤하늘의 별처럼 이름 붙을 겨를도 없이 사그라진다.

염소의 가슴을 뛰게 한 소리가 무엇이었는지 알 길은 없지만 숨을 멎게 만든 소리는 모를 수 없었다.

총구멍이 난 귀에 대고 나는 속삭였다.

"짜이젠, 오즈월드."

해마다 어린 염소를 두 마리 준비시키는 고대 제의가 있었다지. 신에게 바칠 한 마리와 악마에게 던져줄 한 마리. 신에게는 죄를 사해달라고, 악마에게는 이걸로 만족하라고. 한쪽은 속죄양, 나머지 한쪽은 희생양이라 불렀다지.

나는 궁금했다.

눈앞의 이 사내는 속죄양일까 희생양일까.

어쩌면 둘 다일지도.

부고

☆

오늘자 조간을 펼쳐 드는 건 어제의 전장에서 살아남은 행운을 남몰래 음미하기 위해서다. 거기에는 유명세를 치르는 이름들이 밤하늘의 별만큼이나 가득하다. 가닿을 수 없는 높이에서 빛나는 별들 중에는 수십 년 전 죽어 이미 우주먼지로 돌아간 것도 적지 않다. 조바심낼 일은 아니다. 살아서 반짝이고 있는 나머지도 언젠가 같은 지평선 너머로 가라앉을 테니.

고꾸라지는 명사들의 사연은 일상이라는 불가피한 불운에 신음하는 자들이 누리는 하루치 행운. 눈알이 튀어나오도록 운좋은 날은 자신에 관한 비보를 접하게 될 수도 있다. 신문을 집어들 때마다 고대해온 순간이라면 감격에 겨워 울지도 모르겠다. 그것이 비록 내 죽음일지라도.

타인의 죽음이든 내 죽음이든 신문 부고란이라는 선물꾸러미를 풀어보려면 눈부터 떠야 한다. 눈을 뜨고 시계를 들여다봐야 한다. 꿈이 아님을 확인하기 위해. 잠은 백화점과 비슷해서 꿈의 벽엔 시계가 없다. 머뭇거리면 다른 사람이 집어들지 모른다는 막연한 불안감만 초침처럼 등을 계산대로 떠민다. 우리는 모두 관棺이라는 계산대로 앞다퉈 달려간다. 불멸을 손에 넣었다는 착각 속에. 백화점도 잠도 일종의 죽음. 진열대 앞에 붙들린 자도 꿈속을 헤매는 자도 죽은 자들과 마찬가지로 시계를 보지 않는다.

아침에 눈뜨자마자 손목부터 확인하는 사람이 몇이나 될까. 잠자리에 들 때도 손목시계를 풀지 않는 사람, 그게 나란 사람이다. 나는 꿈속에서도 시간을 내려놓지 않는다. 시간 낭비라고 여기는 백화점이야 말해 무엇하랴. 내게 손목시계란 차는 물건이 아니라 풀지 않는 물건. 그렇다. 무언가를 하지 않는 것도 내겐 행동, 때론 무언가를 하는 것보다 더 적극적인 행동이다.

어머니에게 손찌검을 시작하기 전 아버지는 손목시계부터 풀었다. 황금색 왕관과 열두 개의 로마숫자가 새겨진 롤렉스. 노름판에서 판돈으로 챙긴 물건이었다. 손목시계를 풀면 아버지는 두 얼굴의 사나이처럼 돌변했다. 어쩌면 다른 존재가 되기 위해 손목시계를 푸는지도 몰랐다. 어느 쪽이든 시계가 손목을 떠나는 순간 스스로에 대한 통제력을 잃어버린다는 점엔 변함이 없었다.

신은 인간을 시간이라는 채찍으로 다스린다던가. 신의 채찍에서 놓여날 때마다 스스로 채찍이 되어 타오르던 어떤 얼굴을 보며 자란 내게, 손목시계는 언제부턴가 안전핀 비슷한 무엇이 되어 있었다.

금속 특유의 서늘한 감촉이 손목뼈로 전해지는 한 나는 자신을 제어할 수 있다. 백화점은 물론이고 꿈속도 예외일 순 없다. 관에 들어갈 때도 나는 손목시계를 풀지 않을 것이다. 누가 아나. 염라대왕에게 시간을 알려줄 기회가 생겨 자잘한 죄 몇 개쯤 사면받게 될는지.

수중 침투나 수중 폭파 임무를 맡을 일은 없겠지만 아직도 최소 10기압 방수는 기본이다. 흑암조차 나와 시계, 둘 사이를 갈라놓지 못하도록 야광 기능도 필수. 북극성처럼 도드라지는 초록 눈금, 앞서거니 뒤서거니 회전하며 시시각각 새로운 별자리를 그리는 시, 분, 초, 세 개의 쐐기를 들여다보고 있노라면 어둡고 어두운 저 어딘가 심장 뛰는 소리가 들려오는 것 같다. 지금 여기 살아 있다는 유일한 증거 말이다.

손목 위에서 빛을 발하고 있는 야광 문자반은 겨우 3시 언저리. 1시쯤 설핏 눈이 떠졌으니 겨우 두 시간 남짓 잤다. 괜히 역정이 나는 걸 보니 더 자기는 글렀다.

습관처럼 아랫도리로 손을 밀어넣어보았다. 손목을 확인하는 일에 비하면 그리 오래지 않은 버릇이었다. 신의 채찍이 나만큼은 피해갈 줄 알았는데 전립선이 말썽이었다.

요실금이랬다, 야뇨증이랬다, 요실금을 동반한 야뇨증이랬다, 야뇨증을 동반한 요실금이랬다. 의사라는 인간들이 하나같이 성난 얼굴인 건 히포크라테스 선서에 친절 엄금 조항이 있어서가 아니다. 자기들도 답을 모르기 때문이다.

"숙면을 취하세요."

"규칙적으로 생활하세요."

"스트레스 받지 마세요."

모르는데 자꾸 왜냐고 물어대니 하나 마나 한 소리만 늘어놓을 밖에.

"내면의 목소리에 귀를 기울이세요."

작가라는 인간들이 〈스타워즈〉의 제다이 마스터 요다처럼 미간에 잔뜩 주름을 잡으며 나불거리는 소리랑 다를 게 뭔가.

"자신의 무의식을 있는 그대로 직시하세요."

그러면서 책날개 사진 속에서는 왜 눈을 정면이 아니라 2시 방향으로 치뜨거나 8시 방향으로 내리깔까.

일회용 기저귀가 축축했다. 내 몸뚱이가 내 뜻대로 안 된다는 사실을 재차 확인하는 건 달갑지 않아도 자괴감을 무릅쓰고 기저귀를 착용한 성과가 있다는 데 보람을 느꼈다. 자그마한 보람이지만 새로운 하루를 일구러 침대에서 나가기엔 부족함이 없었다.

"오줌관이 가늘어져 고장난 수도꼭지처럼 찔끔찔끔 새는 겁니다."

젊은 의사가 CT 사진에 레이저 포인터를 겨누며 말했다. 날카롭게 뻗은 푸른 광선이 흑백 몸통을 꿰뚫을 것 같았다. 나는 입을 꾹 다물고 있었다.

"여기 방광 아래 요도를 둘러싸고 있는 밤톨만한 선이 전립선이에요. 정자를 쌩쌩하게 만드는 액체의 분비선, 일종의 샘인데 비정상적으로 부풀어서 요도를 짓누르고 있어요."

귀가 어두워 말귀를 못 알아먹는다고 여긴 걸까. 의사의 목소리가 점점 높아졌다. 나는 침묵을 고수한 채 눈빛으로 물었다. 그 밤톨만한 선은 왜 비정상적으로 부풀었소?

"연식이 오래된 거죠."

의사가 광선검을 거둬들이며 말했다.

삿대질처럼 엄습해오는 언짢음에 눈이 절로 질끈 감겼다. 요즘 것들은 언사가 왜 저리 거칠고 천박할까. 수도꼭지라니. 연식이라니. 비유에 후광 한 점 없었다. 설마 비유가 뭔지는 알겠지.

책 좀 읽자. 정말이지 죽어라 안 읽는다. 예전에는 집집마다 세계문학 전집을 들여놨다. 좀 여유가 되는 집엔 자연도감이나 브리태니커 백과사전도 있었지. 책으로 나라의 동량을 키우던 시절이었다.

내 떡잎을 알아본 사람도 서적 외판원이었다. 전국 방방곡곡 발품을 판 이유가, 구매 의사도 능력도 불투명한 집 안까지 들어앉아 밑도 끝도 없는 자식 자랑을 들어준 이유가 고작 책 한 질 파는 것이었겠는가.

"이 아이는 판박이 스티커예요. 마음만 먹으면 뭐든 머릿속에 그대로 쓱쓱 붙여버려요."

어머니는 커피를 내오며 말했다. 그것이 아들의 운명을 바꾸는 한마디가 될 줄 상상도 못한 채.

"판박이 소년, 어디 그 재주 한번 볼까?"

외판원 아저씨가 내 쪽으로 머리를 기울이자 포마드 냄새가 훅 끼쳐왔다.

"실버에 대한 소식은 더이상 들려오지 않았다. 엄청났던 외다리 선원은 내 삶에서 완전히 사라져버렸다. 어디선가 옛 흑인 부인을 다시 만나고 앵무새 플린트 선장과 평안하게 지낼지도 모른다. 가능성이 크지 않은 내 바람에 불과하지만. 아직도 나는 악몽을 꾸다 한밤중에 깨어 일어나곤 한다. 어떤 날은 저 보물섬의 높은 파도 소리가, 또 어떤 날은 '8센트! 8센트!' 하고 외쳐대는 앵무새 플린트 선장의 목소리가 귓전을 맴도는 채로……"

외판원 아저씨가 한순간 펼쳐 보인 페이지를 나는 또박또박 읊었다. 붉은 양장 책등에 금색으로 새겨진 세 글자는 '보물섬'이었다. 한 대목만 읽고도 나는 처음 보는 그 책에 마음을 홀딱 뺏겨버렸다.

그러고도 나는 몇 권의 시험을 더 거쳐야 했다. 『암굴왕』『15소년 표류기』『철가면』…… 입으로 본을 뜨기 바빴던 그때의 문장들이 지금도 혀를 달싹이게 만들곤 한다.

"몇 살이라고 했지?"

흥정에서 유리한 고지를 차지하려는 상인처럼 짐짓 화제를 바꾼 외판원 아저씨였지만 눈빛만큼은 감추지 못했다. 보물섬을 발견한 범선의 돛처럼 기대감으로 한껏 팽팽해진 눈빛. 누구도 나를 그런 눈으로 바라봐준 적은 없었다.

그분과의 첫 만남. 내 나이 열 살 때의 일이다.

☆

산뜻한 출발이라고 할 순 없지만 오늘의 일과는 기저귀 처리부터였다. 기저귀를 돌돌 말아 비닐봉지로 꽁꽁 싸맸고 휴지통에는 탈취제를 아낌없이 뿌렸다. 욕실에 들어가 온몸 구석구석 비누칠을 했다. 하나뿐인 손주 녀석은 몇 달 만에 봐도 인사 대신 세관견처럼 코부터 킁킁거렸다. 제 왕국을 오염시킬 무언가가 내 몸뚱이 어딘가에 감춰져 있기라도 하듯.

겨드랑이, 오금, 사타구니. 살끼리 부대끼는 부위마다 참숯 성분으로 만들었다는 탈취액도 듬뿍 발랐다. 텔레비전 홈쇼핑을 보다 주문한 물건이었다. 구취 제로 참숯 치약과 세트 상품이었다.

언제부터였던가, 습관적으로 홈쇼핑 채널을 켜두게 된 것은. 한 가지 이유는 분명히 말할 수 있다. 숨이 넘어갈 듯한 하이 톤이 훌륭한 위장 소음이 되어주기 때문이다. 말을 걸어오는 누군가의 목소리가 그립다거나 하는 감상적인 이유는 결코 아니었다.

이게 정녕 원숙한 영혼에 걸맞은 육신이란 말인가. 곡물이나 과일조차 속이 영글수록 금실로 짠 외피를 두르는 법이거늘. 황금사과처럼 눈부시지 못할망정 하루가 달리 비루먹은 개 같아지다니. 인간이 짠 천 쪼가리로 가리기 아까운 청춘의 피륙은 저 머리꼭지에 피조차 안 마른 애송이들에겐 과분하지 않은가. 개 발에 편자, 돼지 목에 진주 목걸이. 샤워기 아래 설 때마다 나는 탄식을 금할 수 없었다.

껍질이 벗겨지도록 씻고 또 씻어내도 체취에 대한 염려는 떨어져나가지 않았다. 오늘은 떨쳐지지 않는 게 하나 더 있었다. 이가 빠지는 꿈. 간밤의 꿈이 뇌리에 박힌 채 수상쩍은 냄새를 피우고 있었다. 꿈에 이가 빠지면 가족에게 변고가 생긴다던데. 가족 누구에게? 대체 무슨 일이? 한창때 같으면 눈만 감아도 떠올랐을 텐데, 아무것도 그려지지 않았다. 담배라도 한 대 태워야 좀 떠오르려나. 하지만 샤워 물줄기 아래서 손목시계는 찰 수 있어도 담배는 피울 수 없다. 정각만 기다리는 시계 속 뻐꾸기 인형이 된 기분이었다.

"사내라면 두 가지 질문에 대한 답은 항시 지니고 다녀야 한다.

하나, 지금 몇시요? 둘, 형씨, 불 좀 빌릴 수 있소? 한 놈만으로는 곤란하다. 불을 빌리자는데 손목시계를 들이대거나, 시간을 알려 달라는데 라이터를 켜고 있으면 어떻게 될지 팽이처럼 돌아가는 요놈으로 계산해봐라."

내 머리통을 움켜쥔 채 아버지는 말하곤 했다.

그나마 기억해둘 만한 소리였다. 시곗바늘의 위치를 공유하고 담뱃불을 나눈 사람과는 친구가 되거나 적이 되거나 둘 중 하나. 아무도 아닌 존재는 되기 어렵다. 친구도 적도 아닌 자들에게 둘러싸여 있다면 황금 왕좌가 내 것인들 무슨 의미 있으리.

돌이켜보면 맞수와 동료뿐인 인생이었다. 중간은 없었다. 어떤 상황에서도 해결책이 준비돼 있어야 하는 나날. 내게 주어진 시간과 담뱃불을 고만고만한 인연에 낭비하지 않았다. 가르침 아닌 가르침 덕분이었을까. 설마. 첫째, 둘째를 무식하게 하나, 둘이라고 말하던 아버지가?

대체로 아버지는 본인의 의도와는 정반대 방향에서 내게 도움이 되었다.

반면교사.

아버지는 이 말의 완벽한 모범 사례였다. 고뇌의 담뱃불이 내 입술 가까이 타들어오도록 판단이 서지 않을 때마다 나는 자문하곤 했다. 아버지라면 어떻게 했을까? 아버지는 어떤 결론 뒤에 줄을 섰을까? 확신에 찬 구둣발로 고뇌의 담뱃불을 비벼 끄는 데는 그리 오랜 시간이 걸리지 않았다. 아버지라면 꿈 따위에 별 의미를 두지 않았을 것이다. 개꿈이라고 무시했겠지.

꿈이라는 걸 꾸기는 했을까. 혼자 꼭지가 돌아 광광거리다가도 목침을 베고 눕자마자 코를 골던 사람이. 반드시 목침이어야 했다. 나뭇결이 고스란히 살아 있는 참나무 베개. 아버지는 각지고 딱딱한 게 편안한 사람이었다. 모루 위에서만 나긋나긋해지는 쇠붙이처럼.

그러니 아버지의 드르렁대는 소리는 어린 내게 해방의 종소리일 수밖에 없었다. 적어도 코골이가 계속되는 동안은 살얼음판 같은 긴장에서 자유로울 수 있었으니까. 내가 잘 때 숨소리조차 내지 않는 것 또한 아버지 때문인지도 모른다. 신혼 시절, 아내는 자는 나를 종종 흔들어 깨우곤 했다.

"꼭 산송장처럼 조용해서."

아내의 걱정에 오히려 나는 뿌듯함을 느꼈다. 말했잖은가, 반면교사인 아버지를 뒀다고. 나는 말하기보다 숨소리를 죽이는 법부터 연마해야 했다. 산송장. 모욕일 수 있는 그 단어가 내겐 칭찬인 이유였다.

반면교사라는 어둠 속에서 내가 해야 할 일은 또렷해졌다. 나는 전화기 앞으로 가 빠른 손놀림으로 숫자 버튼을 눌렀다.

아내의 휴대폰은 꺼져 있었다.

다시 숫자 버튼을 빠르게 눌렀다.

이번에는 요양병원이었다.

아내가 요양병원에서 지내는 건 작년부터였다. 제 발로 입원했다. 온몸이 등나무처럼 배배 꼬이고 자꾸만 넘어져 동네 슈퍼조차 힘겨워하던 사람이 시외전화 지역번호가 바뀌는 곳까지 혼자 갔다. 십 년 가까이 파킨슨병을 앓고 있는 아내에게 내가 원한 건 선전포고 같은 돌발행동이 아니라 수술이었다. 뇌심부자극술. 뇌심부핵에 전극을 심어 전기자극을 주면 운동능력이 크게 개선된다는 신문기사를 보고 권위 있는 병원까지 수소문해두었다.

"걸어다니는 건전지로 사느니 눈에 흙이 들어가는 편이 낫지."

아내는 체머리를 흔들며 중얼거렸다.

머리에 칼 대고 싶지 않은 심정이야 이해 못할 바 아니었지만 내 생각은 달랐다. 만물의 영장으로서 갖추어 마땅한 존엄을 아내가 되찾았으면 했다. 허리를 곧추세운 채 당당히 직립보행하기를 바랐다. 더듬이 잘린 개미처럼 바들대지 않기를 바랐다. 더이상 그림자처럼 따라다니며 뒤를 봐주기가 버겁다는 건 부차적 이유였다. 뇌기능 이상으로 생긴 증상이니 문제의 진원지에 손을 대는 건 너무나 당연한 일 아닌가. 생식기에 전극을 심어 전립선 치료에 도움이 된다면 나는 기꺼이 그렇게 할 것이다.

아내는 내 끈질긴 설득과 극적인 성공 사례들을 접하며 조금씩 누그러졌다. 특히 숟가락질도 못하던 환자가 라틴 댄스를 배우게 됐다는 다큐멘터리에 깊은 인상을 받은 눈치였다.

“자전거 타는 법이라도 마저 배웠어야 했는데. 일평생 바퀴 달린 거라곤 유모차, 쇼핑 카트, 보행보조기가 전부라니.”

그러던 아내가 수술 직전 마음이 바뀔 줄이야. 수술 전 검사차 입원한 병동에서도 성공적으로 수술을 마친 환자 옆 침대였는데. 아내의 태도가 백팔십도 틀어진 건 옆 침대 환자의 보호자와 이런저런 대화를 나눈 뒤였다. 아니, 보호자가 만지던 애들 장난감처럼 생긴 소형 리모컨을 보고 난 뒤였을 것이다.

“평생 조종당하는 기분으로 살아왔는데 진짜로 조종당하며 살 순 없어.”

황당했지만 아내의 요양병원행을 막지는 못했다. 조종이라니 얼토당토않다는 항변도, 세세한 조절은 주치의만 할 수 있고 보호자용 리모컨은 단순한 체크 기능뿐이라는 설명도 소용없었다.

더는 수술하라고 등 떠밀지 않을 테니 집으로 가자는 말도 듣지 않았다. 왠지 아내는 집에 있을 때보다 손동작도 걸음걸이도 한결 편안해 보였다.

신호음이 귀에 못박히고서야 당직 간호사와 통화할 수 있었다.

“아내가 잘 있는지 궁금해서 전화했소.”

“사모님 성함이 어떻게 되세요?”

갑자기 가슴이 두근거렸다. 머릿속이 하얘지고 수화기를 쥔 손에 땀이 뱄다. 간호사에게 답해야 할 암구호가 떠오르지 않았다. 광희. 입가에 맴도는 이름의 주인은 딸애였다. 딸애는 밤이 가장

긴 날 태어났다. 나올 듯 나올 듯 밤새 진만 빼다 동이 터올 무렵에야 첫울음을 터뜨렸다. 다 나중에 들은 얘기긴 하지만. 나랏일로 남편 노릇할 겨를이 없었다. 딸애가 태어난 뒤로 아내는 광희엄마가 되었다.

"여보세요?"

수화기 너머에서 암구호를 재촉해왔다.

화랑에는 담배, 충무에는 김밥인데……

결국 슬그머니 수화기를 내려놓고 말았다. 전화를 끊고 나니 맥이 더 빨라지는 느낌이었다. 도어 록 비밀번호를 깜박하는 일은 더러 있어도 아내 이름은 처음이었다. 요양병원 송년의 밤 행사 때 수줍은 얼굴로 웬 썩은 고목 같은 영감쟁이와 왈츠(내 눈엔 로봇 춤으로 보였지만)를 추던 모습은 눈에 불도장이라도 찍힌 듯 선연한데. 치매 검사는 아내가 아니라 내가 받았어야 했나.

빨라진 심장으로 나는 수색에 착수했다. 서랍부터 확인했다. 서랍이라는 서랍을 몽땅 헤집도록 빈손이었다. 신분증이나 여권은 커녕 흔한 약봉지조차 보이지 않았다. 세월에 바래 부스러지기 일보 직전인 아파트 매매계약서에도, 노란 고무줄로 묶인 이런저런 통장에도 내가 찾는 세 글자(두 글자는 아니겠지?)는 없었다.

나는 가빠진 호흡을 가다듬으며 집안을 둘러보았다. 마음속으로 구역을 쪼개고 수색 강도를 높여 하나씩 각개격파해나갔다. 장롱, 화장대, 옷장. 아내의 핸드백과 낡은 지갑 안에서도 단서는 나오지 않았다. 아내에게 이름이 있기는 했던가. 수십 년 전 앨범들이며 자투리 사진을 보관한 상자까지 꺼내보았지만 헛수고였다. 요양병원으로 떠나면서 아내는 제 이름마저 지우고 간 것 같았다. 내겐 맡겨둘 수 없는 무엇인 듯.

문득 갈증이 일었다. 냉장고에서 토마토(전립선에 좋다는 소리를 들었다) 주스를 꺼냈다. 아일랜드 식탁 한 귀퉁이에 놓인 반투명 파일이 그제야 눈에 들어왔다. 주스를 컵에 따르다 말고 파일을 들춰보았다.

이혼서류였다. 법적으로 내게 그런 요구를 해올 수 있는 사람은 세상에 오직 한 사람. 온 집안을 탈탈 털며 찾아 헤맨 이름이 거기 있었다.

한미옥.

익숙하고도 낯선 세 글자를 나는 눈이 시도록 들여다보았다.

아내의 이름을 왜 그토록 알아내려 했는지, 내막이 가물가물했다.

☆

쑥대밭이 된 집을 뒤로하고 밖으로 나갔다. 머리카락 한 올 뽑아 현관문 하단에 물려놓는 보안 절차도 잊지 않았다. 하얗게 센 머리카락은 투명 실이나 마찬가지였다. 발각될 염려가 줄어드는 만큼 나중에 확인하기도 어려웠다. 염색이라도 해야 할 것인가.

편의점도 최근 방문한 곳은 피했다. 점원에게 굳이 인상착의를 각인시켜줄 필요는 없었다. 다행히도 편의점 숫자는 사람들이 그곳에 가는 이유보다 많았다. 내 경우엔 신문과 담배였다. 신문은 정해져 있지만 담배는 아무거나. 신문을 배달시키지 않는 것은 문 앞에 쌓인 신문이 빈집이라는 정보를 주기 때문이다. 이쪽 사정은 가급적 노출시키지 않는 편이 낫다. 아니, 내 실루엣을 그리는 데 쓰일 그 무엇도 남기지 말아야 한다. 그러니 아무거나 골라도 박하향 담배는 곤란했다.

오늘은 이십사 시간 뼈다귀해장국집에서 아침을 해결하기로 했다. 밤샘 술을 한 사람들이 오기엔 늦고 첫 끼니를 하러 오기엔 이른 애매한 시간. 역시나 손님이 한 명도 없었다. 꾸벅거리던 카운터 청년이 눈을 부비며 인사했다. 그냥 돌아나갈까 하다 더 주목을 끌까봐 구석자리에 CCTV를 등지고 앉았다.

신문을 펴 들기도 전에 음식이 나왔다. 보글보글 끓고 있는 벌건 국물에 들깻가루를 듬뿍 뿌리고 깻잎 채를 고명으로 올렸다. 스테인리스 공기에 꾹꾹 눌러 담긴 밥을 통째로 해장국에 말았다. 뜨거운 첫입이 뱃속에 들어가자 비로소 몸이 깨어나는 느낌이었다. 몇 술 더 뜨고 신문을 후루룩 넘겼다. 반세기 가까이 봐온 신문이었다. 대충 제목만 훑어도 무슨 소린지 알아먹었다. 굳이 내용까지 읽는 건 부고란뿐.

말했던가. 내가 매일같이 조간신문을 사는 것도 부고란 때문이었다.

아무도 죽지 않는 날이 있을까.

죽음에게 휴일은 없다.

망자의 이름을 일별하던 나는 숟가락을 떨어뜨리고 말았다. 바닥에 숟가락 떨어지는 소리가 너무 컸다. 곁눈으로 주위를 살폈다. 카운터 보는 청년은 다시 꾸벅거리고 있었다.

내외물산 전 총무이사 故 김도식. 향년 69세.

의심의 여지 없이 부고의 주인공은 나였다. 내 죽음을 알리는 한 줄이 틀림없었다. 그럼에도 몇 번이고 다시 읽어보았다. 당첨된 복권 번호를 확인하고 또 확인하는 심정으로.

Wisdom Teeth

☆

죽음이 죽음의 일을 하듯 나는 조용히 나의 일을 했다. 읽고 해독해서 암호문을 행동에 옮기는 것. 그것은 머리가 아니라 본능이 하는 일. 어느새 나는 부고로 위장한 암호문을 한 자 한 자 뜯어보고 있었다.

빈소: 서울중앙병원 장례식장 1층 8호실
발인: 7일 오전 8시

서울중앙병원이라면 암호해독 열쇠는 성경책이었다.

첫 줄 숫자는 목차에서의 순서.

두번째 줄 첫 숫자는 장, 다음 숫자는 절 번호.

부고에 감춰진 메시지를 상기하기 위해서라면 굳이 욥기 7장 8절을 펼쳐보지 않아도 됐다.

> 나를 본 자의 눈이 다시는 나를 보지 못할 것이고
> 주의 눈이 나를 향하실지라도
> 내가 있지 아니하리이다.

드디어 그날이 왔다. 그분이 이 몸을 부르시는 날이 오고야 말았다.

라이카.

무의식 깊숙이 묻어둔 세 글자가 기어이 의식의 수면 위로 떠올랐다. 허깨비 같은 세월 속에서 수도 없이 그려온 순간. 상상만으로도 가슴이 뛰었지만 막상 현실로 닥치니 오히려 차분해졌다.

라이카는 독일의 에른스트 라이츠사에서 1925년 출시한 35밀리 카메라. 한 손에 들어오는 크기의 이 혁신적 제품은 기존 카메라들과 달리 휴대가 용이했다. 금속 재질로 마감되어 내구성이 뛰어났지만 무겁지 않았다. 필름 한 통으로 서른여섯 장이나 찍을 수 있었고 웬만한 확대 인화에도 선명한 사진을 얻을 수 있었다. 스파이들의 사랑을 독차지할 수밖에 없는 운명을 타고났대도 과언이 아니다. 첩보의 역사에 완전히 새로운 장이 열린 것이다.

그 물건을 나는 가져본 적도 다뤄본 적도 없었다. 예나 지금이나 사진 찍기라면 찍히는 것만큼이나 관심 없다. 뱃속에서 결국 꿀꿀이죽이 될 음식은 왜 그리 찍어대는지. 불꽃놀이든 벚꽃 터널이든 들춰보지도 않을 휴대폰 사진첩이 아니라 눈동자에 꼭꼭 담아둘 일 아닌가. 폭죽 타는 냄새, 꽃송이를 흔드는 바람의 감촉과 함께. 혼이라곤 느낄 수 없는 디지털 사진을 공해로 여기는 사람이 바로 나다.

긴말 필요 없고 나에겐 카메라라는 물건 자체가 필요 없었다. 눈이 렌즈요 뇌가 필름이었다. 금속탐지기 할애비도 내 눈썹 밑에 대놓고 붙어 있는 고성능 카메라는 잡아내지 못했다. 실오라기 하나까지 벗겨내는 것으로 모자라 항문까지 샅샅이 훑는 보안검색이라도 무사통과였다.

그리하여 내 이름은 라이카. 라이카는 내 코드 네임이기도 했다.

☆

모락모락 김이 오르는 해장국을 한술 떠 넣고 씹는데 딱딱한 것이 느껴졌다. 앞접시에 뱉어냈다. 알곡 크기로 누르스름했다. 뼛조각일까. 손끝으로 집어 올려 자세히 보니 거뭇거뭇한 얼룩도 있었다. 나도 모르게 혀를 상악 안쪽에 대봤다. 진통제로 버티며 살

려둔 사랑니가 문제였다. 언제 빠졌는지 금 보철물은 온데간데없이 분화구처럼 움푹 파여 있었고 분화구 테두리의 거진 절반이 떨어져나간 듯했다.

뼛조각이 맞았다.

돼지의 것이 아니라 내 것이었지만.

정확히는 나의 18번 치아였다. 자결용 청산가리 캡슐을 숨겼던 치아가 어찌 헷갈리겠는가.

인간 카메라.

햇병아리에 불과했던 사십팔 년 전, 평양 밀사 수행원으로 차출된 이유도 압수될 위험이 없는 카메라였다. 적의 심장부를 에워싼 공기까지 뇌리에 고스란히 담아오는 게 내 임무였다. 회사에서 특별히 촉각을 곤두세운 대목은 김일성의 건강이었다. 건강 이상설이 해외 첩보망을 심심치 않게 흔들었지만 매번 진위를 확인할 방법은 없었다. 최고지도자 동지의 몸 상태는 일급 중에서도 일급 기밀인데다 사진 한 장 입수하기도 하늘의 별 따기였다. 게다가 흑백사진으론 혈색조차 가늠하기 어려웠다.

"고혈압과 당뇨, 각종 심혈관계 질환의 가능성이 의심됩니다."

그때도 의사들은 하나 마나 한 소리만 뇌까렸다. 그러다 결론은 혈액검사를 하기 전에는 확신할 수 없다는 것.

용하기로 소문난 관상쟁이, 점쟁이들도 회사에 불려왔다. 별 도움이 안 되기는 마찬가지였다. 관상은 얼굴 생김새가 아닌 몸의 기운이라며 입을 다문 자도 있었고, 곧 죽을 사람 운은 왜 묻느냐며 돌아나간 자도 있었다. 한번은 김일성 사진을 보자마자 바닥에 내팽개치더니 보란듯 밟고 지나간 자도 있었다.

김일성 피를 몰래 뽑아오거나 태어난 시를 알아내는 건 내 임무가 아니었다. 내 목표물은 김일성의 오른 뒷덜미에 난 혹이었다. 핵미사일 버튼을 이식했다는 둥, 죽은 김일성을 대신하는 가게무샤라는 둥, 젊은 피로 피갈이하다 부작용이 왔다는 둥, 첫 포착 이래 타블로이드판 기사의 단골 소재가 된 바로 그 혹.

회사는 그것의 상태를 파악하는 데 정보력을 집중했다. 크기는? 형태는? 색깔은? 특이점은? 공산주의자들이 친절히 알려줄 리 없었다. 외국 정상과 악수하는 사진에서조차 김일성은 혹이 노출되지 않는 자리에만 서 있었다. 감추려는 쪽과 들추려는 쪽. 혹을 둘러싼 숨바꼭질이 십 년 넘도록 치열하게 펼쳐졌다. 소문과 억측 속에서 혹은 바깥 세계의 관심만큼 커지고 있었다. 탁구공에서 테니스공으로, 테니스공에서 야구공으로.

평양행을 앞두고 나는 혹에 대한 방대한 데이터베이스를 머릿속에 구축했다. 갖가지 혹 사진을 수 백, 수천 장 들여다봤다. 김일성을 직접 보게 되더라도 혹을 제대로 관찰하기는 불가능할 것이었다. 전모를 한눈에 파악하는 훈련도 병행했다. 정지한 구체부터 시작해 움직이는 구체로, 움직이는 속도를 점점 높이는 방식으로 난이도를 높여나갔다.

나는 완벽히 준비가 돼 있었다. 얼마나 멀찍이 떨어지든, 얼마나 빨리 이동하든, 얼마나 짧은 순간이든 내 조리개에 잡히기만 하면 정확한 숫자를 손에 넣을 수 있었다. 그러려면 어떻게든 김일성의 우측 후방, 경호 역량이 집중될 라인으로 파고들어야 했다. 혹 한번 눈에 담으려다 영원히 눈감게 될 수도 있었다.

죽기를 각오한 삼 박 사 일. 만일에 대비해 청산가리 캡슐을 어금니에 심었다. 정확히는 썩은 사랑니를 갈아낸 자리에 끼우고 골드 크라운을 씌웠다. 자백 주사가 정맥을 찔러오기 전에 터뜨려야 했다. 목을 내줄지언정 기밀은 넘겨줄 수 없었으니까. 미국 탁구선수들이 북경에서 스포츠 외교를 펼친 게 한 해 전이고 몇 달 전에는 닉슨 대통령이 만리장성까지 올랐다지만, 평양은 북경이 아니었다. 여러 면에서 북경보다는 북베트남 수도 하노이에 가까웠다.

이십 년 가까이 이어져온 베트남전쟁은 공산주의자들의 승리 선언을 눈앞에 두고 있었다. 미국은 주먹을 거둬들였고 남베트남은 수건 던질 타이밍만 재는 듯했다. 아니, 남베트남은 다리가 풀린 지 오래였고 수건을 던진 건 미국이었다. 그러니 닉슨의 북경행은 자기 선수를 향해 주심이 열을 세고 있는데 상대 세컨드에게 다가가 악수를 청한 격이었다.

베트남 적화는 역설적으로 남한 내부를 결속시킬 호재였지만 북한 공산주의자들의 헛된 꿈에 불을 지필 불똥일 수도 있었다. 김일성은 전면전이라는 도박에 또다시 나설 것인가. 호찌민이 거머쥔 판돈을 그림의 떡으로 치부할 것인가. 북한 최고 권력자의 의중에, 건강에, 혹의 크기에 그 어느 때보다 안테나를 높이 세우지 않을 수 없었다.

적의 심장부는 의외로 선선히 우리를 맞이했다. 환영 브라스밴드는 없었지만 알몸 수색도 없었다. 능라도가 내려다보이는 모란봉초대소 객실에 짐을 풀었다. 주요 외빈들을 묵게 하는 최고급 국영 호텔이었다. 만경대, 을밀대, 부벽루, 평양대극장. 마음대로 외출할 수 없다는 점만 빼면 관광이라도 간 것 같았다. 식사도 매번 진수성찬이었다. 냉면처럼 익숙한 메뉴부터 토끼탕, 꿩 백숙같이 생소한 메뉴까지 상다리가 휘어질 정도였다.

"남조선 동무, 왜 안 드십니까? 아, 청산가리라도 탔을까봐 그럽니까? 내래 먼저 시범을 보이면 안심하시갔습니까?"

청산가리라는 말에 움찔하지 않을 수 없었다.

"보시라요. 일없습네다."

뭐가 우스운지 공산주의자들이 이를 드러내며 낄낄거렸다.

"꿩은 길들이지 않은 짐승이라 꼭꼭 씹어 드셔야 합네다. 기래 설렁설렁 삼켰다가는 똥구녕에 홰를 치는 수가 있습네다."

우리 내부에 빨대가 있었던 걸까. 공산주의자들은 같은 말을 몇 번이나 반복했다. 번번이 질긴 고기가 나오는 것도 저의가 의심스러웠다. 평양까지 어둠을 틈타서만 이동한 건 인간 카메라를 의식해서였나. 판문점 군사분계선을 넘게 할 때도, 개성에서 난데없이 헬리콥터로 갈아 태울 때도? 밤이 아니었다면 최전방 적군의 배치 현황과 동태가 낱낱이 포착됐을 텐데.

등골이 오싹해졌다. 마음씨 좋은 사촌 형제처럼 웃고 있는 이 자들은 어디까지 알고 있을까. 남한 어느 은밀한 구석까지 촉수를 뻗치고 있을까. 혹시 잠들어 있는 틈에 내 머릿속을 들여다보는 건 아닐까. 하지만 아무 일도 일어나지 않았다. 그게 더 무서웠다. 예측 불가능성. 일 분, 일 초 뒤에 어떤 운명이 기다리고 있는지 짐작할 수 없다는 점이 최악의 적이었다.

김일성과의 면담도 그랬다. 사선을 넘어 거기까지 가는데 적어도 한 번은 만나주겠거니, 너무 안일하게 생각했나. 물밑 협상 때부터 확실한 언질은 없었지만 불가하다는 뜻을 내비친 적도 없었다. 공산주의자들 특유의 연막전술에 놀아난 걸까. 위장 평화 전술의 병풍으로 이용되는 건 아닐까. 짙은 안개에 갇힌 기분이었다. 김일성이라는 안개. 실제로 수많은 김일성에게 둘러싸인 하루하루였다. 만수대 언덕에 우뚝 선 동상으로, 건물마다 걸린 사진에서, 항일 빨치산 투쟁 선전영화 속에서, '지상낙원' 건설 과정이 담긴 기록영화 속에서, 수천 학생들이 일사불란하게 그려내는 카드섹션으로. 하지만 진짜 김일성은 그림자조차 구경할 수 없었다.

예정된 일정이 끝나갈수록 피가 말랐다. 내 임무까지 새어나갔나. 혹은커녕 코빼기도 내비치지 않는 이유가 그것인가. 만에 하나 그랬다면 진즉 눈알이 뽑혔겠지. 부장도 초조한 기색을 감추지 못했다. 김일성을 접견하지 못하는 건 직이 날아갈 수도 있는 실패를 의미했다.

그나마 환송 만찬이 마지막 희망이었다. 다음날 새벽 어스름이 걷히기 전 평양을 떠나가기로 되어 있었다. 문자 그대로 최후의 만찬인 듯 음식이 넘어가지 않았다. 노동당 실세들이 대거 참석한 자리였지만 김일성은 끝내 모습을 드러내지 않았다.

만찬은 가벼운 술자리로 이어졌다. 카운터파트를 자처한 조직지도부 사람들이 숙소까지 따라와 마련한 자리였지만 바늘방석에 앉은 기분이었다. 김일성에게 데려갈 일은 없다는 선언 같았기 때문이었다.

"수상(김일성의 공식 직함이었다)께선 많이 바쁘신가봅니다."

부장이 술잔을 드는 시늉만 하며 넌지시 물었다.

"술이나 드시라요."

부장에게 술을 따른 공산주의자(조직지도부 부장이라 했다)가 대꾸했다.

"먼길 떠날 사람이 무슨 술이겠습니까."

"먼길 가시니 목을 축이셔야지요."

"허허. 성의는 고맙지만 일할 때는 안 마십니다."

"동무는 이거이 모두 사무로 보입니까? 서울깍쟁이가 헛말은 아닌가봅네다."

조직지도부 부장이 술잔을 탁 소리 나게 내려놓으며 말했다.

공기가 일순 냉랭해졌다. 내 맞은편에 앉은 공산주의자가 자꾸 벽시계를 흘긋거리는 것도 예사롭지 않았다. 데이트 약속이 남아 있을 리 만무한 상황이었으니까.

맞은편 공산주의자가 갑자기 자리를 박차고 텔레비전 쪽으로 갔다.

'빠라바라밤, 빠라바라밤.'

익숙한 시그널 뮤직이 귓전을 울리자 온몸의 긴장이 스르르 풀렸다. 브라운관에 펼쳐지는 오프닝 타이틀 역시 너무나 익숙했다.

'미 제국주의 앞잡이 남조선'의 범죄 드라마 〈수사반장〉이었다.

"동무도 알다시피, 우리 위대한 조선민주주의인민공화국에서 범죄라는 사회악은 구경할래야 구경할 수가 없디 않소. 어캅네까. 불평등 늪에 빠져 허우적대는 부패한 남조선 연속극이라도 관람해두어야디. 어데까지나 경종을 울리는 차원에서 말이오."

자리에서 스프링처럼 일어난 공산주의자가 말했다. 시선은 화면에 붙박인 채였다. 다른 공산주의자들도 텔레비전 속으로 빨려 들 듯 화면에 집중하고 있었다.

내 시선은 손목시계로 향했다. 20시 정각. 최고 인기 프로그램만 차지할 수 있는 안방극장 황금시간대. 서울과 일 초도 어긋나지 않는 시간이었다. 가깝지만 먼 곳인 줄 알았는데 멀지만 가까운 곳이었다(실제로 서울은 북위 37도, 평양은 북위 39도다). 시차가 있을 수 없다는(서울은 동경 126도, 평양은 동경 125도) 논리적으로 당연한 사실도 낯설기만 했다.

공산주의자들은 우리에 대해 모르는 게 없다. 우리가 눈뜨는 시간에 이미 일어나 있고, 우리가 텔레비전을 켜는 순간 똑같은 프로를 들여다보고 있다. 생김새는 물론 언어조차 다르지 않은 가장 치명적인 적들이.

전쟁은 일어나지 않을 것 같았다. 적어도 〈수사반장〉이, '자본주의 모순을 성과적으로 자백하는 연속극'이 방영되는 동안엔.

☆

"BTS도 몰라? 할아버지 간첩이야?"

아직 초등학생인 손녀 아이는 내가 무슨 말만 하면 눈을 동그랗게 뜨고 종알거렸다.

모르는 게 없는 척하는 저 어린것들은 정작 아무것도 모른다. 간첩들은 남한에 대해 남한 사람들보다 더 잘 안다. 뭘 모르는 사람은 아예 간첩일 수 없다. 모르는 게 없는 자가 바로 간첩이다.

> 구겨진 양복 차림으로 새벽녘 하산하는 자.
> 특별한 벌이가 없는데도 고급 담배를 즐겨 피우는 자.
> 오래도록 연락이 끊겼다 갑작스레 찾아온 친척.

남한 사람이면 누구나 줄줄 외던 간첩 식별 요령이야말로 간첩들의 제1행동수칙이었을 것이다.

구겨진 양복 차림으로 새벽녘 하산하지 말 것.
고급 담배를 피우고 싶다면 특별한 벌이가 있는 척할 것.
오래도록 연락이 끊긴 친척은 방문하지 말 것.

"요새 양복 차려입는 사람이 어딨어? 울 교장도 안 입는 양복을. 담배 피우면 간첩이 아니라 야만인이지. 갑자기 찾아오는 친척은 돈 빌리러 오는 거고."

손녀 아이는 벌써부터 할애비를 가르치려 들었다. 그러면서 휴대폰 터치 몇 번으로 새로운 답을 찾아냈다.

"CCTV를 흘긋거리는 남자. 현금만 쓰는 남자. 병원 가기를 꺼리는 남자."

영락없이 내 얘기였다. 그 기준대로면 나야말로 백 퍼센트 간첩이었다.

나는 간첩인가? 이 어린것들 눈에 나는 적대적 세계에서 침투한 간첩 같은 존재인가? 냄새난다며 곁을 내주지 않는 건 핑계에 불과했던 건가?

나도 방탄소년단은 안다. 영문 약자로도 불린다는 사실까진 몰랐을 뿐. 보이 그룹이니 소년단이겠지만 왜 방탄일까. 방탄조끼가 연상되는 그룹명 때문에 기억에 남아 있지만. 혹시 '방송 탄'의 줄임말인가? 손녀 아이에게 물어보느니 차라리 간첩에게 묻는 편이 나을 것 같았다.

"요번 회부터 연기자 동무들이 진짜배기 형사들과 일과적으로 한솥밥을 먹는댔지?"

"글티요? 연기가 전보다 현실적이지요?"

"스타니슬랍스키 동무 이론이야 미 제국주의자들도 인정하지 않았소. 말런 브랜도 같은 연기자들도 메소드, 메소드 한다는데 것도 모르고 딴소리면 간첩이지."

〈수사반장〉에 이목을 모은 채 공산주의자들이 떠들어댔다.

실감나는 연기를 위해 배우들이 현직 형사들과 함께 숙식했다는 얘기는 거짓에 오염된 정보가 아니었다. 서울로 살아 돌아와 사실을 확인하고는 모골이 송연해졌다.

공산주의자들을 이길 수 있을까? 돈 벌 궁리 할 새도 따로 없이 오로지 적을 연구하는 데 모든 걸 쏟아붓는 자들을? 평양에서 그 얘기를 들은 시점은 남한 언론에도 사실이 공개되기 전이었다. 공산주의자들도 다 아는 얘기를 모르는 나는 그들 기준에도 간첩이었다.

남과 북 모두에서 간첩이라면 나는 이중간첩인 셈이었다. 매 순간 사선이라는 외줄을 타온 나는 삶과 죽음의 이중간첩이었는지도 모른다. 삶에도 온전히 속하지 못하고, 죽음에도 깨끗이 녹아들지 못하는.

☆

의사들이야 흰 가운을 걸치고 흰소리만 늘어놓는 사람들이긴 하지만 이제껏 들은 흰소리 중 넘버원은 단연 이거였다.

"가급적 햇볕을 많이 쬐도록 하세요."

하마터면 내 직장명을, 회사 슬로건을 내비칠 뻔했다.

'우리는 陰地에서 일하고 陽地를 指向한다.'

이제야 하는 말이지만, 처음부터 거슬리던 문구였다. 부훈部訓이 검정 글씨로 음각된 거북이 모양의 새하얀 화강암을 의구심 없이 지나친 적은 한 번도 없었다. 음지에서 일하는 것에 긍지를 갖지 못할망정 왜 딴 세계를 마음에 두나. 음지식물이 볕을 쬐면 말라죽기밖에 더 하겠는가.

새벽은 날이 밝아오는 시간이 아니라 어둠이 녹슬어가는 시간이다. 내게 권한이 있었다면 마지막 대목에 붓을 다시 댔으리라.

'우리는 陰地에서 일하고 陽地를 止揚한다.'

얼마나 철학적인가.

나는 의사들에게 아무것도 묻지 않았다. 그러면 의사들은 환자인 내게 갑자기 잘 보이려 들었다. 권위를 인정받으려 묻지도 않은 말들을 주절주절 늘어놓았다. 무심해 보이는 신문자를 더 두려워하는 피신문자처럼. 방법적 부정을 통해 더 높은 단계의 긍정에 도달하는 것이다. 노라고 강변할수록 뒤에 오는 예스는 치명적이게 마련. 빨갱이들에게 저들이 죽고 못 사는 변증법을 돌려주자는 취지였다.

이십오 세기 전 중국의 한 병법가도 이르지 않았나.

"나만 알고 적을 모르면 한 번 이기고 한 번 지지만, 적을 알고 나를 알면 백 번을 싸워도 위태롭지 아니하다."

그나저나 그분을 어떻게 찾아간다? 적과 나를 속속들이 알아도 그분이 안 계시면 백 번의 싸움이 모두 위태로울 텐데. 부끄럽게도 나는 그분 행방은커녕 생사마저 몰랐다.

청송교도소 앞에서 그분을 마지막으로 뵌 지 어언 스무 해. 빨갱이들을 잡아들였다는, 훈장을 받아도 모자랄 업적이 억울한 옥살이의 구실이 되었다. 내란 모의의 수괴가 대통령에 당선된 결과였다.

출소일은 영혼마저 녹아내릴 듯한 삼복염천의 한복판이었다. 교도소 철문을 걸어나오던 그분은 수감 당시 겨울 코트 차림 그대로였다. 그분은 코트도 벗지 않은 채 땀범벅이 된 얼굴로 한 사람, 한 사람과 악수를 나눴다. 우리는 그분 주위를 빙 둘러 인의 장막을 치고 우리가 준비한 모시 적삼으로 갈아입을 때까지 기다렸다.

두부 한 모를 천천히 씹어 마지막 한입까지 다 삼킨 뒤 마침내 그분이 입을 뗐다.

모두들 출옥 일성을 놓치지 않기 위해 숨소리를 죽였다.

"호랑이의 줄무늬는 밖에 있고, 인간의 줄무늬는 안에 있다."

매미들이 예포라도 쏘아올리듯 목청이 터져라 울어대는 바람에 장담할 수는 없지만 문맥은 크게 다르지 않았을 것이다.

라다크라는 인도의 어느 지방에 전해져오는 경구임은 나중에 알았지만 수수께끼 같은 말의 속뜻은 그 자리에서 간파할 수 있었다. 그것은 한 치의 굽힘도 용납하지 않겠다는 의지의 표현이었다. 우리는 저마다의 내면을 호랑이로 가득 채워야 한다. 줄무늬를 안에 감춘 호랑이가 되어야 한다. 또한 그것은 송곳니와 발톱이 떼인 우리가 견지해야 할 투쟁 노선이기도 했다. 나는 진짜 호랑이를 대면한 것처럼 전율했다. 이르고 늦은 개인차는 있었으되, 그늘이라고는 보이지 않는 땡볕 속에서 호랑이 줄무늬를 마음 깊숙이 새겼다는 점에는 예외가 없었으리라.

우리는 그 어느 때보다 호랑이 기운으로 충만해 가까운 계곡으로 차를 달렸다. 이끼 낀 자갈밭에 모닥불을 피웠다. 너울거리는 불꽃 위에 무쇠솥을 걸고 계곡물을 펄펄 끓였다. 삼나무에 누렁이를 산 채로 매달고 돌아가며 빨랫방망이를 휘둘러 천천히 숨통을 끊었다. 모닥불에서 빼낸 장작으로 몸뚱이를 그슬리고 된장을 발랐다. 다음부터는 그분이 모시 적삼 소매를 걷어붙였다.

"……우리의 영혼을 칼날에서 건져주시고, 목숨을 개의 아가리로부터 구하소서."

시편 22장 20절. 그분이 손수 끓인 보신탕을 입에 대려면 주기도문과 함께 들어야 하는 구절이었다.

변함이 없는 건 그뿐이 아니었다. 감옥살이도 그분의 손맛을 교정하지는 못했다. 오히려 맛이 더 깊어진 느낌이었다.

내 시선은 개, 아니 돼지의 뼈와 살점이 담긴 앞접시로 내려갔다. 접시에서 건져 냅킨 위에 올려놓은 어금니 조각이 어떤 계시처럼 보였다.

"나를 찾지 마라. 때 되면 내가 너희를 부를 것이다."

출옥 기념 회합을 파하고 각자의 음지로 돌아가던 즈음 그분이 말했다.

간밤의 꿈은 부르심의 전조였다. 아둔한 내가 알아채지 못하자 헷갈릴 수 없는 메시지를 손에 쥐여준 것이다. 신문 부고와 함께.

어금니 조각은 내가 선을 대야 할 점이 누구인지 가리키는 암호문이었다.

깨진 치아는 18번.

"한국에서는 사랑니라고 부르지만 영어로는 위즈덤 티스wisdom teeth지. 서양인들이 역시 리즈너블해. 러브 티스라니, 코리언은 투 머치 센티멘털이야."

위즈덤 티스. 개의 맛을 같이 본 사람들 중 그 단어를 일깨워준 존재는 오직 하나였다.

내 어금니 조각을 입안에 넣고 물과 함께 삼켰다. 비밀 전문이 적힌 쪽지를 라이터의 도움 없이 인멸할 때처럼.

☆

접선의 기본은 대중교통을 이용하는 것이다. 자가용은 노출되기 쉽다. 특히 주차된 차량은 동선을 알리는 광고판이나 다름없다. 언제 도착해 언제 떠났는지 타임라인이 초 단위로 특정된다. 꼬리가 붙었는지 여부를 판단하기도 어렵다. 깜빡이도 켜지 않고 끼어드는 운전자들은 부지기수고, 암실을 방불케 하는 선팅된 차창으로는 운전자 인상착의는커녕 탑승 인원조차 파악할 수 없다.

택시는 말할 것도 없다. 대한민국 범인 검거율이 세계 최고인 건 과학수사보다 빼어난 목격자들 덕분이다. 택시 기사란 자들은 룸 미러만으로도 완벽한 몽타주를 뽑아낸다. 게다가 그들이야말로 신문訊問의 기술자들 아닌가. 웬만해선 그 집요한 유도신문을 버텨낼 재간이 없다.

너무 드러나면 오히려 못 찾고 너무 크면 오히려 보이지 않는 법. 나는 지하철이라는 익명의 혈관에 녹아드는 방법을 택했다. 플랫폼에서든, 객실에서든, 심지어 계단에서도 행인들의 시선은 손에 쥔 휴대폰 화면에 붙박여 있었다. 바닥에 드러누워 비명만 지르지 않는다면 무사히 목적지로 이동할 수 있을 터였다.

그래도 경계의 끈을 놓을 수 없었다. 때가 때이니만큼 돌다리도 두드려보아야 했다. 무임승차할 권리를 잠정적으로 포기하고 일회용 패스를 끊었다. 게이트 전자 패드에 댈 때 나는 소리로 육십오 세 이상이라는 신상정보가 노출되기 때문이다. 일반 패스는 삐, 하고 정상 처리 알림음이 한 번 울리지만 시니어 패스는 삐삐, 두 번 울린다. 선심 쓰듯 무료 패스를 발급하는 이면에는 반정부 성향이 강한 노년층을 감시하려는 속셈이 깔려 있다. 세상에 공짜는 없다.

노약자 우선석도 다르지 않다. 요주의 대상들이 알아서 한데 모여 있으면 대처가 얼마나 용이하겠는가. 대학로 곳곳에 산개해 있던 서울대학교 단과대학들을 관악산 자락에 몰아넣은 이유가 신선한 공기나 마시며 면학에 힘쓰라는 것이었을까. 지도만 봐도 답이 나왔다. 대학로는 청와대와 정부 청사가 지척이고 시위대를 저지하기 위해 차단해야 할 길목이 너무 많았다. 관악산은 대학교 정문과 후문, 두 군데만 틀어막으면 됐다. 그렇게 구석에 몰린 줄도 모른 채, 조국의 미래를 묻거든 관악을 보게 하라느니 어쩌니 으스대며 화염병을 들고 나대는 꼴이 같잖았다.

전동차에 오른 뒤에야 휴대폰에 생각이 미쳤다. 주머니에서 휴대폰을 꺼내 전원을 껐다. 이동통신 기지국이라는 감시망이 무용지물이 되었다. 예전 같지 않은 무릎에 노약자석으로 연신 눈이 갔지만 그물 속으로 자진해 걸어들어가는 꽃게가 될 수야 없었다. 마음을 다잡듯 쇠기둥을 움킨 다섯 손가락에 힘을 주는데, 앞에 앉은 젊은 놈 하나가 쭈뼛쭈뼛 일어서며 자리를 양보했다. 나를 흘끗거리는 주변 시선이 느껴졌다. 착한 사마리아인의 선행을 감사 인사와 함께 기쁘게 받아들이라고 재촉하는 눈빛이었다. 더더욱 앉기 싫어졌다. 쓸데없는 짓으로 이목을 모은 녀석에게, 아직 내 두 다리로 서 있을 수 있음을 부정하는 녀석에게 짜증을 넘어 분노가 치밀었다.

젊은것들의 공손한 당당함에는 뒤 물결이 앞 물결을 바다 쪽으로 밀어내는 장강의 냉혹함이, 꿀벌이 내려앉은 꽃만 정확히 땅에 떨구는 나무의 잔인함이 서려 있다. 몸이 늙는다고 자존심마저 주름이 지는 건 아니다. 몸이 쭈글쭈글해질수록 자존심은 팽팽해진다.

'늙지 않는 지성의 기념비'.

얼마나 장엄한 진실인가.

'서로 부둥켜안은 젊은것들 (……) 물고기, 짐승, 새는 여름 내내 잉태되어 태어나는 온갖 생명을 찬미하지. 관능의 음악에 사로잡혀 늙지 않는 지성의 기념비를 업신여기지.'

예이츠를 읽었대도 값싼 동정을 동전 한 닢처럼 던졌을까? 김일성을 만난 적 있다고, 김일성을 직접 보았을 때 너희 나이였대도? 내가 그런 사람이래도?

나는 시선을 더 끌지 않기 위해 젊은 놈이 비워준 자리에 앉았다. 확실한 한 가지는 그놈이 모른 척 궁둥짝을 좌석에 붙이고 있었대도 언짢기는 매한가지였으리라는 사실. 젊은것들이 노인들에게 바칠 수 있는 최고의 예우는 눈앞에 얼쩡거리지 않는 것. 젊음이라는 과분한 외투가 해져 빛이 바랠 때까지.

☆

어찌 나이를 먹을 수 있으랴. 그날 밤의 기억이, 소설 같은 내 인생에서도 백미로 꼽힐 장면이.

긴장과 낙담 속에서도 얼핏 선잠이 들었던가. 노크 소리에 화들짝 눈뜬 나는 손목을 들어 시계부터 찾았다. 자정을 일 분여 앞둔 시간이었다. 불길했다. 오늘이 가기 전에 움직여야 할 일이라면 좋은 소식일 리 없었다.

탕탕, 탕탕, 탕탕.

문을 부술 듯 이어지는 노크 소리 또한 우리 편이 아니었다. 부장과 약속한 노크 방식은 길게 세 번, 짧게 한 번, 다시 길게 세 번. 내가 할 수 있는 유일한 저항은 느릿느릿 시간을 끄는 것, 자정 넘겨 새날의 일진으로 문을 여는 것뿐이었다.

"날래 옷 갈아입고 나오라요."

〈수사반장〉을 틀던 공산주의자가 무뚝뚝하게 말했다. 살인 현장을 지키는 경찰처럼 굳은 얼굴이었다.

"무슨 일입니까?"

"어디 좀 가셔야겠습네다."

"오밤중에 어딜 갑니까?"

"가보면 압네다."

호텔 정문에는 검정 벤츠가 시동을 건 채 기다리고 있었다.

"부장님은요?"

뒷자리 북측 요원 둘 사이에 낀 내가 물었다.

아무도 대꾸하지 않았다. 어디 소속인지 못 보던 얼굴들이었다. 여러 벌 구운 벽돌 같은 근육이 마주댄 어깨로 고스란히 전해왔다.

앞에서 똑같은 차가 출발하더니 내가 탄 차도 뒤따르기 시작했다. 부장은 앞차에 있는 것 같았다. 따로 태운 이유가 뭘까?

후득후득 무언가가 차창에 들러붙었다 이내 주르륵 흘러내렸다. 진눈깨비였다. 5월 봄밤의 불청객이 몰고 온 짙은 어둠으로 사위는 겨울밤만큼이나 칠흑 같았다. 거기가 북쪽임을, 시차로는 측량할 수 없이 머나먼 땅임을 실감하는 순간이었다.

차는 대동강변을 쏜살같이 달렸다. 강물은 보이지 않았다. 희뜩희뜩 새의 날개처럼 한 점으로 접히며 사그라지는 진눈깨비로 짐작할 따름이었다. 그러다 차가 갑자기 방향을 획 꺾더니 울퉁불퉁한 비포장길로 접어들었다. 오르막이었다. 모란봉 쪽인가? 이 시간 이 날씨에? 적어도 평양의 야경을 보러 가는 길은 아니었다.

연전에 대통령을 죽이겠다고 특수부대를 내려보낸 자들이었다. 게다가 공식적으로 우리는 여기 발을 들인 적 없는 사람들이었다.

연기처럼 증발된대도 남한 정부는 입도 벙긋할 수 없었다. 상대가 공산주의자라면 언제나 최악을 준비해야 한다. 외빈들을 맞는 양탄자에 피를 묻히고 싶지 않았겠지. 한밤의 산속이라면 고문이라는 애피타이저는 생략한다는 얘기인가. 그날 밤의 첫 희소식이었지만 엄습하는 한기는 어쩌지 못했다.

사형수들에겐 매일매일의 복도가 생사의 갈림길이라던가. 길고 어둑한 복도 끝에서 왼쪽으로 잡아끌면 운동장, 오른쪽이면 형장. 서울구치소 형장에는 미루나무 한 그루가 있다고 했다. 목이 매달린 사형수들 눈에 정면으로 담기는 자리라고.

새삼 궁금했다. 구치소 먼저 세워졌을까, 미루나무가 먼저 뿌리를 내렸을까. 궁금증은 이어졌다. 이 차갑디차가운 메인 디시는 언제부터 정해졌는지. 밀사 제안에 응할 때부터? '위대하신 김일성 장군님의 영웅적 항일투쟁을 그린' 오페라를 보다 내 입에서 하품이 비어져나오던 순간? 부장 입에서 수상이 바쁘냐는 술자리 사담이 튀어나온 직후?

"담배 좀 얻어 피웁시다."

떠는 모습을 보이지 않으려 나는 안간힘을 썼다.

"건강에 해롭습네다."

왼쪽 요원이 싸늘하게 대꾸했다.

마지막으로 담배 한 대 피우게 해달라는 사형수의 부탁을 정중히 거절하는 간수 같았다. 공산주의자들은 농담까지 잔인했다. 총으로 끝내겠지? 청산가리 캡슐로 선수를 쳐야 할까? 청산가리보다 총알이 덜 고통스러울까? 죽을 때 죽더라도 당장은 뜻대로 되는 불씨 하나가, 한 모금의 온기가 절실했다. 더이상 누릴 수 없는 일상의 소소한 기쁨을 되새기니 다가올 죽음이 피부로 느껴졌다. 며칠째 씻지 않은 몸에서 냄새가 났다. 따뜻한 물에 몸을 담글 수 있다면…… 긴장이 풀어질까봐 모란봉 초대소 객실에 비치된 욕조를 한 번도 쓰지 않은 것까지 후회스러웠다.

목욕물 버릴 곳 없다
온통 진눈깨비 울음소리

준비해간 청산가리 캡슐이 활약해도 이상할 게 없는 절체절명의 순간, 내 뇌리를 때린 건 토카레프 TT-33이 아닌 어느 하이쿠였다. 나중에 확인해보니 원문은 '진눈깨비'가 아닌 '벌레'였다. 잠들어 있던 내 창작 충동이 처음 깨어난 순간이었다. 죽음의 그림자가 두개골 속까지 스며든 바로 그때.

덜컹대던 차가 돌연 얌전해졌다. 다시 포장도로에 올라선 것이었다. 목적지가 산속은 아니라는 얘기. 안도하기엔 일렀다. 고문이라는 애피타이저가 기다리고 있을 수도 있었다. 아니나 다를까, 차는 어두컴컴한 건물 앞에 멈춰 섰다. 공산주의자들에게 두 팔을 붙들린 채 불 꺼진 석조건물로 끌려갔다. 나는 새도 감시한다는 보위부인가? 청와대를 습격했던 정찰국? 남파 간첩의 본산인 선전선동부? 나는 정신을 놓지 않기 위해 눈을 부릅떴다. 몇 걸음 뒤 출입문 너머가 희끄무레한 윤곽을 드러냈다.

대리석 계단이 위아래로 나 있었다. 위층과 지하실. 복도 끝에 다다른 사형수처럼 심장이 쿵쾅거렸다. 위는 고문, 아래는 총살. 쿵에 고문, 쾅에 총살.

역시나 깔끔하게 끝내줄 자들이 아니었다. 계단을 오르는 다리가 후들거렸다. 지나온 생이 주마등처럼 스쳐갔지만 눈부신 장면은 없었다. 대체로 터널 같은 인생이었다. 서울구치소에 미루나무가 서 있는 이유를 알 것 같았다. 마지막 순간 떠올릴 얼굴 하나 변변히 없는 자들을 위해서였다.

"밤늦게 미안합니다. 만주 시절부터 제국주의와 싸우느라 야음에만 움직인 버릇이 여태 남아 있습니다."

쩌렁쩌렁한 목소리가 들려온 건 이층에서 삼층으로 꺾어 올라가는 계단참을 지날 때였다. 몇 계단 더 오르니 악수하는 두 사람이 보였다.

부장과 손을 맞잡고 있는 사람은 김일성이었다.

☆

출입문이 열리자마자 나는 전동차에서 내렸다. 때맞춰 반대편에서 달려온 전동차로 옮겨 탔다가 다음 역에서 내렸다. 다시 원래 노선으로 복귀해 다음 열차에 올라탔다. 꼬리가 붙었다면 닭 쫓던 개 신세가 되었으리라.

달리는 전동차에서도 계속 움직였다. 빈자리를 찾는 양 두리번거리며 다른 칸으로 건너갔다. 그러다 환승역이 나타나면 꼬리를 자르듯 출입문이 닫히기 직전 내려 교차 노선 플랫폼으로 향했다. CCTV가 지키고 있으니 엘리베이터는 피했다. 옴짝달싹 못하게 될지 모르니 에스컬레이터(한 줄 서기에서 두 줄 서기로 캠페인이 바뀐 게 정말로 고장을 줄이기 위해서일까)와 무빙워크(어김없이 CCTV가 굽어보고 있는 건 우연일까)도 버렸다.

계단만 고집했다. 오르는 계단은 그럭저럭 견딜 만한데 내려가는 계단이 무리였다. 한 칸, 한 칸 내디딜 때마다 끙, 소리가 절로 나왔다. 철제 봉에 매달린 채 게걸음으로 내려가야 했다.

다시 전동차에 뛰어들고 환승역을 기다렸다 한번 더 노선을 바꿨다. 그러다보니 어느새 발아래로 강물이 흐르고 있었다. 남단에서 북단으로 한강을 가로질렀다. 강철 바퀴와 강철 레일이 맞물리며 철교가 철컹거렸다. 언제부터였나. 한강 북쪽으로 건너갈 때마다 전쟁이 터지는 상상에 빠져든 것은.

모두 다 김일성 때문이었다. 두 눈으로 직접 본 김일성은, 그날 밤 사선을 넘어 맞닥뜨린 김일성은 환갑이라는 게 믿기지 않을 만큼 활력이 넘쳤다. 한 시간 반 동안 이어진 면담 내내 한순간도 흐트러지지 않았다. 전반적으로 격식을 차리지 않는 환담이었다. 녹음은 할 수 없고 메모만 허락되었다. 펜을 놀리는 건 부장 곁에 앉은 나의 몫이었다. 숨은 혹에 정신이 팔려 놓친 대목도 더러 있었지만 김일성 입에서 제국주의라는 단어가 자주 나왔다는 점은 확실했다. 그리고 외세라는 말도.

"부장 선생, 통일 문제에 외세가 끼어드는 거 재미없습니다. 민족끼리 자주적으로 평화적으로 해결해야 한다, 이것이 우리의 방침입니다."

6·25와 베트남전이라는 통역을 중간에 세우면 그 발언은 이렇게 번역될 것이었다.

"부장 선생, 통일 전쟁에 미 제국주의를 끌어들이지 말아야 합니다. 민족끼리 끝장을 봐야 한다, 이것이 우리의 전략입니다."

낙동강까지 밀고 내려왔다 유엔군의 참전으로 압록강까지 밀렸던 아쉬움을 잊기엔, 베트남에서 공산주의자들이 거둔 승리를 덤덤히 바라보기엔 그는 너무 원기왕성해 보였다(전쟁을 두 번은 거뜬히 치를 수 있을 것 같았다). 세계 최강 군대를 몰아냈을 때 호찌민은 여든을 넘긴 나이였다. 남북 전쟁에 관한 한 호찌민은 김일성에게 롤 모델이 될 소지가 다분했다. 민족 통일의 아버지. 미 제국주의에 일격을 가한 아시아의 호랑이.

"라이카."

김일성의 목소리에 심장이 멎는 줄 알았다. 내 코드 네임을 어떻게……

면담을 마치고 부장이 기념촬영을 제안한 직후였다.

"인물 사진은 라이카 M3가 최곱니다. 극적인 걸음 하셨으니 극배우처럼 찍어드려야 손님 대접이 옳습니다."

김일성이 사진사들 중 하나에게 손짓하며 말했다.

그 사진사의 손에 들린 카메라에 익숙한 로고가 새겨져 있었다. 겨우 숨을 쉬고 보니 김일성의 오른편이었다. 혹이 코앞에 있었다. 너무 지척인데다 감히 똑바로 쳐다볼 수 없어 정확진 않지만…… 그것은 모양도 색깔도 지극히 평범한 혹이었다. 제2의 6·25를 막아줄 희망의 지름은 한 해 전 북경에서 미국 선수들이 중공 선수들과 주거니 받거니 했던 탁구공보다 작았다.

인민군 전차 부대가 밀고 내려오면 남한 군대는 한강 다리부터 끊겠지. 6·25 발발 사흘 만에 그랬듯. 강 밑으로 뚫린 5호선 터널도 멀쩡히 남겨둬서는 안 된다. 나라면 맨 먼저 강물로 채워버릴 것이다. 공산주의자들은 두더지 같아서 땅굴이라면 환장할 테니. 이 시간에도 군사분계선 지하에서 곡괭이질을 하고 있는지 누가 알랴. 다리가 끊겨 발이 묶이게 된다면 어찌할까. 이제라도 수영 기초반에 등록해야 하나. 뚝섬유원지 오리배로 한강을 건널 수 있을까.

한강 이남에 거처를 정한 건 전쟁과 상관없었다. 일과 생활, 두 세계를 완벽히 나눠주는 경계선이 필요했다. 물리적 의미뿐 아니라 심리적 의미로도. 한강을 북으로 건너는 차로에는 말 못할 임무를 맡는 내가 있었고, 중앙분리대 너머 남으로 건너는 차로에는 일과에 찌든 평범한 샐러리맨이 있었다. 그런 식으로 내게 한강은 데일리 플래닛의 회전문이 되어주었다. 실제로 나는 퇴근길 다리를 건널 때마다 도수 없는 뿔테안경을 일부러 꺼내 쓰곤 했다. 클라크 켄트로 복귀하는 슈퍼맨처럼.

또다시 환승역이었다.

계단.

계단.

계단.

세 차례 환승으로 속옷이 땀에 푹 젖었다. 이렇게까지 혼선을 줬는데도 꼬리가 붙은 느낌이라면 접선을 깨끗이 포기해야 했다. 내 뒤로 전동차에 올라타는 사람은 없었다. 다른 칸에서 건너오는 기척도 클리어. 실전 감각은 아직 죽지 않았다. 대견한 무릎에게 상을 내리기로 했다. 자리가 난 노약자석에 몸을 부리고 가빠진 숨을 골랐다. 여유를 찾고 보니 사방이 등산복 차림 노인들이었다. 임진각과 백운봉 사이를 세월아 네월아 느린 속도로 오가는 노선. 이 노선만 타면 마음이 편했다.

뭐랄까. 내 영역에 들어선 기분이었다.

피셔맨

☆

태초에 하느님께서 빛이 생겨라 말씀하시니 빛이 생겨났다는 얘기를 들은 뒤로 나는 항상 궁금했다. 어둠은 누가 만든 걸까. 언제부터 존재했을까. 태양, 달, 지구. 빛이 별이라면 어둠의 정체는 무엇인가. 빛이 하느님 보시기에 좋았다면 어둠은 어땠을까.

"응답하라, 라이카. 라이카는 응답하라."

그분이 오셨다. 그분 음성이 나를 찾고 있다. 내 스승이자 삼촌이자 아버지이자 방아쇠였던 존재.

"너무 뜨겁습니다. 캐빈 기온이 미친듯이 상승중입니다. 오버."

나는 마이크에 대고 소리친다. 창 너머로 점점 작아지는 저 창백한 푸른 별은 지구인가.

"정신 똑바로 차려라, 라이카. 대기권 돌파에 뒤따르는 일시적 과열일 뿐이야."

온도계의 붉은 눈금은 떨어질 줄 모른다. 숨쉬기가 힘들다. 빙글빙글 돈다. 몸뚱이뿐 아니라 정신까지 무중력상태에 빠져든다.

"온도조절장치에 문제가 생긴 것 같습니다. 눈앞이 뿌예집니다. 오버."

"비상시엔 무엇부터 챙기라고 했지?"

"정신력입니다. 오버."

"사명대사 일화는 알고 있겠지? 왜놈들이 사신으로 온 대사의 침방 다다미 아래 철판을 깔고 밤새 불을 지폈다는. 이튿날 아침 문을 열어보고 눈이 휘둥그레졌다는."

"……"

"정신을 잃으면 안 돼. 내가 지금 누구 얘기를 하고 있지?"

"서산대사입니다. 오버."

"사명대사. 누구라고?"

"사명대사입니다. 오버."

"서산대사, 아니 사명대사가 버럭 호통을 쳤다. 통구이 신세는커녕 태연스레 가부좌를 하고서. 수염 끝에 고드름까지 매단 채로. 일본국은 화산섬이라 따뜻하다더니 조선보다 몇 곱절 춥구나. 그런데 마음마저 냉담하구나. 땔감 아끼느라 손님을 얼어죽일 셈이냐. 뭣들 하느냐? 어서 화력을 높이지 않고."

"온몸이 타들어가는 것 같습니다. 오버."

"사명대사가 자리에서 일어서자 다다미에 붓으로 커다랗게 쓴 한자가 모습을 드러냈다. 무슨 글자였을까?"

"자꾸만 눈이 감깁니다. 오버."

"졸면 죽는다. 정신력으로 버텨라. 이를 악물고 잠을 밀어내라."

나는 입을 앙다문다. 팍. 청산가리 캡슐이 터진 걸까. 내 안의 일부가 우주의 흑암으로 사라진다. 창백한 백색왜성이 되어 검은 우주에 녹아든다.

까무룩 잠이 들었던 걸까. 나는 소스라치며 눈을 떴다. 입가에 흘러내린 침을 손등으로 훔쳤다. 밤의 침대에서는 곁을 허락지 않는 단잠이 잘못된 시간, 잘못된 장소에서는 빚쟁이처럼 들이닥쳤다. 어두운 베개 위에서 뒤척이느라 흘린 시간을 주워 담으라는 듯.

꿈이었다. 하지만 현실의 좌석 밑에서도 뭉근한 열기가 연신 올라오고 있었다.

"이번 역은 서빙고, 서빙고역입니다. 내리실 문은……"

지하철 안내방송이 우주 교신처럼 아득하게 울렸다.

서빙고西氷庫역.

그분이 아니었다면 목적지를 눈감은 채 지나칠 뻔했다. 사명대사가 깔고 앉은 한자는 바로 얼음 빙氷이었다.

교신에 응답하듯 나는 자리에서 벌떡 일어섰다.

☆

선·샤·인·통·증·클·리·닉.

네온 간판 속 낯선 상호를 한 글자씩 소리 내어 읽고 난 나는 막 다른 골목 끝에 선 것처럼 뒤를 돌아보았다. 서빙고역 1번 출구로 나와 큰길을 건넌 다음 오른쪽으로 꺾어 죽 오다가 육교를 건너…… 머릿속에 사진처럼 박힌 길인데 잘못 들었을 리 없었다.

담쟁이가 부챗살처럼 퍼져나가는 적갈색 벽돌 건물이 있어야 할 자리에 통유리 외벽이 거울처럼 반짝이는 현대식 빌딩이 버티고 있었다. 일층도 녹즙 대리점 자리에 네일 아트 숍이 영업중이었다. 예전에는 이층이던 병원이 오늘은 오층.

없던 엘리베이터가 새로 생겼지만 이를 악물고 계단을 올랐다. 층계참이 나타날 때마다 올라온 시간만큼 쉬어야 했다. 네발로 기기 일보 직전에야 세상에서 가장 높은 병원이 눈앞에 모습을 드러냈다.

"여기 혹시 김배우……"

접수대를 지키는 직원에게 말을 건네다 말고 나는 입을 다물었다.

접수원 머리 뒤로 〈몽유도원도〉 복제품이 걸려 있었다. 번지수가 틀리지 않았다는 증거였다.

지금이야 남의 자격증에 빌붙어 침이나 놓고 있지만 김배우는 최고의 자백 기술자였다. 입에 납땜이라도 한 것처럼 경찰의 취조를 용케 버텨낸 빨갱이들이 맞닥뜨리는 통곡, 아니 자백의 벽. 남영동 대공분실에서 끝내 열리지 않은 입이라도 김배우에게는 자동문이나 다름없었다.

"자백은 문자 그대로 자발적인 행위여야 해. 연기자가 배역에 몰입하는 순간 감춰진 자신을 표현하게 되는 것처럼. 내가 누구인지 말해줄 수 있는 자는 누구인가? 콧구멍에 고춧물 한 주전자 들이붓는다고 리어왕이 왜 그런 소리를 주절댔는지 캐낼 수 있을까? 자백은 억지로 끄집어내는 게 아니라 내면에서 자발적으로 우러나와야 하는 거야."

김배우의 연기 철학과 상극인 곳이 바로 남영동이었다.

"푸줏간에서 언제고 사달이 날 거야."

김배우는 입버릇처럼 말하곤 했다.

모두 알다시피, 그의 우려는 몇 년 지나지 않아 기어이 현실이 되고 말았다. 서울대 학생을 죽음에 이르게 한 신문 방식도 문제였지만 우리가 절망적 탄식을 내뱉지 않을 수 없었던 건 사후처리 때문이었다. 탁 하고 치니 억 하고 쓰러졌다니. 술김에 발로 쓴 책(공작 대본을 우리는 그리 부르기도 했다)이래도 그토록 참담한 수준의 대사는 없었으리라.

창의성까지는 기대하지 않았다. 최소한 말이 되기는 해야 어떻게 비벼볼 수 있을 것 아닌가. 백 보 양보해 재난 수준인 개연성은 눈감아주더라도 엄청난 분노를 불러일으키는 역효과라니. 빵이 아니면 죽음을 달라는 시위대에게 빵이 없으면 과자를 먹으라고 되받던 자들도 그랬겠지. 남영동은 고문 기술자보다 대사 잘 치는 대본가를 모셔왔어야 했다. 단두대 앞으로 줄줄이 끌려가지 않기 위해 젖 먹던 힘까지 쥐어짜내야 했던 대선까지의 반년은 떠올리기만 해도 목구멍에서 단내가 올라올 지경이었다.

역사에 가정법은 없다지만, 그해 6월 백기를 내걸듯 대통령 직선제 요구에 굴복하는 일이 없었다면 십 년 뒤 선거에 의한 정권교체라는 파국은 싹도 움트지 못했으리라. 그랬다면 지금쯤 나도 남들처럼 공무원연금으로 골프 여행이나 다니고 있을 텐데.

회사든 국가든 사고 치는 놈 따로, 수습하는 놈 따로 있게 마련인가. 아닌 게 아니라 남영동에서 이첩돼온 자들은 인간이라기보다 냉동고 갈고리에 꿰인 채 사지를 늘어뜨리고 있는 고깃덩어리 같았다. 제대로 서 있지도 못할 만큼 만신창이가 되어 있기 일쑤였다.

"푸주한들."

그때마다 김배우는 절레절레 고개를 젓곤 했다. 제 이름조차 대지 못하고 혀만 빼물고 있는 모습에는 육두문자까지 튀어나왔다.

"염병. 복숭아나무까지 뽑아버리면 나는 뭐로 장사하라는 거야."

복숭아나무라는 비유를 이해하기 위해서는 자백이라는 과실을 얻기까지의 과정부터 살펴야 한다.

건강한 육체에서 순도 높은 자백이 나오는 법. 너덜너덜해진 몸뚱이부터 회복시키는 게 김배우만의 방식이었다. 손상된 상태에 맞춰 적절한 영양을 공급했고 양질의 휴식과 수면을 위해 룸 컨디션을 세심히 관리했다. 남영동이라는 지옥을 거쳐온 빨갱이들에겐 천국이나 다름없었으리라. 실제로 가장 채광 좋은 방을 작업실로 골라 특급 호텔 스위트룸처럼 꾸몄다. 김배우의 작업실과 빨갱이의 회복실, 두 공간은 진짜 스위트룸처럼 중문으로 연결돼 있었다.

무릉도원으로 난 길. 김배우의 지론에 따르면, 무의식은 귀한 정보일수록 음침한 곳이 아닌 환한 곳에 모셔두게 마련이었다. 무릉도원에 가야 접할 수 있는 그 무엇. 그 정보를 안다는 사실 자체가 힘의 원천이기에.

"「도화원기」에도 나오듯, 무릉도원은 입구로 이어지는 복숭아나무 숲을 어부에게만, 표류하는 어부에게만 보여주지."

잠시 사이를 둔 뒤, 김배우는 느낌표라도 찍듯 덧붙였다.

"길은 내는 게 아니라 스스로 드러나는 거야."

김배우의 코드 네임은 피셔맨이었다.

☆

공공연한 무릉도원인 피셔맨의 스위트룸에는 쥣구멍을 불사르는 고춧물도, 신경 줄기를 바스러뜨리는 고압 전류도 없었다. 대신 따뜻한 밥이 있었고 부드러운 햇볕이 있었다. 기력을 되찾은 빨갱이들에겐 피하고 싶은 룸서비스가 기다리고 있었지만.

"천국의 지하실을 열어볼까."

피셔맨은 의식의 수면 아래 낚싯바늘을 드리우듯 빨갱이들의 노곤해진 몸에 침을 찔러넣었다. 정수리에서 귀 뒤쪽까지 이어지는 열몇 개의 침으로 몸을 비틀며 하늘로 솟구치는 한 마리 용을 그려냈다.

용문혈龍文穴.

용이 되어 구름 위로 나는 듯한 쾌감을 선사하는 배열이, 품고 온 모든 걸 무릉도원에 다다른 얼굴로 내려놓게 만드는 일련의 신묘한 혈자리가 있다고 했다. 녹화된 영상을 보지 않았다면 나도 결코 믿지 못했을 것이다.

빨갱이들은 꼭꼭 숨겨온 기밀을 지난밤 꿈 얘기 들려주듯 털어놓았다. 비밀 아지트의 위치, 배후 인물들, 감춰진 자금줄…… 무서운 의도와 엄청난 계획들까지 술술 불면서도 꿈꾸는 표정이었다. 꿈에 본 비현실적 풍경을 당대 최고의 화가에게 상세히 들려주었던 비운의 조선 왕자처럼.

그리고 깨어나서는 아무것도 기억하지 못했다.

털어놓은 정보들이 진짜인지 아닌지는 크게 중요하지 않았다. 중요한 건, 머릿속을 떠다니는 그 어떤 생각도 입 밖에 내는 순간

돌이킬 수 없는 무엇이 된다는 사실. 강압의 흔적이라곤 눈 씻고도 찾아낼 수 없는 자백 영상이라면 더더욱. 그다음은 우리의 몫이었다. 꿈에 본 광경을 현실이라는 화폭에 재현하는 일 말이다.

번거로운 검은 우회로를 거쳐야 했지만, 한의대 문턱도 구경 못 한 피셔맨이 버젓이 흰 가운을 걸치고 〈몽유도원도〉 복제품을 무슨 자격증처럼 내걸게 된 데는 이런 곡절이 숨어 있었다.

“자네 아직 살아 있었나? 침 맞고 죽은 귀신은 때깔도 곱다니 일단 저기 누워보게.”

그런 피셔맨이었으니 얼굴을 보자마자 침이나 한 대 놓자고 달려들었을 때 움찔할 수밖에. 겁먹었다고 오해하면 곤란하다. 어디까지나 방문 동기와 거리가 먼 전개였고 내 머릿속에 ‘천국의 지하실’ 같은 건 없었으니까. 그럼에도 자리를 박차고 나가지 않은 건 계단을 오르내리느라 삐걱대는 몸을 몇 초라도 누이고 싶었기 때문이다.

전에도 그랬던가. 피셔맨은 어디가 불편한지 묻지도 않고 곧장 침을 놓기 시작했다. 귀밑에 집중적으로 꽂았다. 부위가 부위(자백이라도 받아낼 셈인가)인지라 어딘가 모르게 움츠러들었던 몸과 마음이 이내 녹신녹신해졌다. 과연 자백을 끌어낸 사람들 수만큼이나 능란한 솜씨였다.

침대에서 내려선 뒤에는 한번 더 탄복하지 않을 수 없었다. 천근같던 무릎이 날아갈 듯 가벼웠다. 피셔맨의 손길이 무릎은커녕 허벅지 근처에도 안 온 것 같은데.

"그 지경이 되도록 뭐했나? 누운 꼬락서니가 꼭 개구리 시체 같구만. 제대로 걸으려면 선샤인 토탈 케어 육 개월 코스 정도는 끊어야겠는데."

피셔맨이 잇몸 빼고 다 갈아치우려 드는 치과의사처럼 말했다.

나도 모르는 새 자백을 받아낸 걸까. 용건을 꺼내지도 않았는데 가운을 벗고 밖으로 나설 채비를 하는 피셔맨이었다.

"내 침만 맞을 수 있다면 지옥 끝까지 따라올 사람들이라 취소는 불가능해."

피셔맨이 전화통을 붙들고 진료 스케줄을 일일이 다시 잡는 동안 나는 〈몽유도원도〉에 사로잡혀 있었다.

이상했다. 자세히 보니 기암괴석에 포옥 감싸인 복숭아 숲뿐인 원본과 달리 등장인물이 있었다. 하나도 둘도 아닌 셋씩이나. 언뜻 산허리를 떠도는 까마귀떼처럼 보이는 그들은 도원으로 향하는 굽이진 길을 나란히 오르고 있었다.

우연히 발을 들인 방문자일까? 고사에서도 무릉도원을 발견하는 어부는 한 명인데. 저들의 정체는 무엇일까? 원본에도 없는 존재들이 왜 버젓이 그려져 있을까?

"〈몽유도원도〉에 사람이 있다고? 간이 허하면 헛것이 어른대는 법이야."

내 지적에 피셔맨이 혀를 차며 말했다.

"저기 산봉우리 사이에 세 사람이……"

다시 그림을 가리키는 순간 나는 말문이 막히고 말았다. 그림 속에는 아무도 없었다. 사람은커녕 까마귀처럼 보이는 붓자국 하나 없었다. 몇 번이고 고쳐 봐도 마찬가지였다.

"표정이 왜 그래? 귀신이라도 봤나? 놀랄 것 없어. 귀신같은 솜씨로 소문나 진짜 귀신들도 줄을 서니까. 그래, 어떤 귀신이던가?"

피셔맨이 나를 빤히 쳐다보았지만 왠지 입이 떨어지지 않았다. 스무 해 만에 대면하는 피셔맨이야말로 지난 세기의 빛바랜 환영처럼 늙어 보였다. 나도 피셔맨의 눈에 저렇게 비칠까? 죽음이 찾아온들 알아채지 못할 만큼 시들어버린 주름 덩이로?

☆

"목사가 부른다고?"

피셔맨의 목소리 톤이 이렇게 높았던가. 정정한 척하더니 가는 귀까지 먹은 걸까.

나는 본능적으로 주변을 살폈다. 대학생으로 보이는 옆자리 남자애는 보청기처럼 생긴 무선 이어폰으로 귀를 틀어막고 있었다. 건너 테이블에 마주앉은 두 사람은 각자의 휴대폰을 들여다보고 있었다. 안 듣는 척 우리 얘기를 엿들었을까.

서적 외판원, 단장, 산파, 소크라테스, 학장, 연출, 플래너, 정원사…… 그분이 후광처럼 거느린 숱한 별칭 가운데 가장 입에 붙은 이름이 목사였다. 온갖 성경 구절이 동전 삼킨 주크박스에서 음악 흘러나오듯 하는 분이라. 하지만 기독교 신자는 아니었다. 한때 출가했었다는 소문이 돌 만큼 불교 쪽으로도 해박했다.

예스도 노도 하지 않은 채 나는 침묵했다. 보안 때문만은 아니었다. 못 보는 사이 이마가 훌러덩 벗어진 피셔맨을 시험해보고 싶은 충동이 일었다. 뻔한 환자들(되짚어보니, 나도 모르게 피셔맨 앞에서 무릎을 주무른 것 같았다. 그게 아니더라도 내 나이에 무릎이 고무처럼 쌩쌩한 자가 몇이나 될까)이나 상대하느라 재능이 녹슬지 않았는지, 그분을 찾아갈 자격은 되는지 점검해보아야 했다.

침 하나로 자백을 척척 끌어내던 시절에는 흰 가운을 걸치기 위해 태어난 사람 같던 피셔맨이었는데. 전형적인 형태로 진행중인 M자형 탈모 탓인가. 턱선과 허리 라인을 무너뜨린 군살 때문인가. 정작 의사 노릇중인 지금은 퇴직한 종합상사 중역처럼 보였다.

"요즘 것들은 남한테 신경 안 써. 마주앉은 자기들끼리도 소 닭 보듯 하는데. 옆 테이블의 늙은이라면 닭이 아니라 꼬리로 찰싹 쫓아내고 싶은 파리겠지."

그러면서도 피셔맨은 내게서 시선을 거두지 않았다.

"토마토 주스를 시켰어야지."

피셔맨이 말을 이었다.

정작 스타벅스 매장으로 차를 몬 건 그였다.

"다방에 와서 웬 토마토?"

내가 커피잔을 집어들며 대꾸했다.

"전립선에는 내 침 다음으로 토마토야."

피셔맨은 내 마음 깊숙이 염탐의 장침이라도 꽂은 것처럼 말했다.

전립선 얘기는 꺼낸 기억이 없었다. 카페에 들어서자마자 점원에게 화장실 위치부터 묻긴 했지만.

"얼굴이 MRI야. 몸 어디가 어떻게 어긋났는지 다 쓰여 있어."

내가 알던 피셔맨, 내가 기대하고 있던 피셔맨이 맞았다. 약장수 같은 말투도 그대로였다. 마음만 먹으면 상대의 머릿속 맨 아래 서랍도 열어볼 수 있는 재능의 소유자. 거짓말탐지기를 비웃는 교묘한 거짓도 약장수 같은 촉은 속이지 못했다.

그분의 부름을 받았다는 말을 입증하기 위해 신문 부고까지 보여줄 필요는 없었다. 피셔맨이라면 수인사도 나누기 전에 감지했을지 모른다.

"지금 하는 일이 좋은 게 뭔지 아나?"

피셔맨이 눈에 힘을 풀고 대뜸 물었다.

당사자에 대한 비난이나 원망만 머릿속에 없다면 인간 거짓말탐지기와의 대화는 라디오 정오 뉴스만큼이나 편안했다. 굳이 내 생각을 피력할 필요가 없었다.

"거짓말을 듣지 않아도 된다는 거야. 셰익스피어도 내 앞에서는 꿀 먹은 고슴도치로 누워 있어야 하거든. 사람들이 메스보다 침 앞에서 더 조용해지는 이유가 뭔지 아나?"

타인의 거짓말에는 귀신처럼 반응하는 피셔맨이었지만 정작 본인의 속내를 감추는 데는 피노키오만큼이나 서툴렀다. 누구에게서든 꽁꽁 숨겨져 있던 참 자아를 이끌어내는 연기 디렉터이지만 제 맨얼굴을 가면으로 가리는 데는 영 재주가 없달까. 최고 자백 기술자의 자기모순적 약점이자 인간적 매력이기도 했다.

자문자답하는 버릇도 여전했다.

"메스는 너무 문명적이거든. 침은 원초적이지. 나비처럼 날아서 벌침처럼 쏜다. 무하마드 알리도 알아챈 거야. 자연을 본뜬 무언가가 문명인들에겐 알 수 없는 두려움을 안긴다는 사실을."

우리는 피셔맨이 남몰래 품고 있는 비밀을 엿보기 위해 그의 머리 어딘가에 침을 들이댈 필요가 없었다. 입을 틀어막거나 말을 끊는 어리석음만 범하지 않으면 됐다. 피셔맨의 입가에서 발원하여 웃음 근육을 부여잡고 눈가로 번져가는 달뜬 기운은 벙어리 셰익스피어들을 상대해온 시간의 지리멸렬을 반어적으로 웅변하고 있었다. 피셔맨은 거짓과 기만의 진흙에서 자백이라는 연꽃을 피워내던 시절을 가슴 깊이 그리워하고 있었던 것이다. 누군들 아니겠는가. 그 시절이야말로 우리 인생의 벨 에포크였는데.

어쩌면 한 떨기 연꽃의 은은한 자태보다 진흙 밭의 질척임이, 정제해내야 하는 하나의 진실보다 그것을 교묘하게 감추는 천 개의 거짓들이 오히려 활력의 근원이었는지도 모르겠다. 연꽃이 아름다운 이유는 부엽토가 아닌 진흙을 뚫고 올라오기 때문이니. 벨에포크란 진흙 밭을 뒹구는 시간이니.

자백 기술자와 마찬가지로 무자격 침술사도 피셔맨의 인생 계획에 없는 일이었다.

계획이라는 두 글자는 오로지 그분의 몫이었다.

☆

"아저씨, 책 팔러 다니는 사람 아니죠?"

소년소녀 세계문학 전집 카탈로그를 다 펼치기도 전, 피셔맨이 그분에게 건넨 첫마디였다. 열한 살의 피셔맨은 그분의 눈동자 너머에서 무엇을 엿보았던가.

"또!"

피셔맨의 어머니가 질색하며 아들 등짝을 후려쳤다.

하지만 그분은 피셔맨의 머리를 쓰다듬으며 되물었다.

"흥미로운 질문이구나. 그런데 왜 그렇게 생각하는 거지? 꼬마 친구?"

피셔맨은 전집 샘플에서 어느 한 권을 뽑아들며 대답했다.

"코끝만 봐도 알죠. 거짓말할 생각만 품어도 코가 쑥쑥 자라나거든요."

정작 피셔맨의 손에 들린 건 『피노키오』가 아닌 『왕자와 거지』였다. 거지와 옷을 바꿔 입은 왕자. 피셔맨은 남루한 현실을 오히려 특별한 존재의 증거로 둔갑시켰다. 그것도 재능이라면 재능이었다.

그분에게 조련되던 푸르른 시절, 자꾸만 입안을 맴돌던 질문이 하나 있었다.

"왜 나였죠? 나를 왜 뽑은 거죠?"

희귀한 능력을 타고난 아이들이 모두 그분의 소년소녀 세계문학 전집을 읽게 되지는 않았다.

노려보는 시선만으로 쇠를 구부리는 아이. 세상에서 가장 빠르고 정확한 주판을 머릿속에 담고 있는 아이. 동물들과 대화하는 아이. 비범한 재능을 뽐내는 족족 뽑혔다면 자조 섞인 농담대로 우리는 서커스단이 되었을지도 모른다. 그래서 더 궁금했지만 답을 듣는 행운은 누릴 수 없었다. 용기 내어 묻지 못했으니 억울해할 일은 아니다. 궁금증에 값하는 대단한 이유를 듣지 못할까봐 두려웠던 것도 아니다. 애당초 용기를 내는 것과는 상관없는 종류의 질문이었는지도 모르겠다. 어쩌면 질문하지 않는 것이야말로 선택의 기준, 가장 중요한 재능이 아니었을까. 왜?라는 바로 그 질문 말이다.

그분이 우리에게 던져준 건 늘 다른 물음표였다.

어떻게?

피셔맨을 이십 년 만에 마주한 바로 그 순간에도 그분이 묻고 있었다.

제군들, 나를 어떻게 찾을 건가?

"목사와 연결된 물건은 전혀 없나?"

오렌지 당근 주스를 홀짝이던 피셔맨이 그분의 질문을 대신하듯 내게 물었다.

"연결된 물건이라니?"

내가 반문했다. 연결된 인물이나 정보라면 몰라도.

"나는 어떻게 찾아왔나?"

피셔맨이 주스 병을 테이블에 내려놓고 나를 물끄러미 건너다보았다. 의아해하는 피셔맨의 표정에 문득 불안이 밀려들었다. 내가 뭔가를 놓치고 있는 건가.

"개업 무렵 와봤으니까. 그때는 맥 한의원이었지만."

"간만에 듣는 이름이군. 동업자 때문에 어쩔 수 없이 단 촌스러운 간판 맞지만 자네는 방문한 적이 없네. 내 침을 한 번만 맞았어도 몸이 그 지경이 되지는 않았을 테고."

"무슨 소리야. 행운목까지 들고 왔는데."

"화분 선물 같은 거 안 하는 사람이잖나. 자네 손만 타면 다 시들어 죽는다고."

"그게 무슨……"

"말해보게. 지금 집에 어떤 화분을 기르고 있는지."

피셔맨은 어느새 측은해하는 눈빛이 되어 있었다.

나는 말문이 막히고 말았다. 담쟁이가 있는 벽돌 건물이며, 녹즙 대리점이며, 〈몽유도원도〉며 어제 본 것 같은 심상心象들은 다 무엇이란 말인가. 녹즙이라는 간판 글자가 무색하게 일층 대리점에서 솔솔 풍겨나오던 개소주 냄새는…… 섬광처럼 떠오르던 서빙고역 1번 출구는…… 머릿속이 뒤엉킨 실타래처럼 혼란스러웠다.

"그럼, 내가 자넬 어떻게 찾아왔지?"

내가 자신 없이 웅얼거렸다. 그것은 나 자신에게 묻는 말이기도 했다.

"아직도 담배 같은 야만적인 물건을 입에 대나?"

대화가 점점 스무고개로 흐르고 있었다.

"지금 이 순간에도 간절하네만."

"부싯돌은 아닐 테고, 담뱃불은 무엇으로 붙이나?"

다른 사람이었다면 무슨 수작이냐며 자리를 박차고 일어났으리라. 하지만 스무고개 끝에 무엇이 기다리고 있는지 알아야 했다. 나는 바바리코트 주머니에서 쇠로 빚은 부싯돌을 꺼내 테이블에 올려놓았다.

지포 라이터.

이제 피셔맨이 답할 차례였다.

"설마 기억 못하는 건 아니지?"

피셔맨이 라이터에는 눈길도 안 준 채 물었다. 내 패를 예상하고 있던 사람처럼.

"내 나이 불혹이 되던 해 시무식 날 유혹의 불씨를 아예 꺼버리겠다고 자네에게 넘기지 않았나."

피셔맨의 친절한 설명에 머릿속 실타래는 더 헝클어졌다. 피셔맨이든 누구든 지포 라이터를 양도받은 장면은 기억에 없었다. 사실이라면 비상한 기억력이 아니더라도 잊기 어려운 일 아닌가. 본래 피셔맨의 물건이었다 치자. 내가 피셔맨을 찾아온 것과 라이터가 대체 무슨 상관이란 말인가. 앙가슴이 체한 것처럼 갑갑했다.

문득 어떤 의심이 날카롭게 스쳤다. 피셔맨이 나를 시험하고 있는 것인가? 불과 몇 분 전 내가 피셔맨에게 그랬듯? 의심하고 또 의심하도록, 의심하고 있다는 사실을 뺀 전부를 의심하도록 단련된 우리 아닌가.

그분은 기회가 있을 때마다 말하곤 했다.

"의심이 틀리면 인간관계가 날아가지만, 의심이 맞을 때는 목숨이 날아간다."

온몸의 세포가 동면에서 깨어난 것 같았다. 들이쉬는 공기마저 의심하던 그 시절로 복귀한 느낌. 머리끝부터 발끝까지 기분좋은 긴장감으로 팽팽해졌다.

막다른 질문 공세에 내몰린 사람들이 잘못 알고 있는 한 가지는 침묵에 대한 맹신이다. 묵비권이 매번 구원의 동아줄이 되는 건 아니다. 백 번의 침묵보다 엉뚱한 한마디가 취조에 혼선을 불러일으킬 때도 있다.

"우연히 두 발로만 걷게 된 원숭이가 언어라는 걸 발명한 이유는 진실을 드러내기 위해서라기보다 진실을 감추기 위해서야. 네 발로 걷던 과거를 포함해서. 성경이라는 집단창작물도 그래서 나온 거고. 펜이 왜 칼보다 강한지 알아? 칼은 진실을 억누를 뿐이지만 펜은 거짓을 진실로 둔갑시킬 수 있기 때문이야."

목사라는 별칭이 해괴하게 느껴지는 때가 종종 있었다. 내가 아는 한 그분은 뼛속까지 다윈주의자였다.

"이보게, 내가 누군지 몰라서 묻나? 나, 라이카야."

나는 코드 네임에 방점을 찍으며 말했다.

역시나 그분의 가르침이 효과를 발휘했다. 피셔맨은 멋쩍은 미소를 지어 보이나 싶더니 이내 주스 병을 입에 가져갔다. 시험 같은 건 존재하지 않았다는 듯.

그럼에도, 아니 그래서 내 머릿속 경보는 빨간불로 격상되었다. 라이터도 라이터지만 일면식조차 없는 장소를 다녀온 것으로 기억하고 있다니. 현실이 아닌 백일몽 한구석에 앉아 있는 기분이랄까. 그 몽롱하고 희뿜한 분위기 속에서도 내색할 수 없는 의문은 더욱 또렷해졌다.

피셔맨의 말대로라면, 나를 생면부지의 이곳으로 연결시킨 것은 대체 무엇인가?

문득 조바심이 밀려들었다. 내가 어떤 인물이었든, 예전의 나에

미치지 못하면 어쩌나 하는 조바심. 그분의 부름을 받은 시점이라면 더더욱.

재단사

☆

지혜의 치아라는 계시가 틀린 걸까. 모든 걸 다 꿰고 있는 듯 구는 피셔맨도 그분의 행방에 깜깜하기는 나와 다를 바 없었다. 피셔맨이 아니라면 누구를 찾아갔어야 했나. 어디에 접선해야 했을까. 혹시 내가 암호를 오독한 건 아닐까. 무엇보다 나를 혼란에 빠뜨린 의문은 이것이었다. 나는 대체 누구인가. 라이카로 불리던 요원은 어떤 능력의 소유자였나.

"나를 찾아온 건 일생일대에 가장 잘한 일이야. 어디 보자. 드디어 가방을 열 때가 왔군."

내 실망에 응수하듯 피셔맨이 차에서 들고 내린 공공칠가방에서 무언가를 꺼내 내 쪽으로 건넸다.

베레타 92F.

머리가 놀라기도 전에 몸이 먼저 반응해 이태리 베레타사에서 제조한 명기名器를 낚아챘다. 너무 오랜만이어서일까. 손이 기억하는 인명 살상용 쇠붙이 특유의 묵직한 차가움이 느껴지지 않았다.

"손바닥에 대고 방아쇠를 당겨보게. 손이 구멍날 일은 없을 테니 겁먹지 말고."

"모양 빠지게 손바닥이 뭔가. 관자놀이 아니면 여기지. 내가 체질적으로 못 먹는 한 가지가 있는데 바로 겁이라는 오르되브르야."

아랫배에 힘을 주며 나는 보란듯 총구를 입에 물었다.

"옳거니. 거기가 더 낫겠어. 어서 당겨보게."

피셔맨이 내 쪽으로 몸을 기울이며 재촉했다. 말리기는커녕 머뭇거리면 발사를 기꺼이 도와줄 기세였다. 이십 년 만에 만나서 빈총을 당겨보라니 대체 무슨 꿍꿍이일까. 혹시 빈총이 아니라면? 그러고 보니 뭔가 장전된 느낌도 들었다.

나는 피셔맨의 눈을 똑바로 응시한 채 방아쇠를 당겼다.

입천장에 들러붙는 선득한 기운에 깜짝 놀라 반사적으로 총구를 빼냈다. 이미 튀어나온 무언가를 시간을 되감아 거둬들이듯.

"뱉으면 후회할 거야. 보통 은단이 아니라 미국으로 수출되는 정력 은단이거든. 은에는 해독 성분이 있어서 간, 신장에 좋고 뇌혈관 속 유해산소를 줄여 기억력 감퇴도 억제한다네."

피셔맨은 기억력 감퇴라는 두 단어에 유독 힘을 줬다.

은단 알갱이들이 녹으며 가볍고 화한 기운이 입안 가득 퍼져나갔다.

"미들 스쿨 때부터 시작한 담배를 은단 덕분에 끊었다며 김작가가 넘겨준 거야."

"재단사와 왕래가 있나?"

내가 반색하며 물었다.

반가움에 총알처럼 튀어나온 직업은 김작가의 코드 네임이었다.

재단사의 담당 업무는 책, 그러니까 공작의 대본을 쓰는 것이었다. 따로 노는 낱낱의 퍼즐 조각들도 그의 손을 거치면 마지막 한 조각까지 딱 떨어지는 그림으로 완성되었다. 하와이의 야자수 잎과 북극의 빙하를 쥐여줘도 촘촘한 간첩단 서사를 엮어낼 능력자였다. 사람들 마음속 거문고를 자유자재로 튕기는 대사는 얼마나 생생했나. 살아 꿈틀대며 시시각각 빛깔을 바꾸던 디테일의 비늘들은 또 얼마나 반짝거렸던가. 우리 중 누군가 작가로 데뷔한다면 그 영예의 홀笏은 단연 재단사의 손에 쥐어질 것이었다.

피셔맨 앞에서 재단사라는 코드 네임을 입에 올리니 한창때로 돌아간 기분이었다. 막후에서 세상이라는 무대를 쥐락펴락하던 그 시절로.

"무덤에 들어갔다는 소리를 못 들었으니 어딘가 살아 있겠지."

무덤이라는 친숙하고도 낯선 단어 때문이었을까. 한창때가 아니라 가까운 미래를 마주한 기분이 된 것은.

"침 맞으러 올 때까지 기다릴 수는 없고……"

"필름은 넘겼으니 현상이야 자네 몫이지."

피셔맨이 베레타, 아니 은단 케이스를 턱짓으로 가리켰다.

필름이라니. 현상은 또 무슨 소리인가. 라이카라는 내 코드 네임과 무관하지 않은 건 분명했다. 나는 무언가를 기억해내야 한다. 손에 쥐어진 재단사의 옛 소지품을 나는 망연히 바라보았다.

"떠오르는 무대 없나, 김감독?"

피셔맨은 지포 라이터를 기억 못하느냐고 묻던 순간의 눈빛으로 돌아가 있었다.

☆

부실해진 전립선이 도움이 될 때도 있었다. 덕분에 피셔맨의 시선에서 자연스레 벗어날 수 있었으니. 그래봤자 쥐 오줌만큼의 말미였을 뿐이지만.

화장실에서 뾰족한 수를 찾지 못한다면 남에게 내가 어떤 사람이었느냐고 묻는 수모를 피할 길이 없었다. 현역 같으면 변기 수조 속에 내 정체성을 말해줄 무언가(정력 은단이 아닌 9밀리 패러벨럼 탄이 장전된 베레타, 위조 여권, 암호 수첩, 고무줄로 돌돌 말린 달러 뭉치, 마이크로필름 같은)가 알뜰히 준비돼 있었겠지만, 나를 맞이한 현실은 맨엉덩이에 전해오는 냉기와 서서 오줌을 누지 못하게 된 뒤로 단짝이 된 자괴감뿐이었다.

대신 나는 주머니를 뒤지기 시작했다. 코에 걸친 돋보기처럼, 아무리 찾아도 보이지 않는 것들은 으레 내 몸 어딘가에 붙어 있곤 했으니까.

지갑, 담뱃갑, 라이터, 동전 몇 개, 그리고 낡은 하모니카.

하모니카? 이 물건이 왜 내 주머니에 들어 있는 걸까. 아무리 뜯어봐도 평범한 하모니카였다. 하모니카로 위장된 권총이나 폭탄은 아니었다. 생소하지만 왠지 눈에 익었다. 내가 하모니카를 부는 사람이었던가. 천만에. 휘파람도 어설픈 나다. 악기나 물고 있던 인생은 더더욱 아니다.

새로운 수수께끼에 입술을 대보았다. 바람에 흔들리는 촛불처럼 무언가 깜박깜박했지만 거기까지였다. 촛불이 꺼진 자리에는 백내장 같은 촛농만 남았다. 머릿속이 식은 촛농처럼 뿌옇게 굳어버린 느낌.

나는 소지품들을 흰 타일 바닥에 나란히 늘어놓았다. 간첩 사건 증거물을 언론에 공개하듯.

당신 주머니에 무엇이 들어 있는지 말해보라. 그럼 나는 당신이 누구인지 말해줄 수 있다.

이 물건들의 주인은 어떤 인물인가.

나도 모르게 중얼거리며 증거물 1호를 집어들었다.

네 귀퉁이가 해진 갈색 가죽 장지갑. 장지갑을 쓰는 사람은 신용카드보다 현금을 선호할 가능성이 높다. 지폐가 구겨지지 않으니까. 현금만 쓰는 사내는 뭐다? 빙고. 간첩이다. 포켓이 많아 뭘 숨기기에도 맞춤하다. 고로 지갑은 내 물건임이 틀림없다.

투명 비닐 포켓에 끼워진 주민등록증을 들추니 꼭꼭 접힌 종이 쪼가리가 숨어 있었다. 펴보니 조간신문에서 오려낸 부고였다. 집 화장실에서 재로 변해 변기 물과 함께 사라지지 않았던가. 훈련받은 대로 처리했던 것 같은데.

그제야 기억났다. 마지막 순간 마음을 바꾼 것이. 지포 라이터 불꽃을 대려는데 기분이 묘했다. 기시감이 해일처럼 밀려들었다. 무력감이었던 것도 같다. 반복할지언정 돌이키는 건 불가능하다는 압도적 무력감.

노크 소리를 두 번이나 돌려세우도록 쭈그려앉아 있었지만 배꼽 아래가 상쾌해지지 않았다.

알려준 적 없다는 피셔맨의 행방을 대체 어떻게 알고 찾아왔을까. 우연인 듯 필연인 듯 연결된 선샤인 통증 클리닉이라는 점은 어떻게 내 의식의 지평선 위로 떠올랐을까.

해가 지평선 너머로 사라진 듯 한순간 사위가 컴컴해졌다. 밖에서 누군가 스위치를 끈 것 같았다. 빨리 나오라고 시위하는 건가. 가슴팍으로 치받는 뜨거운 것을 애써 억누르며 나는 더듬더듬 손을 타일 바닥으로 가져갔다. 뜨거운 무언가를 내뱉는 건 라이터를 켠 뒤에도 늦지 않을 것이었다.

뭔가 손에 잡혔다. 그때였다. 정체불명의 형체들이 머릿속에서 흐릿하게 어른거렸다. 그것들을 붙잡으려는 듯 앞으로 내민 손에 힘이 들어갔다. 정수리에 찌릿하는 강한 전기가 느껴졌다. 어렴풋하던 윤곽이 현상액을 머금은 인화지처럼 또렷해져갔다.

기품이 느껴지는 오래된 소나무, 자그마한 동산 같은 봉분이 하나인지 둘인지……

혼자만의 고독한 세상이 다시 환해짐과 동시에 문 너머에서 손잡이를 거칠게 돌리는 기척이 들려왔다. 깊고 오랜 어둠에서 막 솟구쳐오른 사람처럼 나는 부신 눈으로 손을 내려다보았다. 손등 가득 파란 정맥이 그물을 치도록 내가 꽉 움켜쥐고 있던 것은 은단 케이스였다. 재단사가 피셔맨에게 넘겼다는 은단 케이스.

그나저나 피셔맨은 나를 왜 김감독이라 부르는 걸까. 방금 내가 어둠 속에서 본 것들과 상관이 있을까.

다시 한번 기시감이 찾아왔다. 내 부고를 차마 태우지 못한 채 지포 라이터를 끄던 순간, 사라진 불꽃의 잔영처럼 머릿속에 일렁이던 기억 아닌 기억. 내 손을 거쳐간 수많은 물건들과 핀 조명을 받은 무대처럼 또렷이 떠오르던 수많은 공간들.

오랫동안 잊고 있던 그분 말씀이 뇌리를 울렸다. 『보물섬』을 내게 선물하며 했던 그 말씀.

"기억하는 것만으론 의미가 없다. 사물의 혼을 읽을 줄 알아야

지. 보물과 떨어질래야 떨어질 수 없는 보물 지도처럼."

라이카라는 코드 네임은 단순히 사진 같은 기억력 때문이 아니었다. 사물의 혼을 읽는 자. 보물이 묻힌 곳을 정확히 가리키는 보물 지도. 화장실에서 나온 나는 더이상 화장실에 들어갈 때의 나일 수 없었다. 그분의 부름이 내 부고라는 암호로 발신된 이유를 알 것 같았다. 나는 그분이라는 보물을 찾아갈 보물 지도였다. 그리고 보물 지도는 죽은 자의 품에서 발견되기 마련이었다.

"그래, 어디 있던가?"

피셔맨이 보물의 위치를 묻는 해적처럼 물었다.

"무덤이 보였네."

나는 이제 확신에 찬 어조로 말했다.

"재단사가 요단강을 건넜다고?"

"그런 말은 안 했네만."

"피도 눈물도 없는 위인이니 우리보다 더 오래 살 거야. 누구 무덤이었나?"

"석마石馬, 석양石洋, 석호石虎를 거느리고 있었네."

"왕의 무덤이라……"

"재단사가 묻혀 있을 곳은 아니지."

"단봉이었나 쌍봉이었나?"

"그게 중요한가?"

"설마 왕릉들이 다 똑같다는 근본 없는 발상을 하는 건 아니겠지?"

"단봉."

"아 유 슈어?"

"뒤쪽에 하나 더 있었던 것 같기도 해."

"옆이 아니라 뒤라고?"

"뒤에 있으면 안 되나?"

"과연 김작가답네. 반전 스토리의 명수다워."

피셔맨이 혼잣말을 중얼거리며 자리에서 벌떡 일어났다.

"어디 가게?"

나도 덩달아 몸을 일으키며 물었다.

시위를 떠난 화살처럼 피셔맨은 어느새 출입문으로 돌진하고 있었다. 못 보던 새 몸은 불었어도 왕년의 피셔맨은 어디 가지 않았다. 물고기를 낚지 않는다고 미끼 끼우는 법을 잊어버릴 피셔맨은 없다. 불법이라는 침침한 전등갓 아래에서 애써 침을 놓는 것도 손맛을 잊지 않기 위함인지 모른다.

한번 피셔맨은 영원히 피셔맨. 단 한 편만 써도 죽을 때까지 작가. 죽어 누워 있을 때조차 전직 작가가 아닌 그냥 작가로 불리는 것처럼, 어떤 보통명사는 세월과 함께 고유명사가 되기도 한다.

☆

내가 행선지를 짐작할 수 있게 된 것은 빌딩숲 허리를 가르며 질주하던 피셔맨의 BMW가 내부순환로에서 빠져나가기 위해 차선을 바꿀 즈음이었다.

"비행기 엔진 만들던 회사라 주행감이 퍼스트 클래스야. 도로면에 착 붙어 달리다보면 어느 순간 훅 날아오를 것 같아. 아우토반만큼 속도를 못 내서 그렇지."

차가 아닌 입에 시동을 건 듯한 피셔맨이긴 해도 말이 너무 많았다. 잃어버린 영역을 되찾으러 가는 짐승처럼 흥분한 기색이 역력했다. 몸집을 부풀리듯 자기를 과시하는 얘기들.

딸애를 한의대에 보냈어야 했을까. 한의사는커녕 개, 고양이에게도 의료보험 혜택이 적용돼야 한다는 소리나 하고 앉아 있으니. 수의사라도 시킬 걸 그랬나. 그랬으면 괭이 새끼 두 마리에 개새끼 한 마리까지 지극정성으로 돌보면서 지 애비한테 안부전화 한 통 없는 불효쯤은 눈감아줄 수 있을 텐데. 할애비는 냄새난다고 슬금슬금 피하면서도 개새끼 똥은 제가 먼저 치우겠다고 달려가는 손녀 아이도 아무렇지 않을 텐데.

전쟁이 터져도 애비, 할애비는 나 몰라라 괭이 새끼, 개새끼만 껴안고 피난 갈 녀석들. 개새끼, 괭이 새끼들 주사나 싸게 놓자고 빨갱이들과 젊음을 바쳐 싸웠단 말인가. 인민군이 쳐들어오면 포메라니안으로 T 전차를 저지하고 먼치킨으로 미그기를 떨어뜨리겠구나. 내 쓸개를 꺼내 혀에 댄 것처럼 입이 썼다. 그러거나 말거나 피셔맨은 그쪽에서 그칠 생각이 없는 듯했다.

"자네도 레이저로 검버섯 좀 지져야겠는걸. 전생에 고려청자를 빚었을까. 솜씨가 인간문화재급이야. 곰보라도 한 껍질만 벗겨내면 유약칠한 것마냥 매끈해진다네."

독일산 세단이 어디로 향하고 있는지 나는 묻지 않았다. 며느리가 피부과 전문의라는 피셔맨의 눈치 없는 자랑에 억장이 무너져 서라기보다는 짚이는 바가 있어서였다. 내비게이션을 놀리고 있다는 건 눈감고도 찾아갈 수 있는 곳이라는 얘기. 별다른 설명이 없는 건 나도 익히 아는 장소라는 뜻일 테고.

여러 줄기의 심증이 램프웨이로 머리를 들이미는 차량들처럼 한곳에 모였다. 이 모든 조건을 충족시키는 장소는 하나뿐이었다. 피셔맨이 잃어버린 영역은 내가 잃어버린 영역이기도 했다. 아니, 우리는 영역을 잃은 적이 없다. 우리가 서 있는 곳이 우리의 영역. 다만 몸담고 있던 무리에서 부당하게 추방되었을 뿐.

회사.

피셔맨의 차는 회사 쪽으로 가고 있었다. 정확히는 회사 바로 턱밑에 자리하고 있던 어느 왕의 무덤으로.

☆

기분이 묘했다. 속도계 바늘은 시간당 주행거리를 표시하고 있었지만 내게는 그 반대로 다가왔다. 주행거리당 달리는 시간. 차가 앞으로 나아가는 만큼 시간은 과거로 물러서고 있었다. 감상적 의미라기보다 물리적 의미로 그랬다. 〈백 투 더 퓨처〉의 스포츠카를 탄 것처럼 차창을 스치는 풍경들이 지난 세기의 정취를 일깨웠다. 굴뚝 있는 공중목욕탕부터 객실 창마다 검붉은 비로드 커튼을 드리운 여관까지, 빛바랜 간판들이 도심 어디서나 볼 수 있는 프랜차이즈 상호들 사이사이로 물살을 거스르는 수석처럼 박혀 있었다.

너무나 현실적이어서 비현실적으로 느껴지는 시간여행은 회사로 진입하는 구간에 이르러 절정에 달했다. 은하수, 왕자, 백합…… 맥양집이라 불리던(맥주와 양주를 팔아서였나) 헐한 술집들이 여태 남아 있었다. 폭포수를 뛰어오르는 연어처럼 시간을 거슬러 그때 그 시절로 돌아간 것 같았다.

그렇다고 무정한 세월이 두 손 놓고 있던 건 아니었다. 기다리는 건 불심검문뿐이던 외진 길에 카페와 식당들이라니. 왕릉 방문객을 위한 주차장도 조성되어 있었다. 왕릉을 감싸며 길게 이어진 솔숲 여기저기엔 아웃도어 차림의 노인들이 팔을 크게 휘저으며 제 그림자를 따라잡듯 빠르게 걷고 있었다.

"여기도 먹자판, 놀자판이 되었구만."

피셔맨의 목소리에 씁쓸함이 배어 있었다.

예전 같으면 감히 상상 못할 풍경이었다. 택시 기사들은 이 왕릉 이름(회사명을 직접적으로 거론하는 건 보안상 적절치 않았기에)만 대도 바들바들 떨었다. 미터기는 켤 엄두를 못 냈고 룸 미러를 홱 돌려버리는 경우도 있었다. 저승사자의 얼굴을 쳐다보면 죽은 목숨이라 여기듯. 정말 그래서였나. 어깨 너머로 지폐를 넉넉히 건넨 뒤 거스름돈은 필요 없다고 하면 기사들은 오히려 사색이 되곤 했다. 눈두덩에 은화가 얹히는 시신처럼.

의도야 무엇이었든 회사를 무덤가에 세운 건 결과적으로 탁월한 선택이었다. 정확히는 해외(북한을 포함해서)영업부. 알다시피 국내영업부는 저 유명한 남산에 있었다. 입지 선정 배경에 대해서는 설이 분분했지만 가장 솔깃한 주장은 재단사의 입에서 나왔다.

"보게. 저 무덤 밑에 누가 누워 있는가. 단명한데다 후사도 못 본 불모의 왕이지. 모친은 또 얼마나 처참한 최후를 맞았나. 사약을 받게 되자 왕조의 대를 끊어버리겠다며 어린 세자 음낭을 움켜쥐려 했다지. 이래저래 장안에서 음기가 가장 센 곳이라네. 남산의 화기를 완벽히 제어하지는 못했지만. 김부장이 왜 VIP 면전에서 방아쇠를 당겼는지 아나? 유혈진압을 막으려고? 경호실장과의 파워 게임 때문에? 바늘구멍에 꿰는 실만큼 빤한 발상이야. 바늘구멍에 꿰어야 한다면 진실은 낙타 같은 것이겠지. 남산은 불기운이 센 곳이야. 그 불이 방아쇠를 당긴 거지."

나는 고개를 끄덕이지 않을 수 없었다. 내 안에서 습관적으로 혀를 날름거리던 의심을 몰아낸 일등공신은 역사나 풍수 같은 거창한 담론보다 재단사가 뱀의 발처럼 덧붙인 자그마한 디테일이었다.

"생뚱맞게 연못을 판 이유도 그래서였지. 불을 누그러뜨리는 물이어야 했으니까. 진실이 궁금한가? 바늘구멍에 실이나 꿰고 있지 말고 그 눈곱만한 틈으로 우주를 들여다보게."

회사 본관에서 사격 연습장으로 난 오솔길 중간에 인공 연못이 하나 있었다. 이름은 '음지못'. 놀랍고도 신기한 조화였다. 철옹성 같던 의구심의 성벽이 개미 새끼 한 마리 빠져 죽기 힘든 접시 물에 문을 활짝 열다니. 음지못이라는 바늘구멍에 눈을 가져가니 수면 아래 거대한 빙산의 실체가 한눈에 들어왔다.

재단사는 디테일의 천재였다. 말라비틀어진 뱀 껍질 같은 이야기에 생명을 불어넣는 건 치명적 독 한 방울. 신화 속 존재 삼손을 실존 인물로 탈바꿈시키는 마술 상자의 비밀장치도 머리카락 한 줌 아니던가. 델릴라가 잘라낸 게 머리카락이 아닌 간이나 심장이었다면 삼손은 이름도 기억 못하는 그저 그런 신들 중 하나(간이었다면 프로메테우스의 그늘에 가렸겠지)에 지나지 않았으리라. 머리카락이라니, 얼마나 인간적인가!

미국 문화원을 점거농성중인 극렬 운동권과 면담을 시도하는 장관은 밀가루를 뒤집어써야 한다. 물벼락은 시각효과가 약하다. 달걀 세례는 상투적이다. 봉변의 핵심은 밀가루여야 한다. 흑백 사진 속에서 검은 머리, 까만 양복과 극적인 대조를 이루는 새하얀 밀가루. 그것도 점성이 강해 비 오듯 흐르는 진땀에 예쁘게 엉겨붙을 강력분으로 준비한다. 교수 출신 장관, 스승이나 다름없는 고위 공직자를 욕보인 패륜적 밀가루. 졸업식 끝에 담임선생을 밀가루 귀신으로 망가뜨리는 문제아들. 배꼽이 등가죽에 붙어 손만 빨던 시절, 은인의 나라 미국에서 보내오던 밀가루. 은혜를 원수로 갚는 인면수심들.

강점은 곧 약점이다. 영웅을 무릎 꿇리기가 꼽추를 무릎 꿇리기보다 쉽다. 힘의 원천만 끊으면 된다. 돈으로 까부는 자들은 돈줄을 끊고 명예가 목숨인 자는 이름에 먹을 칠한다. 끊을 돈줄도 먹칠할 명예도 없는 자들, 허리에 찬 무기라야 구호를 외치기 위해 움켜쥔 맨주먹뿐인 자들에겐 손바닥을 펴 셀 금화 몇 닢을 쥐여준다.

도배장이.

우리는 재단사를 도배장이라고도 불렀다.

대본만 썼다 하면 조간 1면을 똑같이 도배해버린다는 의미의 별호는 제비뽑기로 얻은 훈장이 아니었다. 소설은 몰라도 재단사가 쓴 소설 작법서는 무조건 구입할 용의가 있었다.

☆

편지지, 만년필, 춤추는 파란 글자들.

거짓말처럼 재단사의 흔적이 발견된 곳은 매표소였다.

쳐다보는 데도 반쯤 목숨을 걸어야 했던 금단의 구역은 여느 왕릉처럼 몇 푼짜리 표만 끊으면 아무나 입장할 수 있는 공원이 되어 있었다. 하지만 관람객은 한 명도 눈에 띄지 않았다. 매표소도 비어 있었다.

대여섯 평 남짓한 사무공간은 온기로 훈훈했다. 한쪽 벽 아래 플러그 뽑힌 전기히터가 아직 따끈했다. 자리를 비운 지 얼마 안 됐다.

철제 책상 위에 편지지가 놓여 있었다. 가로줄이 세로줄이 되도록 돌려 쓴 편지지. 재단사는 규격 편지지에 파란 잉크로 초고를 쓰곤 했다. 가로가 아닌 세로줄로.

"머릿속 스위스 금고에 『전쟁과 평화』 빰치는 걸작이 들어 있는데, 어떻게 원고지로 출금해내야 할지 막막하다는 소리만큼 한심한 얘기도 없네. 행복한 집들은 이유가 다르지 않지만 불행한 집들은 제각각이다, 이 유명한 첫 문장은 어떻게 탄생했을까? 그것은 톨스토이가 아내 들으라고 쓴 푸념일세. 그러다 말년에 쫓겨났지만. 누가 내 글을 읽어줄까, 독자를 구체적으로 그리고 있으면 어느 순간 원고지 빈칸을 채워나가는 펜을 발견하게 되지. 내 독자가 누구인가? 조간을 펼치는 사람들이지 않나. 왼쪽에서 오른쪽이 아니라 위에서 아래로 써 내려가는 게 당연하지."

재단사의 목소리가 들려오는 듯했다.

"글은 쓰는 게 아니라 들려주는 거야. 이미지라기보다는 사운드에 가깝지. 뭘 쓰려고 하니 복잡해지고 말아. 곁에 있는 사람에게 조곤조곤 말을 건넨다고 생각해. 내가 편지지를 고집하는 데는 다 이유가 있네."

규격 편지지를 세로로 물들인 파란 잉크만으로 재단사라고 단정할 수는 없었다. 결정적 단서는 편지지 위에 문진처럼 놓인 쇠자였다. 재단사가 대본과 씨름할 때면 손에서 놓는 법이 없던 십오 센티 쇠 자.

어느새 나는 자로 잰 듯 정교한 대본을 읽어내려가고 있었다.

목소리: (신원은 파악하고 있지만 절차상 거쳐야 하는 과정일 뿐이라는 듯) ○○○씨 되십니까?

○○○: (낯선 번호라 경계한다) 그런데요?

목소리: (사무적이면서도 위엄이 서린) 서울남부지검입니다.

분기점이 되는 대사. 반응별 변화를 완벽히 숙지한다.

a. 전격전 ○○○: (긴장하며) 무슨 일인데요? 목소리: 선생님 명의로 개설된 은행 계좌가 사기 범죄에 이용되고 있는 정황이 포착되었습니다.	b. 공성전 ○○○: (미심쩍어하며) 어디라고요? 목소리: (소속에 힘을 주고 이름은 빠르게 흘리듯) 서울남부지검 금조2부 수사관 ×××입니다.

플랜 A와 플랜 B.

설마 새로운 공작 대본인가. 재단사는 아직도 현장과 끈이 닿아 있는 걸까. 그분 라인은 블랙 요원 끄나풀까지 도려내지지 않았나. 더구나 검찰과 공조라면 금융조사부가 아닌 공안부여야 하는데.

"여기 맞아?"

피셔맨은 홍살문을 지나 정자각 쪽으로 다가가고 있었다. 재단사의 신작 감상을 중단하고 나는 매표소를 빠져나가 뛰다시피 피셔맨을 뒤따랐다.

"자네가 현상한 대로면 여기 어디 재단사가 있어야 할 텐데."

실망이라 읽지 않을 수 없는 표정을 내보이며 피셔맨이 중얼거렸다.

"내가 매표소에서 뭘 봤는지……"

피셔맨이 능 오른쪽 끄트머리에서 갑자기 붉은 목책을 붙잡으며 몸을 낮추더니 곧이어 수신호를 보냈다. 옆으로 누운 엄지. 피아식별(적이면 아래로 엄지, 아군이면 위로 엄지)이 되지 않는 일명. 나는 오리걸음으로 피셔맨의 등뒤에 소리 없이 붙었다.

피셔맨이 손가락으로 타깃을 가리켰다. 스타벅스 화장실에서 본 대로 봉분 뒤에 또다른 봉분이 겹치듯 숨어 있었다. 출입구가 되는 홍살문을 기준으로 바라보면 하나 같은 둘이었다. 그 두번째 무덤 꼭대기에 누군가 누워 있었다. 속꺼풀이 파르르 떨리도록 눈을 가늘게 떠보았지만 역광 속 검은 그림자 이상으로 해상도가 개선되지는 않았다.

"주상 전하께서 땅속이 갑갑해 일광욕하러 나오신 건 아니겠지?"

피셔맨이 미간을 잔뜩 모으며 중얼거렸다.

"별이 좋긴 하네만. 어쩔 텐가. 어명이 있을 때까지 대기하나?"

"침전에 드시기 전에 알현해야지. 거지인 척 목숨을 부지한 세자가 왔노라고. 우르르 몰려가면 경기를 일으키실 터이니 왕자 놀음한 거지는 저쪽에서 대령하게."

"어이쿠, 분부대로 합지요."

나는 반원을 그리며 봉분의 붉은 목책 반대쪽 끝으로 갔다.

피셔맨과 나는 동시에 고개를 끄덕이는 것을 신호로 타깃을 향해 숨죽여 접근하기 시작했다. 두번째 무덤은 기와가 얹힌 곡담으로 배후가 둘러쳐져 있었다. 곡담의 완만한 커브를 따라 돌 호랑이, 돌 양이 사악한 기운을 막아내고 있었다. 권총 모양 은단 케이스가 보여준 대로였다. 더 안쪽에는 문신 석상, 무신 석상, 석마가 호위하고 있었다. 왕의 영면을 지키는 마지노선인 붉은 목책을 넘는 순간 신성모독이라는 마음속 경고등에 멈칫하지 않을 수 없었다.

나는 지뢰에 발목이 잡힌 사람처럼 피셔맨을 돌아보았다. 피셔맨은 벌써 목책 너머로 첫발을 내딛고 있었다. 날벼락이 발밑에 떨어지는 한이 있어도 피셔맨에게 뒤처질 수는 없었다. 나는 무덤을 빠르게 기어올랐다. 왕자인지 거지인지가 온전히 거기 달린 것처럼.

이번이 처음은 아닌 걸까. 손바닥에 닿는 잔디의 감촉이며 납작 엎드린 자세가 왠지 낯설지 않았다. 모든 게 익숙한 느낌이었다. 무덤 정상에 누운 사내만 빼고. 사내는 계절에 맞지 않게 딱 달라붙는 민소매 차림이었지만 드러난 팔은 뼈만 남아 앙상했다. 단단한 이두박근의 소유자였던 재단사 맞나? 은단 케이스가 보여준 게 이 무덤 맞나? 매표소에서 나오던 순간의 확신은 점점 물음표로 변해갔다.

사내의 얼굴은 펼쳐진 책에 가려져 있었다. 맨 먼저 눈에 들어온 건 앞표지 절반을 차지하는 흑백사진이었다. 맞춤 양복점 재단사처럼 깐깐해 보이는 서양 노신사가 곁에 원단이 아닌 책을 잔뜩 쌓아놓고 앉아 있는 사진.

小說의 理論.

소설 작법서인가. 생경한 제목이었지만 최후의 경계심이 눈 녹듯 사라지는 데 부족함이 없었다. 소설과 이론. 창의적이면서도 탄탄한 논리를 자랑하던 사람다운 독서였다. 나는 주저 없이 책을 들추었다.

벗어진 봉분처럼 가장자리만 남은 백발, 안면을 뒤덮은 검버섯과 주름…… 세월이 앗아간 것은 이두박근만이 아니었다. 무덤 위가 아니라 아래 누워 있어도 억울할 게 없는 인상이라니.

"지금 내가 귀신들을 보고 있는 건가?"

내리꽂히는 직사광선을 거슬러 해골 같은 얼굴이 우리를 올려다보았다.

귀에 사포질하는 듯 칼칼한 목소리. 쇠 자처럼 감정을 드러내지 않는 무표정한 얼굴. 무엇보다 익숙한 건 체크 마크처럼 찍힌 일그러진 웃음이었다. 정확히는 한쪽만 찢긴 듯 올라가 있는 입꼬리.

"자네야말로 귀신의 몰골이네만."

내가 입꼬리를 마주 끌어올리며 대꾸했다.

☆

왜 나였을까. 내가 뽑힌 이유는 뭘까. 느낌표를 갈구하는 물음표가 갈고리를 내민 대상은 나만이 아니었다. 그분의 선택을 받은 누구나 그 대상이었다. 특히 재단사는 단순한 호기심을 넘어 내 선망 어린 관심을 독차지했다.

재단사가 그분의 레이더망에 잡힌 건 모 신문 신춘문예 심사평 속 한 줄 때문이었다.

"악마조차 혀를 내두를 만큼 소름 돋는 상상력이지만 현실성이 부족하다는 지적을 끝내 넘어서지 못했다."

당선작과 마지막까지 겨룬 한 편에 관한 소회였다. 그 한 줄로 역대 최연소 당선자가 될 뻔했던 까까머리 작가 지망생의 운명은 완전히 바뀌었다.

당시 중학교 신입생이던 재단사를 찾아가 그분이 제안했다.

"군君의 기발한 상상력이 그 신문 1면을 장식하는 걸 보고 싶지 않나? 소설가가 되고 싶어? 그럴듯한 거짓말을 지어내는 데 인생을 걸겠다고? 그래봤자 거짓말에 불과해. 아무리 현실 같은 거짓말이래도 현실의 머리끝도 건드리지 못하지. 현실을 바꾸는 건 정교한 거짓말이 아니라 거짓말을 지어내는 자의 힘이야. 힘없는 자의 거짓은 범죄가 되지만 힘센 자의 거짓은 역사가 되지. 나는 자네를 예언자로 만들어주겠네. 역사를 미리 쓰는 예언자 말일세."

"현실성이 부족하다고 생각지 않으십니까?"

재단사가 심사평의 일부를 인용해 되물었다. 한쪽 입꼬리만 올라간 특유의 비웃는 얼굴을 어쩌지 못한 채로.

탯줄이 아직 배꼽에 붙어 있을 때도 재단사는 같은 표정이었다. 새로 맞이한 세상을, 자기 자신의 탄생을, 어쩌면 그 모두를 비웃는 것처럼 보이는 아기.

울음소리도 없었다. 불길한 징조였다. 산파가 핏덩이를 거꾸로 들고 찰싹찰싹 때렸다. 건강한 첫울음이 터져나올까, 외눈박이 재봉사가 꿰맨 듯한 한쪽 입꼬리가 제자리를 찾을까. 헛된 노력이었다. 갓난아기는 온몸이 몽고반점처럼 파래지도록 울음 비슷한 걸 내비치지도, 반쪽 웃음을 거둬들이지도 않았다. 오해와 구타로 점철된 외로운 수난의 서막이었다.

동네 형들, 학교 선생들, 길 가다 부딪힌 사내들…… 부모는 물론이었다. 비웃는 남자로 태어난 속사정을 모르거나 알아도 모른 체하고 싶었던 사람들, 그리고 너무 잘 알아 더 견딜 수 없었던 사람들은 붉으락푸르락 소리쳤다.

"웃어?"

"웃냐?"

"웃음이 나와?"

비웃는 표정을 맞닥뜨리고도 얼굴이 굳지 않는 어른은 그분이 난생처음이었다. 심지어 미소까지 지어 보였다. 괴테의 희곡 『파우스트』를 건네며.

"일급 재단사들은 살덩이에 양복을 맞추지 않아. 살덩이는 아침저녁으로 줄었다 늘었다 하거든. 그냥 최고의 양복을 만들 뿐이지. 모든 양복의 원본 같은 양복. 양복의 이데아 같은 것. 그러면 사람들이 거기에 몸을 맞추거든. 줄자로 재는 건 팔 길이, 허리둘레가 아닌 허영심의 크기일 뿐. 세상은 그런 식으로 돌아간다네. 현실이라서 1면에 실린다는 허황된 생각은 버릴 수밖에 없을 거야. 1면에 실려서 현실이 되는 이치를 한 번만 목도하게 된다면."

현실성이 떨어진다는 지적과 함께 분루를 삼켜야 했던 투고작 제목에는 상상력이 개입될 구석이 전혀 없었다.

반만 웃는 아이.

그것은 재단사가 자기 이름을 걸고 쓴 처음이자 마지막 소설이었다.

귀부인의 초상

☆

멸공의 요람. 빨갱이들의 무덤. 강제로 옷을 벗은 뒤부터 이 동네 쪽은 쳐다보지도 않았는데, 그분을 잃고 떠난 이곳을 그분을 되찾으러 다시 오게 되다니. 재단사와 피셔맨과 나, 이렇게 셋은 서로의 생존을 두 눈으로 확인하며 왕의 무덤 꼭대기에 나란히 앉아 있었다.

"왜 하필 여긴가?"

피셔맨이 재단사에게 물었다. 그것은 내가 묻고 싶은 말이기도 했다.

"저길 보게."

재단사가 9시 방향에 눈길을 두며 말했다.

재단사의 시선 끄트머리에 보이는 거라곤 완만한 사선을 그리는 휑뎅그렁한 언덕뿐이었다. 미 국방부 건물을 본떠 지은 회사 본관이 자리하고 있어야 할 그곳엔 어린 소나무들만 듬성듬성 서 있었다.

"캠퍼스는 어찌된 건가?"

피셔맨과 내가 동시에 물었다.

회사 본관 건물을 우리는 캠퍼스라 불렀다. 회사 얘기가 나왔으니 말인데, KCIA라는 영어 표기가 우리는 영 마뜩지 않았다. 중앙정보부. 회사 공식 명칭에 한국이라는 수식어가 없으니 CIA가 올바른 표현이었다. KCIA는 CIA 한국 지부처럼 들리지 않나. 소련, 중공, 북한을 머리말에 둔 여기 해외영업부야말로 냉전의 최전선에서 활약하는 진정한 CIA였다. 멋도 없고 느낌도 없는 중정이라는 줄임말 대신 우리끼리 굳이 CIA라고 부른 데는 그런 자부심이 깔려 있었다. 10·26 이후 회사 간판이 국가안전기획부로 바뀐 뒤로는 더 그랬다. 안전 두 글자는 국가 정보기관보다 공사장 헬멧에나 어울리지 않나. 안기부라니. 어느 사기업 일개 부서 같은 새 약칭에 비하면 중정은 무게감이라도 있었는데. 아무튼 우리에게는 여전히 CIA였다.

직제부터 교범까지 CIA를 모델로(국내외를 망라한 공작이나 부서명에 아라비아숫자가 들어가는 점에선 솔직히 KGB와 유사

했지만) 탄생한 기관임에도 해외영업부 본관 건물만은 펜타곤을 본떴다. 규모야 리틀이라는 형용사를 몇 개 붙여도 모자랐지만 구조만큼은 버지니아주 알링턴 소재의 오리지널을 똑같이 재현했다. 지하로 여러 층(지하 시설물 규모는 대외비였다)을 낸 지상 삼층 높이의 정오각형 콘크리트 건물. 폭격이나 폭파 테러시 건물이 일거에 붕괴되는 걸 막기 위해 중심부를 비워둔 설계부터 그 빈터에 조성된 중앙 정원까지.

내 젊은 날의 추억이 금실로 짠 거미줄처럼 구석구석 드리운 곳. 그 방사형 추억의 중앙에 보석처럼 빛나던 정원. 정원 전체에 깔린 은모래는 교토의 은각사에서 영감을 받은 것이었다. 은모래 바다 군데군데 섬인 양 파놓은 작고 야트막한 구덩이들은 초록 이끼로 덮여 있었다. 그리고 가장자리의 섬세하고 정교한 분재들. 구 대째 가업을 이어오는 사이타마의 한 분재원에서 익힌 솜씨로 그분이 직접 가꾼 것들이었다.

일본식 정원에 잉어가 빠질 수 없었다. 몇몇 구덩이에 민물을 채우고 어른 팔뚝만한 비단잉어들을 풀었다. 볕 좋은 오후 그분 사무실 창(잉어 먹이를 곧장 떨어뜨릴 수 있는 자리였다)으로 내려다보면 황금빛 잉어들이 은빛 바다로 유유히 헤엄쳐 나오는 것 같았다. 은모래에 난반사되는 태양 광선의 눈속임이라고 굳이 바로잡고 싶지 않은 눈부신 환영幻影이었다.

밑그림부터 관리까지 어느 누구도 손대지 못할 만큼, 그분은 중앙 정원에 각별한 애정을 쏟았다.

“아담과 이브가 왜 에덴 밖으로 추방됐는지 아나? 선악과? 아니, 무화과나무를 훼손해서야. 부끄럽다며 그 잎을 엮어 알몸을 가리지 않았나. 하느님의 진정한 작품은 아담이나 이브가 아니라 정원이었네. 에덴동산의 동산이 영어로 가든인 건 알지? 하느님은 완벽을 추구하는 가드너였어.”

정원사. 목가적인 그 별칭은 내가 그분에게 헌정한 것이었다. 보석 세공용 외눈 확대경을 착용하고서 새똥 묻은 은모래나 이끼를 핀셋으로 일일이 솎아내던 그분의 모습이 어제처럼 생생했다. 하지만 그 찬란했던 정원도, 역사 그 자체였던 건물도 이젠 온데간데없었다.

“왕릉을 유네스코 세계유산으로 지정한다고 깨끗이 밀어버리고 묘목을 잔뜩 심었네. 원형을 복원하겠다는 건 번지르르한 구실에 불과해. 우리 업적은 물론 존재마저 역사에서 지우고 싶은 거야. 판문점을 허물어 그 자리에 소나무 몇 그루 심는다고 6·25 남침이 없던 일이 되나? 이렇게 섶을 베고 누워 곰의 쓸개를 핥는 이들이 있는 한 결코 실현되지 못할, 빨갱이들의 가소로운 책동일 뿐이지.”

재단사의 말투에서 너무 곱씹어 덤덤해진 비통함이 느껴졌다.

“아.”

내 입에서 비명 같은 탄식이 새어나왔다.

"회사 건물이 국립예술대학인가 예술학교인가 차지가 됐을 때, 농반진반으로 부르던 캠퍼스에 진짜 캠퍼스가 들어섰다는 얘길 들었을 때만 해도 뭔가 희롱당하는 기분이었는데, 흔적도 없이 사라진 지금은 차라리 그때가 나았다 싶어지는군. 우리가 했던 일들이야말로 아트 아니었나. 무에서 유를 창조해내는."

피셔맨 또한 비탄에 잠긴 목소리였다.

눈앞의 황량한 풍경이 내 안에 커다란 구멍을 만들었다. 인생이라는 책의 가장 중요한 대목이 뜯겨나간 듯한 상실감이었다.

"왕벚꽃잎들이 진저리치도록 붉었는데. 더운 김이 오르는 피처럼……"

내가 신음하듯 중얼거렸다.

회사 주차장 가장자리에 아름드리 왕벚나무가 경계선처럼 줄줄이 서 있었다. 꽃잎이 질 무렵이면 차를 일부러 벚나무 밑에 대곤 했다. 퇴근길, 꽃비를 흠뻑 뒤집어쓴 차를 출발시키면 필름을 되감듯 꽃잎이 원래 있던 곳을 향해 나풀나풀 날아오르며 저 유명한 하이쿠가 눈앞의 현실로 펼쳐졌다.

떨어진 꽃잎
가지로 되돌아가 바라보니
나비였네

이윽고 내 마음속에 또다른 하이쿠가 풀썩 떠오르기도 했다.

얼마나 이상한 일인가
벚꽃 아래 이렇게 살아 있다는 것은

그것은 일 년에 겨우 사나흘만 누릴 수 있는 호사였다.

약속이라도 한 것처럼 우리 셋은 무덤 속 같은 침묵에 빠져들었다. 왕의 무덤이 아니라 죽어버린 한 시절을 깔고 앉은 느낌이었다.

☆

"결국은 자네들이 찾아올 줄 알았네. 예전 담력 훈련 때처럼."

무겁고 긴 침묵을 깬 이는 재단사였다.

"담력 훈련?"

내가 물었다.

재단사가 나를 빤히 쳐다보았다. 일말의 감정도 느껴지지 않는 눈빛, 실험 대상을 관찰하는 과학자의 냉담한 눈빛, 발가벗겨진 기분이 되곤 했던 바로 그 눈빛으로. 강산이 두 번 바뀌는 동안 희미해졌던 재단사의 편치 않은 존재감이 일순 되살아났다.

"오밤중에 공동묘지가 버티고 있는 저 산을 넘어와 여기 홀로 있어야 했지 않나. 다음 사람이 교대하러 올 때까지."

피셔맨이 스타벅스에서처럼 나를 미심쩍게 쳐다보며 말했다.

그제야 기억났다. 정식 요원으로 발돋움하려 허리띠 버클이 떨어져나가도록 박박 기어야 했던 나날이.

"담력이 필요한 일인 줄 몰랐네. 밤하늘을 밝힌 별들에 눈길도 마음도 빼앗긴 채 조바심치곤 했거든. 나는 언제쯤 정식 요원이 될까. 저 또렷한 별자리 속에서 반짝이는 별처럼 어엿한 한몫을 나누어 맡게 될까. 내게 그런 날이 오기는 할까."

여전히 나를 주시하는 재단사 때문인지 괜히 변명조가 되고 말았다.

"난 이 무덤 저 무덤 번갈아 앉아 있었네. 젖통도 한쪽만 편애하면 짝짝이 되지 않나."

피셔맨이 담배 연기 속에서 잡담을 나눌 때처럼 느슨한 미소를 머금으며 말했다.

"젖통이 뭔가. 못 배운 애들처럼."

내가 기다렸다는 듯 한마디했다.

오래전부터 피셔맨의 그런 경박한 농담이 싫었다. 나랏일 하는 사람으로서 갖추어야 할 최소한의 품격이라는 게 있지 않나. 현역이든 퇴역이든.

"그럼 배운 분들은 뭐라고 부르나?"

피셔맨이 발끈했다.

"제 머리를 넣어둘 집이 있는 자는 빼어난 머리통을 갖게 되고, 머리 집도 없으면서 자지 집만 찾는 자는 온몸에 이가 끓게 된다. 『리어왕』 3막 2장."

재단사가 불쑥 혼잣말처럼 중얼거렸다. 대본을 집필할 때마다 그러더니, 괴팍한 버릇은 여전했다.

음욕만 좇는 삶을 경계하는 구절인데도, 재단사가 자기 손을 들어줬다고 여기는지 피셔맨은 득의만만한 표정을 지었다.

"자네가 셰익스피어는 아니잖나."

나도 호락호락 굽히기 싫었다. 시도 때도 없이 온갖 책 구절들을 인용하는 재단사의 허세도 재수없었고.

"셰익스피어는 남근, 성기, 음경, 거시기, 뭐 이런 어휘를 몰라서 자지라고 했겠나? 때론 직설적인 게 가장 비유적이고 저잣거리가 가장 고상할 수도 있는 법이야. 아트의 본질이 무엇인가? 억압과 터부에 맞서는 자유 아닌가. 우리가 조국의 적화를 막으려는 뜻도 그것을 지키기 위함이지 않나. 다 좋은데 퍼댄틱한 게 유일한 흠이야, 김감독은. 셰익스피어는 되지만 나는 안 된다는 식의 사대주의는 차치하고."

피셔맨의 자가당착에 할말을 잃고 말았다. 김작가는 테일러라는 단어를 몰라서 재단사라는 코드 네임을 내버려뒀을까. 게다가 현학적이면 현학적이지 퍼댄틱은 뭔가 김배우, 사대주의도 아니고. 보기 좋게 카운터펀치를 날리고 싶었지만 재단사의 입술이 실룩대는 걸 감지한 나는 좀전의 실수를 만회해보라는 뜻에서 회심의 반대 증거를 잠시 접어두었다.

"나도 담력 훈련 같은 건 필요 없었네. 내가 두려웠던 건 교대자가 너무 빨리 오는 거였지. 여기 누워 있으면 왠지 편했거든. 비웃는 거냐고 시비 거는 사람도 없고, 한때 왕국을 다스렸던 자조차 잠자코 있었으니까. 왕좌에 앉아 있던 시절이라면 무엄하다며 나머지 입꼬리마저 찢어 올리는 형벌을 내렸겠지. 웃지 않는 불란서 작가가 쓴 소설『웃는 남자』처럼."

재단사가 처진 입꼬리를 끌어올리려 애쓰며 말했다. 그럴수록 반대쪽 입꼬리만 가파르게 올라가 더 부자연스러운 얼굴이 되었다.

재단사가 빅토르 위고를 언급해서였나. 읽다 말아야 했던 원고에 생각이 미쳤다.

"아직 눈이 멀지 않아 어쩔 수 없이 보게 되었네만, 새 책을 집필중이더군."

내가 슬그머니 말머리를 돌렸다.

"새 책?"

재단사가 어리둥절한 표정을 지었다.

"입장권을 끊어야 되나 싶어 매표소에 들어갔더니 사람은 없고 편지지만 놓여 있지 뭔가. 플랜 A와 플랜 B가 철로의 두 선처럼 나란히 전개되는 책이더군."

"아, 그거…… 손님도 거의 없는 매표소에 앉아 있기 무료해서

끼적여본 소설인데."

뜻밖이었다. 일선에 복귀하는 날을 대비해 미리 써두는 대본이라고 할 줄 알았는데. 메피스토펠레스에게 영혼이라는 말캉말캉한 것을 판 파우스트마냥 문학청년의 순진한 꿈 같은 건 탯줄처럼 깊이 묻어버린 재단사 아니던가. 그런데 자연스런 호기심을 가로막는 알 수 없는 저항감은 뭘까.

"소설을 썼다고? 자네가? 진짜 픽션을?"

피셔맨이 말꼬리를 높였다. 공정치 못하다는 투였다. 얼굴만큼이나 뭘 감추지 못하는 피셔맨의 목소리를 듣고서야 나는 마음속에 인 저항감의 정체를 깨달았다. 침술로 돈을 긁어모으는 피셔맨이 할 소리는 아니었지만.

알 수 없는 저항감의 정체는 열패감이었다. 나만이 특별한 능력을 썩혀왔다는, 아니 그런 능력 자체를 까맣게 잊고 살아왔다는.

"소설은 무슨."

그러면서도 재단사는 싫지 않은 기색이었다.

"스토리가 어떻게 되는데?"

피셔맨이 호기심 가득한 목소리로 물었다.

"왕년의 정보기관 대본쟁이가 목구멍에 드리운 거미줄을 걷어내려 알바를 하게 되네. 보이스 피싱을 위한 대본."

"보이스 피싱이라고? 그놈들은 내 담당인데."

피셔맨이 흥분해서 떠들었다.

"한번은 손주를 데리고 있으니 천만원을 부치라더군. 애 이름이랑 학교까지 대면서. 물론 숨소리만 들어도 거짓말이었지. 아들이나 며느리한테 전화하라고 그랬어. 내 돈은 걔들이 다 가져갔다고. 아들 전화번호가 어떻게 되냐고 질척거리길래 손주 놈한테 물어보라니까 다짜고짜 쌍욕을 퍼붓다가 뚝 끊더구만. 불쌍한 새끼, 하필이면 인간 거짓말탐지기에게 걸리다니. 눈앞에만 있었어도 평생 공손한 말만 쓰도록 똥구멍에 침을 몇 대 놔줬을 텐데."

재단사는 피셔맨의 얘기가 끝나기를 기다렸다 말을 이었다.

"배운 게 도둑질이라고, 이번에도 점과 점을 연결하는 일이야. 빨갱이라는 점을 간첩이라는 점에 잇대던 본업과 마찬가지로, 입금 포인트와 인출 포인트를 연결시키는 건 목소리와 믿음이지. 두려움이라는 미끼로 뭉칫돈을 낚아올리는 안정감 넘치는 보이스. 실은 믿고 자시고 할 것도 없네. 두려움은 현실이 되려는 속성으로 가득차 있거든. 빨갛게 타오르려는 욕망으로 시커먼 석탄처럼."

흥미로운 발상이었다. 뒤가 궁금해 죽은 목숨을 하룻밤 더 살려둘 만큼은 아니었지만. 삐뚜름한 입이 자아내는 현란한 씨줄과 날줄에 귀를 쫑긋 세우면서도 또다시 밀려드는 저항감을 어쩔 수 없었다. 아무리 전직이래도 국가 정보기관 요원이 모양 빠지게 보이스 피싱이라니. 차라리 옛 정보기관 터에서 왕의 무덤지기 노릇하는 현실이 더 소설적이지 않나. 그런데 심심파적으로 써본 소설이라는 말은 사실일까.

재단사 특유의 비웃는 듯한 표정 때문인지 오래전 일 하나가 떠올랐다.

문인 간첩단 사건.

그것은 언론에 던져준 제목이었고 캠퍼스 지하 이층 문서보관실(명예의 전당이라 불렸다)에 보관된 파일 표지에는 이렇게 적혀 있었다.

타란툴라.

유신 반대 작가 시국선언을 주동한 빨갱이들을 간첩으로 엮은 공작이었다. 명예의 전당에 오른 다른 많은 공작들처럼 그 역시 그분 작품이었다.

"흔히 이야기를 직조한다고 표현하지. 거미줄처럼 촘촘한 서사 어쩌고저쩌고. 그래, 작가라는 사람들은 거미 같은 존재야. 뒷구멍으로 끊임없이 뭔가를 뽑아내지 않나. 자음과 모음이든 씨줄과 날줄이든. 개중엔 독을 품은 거미들이 있어. 그런 개체들은 무리에서 하루속히 격리시켜야 해. 모든 거미들이 독거미로 오해받기 전에."

타란툴라는 치명적인 대형 독거미다. 우리는 독거미, 아니 시국선언 주동자들이 발표한 글을 이잡듯 뒤져 미심쩍은 구절을 찾아냈다. 자택, 근무처, 지인, 친척 가리지 않는 전방위적 압수수색으로 미공개 원고는 물론 편지와 학창시절 일기장까지 현미경을 들이댔다. 불온한 표현만으론 부족했다. 그때도 핵심 증거는 자백이었다. 조총련 사업가로부터 비밀 자금을 받아 체제 전복 음모를 꾸몄다는 자백.

피셔맨의 침을 맞고 하나같이 술술 불었다. 하지만 자백 영상을 마주하는 모습은 장르마다 천차만별이었다. 시인들은 눈만 껌벅거리거나 말없이 눈물짓기 일쑤였고 비평가들은 앞뒤가 안 맞는 부분을 집요하게 따지고 들었다.

소설 쓰는 인간들은 좀 달랐다.

"구상중인 소설 얘기요."

"없는 얘기를 지어내는 게 업이잖소."

구라쟁이들 아니랄까봐 눈 하나 깜짝 않고 둘러댔다. 얼굴 두껍기가 가히 대하소설이었다.

설마 재단사도? 소설 운운은 진실을 감추려는 역정보일까. 역정보로 감추려는 진실은 뭘까. 일종의 금단현상일까. 보이스 피싱을 가장한 공작이든, 보이스 피싱을 활용한 공작이든 조간에 실제 사건으로 실릴 대본을 쓰고 싶었는지 모른다. 옷 벗은 뒤로도 손에서 침을 놓지 못하는 피셔맨처럼.

어쩌면 재단사는 회사에서 잘리지 않았는지도 모른다. 과거의 영광이 깃든 이곳에서 예전같이 공작을 위한 대본을 집필하고 있는지도. 완전히 불가능한 얘기는 아니다. 생각해보니 국가가 관리하는 사적지에서 어울리지도 않는 경비 일을 하고 있는 것부터가 수상쩍었다. 누군지 확인할 길은 없지만, 자리를 보전하려 회사가 원하는 무언가를 넘겨준 자들이 있다는 건 안다. 재단사야말로 위험한 유형 아닌가. 어디부터가 사실이고 어디까지가 허구인지 모를 이야기로 변절조차 능수능란하게 합리화할 수 있는. 실제로 그런 부서가 있다는 얘기를 듣기도 했다. 공식 직제표에 노출되지 않는 팀, 요주의 전직들을 관리하는 비밀 부서가.

뻔뻔하게 오리발 내밀던 소설가들에겐 동료들의 자백 영상을 들이댔다. 듣도 보도 못한 창의적인 욕지거리를 쏟아내며 방방 뛰긴 했지만 종내는 자포자기 상태가 되었다. 그래도 뻔뻔하게 버티는 자들에겐 몰래 찍은 가족들 사진을 내밀었다. 버스 정류장에 넋이 나간 얼굴로 서 있는 아내, 교복이라는 보호색에 섞여 쫓기듯 하교하는 아들, 겁에 질린 표정으로 경찰서를 기웃거리는 노모. 최후의 한 방에도 무릎 꿇지 않는 독종들이 있었다. 그런 자들은 고이 풀어주었다. 잘 먹이고 잘 재운 뒤 새 옷, 새 구두 차림으로 내보냈다. 그다음은 세상이 알아서 했다. 멀쩡한 모습으로 돌아간 이들에겐 배신자라는 낙인이 기다리고 있었다. 자기도 모르게 유다가 된 이들은 결국 제 발로 걸어와 자백 진술서에 지장을 찍었다. 정신이 이상해지거나 스스로 목숨을 끊지 않는 한.

만에 하나 재단사가 유다라면 자칫 그분까지 위태로워질 수 있었다. 지금 확실히 말할 수 있는 한 가지는 우리 중에 배신자가 있다면 그게 누구든 미쳐버렸거나 자살한 자들을 부러워하게 되리라는 것이다.

"소설 제목은 뭔가?"

마음속에 싹튼 의심을 들키지 않으려고 일부러 비위 맞추는 질문을 던졌다.

"낚시에 좋은 목소리."

낚시와 목소리. 제대로 된 낚시꾼이라면 뚫린 입도 꿰매고 앉아 있어야 한다. 어울리지 않는 대극의 기묘한 어울림이라. 1면 헤드라인을 가래떡 주무르듯 하던 감각은 아직 죽지 않았다 이건가.

"나쁘지 않군."

반은 진심이었지만 반은 의도적 칭찬이었다. 타고난 재능을 망치는 건 교만이라는 달콤한 독이니까. 교만에 빠지면 뱀조차 헛다리짚게 되는 법이니까.

"과찬의 말씀."

여전한 반쪽짜리 미소. 교만이라는 독에도 재단사의 나머지 반은 결코 웃지 않을 것 같았다. 진정한 포커페이스란 이런 게 아닐까. 무표정한 얼굴보다 늘 반만 웃고 있는 얼굴.

"임프레시브한 스토리군. 오래전부터 궁금했네만, 타이틀은 언제 정하나? 첫 센텐스를 시작하기 전인가, 라스트 센텐스까지 다 쓴 뒤인가?"

피셔맨이 끼어들었다.

미심쩍은 원고를 나랑 같이 보았다면 달랐을까. 인간 거짓말탐지기는 아무런 낌새도 못 챈 눈치였다. 재단사의 용문혈에 침만 꽂으면 흑백이 가려지겠지만 침을 꺼내기도 전에 온 얼굴에 써붙일 의심을 생각하면 피셔맨 귀에 함부로 속닥거릴 수 없는 일이었다.

"제목은 씨앗 같은 거야. 이야기 한 편의 DNA가 고스란히 들어 있는. 글을 다 쓰고 제목을 지었다는 말은 씨앗도 뿌리지 않고 열매를 땄다는 소리나 다름없어. 도토리, 호박씨, 해바라기씨. 좋은 제목이란 장차 발현될 생명의 특징을 정확하게 예고하는 제목이지. 마지막 페이지를 덮고 수십 년이 지난 후에도 어떤 이야기였는지 단박에 환기시키는 그런 제목. 알록달록 눈깔사탕 같은 제목이 아니라. 눈깔사탕을 땅에 심고 백날 물을 줘보게. 알록달록 눈깔 싹이 올라오나."

왕의 무덤은 다시 고요해졌다. 나는 침묵 속에서 자문했다. 가면 속의 얼굴. 언젠가 꼭 쓰리라 벼르고 있는 내 자서전의 제목. 자서전을 써볼까 생각하자마자 떠오른 그 제목은 씨앗일까 눈깔사탕일까.

이번에도 침묵을 깬 쪽은 재단사였다.

"내 근황이 궁금해 행차하지는 않았을 텐데?"

나와 피셔맨은 누가 먼저랄 것 없이 서로를 쳐다보았다. 잠시 잊고 있던 대의 앞에서 사소한 취향 차이는 바람에 날리는 먼지에 불과했다. 나는 피셔맨의 부당한 지적에 대한 섭섭함을 접고 대범하게 고개를 끄덕였다. 어떤 본모습을 숨기고 있든 우리 모두는 같은 가면 뒤의 존재들이었기에.

☆

귀부인의 초상.

몇 분 전 열정적으로 공개한 창작 루틴대로, 재단사는 디테일을 짜기에 앞서 새로운 대본의 제목부터 정했다. 그 씨앗이 현실이라는 부엽토를 만나자 정교한 구도가 서고 풍부한 색채가 입혀지더니 마침내 한 폭의 그림이 완성됐다. 피셔맨에게 용건을 듣고 재단사가 즉석에서 설계해낸 작전의 키워드는 문자 그대로 한 폭의 그림이었다.

"빨갱이 화가 그림이 국립현대미술관에 걸려 있다고?"

나는 벌어진 입을 다물지 못했다.

"맞네. 비쩍 마른 중년 여인네들 상반신만 주구장창 그려대던 화가. 우리한테야 취리히 간첩단 수괴였지만. 그 사건으로 오히려 국제적 스타가 될 줄이야. 소더비에서 한국미술사상 최고 낙찰가라니, 말이 되나."

피셔맨이 씁쓸한 얼굴로 말했다.

흥분을 가라앉히고 냉정하게 생각해보니, 그 그림만큼 그분과 연이 깊은 사물도 없었다. 정확히는 악연이겠지만.

명목상의 죄목은 선거법 위반이었지만, 결정타는 추가 기소된

횡령죄였다. 무소불위의 권력을 이용한 부정 축재라는 고전적 시나리오. 처남과 동서 명의로 계약된 두 채의 아파트가 모함의 주재료였다. 그것은 우리가 누군가를 여론 재판정에 거꾸로 매달아야 할 때, 승산을 백 퍼센트로 끌어올려야 할 때 애용하던 기법들 중 하나였다. 조각낸 사실들 사이사이 교묘하게 끼워 넣은 거짓으로 사람들의 시기심과 박탈감을 건드려 삶 전체를 부도덕한 것으로 몰아가기. 이 정교한 올무에 걸려들면 누구라도 재판이 시작되기도 전에 이미 사회적 사망선고를 받게 마련이었다.

아니나 다를까, 두 아파트가 안가라는 사실은 고의적으로 가려지고 계약서에 빌려 쓴 이름만 부각되었다. 음지에 숨겨도 모자랄 회사, 회사 대표, 회사 실무자 명의로 사들인 집을 어찌 안전가옥이라고 할 수 있겠는가, 라는 진실이 입막음된 자리에는 재건축까지 노린 희대의 착복이라는 선동만 난무했다. 압구정, 한남동, 한강 뷰, 시세차익…… 부동산에 대한 탐욕을 도화선 삼아 퍼부은 십자포화에 비하면 인테리어 공사 업체가 동생 소유였다 정도는 취향 따라 생략해도 그만인 향신료에 불과했다.

압구정이나 한남동만 아니었다면 주홍 글씨의 농도가, 재판 결과가 달랐을까. 차명 계약은 안전가옥 취득시 피치 못할 관행이었다는 항변은 왜 하필 압구정, 한남동이어야 했느냐는 결론이 정해진 반론의 벽에 부딪혔다. 멧돼지가 떼로 출몰해도 전혀 이상할 것 같지 않은 외딴 산장, 언제 날아올지 모를 핵미사일보다 검게

날리는 석면 가루가 더 위험해 보이는 지하 벙커가 과연 안전한 곳일까.

"쥐뿔도 모르면서 안전가옥에 대한 클리셰만 잔뜩 심어놓은 얼치기 영화감독들 탓이지."

내 머릿속 나에게 말을 걸듯 피셔맨이 입을 뗐다.

"치안도 나이스, 리버 뷰가 심신 안정에도 굿, 저층 아파트라 대피도 노 프라블럼, 이보다 퍼펙트한 입지가 어디 있어? 그뿐인가. 유사시 쾌속정이나 헬기를 띄우려 해도 리버사이드지."

"다 알면서도 대중의 고정관념을 악용해 선동하는 능력만큼은 빨갱이들이 타고난 것 같아."

"때깔로 보나 대외비인 안가 정보로 보나 회사에서 작성된 대본이었던 것 같아. 워터마크야 찍혀 있지 않았겠지만."

햇살이 부신 듯 피셔맨이 눈을 가늘게 뜨며 뇌까렸다.

설마 존폐의 기로에 내몰린 조직이 쥐어짜낸 협상 카드? 피셔맨의 견해에 동의하고 싶지 않았다. 바람이 멎었다고 돛대를 부러뜨려 노를 만드는 법은 없다. 조직 전체가 역당의 불명예를 뒤집어써야 했던 10·26 때도 북한 동태부터 파악하러 이리 뛰고 저리 뛰던 분 아닌가. 오천여 직원 모두가 회사의 명운과 자신의 안위가 어찌되나 전전긍긍하던 그 순간에도. 조국과 회사에 바친 그분의 충정을 백만 분의 일이라도 헤아린다면 그렇게는 못한다. 정년도 한참 지난 분을 올해까지만이라며 비선으로 계속 붙들어둔 회사 아닌가. 사감을 품은 누군가의 배신이라면 또 모를까.

앞에 놓인 가시밭길을 예견했던 걸까. 97년 대선 출구조사 발표를 기다리던 그분이 소주잔을 기울이며 말했다.

"나를 배반하는 자가 나온다면 자네들 중 하나겠지? 목사의 열두 제자들. 무덤가의 서커스단."

베들레헴. 회사에도 비밀에 부친 우리들만의 안가에 모여 있던 우리는 어리둥절한 얼굴이 되었다. 경선에서 패배하고도 집권당을 뛰쳐나가 독자 출마한 후보를 한바탕 성토한 뒤이긴 했지만 극비리에 입수한 미발표 여론조사는 집권당 후보의 승리를 예측했기 때문이다. 1.5퍼센트라는 아슬아슬한 리드였지만 빨갱이들에게 나라가 넘어가는 걸 막았다는 자축의 분위기였으니까.

"저는 절대로 아닙니다."

누군가 소리쳤다.

"그래, 자네는 첫닭이 울 때까지 두 번만 부정할 것 같군. 나는 그런 사람 모릅니다, 나는 그런 사람 모릅니다."

여기저기서 키득거리는 소리가 새어나왔다. 한순간 서늘해졌던 공기는 그분의 농담 한마디에 다시금 가벼워졌다.

그럼에도 잔마다 소주를 따르며 농담조의 대사를 읊는 그분 목소리는 어딘가 모르게 진지했다.

"마셔라. 이것은 죄 사함을 얻게 하려고 너희를 위하여 흘리는 바 나의 피, 곧 언약의 피니라. 너희에게 이르노니, 내가 아버지의 나라에서 너희와 함께 새 소주를 마실 그날까지 나는 결코 알곡으로 빚은 것을 마시지 않겠노라."

성경대로면 즉흥극은 찬미의 노래를 부르며 감람산으로 올라가는 결말이어야 했으나 현실은 숨소리조차 들리지 않는 적막뿐이었다. 알다시피 텔레비전 화면에 뜬 출구조사 결과는 정보 보고와 정반대였다. 집권당 후보가 간발의 차로 밀렸다. 각하의 서거 소식을 들었을 때처럼 내가 알던 세상이 무너져내리는 느낌이었다. 인민군이 다시 쳐들어왔대도 그만큼 놀라진 않았으리라. 개표 결과는 다를 수 있다고 누군가 울부짖듯 소리쳤지만, 당선 확정 자막이 뜨기도 전에 우리는 서로의 시선을 외면하며 뿔뿔이 흩어졌다.

그분이 우리들만 아는 최후의 은신처에서 체포되었다는 소식을 들었을 때 그 예언을 떠올리지 않은 사람이 있었을까. 모두가 가슴 깊이 품고 있었지만 아무도 입 밖에 낼 수 없었던 끔찍한 예언.

나를 배반하는 자가 나온다면 자네들 중 하나겠지.

그리고 더 끔찍한 의심. 입을 다물수록 무시무시한 확신이 되어가는 의심.

배신이란 두 글자는 언제나 가장 커다란 믿음의 뒷면에 새겨져 있다.

"김작가 생각은 어떤가? 대본이라면 누구보다 할말이 많을 텐데."

이상하리만치 침묵을 지키는 재단사에게 내가 단도직입적으로 물었다.

그러는 와중에도 온 힘을 다해 지우고 싶었다. 그분을 사냥개들에게 넘긴 자가 우리 가운데 있을지도 모른다는 의심을. 그분의 체포 소식 앞에서조차 감정 한 톨 찾아볼 수 없던 재단사의 모습까지.

그러고 보니 충격적인 출구조사 결과 앞에서 가장 먼저 몸을 뺀 것도 재단사였다. 난파선에서 앞장서 탈출하듯. 그분이 자리를 지키고 있는데도.

못 들은 척하는 걸까. 재단사는 차창 밖만 물끄러미 바라보고 있었다.

"김작가?"

"뭐라고 했나?"

재단사가 여전히 딴전 피우는 눈빛으로 웅얼거렸다.

"무슨 생각을 그리 골똘히 하고 있나?"

피셔맨이 물었다.

"그 그림, 진짜일까 가짜일까?"

입 달린 자라면 한마디씩 했던, 나라를 벌집처럼 시끄럽게 만들었던 논란을 재단사가 새삼 끄집어냈다. 불편한 화제에서 벗어나려는 의도였을 것이다. 위기의 순간 그분이 그랬듯.

☆

'억울하다. 십원 한푼 사적으로 쓴 일이 없다. 이 땅에 정의가 살아 있다면 나의 무고함이 백일하에 드러날 것으로 믿어 의심치 않는다.'

포토 라인에서 카메라 플래시 세례를 받으면서도 그분은 당당함을 잃지 않았다.

신문을 받던 중 손목까지 그었지만 무위로 돌아갔다. 자해 직전 시켜 먹은 메뉴가 곰탕이었다는 데는 이견이 없던 신문들이 자해 도구에 관해선 소식이 엇갈렸다. 연필 깎는 칼이라고 전한 신문도 맥가이버 칼이라는 신문도 우리는 믿지 않았다. 그분은 깡통 따개로도 정확히 동맥을 그을 수 있는 분이었다.

그분이 응급실로 실려가는 바람에 토끼몰이식 여론재판도 주춤했다. 병원이라는 곳에선 그럴싸한 그림이 나오지 않았다. 우연찮게(미지의 설계자에겐 우연이 아니겠지만) 병석의 그분을 뉴스 한 복판으로 다시 끄집어낸 것은 먼지털이식 압수수색 과정에서 나온 진짜 그림이었다. 이십 년 만에 뭉친 우리를 미술관이라는 추억의 접선 장소로 향하게 만든 물건. 그것이 저 요란했던 〈귀부인의 초상〉 연작 중 하나였다.

어느 순간 부정 축재의 상징이 돼버린 그 그림은 본래 압구정 안가 거실에 걸려 있었다.

'일찍이 공무수행 과정에서 합법적으로 득하게 된 물품이다. 안가에 잠시 걸어뒀는데 강변이라 습도가 높았다. 완벽한 전시 공간을 찾을 때까지 임시로 사저에 보관하고 있었다. 창고에 넣어두지 않고 거실에 걸어둔 것은 거기가 볕이 스며들면서도 직사광선은 들이치지 않는, 음지 바른 곳이었기 때문이다.'

이보다 더 일목요연한 설명이 가능할까. 그분의 워딩은 받아쓰기만 해도 완벽한 보고서가 될 만큼 깔끔하기로 정평이 나 있었다. 하지만 빨갱이들은 압구정 아파트가 안가라 쳐도, 돌려줄 생각이었다는 한마디에 도둑질이 없던 일이 되느냐며 횡령을 기정사실화했다. 어물쩍 넘어갈 생각 말고 취득 경위를, 압류품이라면 국고에 환수되지 않은 이유를 육하원칙에 입각해 밝히라는 압박도 잊지 않았다.

사실 입수 경위라면 누구나 짐작할 수 있었다. 국제사회는 물론 국내 예술계와 학계까지 발칵 뒤집어놓은 취리히 간첩단 사건. 국제무대에서 활동하던 예술가, 학자 열여섯이 체포되어 국내로 압송된 사건. 그 불순분자들 중에서도 핵심인물의 작품이었으니 수사 결과 발표 당시 언론에 공개하지 않은 압수품들 중 하나였으리라. 주제네바 북한 대표부가 대남 적화 사업 유럽 거점으로 건재한 상황에선, 유럽에 체류중인 인사들을 간첩으로 포섭하려는 시도가 현재진행형이던 시점에선 사건의 전모를 공개하기 어려웠을 터. 그때 이미 주목받는 화가였으니 어쩌면 공작금 조로 오간 증거물일 수도 있었다.

사건 당시는 얼마짜리였는지 알 수 없지만 수억대라던 그림의 값어치는 보도 경쟁이 치열해질수록 앞자리를 다음 숫자로 거푸 갈아치웠다. 압구정과 한남동의 두 아파트를 합한 금액을 추월할 때까지. 피고가 된 그분 입장에선 횡령액이 기하급수적으로 늘어나는 기막힌 상황이 아닐 수 없었다.

'사실은 위작이다. 수사의 일환으로 전문가 감정을 의뢰했는데 진품이 아니라는 의견이었다.'

그분다운 묘수였다. 달이 아니라 달을 가리키는 손가락을 보게 하라. 지저분한 저 손가락의 주인은 대체 누구인가.

과연, 물타기라는 반격이 없진 않았지만 뉴스의 초점이 위작이란 두 글자로 옮겨가는 걸 막지는 못했다. 세상을 떠들썩하게 만든 고가의 그림이 진짜냐 가짜냐. 이보다 군침 도는 소재가 있을까. 사람들은 반전의 드라마를 원했다. 어느새 백억대를 돌파한 그림이 실은 가짜라는 드라마.

'이 작품만 유독 눈동자에 총기가 덜하다.'

'목걸이를 걸친 전례가 없다.'

'화가 특유의 대상에 대한 애정이 느껴지지 않는다.'

전문가들의 견해도 위작으로 기울어갔다. 본래 똑같다는 걸 입증하기보다 다르다는 걸 지적하기가 더 쉬운 법이니.

반전은 한 번으로 그치지 않았다. 파리에서 산소호흡기를 쓰고 누워 있다던 화가가 유언처럼 남긴 한마디 때문이었다.

"내 새끼 맞아."

가족도 못 알아볼 만큼 병세가 위중하다는 반론을 뚫고 진품이라 믿는 사람들이 급격히 늘었다.

'눈동자의 총기라는 이 연작의 전매특허는 명불허전이다.'

'장신구의 과감한 채택으로 신선한 변화를 시도했다.'

말을 백팔십도 바꾸는 전문가도 속출했다.

다 떠나서 그린 사람이 맞다는데 무슨 말이 더 필요하겠는가. 여론이 다시 뒤집히고, 해당 간첩단 사건까지 새삼 도마에 오르면서 그분은 간첩단 조작의 주범이라는 비난까지 뒤집어써야 했다. 곤경에 빠진 그분을 구한 건 아무도 예상치 못한 세번째 반전이었다.

소모적 논쟁에 종지부를 찍기 위해 프랑스에 의뢰한 감정 결과가 나온 것이다.

'다른 연작들을 그린 사람과 동일인이 그렸을 확률은 0.00002퍼센트다.'

최첨단 나노 분석 기술로 내린 판단이 진실을 다시 미궁에 빠뜨렸다.

'이 그림의 모델에서는 귀티를 찾아보기 어렵다. 위작일 가능성이 농후하다.'

끝이 보이지 않는 지루한 공방이 헤드라인에서 멀어질 때쯤, 논란은 모델을 둘러싼 가십이라는 새 연료로 다시금 달아올랐다. 과연 초상화 주인공이 누구냐는 것. 정재계부터 연예계까지 내로라하는 여성들이 줄줄이 입방아에 올랐다. 초상화 주인공과 화가를 엮는 황색 기사들까지 넘쳐났는데, 후보에 오르지 못한 사람들이 오히려 아쉬워했다는 후문마저 돌았다. 귀부인이라서 모델이 되었다기보다 한국이 낳은 세계적 화가의 캔버스 앞에 앉는다는 사실 자체가 귀부인이라는 증표로 여겨진 분위기 탓이었다. 미용실마다 철 지난 올림머리가 다시 유행했으며 모델이 걸친 이국적 목걸이와 도트 무늬 블라우스는 없어서 못 팔 지경이었으니까.

"명색이 압구정인데 이미테이션이 걸려 있었을 리 있나?"

피셔맨이 자신 있게 말했다.

"자택에도 안 걸어뒀겠지. 그분 완벽주의 몰라? 중앙 정원 이끼도 일본에서 공수해온 분이야. 야마토 후데고케라는 품종이었지. 어떤 분인지 익히 알고 있었지만 위작 카드를 꺼내들 땐 정말이지 소름이 돋더군. 신의 암수暗數를 보는 느낌이었달까. 위작이다 한마디에 판이 완전히 바뀌지 않았나."

내가 맞장구를 쳤다.

정작 화제를 이쪽으로 돌린 장본인만 가타부타 말이 없었다.

"그림이 진짜인지 가짜인지는 모르겠지만, 국립현대미술관에서 우리를 기다리고 있는 건 확실하네."

한참 만에 입을 뗀 재단사의 말은 뜻밖이었다. 그림이 진짜인지 가짜인지 모르겠다니. 피셔맨과 나를 무안하게 만든 건 둘째 치고, 면도날처럼 명쾌한 사람답지 못한 애매한 태도라니.

"우리를 목사에게 연결시켜줄 그림인 건 더 확실하지."

재단사가 조수석에 앉은 내 어깨를 두드리며 덧붙였다.

꿔다놓은 보릿자루처럼 무뚝뚝하던 재단사의 어색한 제스처에 절로 움찔하는 어깨를 어쩌지 못했다. 늘 치켜올라가 있는 한쪽 입꼬리가 유난히 비웃음으로 느껴진 것도 내 머릿속에 똬리를 튼 무서운 의심 때문이었을까.

룸 미러 속 반쪽 미소를 뚫어져라 들여다보는데 차가 속도를 줄이는 게 느껴졌다.

어느새 국립현대미술관이 눈앞에 나타났다.

낙원 속 극장

☆

우리에게 미술관은 또다른 일터였다. 해외 공작의 단골 접선지. 미술관만큼 미행을 감지하기 용이한 곳이 없다. 두어 번 특이한 동선으로 감상 경로를 바꿔보면 꼬리가 붙었는지 금방 확인할 수 있다. 보는 눈이 많아 서로 허튼짓을 저지르기도 어려웠다.

〈모나리자〉처럼 관람객이 몰리는 그림 앞은 곤란했다. 국가 기밀을 소매치기당하는 것만큼 쪽팔리는 경우가 또 있겠는가. 실제로 벌어졌던 일이다. 블랙 요원에게 건너갔어야 할 외교행낭을 중간에 털린 것이다. 위조 여권과 위조 비자라 현지 경찰에 신고할 수도 없었다. 쪽팔림으로 끝나면 그나마 다행. 어둠의 경로를 거쳐 북측으로 흘러들어가기라도 하면…… 상상하고 싶지도 않았다. 지금도 한국 여권은 암시장에서 고가에 거래된다고 들었다. 대남 공작이라는 마르지 않는 수요 때문 아니겠는가.

그런 인기 작품 앞에는 감상용 의자가 없는 것도 문제였다. 나란히 앉아 같은 그림에 눈길을 모으고 있으면 둘 사이의 긴장감도 누그러뜨릴 수 있고 안부(의미 있는 정보를 가리키는 은어였다)를 주고받기도 수월했다. 마이크로필름이든 투명 잉크로 쓴 비밀 쪽지든 슬쩍 흘리고 자리를 뜨면 접선 상대가 자연스레 수거하는 식. 안부인사가 바닥에 떨어져 이목을 끌 위험도 없었다.

접선이란 한 치의 오차도 용납되지 않는 긴박한 작업이었으니 기억에 남는 거라곤 그림이 아니라 그림 옆에 붙은 화가와 작품명뿐일 수밖에. 유학생 간첩단을 일망타진하러 간 비엔나에서도, 공관에서 암약하는 쥐새끼를 색출해야 했던 파리에서도 예외는 아니었다. 세계 미술사에 빛나는 클림트의 〈키스〉가, 고흐의 〈해바라기〉가 그런 식으로 내 인생을 코앞에서 비껴갔다.

뒤늦게 세계적 명화들을 접한 곳은 국내 미술관이었다.

"나 아님 당신이 미술관 근처라도 가겠어?"

아내 성화에 마지못해 끌려간 샤갈과 피카소 특별전.

"누구 만나기로 한 사람이라도 있어요?"

연신 두리번거리는 내게 아내는 몇 번이고 물었다.

미술관이라는 공간에만 들어서면 본능적으로 팽팽해지는 긴장의 끈이 좀체 늦춰지지 않았다. 긴장을 누그러뜨리기 위해 엉덩이를 붙일 흔한 벤치 하나 없었다. 관람객은 또 어찌나 미어터지게 많던지. 접선 포인트로 삼음직한 그림이라곤 단 한 점도 없었다. 그것이 샤갈과 피카소를 뒤로하던 나만의 감상이었다.

그뒤로 아내는 미술관의 미음 자도 꺼내지 않았다. 그러고 보니 국내 작품을 보러 가는 건 처음이었다. 운명의 얄궂은 장난일까. 첫 국내 작품 관람이 하필이면 문제의 그 빨갱이 화가 것이라니. 그분을 궁지에 몰아넣은 족보도 불확실한 그림이라니.

분명 특별전시실에 있다고 들었는데, 문제의 그림이 보이지 않았다. 흩어져 정탐해보아도, 복층 이상의 구조물 탐색 매뉴얼(퇴로에 가까워지는 순서로!)대로 삼층부터 일층까지 전시실 구석구석을 크로스 체크해보아도 마찬가지였다.

"물어볼 직원 하나 안 보이네. 모마에는 전시실마다 도슨트가 있는데."

피셔맨이 투덜거렸다.

"모마?"

내가 곧바로 물었다. 모르면 물어보아야 한다던 그분의 가르침을 뼈에 새긴 결과였다.

"엠오엠에이. 뉴욕현대미술관."

피셔맨이 으스대듯 대답했다.

"이놈의 빨갱이 정권은 세금 걷어서 북한에 퍼주느라 안내하는 사람 하나 못 두네."

갑자기 언짢아져 나도 모르게 구시렁거렸다.

그러는 사이 재단사는 로비 정중앙에 있는 터치스크린 앞으로 가 있었다.

찾는 내용 없음.

화가 이름을 입력해도 그림명으로 검색해도 화면에 뜨는 결과는 같았다.

"이럴 리가 없는데."

재단사가 고개를 갸웃거리며 중얼댔다.

"저 그림 아닌가?"

내가 바로 옆 터치스크린에 떠 있는 홍보 포스터를 가리키며 말했다.

한국 대표 회화 특별전.

이중섭, 김환기, 박수근. 미술 교과서에 실리는 국민 화가들의 대표작 사이, 우리가 찾던 그림이 어깨를 나란히 하고 있었다.

"국립현대미술관 서울관?"

피셔맨이 포스터 하단에 적힌 글자를 소리 내어 읽었다.

재단사도 나도 꿀 먹은 벙어리가 되고 말았다. 서울관이 생겼다는 정보야 놓칠 수 있다 해도 타깃 좌표 파악이 이토록 허술했다는 점엔 변명의 여지가 없었다. 현역 시절이라면 시말서감이었다.

무뎌지다못해 완전히 녹슬어버렸나. 구두끈을 고쳐 매야 할 필요가 없었다고, 과녁만 짝사랑하는 총알처럼 언제든 몸을 던질 준비가 되어 있었다고 그분 앞에서 자신 있게 말할 수 있을까. 그림에 관해서라면 모르는 게 없는 척하던 피셔맨도, 작전을 기획한 재단사도 무뎌진 건 마찬가지라는 사실조차 위로가 되지 못했다.

시간이라는 거인의 주먹질에 한 방 먹은 기분이었다.

나쁜 소식은 홀로 오지 않는다더니, 그 그림을 직접 보려면 사십이 시간이나 기다려야 했다.

☆

시간의 주먹질은 한 방으로 끝나지 않았다.

"여기는 국군서울지구병원이 있던 자리 아닌가."

이십 년 동안 잠들었다 깨어난 립 밴 윙클도 이렇게 소리쳤을까. 국립현대미술관 서울관이 눈앞에 나타난 순간 나는 주먹질을 넘어 조롱이라도 받은 기분이었다. 주먹질의 흔적은 시간이 지나면 점점 희미해지기 마련이지만 조롱의 상처는 화상 자국처럼 갈수록 또렷해진다.

"궁정동 안가에서 총을 맞은 VIP가 숨이 끊긴 채 실려온 곳 맞네."

약속 장소인 미술관 일층 카페에 미리 와 있던 피셔맨이 내 속을 훤히 들여다본 듯 말했다. 옆에서는 재단사가 녹차를 홀짝이고 있었다.

피셔맨 말대로 거긴 한 시대가 막을 내리고 뒤이은 시대의 서막이 열린 현장이었다. 국군서울지구병원은 국군보안사령부 영내에 있었고, 그 덕에 대통령 유고를 뜻하는 코드 제로 첩보를 누구보다 빨리 입수한 당시 사령관이 청와대의 다음 주인이 된 것이다.

"경호실 애들 있는 폼 없는 폼 다 잡더니만 총알 한 방 제대로 못 쏘고…… 경호실 애들만 빠릿빠릿했어도 김부장이 그런 판단은 못했을 텐데. 당연히 각하도 무사하셨을 거고."

내가 창밖으로 시선을 던지며 중얼거렸다.

"계룡산 법문사 자광선생께서 각하가 살성殺性이 강한 사주라 기미년 갑목대운을 조심하라 몇 년 전부터 그리 일렀다는데…… 대운이 바뀐 지 사흘 만에 그런 흉사를 당하실 줄이야."

피셔맨이 장탄식을 내뱉었다. 계룡산 자광선생이라면 VIP에게 올라갈 존안 자료 특이사항란에 한 줄짜리 인물평을 부탁하던 도인이었다. 보안사 애들이 퍼뜨린 마타도어일 확률이 높았지만, 김부장 특이사항란에는 이렇게 적었다는 소문이 10·26 직후 돌았다.

제왕의 관을 짜는 목수.

"목사가 그러더군. 김부장은 눈을 좀 붙였어야 했다고. 상승장군 맥베스를 파멸시킨 것도 수면부족이었지."

재단사가 찻잔을 내려놓으며 말했다.

"김부장을 잡은 기무사령관이 회사 넘버원으로 올 때만 해도

다 죽었구나 싶었어. 취임사에서 대역죄라는 말이 튀어나오지 않았나. 첫 간부회의에선 해체라는 단어를 세 번이나 입에 올렸고."

피셔맨이 굳은 얼굴로 말했다.

당시를 떠올리면 아직도 골치가 지끈거렸다. 경쟁 관계이던 군 정보기관 수장이 점령군 대장으로 들이닥쳤으니 숨도 제대로 못 쉬는 분위기였다.

"그나마 우린 북한이라는 명백한 위협이 있어서 피바람을 모면한 거야. 국내영업부는 비빌 언덕이 없어 작살났지만 해외 영업망은 하루아침에 구축되는 게 아니니까."

재단사의 목소리는 덤덤했다.

"북한 공산주의자들에게 고마워해야 하나?"

피셔맨이 비아냥거리듯 물었다.

"고마워하긴. 피차 잘 먹고 잘 자자고 하는 일인데."

"요샌 자도 잔 것 같지 않아. 밤새 멍석말이를 당하고 일어난 느낌이랄까."

내가 음울한 목소리로 말했다.

"기계체조를 해보게. 자다가도 몇 번이나 뒤통수에 도끼가 박힌 것처럼 눈이 부릅떠지곤 했는데, 이젠 벽에 이마를 댄 도낏자루처럼 곯아떨어진다네."

사사로운 이야기를 풀 때조차 재단사는 새로운 진리를 공표하듯 당당했다. 저 도저한 확신은 어디에서 오는 걸까.

재단사가 말을 이었다.

"선배 작가 다자이 오사무의 자살을 미시마 유키오가 신랄하게 비판했지. 냉수마찰과 기계체조로 충분히 다스릴 수 있는 우울증이었다. 유약한 것보다 강인한 게 좋다. 아름다움은 강인함에서 나오기 때문이다."

적 앞에서 몸집을 부풀리는 두꺼비처럼 재단사가 과장스레 가슴을 내밀었지만 갈비뼈만 도드라졌다.

펜 놀리는 사람답지 않던 이두박근의 탄생 비화가 밝혀지는 순간이었다. 헐크를 연상시키던 팔이 오로지 문장 강화를 위해서였다니. 드넓은 광장을 굽어보며 우뚝 선 청동상 같은 자기 확신이 몸부림 같은 노력의 산물이었다니. 근육질 팔뚝과 확신 어린 말투 뒤에 감춰졌던 두려움을 뒤늦게 엿본 느낌이었다. 강한 게 좋다고 떠든 그 작가도 유달리 병약한 성장기를 통과하지 않았나.

문제의 그림을 발견한 곳은 제1전시실이었다. 발견이라고 표현할 것도 없이 전시실에 들어서면 바로 마주 보이는 벽면 하나를 독차지하고 있었다.

"한 방송국에서 박수무당 찾아갔던 거 기억나나? 실물도 아니고 신문에 실린 그림 사진 걸어놓고 굿까지 하지 않았나? 작두를 타던 박수무당이 애기 목소리로 아부지, 아부지 대성통곡할 때만 해도 사짜다 싶었는데, 지구 반대편에 누워 있던 빨갱이 화가가 마지막 숨을 거두는 걸 감지하는 신통력이라니. 게임 끝이구나 싫었지. 아버지도 내 자식이라 그러고 자식도 내 아버지라고 하는 판국이었으니."

피셔맨이 가늘게 뜬 눈으로 그림을 응시하며 말했다.

"신통력은 무슨. 오늘내일한다고 이미 뉴스에서 떠들고 있었는데."

내가 반박했다.

"이봐요, 사모님. 우리 목사님 어디 계신지 말씀 좀 해줘요."

피셔맨이 그림 속 귀부인에게 묻는 시늉을 했다.

"생각보다 사이즈가 작군."

그것은 내 솔직한 첫인상이었다. 전시 벽 하나를 통째 차지할 만한 대작은 아니었다.

"〈모나리자〉나 〈별이 빛나는 밤〉도 직접 가서 보니 쪼그만 게 별거 아니더구먼. 모름지기 마스터피스라면 피카소의 〈게르니카〉 사이즈는 돼야지. 누가 빨갱이 아니랄까봐 붉은 물감으로 떡칠해 놓은 것 좀 보게. 김작가, 시대를 뒤흔든 문제작을 처음 대면한 소감이 어떤가?"

"이미 본 적 있네."

"어디서?"

내가 받아치듯 물었다.

압구정 안가로 말하자면 아무나 출입할 수 있는 곳이 아니었다. 각계 실력자들을 접견하는 용도라 회사 내부적으로도 과장급 간부 이상만 가능했다.

재단사는 대답 대신 알 듯 모를 듯한 비웃음만 지었다. 설마 그분 자택에서? 부하들 집 부엌에 있는 숟가락 개수까지 훤히 꿰는 상사였지만 정작 본인 개인사는 입 밖에 내지 않는 분이었다. 그런 면을 가장 빼다박은 게 재단사였다. 단 하나의 표정으로 나머지 모든 표정을 감추는 기괴한 얼굴만큼이나 재단사는 자신을 드러내지 않았다. 조간 1면을 도배하면서도 이름은 실리지 않는 유령 작가로 암약했던 세월 내내. 근황은 고사하고 생사조차 모르던 퇴사 이후의 삶은 완전한 암흑에 묻혀 있었고. 결혼이라는 걸 했는지조차 긴가민가라면 무슨 말이 더 필요할까. 자기 얘기에 인색한 그분도 슬하에 딸만 셋을 두었고 장녀가 아이비리그에 진학했다는 것까지 알고 있는데.

청출어람. 비밀주의라는 관점에서만 보자면 재단사는 스승을 뛰어넘은 제자가 아닐 수 없었다. 역시 그분 수제자는 재단사였을까. 유독 재단사에게 엄격한 그분 모습을 볼 때마다 시샘이 일곤 했다. 용맹한 호랑이는 강한 새끼일수록, 자기를 빼닮은 새끼일수록 더 혹독한 담금질을 겪게 하는 법이니까. 무섭도록 완벽한 대칭을 자랑하던 그분 얼굴 밑에도 실은 재단사처럼 반만 웃는 진짜 얼굴이 감춰져 있던 건 아닐까. 국가안전기획부 최고 설계자. 그 자리는 결국 재단사가 물려받게 되었을까. 캠퍼스도 허물어지고 다들 진짜 유령 같은 존재로 전락했지만 훈련생 시절 지병처럼 나를 괴롭히던 질투심이 되살아나는 것을 어쩌지 못했다. 그럴수록 복잡해지는 물음표 하나. 그런 재단사가 왜 그분을?

카이사르의 등에 비수를 꽂은 브루투스가 떠올랐지만, 더이상의 상상을 떨쳐내며 나는 눈앞의 그림에 집중하려 애썼다. 그림은 의외로 평범했다. 그분이 겪어야 했던 고초에 비하면 지나치게 단조로웠다. 그런데도 눈을 뗄 수 없었다.

한쪽으로 기운 고개며 새초롬히 내리깐 눈에서 어떤 기시감이 느껴졌다. 그것은 슬픔이었다. 맑디맑으면서 한없이 우아한 슬픔. 아버지의 폭력이 지나간 뒤의 어머니를 고요히 감싸고 돌던. 풍성한 올림머리, 단아한 눈매, 기름한 목선이 어머니를 닮은 것 같기도 했다. 귀부인의 초상이라는 제목을 달 자격이 충분한 작품이었다. 위작이라는 주장은 그분이 전세를 뒤집기 위해 고안해낸 역정보가 틀림없었다. 진품이 맞았다.

그림이 잊고 있던 기억 하나를 불러냈다. 아버지가 손목시계를 풀 때마다 나는 장롱 안에 웅크려 있곤 했다. 기품 있는 한 세계가 기품 없는 무엇에 유린되는 장면을 지켜보고 싶지 않았다. 장롱 안의 어둠으로도 모자라 눈을 질끈 감곤 했다. 그러면 알쏭달쏭한 검은 빛무리가 눈앞에 아롱거렸다. 사물의 혼에 흰 캔버스가 되어주던 검은 바탕화면.

"그림의 혼에 접속하려면 블랙아웃이 필요하네."

내가 그림에 바투 다가서며 말했다.

"두꺼비집을 내려버릴까."

피셔맨이 주위를 두리번거리며 말했다.

"급한 대로 이거라도……"

재단사가 민머리에 눌러쓰고 있던 털벙거지를 벗어 건넸다.

길게 늘어진 양쪽 귀마개 끝에 똑딱단추가 달려 턱까지 감쌀 수 있었고 뒤집어 올린 챙을 내리니 얼굴 대부분이 가려졌다.

털벙거지로 불빛을 최대한 차단한 채 나는 그림 한복판에 손바닥을 대고 눈을 질끈 감았다.

☆

나는 아버지가 두렵지 않았다. 아버지의 발작적인 폭력이 극에 달하는 순간조차. 두려움의 대상이 되기에 아버지는 뭔가 부족했다. 변변한 직업 없이 동네 궂은일을 도맡는 사람이어서는 아니었다. 사람들은 정말이지 궂은일이라는 표현이 부족할 만큼 잡다한 문제들을 들고 아버지를 찾았다. 지붕에 비가 샐 때도, 묵은빚을 받아내야 할 때도, 똥통이 가득찼을 때도, 개를 잡아야 할 때도. 심지어 파투 내야 할 맞선 자리에 성깔 더러운 친척 역으로 불려나간 적도 있었다. 돈 코를레오네는 온갖 뒷일을 봐준 대가로 대부가 되었지만, 아버지에게 돌아온 건 몇 푼 수고비와 절뚝발이라는 멸시뿐이었다.

문제를 해결해줄수록 사람들이 아버지에게 더 함부로 구는 이유를 훗날 깨우쳐준 건 그분이었다. 존경심은 두려움에서 나오고, 두려움은 기품에서 나온다는 진리를. 아버지에겐 기품이라는 게 없었다. 집안을 쑥대밭으로 만드는 폭군일 때도 두려움이 아버지의 것일 수 없는 이유였다. 파리를 낚아챈 두꺼비마냥 혀로 연신 입술을 핥는 버릇부터 기품과는 영 거리가 멀었다. 똑바로 보지 못하고 염탐하듯 곁눈질로만 흘끗대던 비굴한 눈도.

기품이라면 오히려 변변한 저항 없이 일방적으로 두들겨맞던 어머니 쪽에 있었다. 닭장에서 막 꺼내온 달걀로 멍든 부위를 문지를 때조차 몰락한 귀족이 거느릴 법한 비애가 느껴졌다. 외오촌 어른이 독립운동 자금을 대다 가산을 날린 동네 부호였다는 얘기를 들어서만은 아니다. 소설 같은 건 몰락한 명망가 자제들이 쓰는 거라고 누가 그랬던가. 언젠가 책을 내게 된다면 전적으로 어머니 덕이리라. 미안하게도 어머니의 그런 모습을 바라보는 게 나는 좋았다. 언제나 다른 세계에 가 있는 듯한 어머니였지만, 멍자국이 완전히 가시기 전까지는 어디로도 떠나지 못할 것 같았으니까.

그랬다. 내 유일한 두려움은 어느 날 아침 눈을 떴을 때 어머니의 빈자리를 발견하는 거였다. 아버지도 마찬가지였던 것 같다. 손찌검의 회오리가 멎으면 아버지는 어머니가 가장 아끼는 옷을 갈기갈기 찢었다. 그러면 과분한 아내가 홀연히 날아가버리지 못하리라 믿는 사람처럼.

그런 아버지였지만 왠지 나는 털끝 하나 건드리지 않았다. 어머니가 두꺼비 사내와 엮인 사연만큼이나 그 사내가 내게 폭력을 쓰지 않는 이유도 수수께끼였다. 실체 없는 숱한 이야기들이 덜 여문 내 머릿속에 들어섰다 더 극적인 버전에 밀려나곤 했다. 후진 기어가 없던 공상은 아버지라는 사람이 친부가 아니라는 데까지 나아갔다. 나라는 존재는 언젠가 몸값과 맞바꾸어야 할 인질이었던 것이다.

아버지가 두꺼비로 변할 때마다 나는 장롱에 숨어 한 번도 본 적 없는 친부를 그려보곤 했다. 죽은듯 눈감고 기다리면 지직거리는 은막 위로 떠오르던 얼굴들. 그것은 〈사랑방 손님과 어머니〉에 아저씨 역으로 나온 김진규였다가 〈5인의 해병〉에 나온 최무룡이었다가 〈벤허〉의 찰턴 헤스턴일 때도 있었다.

"아임 유어 파더!"

나 자신도 누군가의 아버지가 되어 다스 베이더 경의 저 대사를 듣던 순간, 다시 유년의 그 장롱 속으로 되돌아가는 기분이었다. 번쩍이는 까만 투구를 벗기면 친부의 얼굴이 거기 있을 것만 같았다. 모두가 두려워하는, 누구도 깔보지 못하는 얼굴. 위엄 있으면서 어딘가 모르게 비밀을 품은 듯한 얼굴. 소년소녀 세계문학 전집을 팔러 왔던 어떤 얼굴이.

그 시절 도저히 이해할 수 없던 또 한 가지는 갈기갈기 찢긴 옷이 아버지가 폭행의 속죄 의식처럼 어머니 품에 새로 안긴 물건이라는 사실이었다.

이제는 모르지 않는다. 아버지는 두려움을 두려워 말고 존경했어야 했다. 그것만이 두려움의 노예가 되지 않는 유일한 길이었다.

"뭐가 보이던가?"

차에 오르기 무섭게 재단사가 물었다. 무언가를 가늠하는 듯한 시선은 여전했다.

"낙원……"

내가 안전벨트를 당겨 허리에 두르며 말문을 열었다.

"설마……"

피셔맨이 내 말허리를 잘랐다.

"악기들 파는 데 말야."

〈귀부인의 초상〉이 어둠을 배경 삼아 내게 그려 보인 건 분명 그 건물이었다. 최초의 주상복합 빌딩 중 하나였으며 모든 악사들의 낙원이자 성지였지만 이제는 탑골공원과 떡집들 사이에 정체성도 불분명한 반백의 얼굴로 서 있는 건물.

"낙원상가?"

재단사가 확인하듯 물었다.

나는 고개를 끄덕였다. 차는 어느새 미술관 주차장을 빠져나와 삼청로에 들어서 있었다.

"남십자성 공작 기억들 나나?"

피셔맨이 북촌길로 우회전하며 말했다.

어찌 잊을 수 있겠는가, 남십자성이라는 그 이름을. 1992년 6월, 연말에 치러질 대선을 겨냥해 사상 첫 남북 수뇌부 회담을 물밑 깊숙이 추진하지 않았나. 그런데 악기상이 밀집해 있는 건물과 그 공작이 무슨 상관이란 말인가.

이번에도 내 머릿속을 읽었는지 피셔맨은 알아서 얘기를 이어갔다.

"북측 대남사업부 부장이 극비리에 내려와 모처에 머물고 있었지. 회사에서 붙인 코드 네임이 뭐였더라?"

"제비였네."

재단사가 피셔맨의 기억에 난 구멍을 메워주었다.

따뜻한 남쪽 나라로 날아든 철새. 행운의 박씨를 물고 오는 길조. 코드 네임만으로도 회사의 기대가 얼마나 컸는지 짐작할 수 있었다.

"제비와의 접선에 목사가 단독 수행원으로 나를 차출했지. 휴대용 거짓말탐지기가 필요한 자리였으니까. 정말로 성사시킬 마음이 있는지, 대가로 뭘 원하는지. 빨갱이들 시커먼 속을 누가 알겠는가. 여기부터는 자네들도 모르는 얘기일세. 성공한 공작은 역사로 남지만 무산된 공작은 아예 없던 일이 되니까."

피셔맨이 아련한 목소리로 말했다.

"성공한 공작에도 우리 이름을 위한 자리는 없지. 처음부터 끝까지 드러나서는 안 되는 존재, 아무도 아닌 자들이니까."

재단사가 싸늘하게 덧붙였다. 원망일까 분노일까. 재단사답지 않게 감정이 묻어나는 목소리였다.

차는 정독도서관을 지나 헌법재판소 앞으로 방향을 꺾었다.

"제비는 접선 장소를 십오 분 간격으로 바꿨어. 남산타워였다 창경궁이었다, 갑자기 남대문시장이 되었지. 뺑뺑이가 따로 없었네."

피셔맨은 다시금 변경된 통보를 받기라도 한 것처럼 고개를 절레절레 흔들었다.

"외국 관광객 필수 코스를 훤히 꿰고 있었군. 우리는 너희에 관해 모르는 게 없다. 뭐 이런 메시지를 보낸 게 아니었을까. 기선을 제압하려고 말야."

〈수사반장〉을 실시간으로 시청하던 공산주의자들을 떠올리며 내가 말했다.

"기선제압이든, 관광객 코스프레든 접선지에 다 가서 차를 홱홱 돌리려니 뚜껑이 열릴 지경이더군. 평양도 아닌 서울 한복판에서 이리저리 뛰어다니는 똥개 꼴이라니. 남산타워, 남대문시장, 창경궁 순이었다면 그나마 덜 빡쳤을까. 무전기에 총구멍을 내기 전엔 끝날 것 같지 않던 뺑뺑이에도 다행히 종착역은 있었지."

노란 신호가 속도를 늦추고 대기하라는데도 피셔맨은 액셀을 밟아 안국역 사거리를 쏜살같이 관통했다. 사방에서 빵빵댔지만 우리의 침술사는 아랑곳하지 않았다.

"바로 저 건물에 있는 극장이었어."

이제 차는 삼일대로를 달려 운현궁을 지나치고 있었고 피셔맨은 턱짓으로 전면 창 너머를 가리켰다. 정면 시야의 끝에는 가장 오래된 필로티 구조 건축물들 중 하나가 버티고 서 있었다.

"극장? CIA도 육성을 따기는 녹록지 않았겠군."

재단사도 처음 듣는 이야기인 모양이었다.

내가 아는 바는 공작 실패에 대한 문책으로 그분이 삼 개월 감봉이라는 중징계를 받았다는 대목까지였다. 협상 결렬의 책임은 미군 철수라는 받을 수 없는 카드를 들이민 공산주의자들에게 있었다. 징계를 결정한 사람들조차 부당한 처분임을 부인하지 못했지만 그분은 군말 없이 받아들였다.

보다못한 몇몇이 십시일반 돈봉투를 만들어 찾아갔을 때 그분은 불같이 화를 냈다.

"입때껏 내가 헛짓을 했군. 예수를 만나면 예수를 죽이고, 부처를 만나면 부처를 죽이고, 나한을 만나면 나한을 죽이고, 부모를 만나면 부모를 죽이라고 가르쳤건만."

그때는 어안이 벙벙할 따름이었는데 이 나이가 되니 알 것도 같다. 조국의 적화를 막는다는 자존심 빼면 허깨비나 다름없는 우리 아닌가. 값싼 동정은 그분에게 죽기보다 싫은 일이었을 터. 내 목숨을 앗아간 자는 용서할 수 있어도 자존심에 흠집을 내면 그 죄를 삼대까지 물을지어니.

"깜짝 놀랄 일은 아니었어. 우리도 제비에 대해 알아볼 만큼 알아봤거든. 후계자의 심복이었지. 서방세계에도 널리 알려졌다시피, 당시의 대동강 2호는 영화 마니아였잖나. 애간장을 녹이려고 그랬는지 정말로 영화를 보러 온 사람처럼 굴더라고. 스크린에 엔딩 크레디트가 올라가기 시작하고서야 제비가 그날 처음으로 입을 뗐어. '미 제국주의자들이야말로 저 금발 요부와 같은 존재 아닙네까, 김선생? 천생연분 북남이었더랬는데 고저 불여우처럼 남측을 꼬드겨 연인의 이마에 총부리를 겨누게 하지 않았소.'"

"무슨 영화였나?"

내가 물었다.

"불후의 명작, 〈원초적 본능〉이었네. 왕년엔 이 일대가 대한민국 문화 1번지 아니었나. 지금이야 비역질 소굴이 돼버렸지만."

"비역질 소굴이라고?"

"특히 자네는 조심하게. 아직 머리숱도 건재하니."

피셔맨이 내 정수리를 흘끗거리며 말했다.

"염려 말게. 내 손에 걸리는 순간 태어난 걸 후회하게 될 테니."

"여태 남아 있을까, 그 극장?"

뒷좌석에 앉은 재단사가 운전석과 조수석 사이로 휑한 머리를 쑥 내밀며 중얼거렸다.

나라를 보위하던 정보기관 본부 건물은 흔적도 없이 사라져 묘지의 일부가 되었고, 암살된 대통령 시신이 실려갔던 육군병원에는 그림 나부랭이들이 걸려 있는 판국이니, 설령 역사를 바꿀 뻔했대도 일개 극장이 목숨을 부지할 수 있었으랴. 과거에 대한 존경심이라고는 눈곱만큼도 찾아볼 수 없는 이 반역의 시대에.

☆

극장은 남아 있다고 하기도 없어졌다고 하기도 애매했다. '낙원 삘딩'이라는 북한스러운 간판, 인적 없는 악기점들을 지나 찾아간 사층에 실버영화관이라는 수상쩍은 이름으로 간신히 명맥을 유지하고 있었다. 그날의 프로그램이 〈십계〉만 아니었어도 곧장 돌아 나왔을 텐데.

"뭔가 짚이는 게 있나?"

재단사가 나를 평가하는 듯한 눈빛으로 물었다.

선뜻 입이 떨어지지 않았다.

"목사가 그냥 지나칠 수 없는 영화잖나. 누가 알아, 제비와 둥판을 짓던 맨 뒷자리 중앙에 떡하니 앉아 있을지? 셋이라야 만원도 안 되네. 삼 분 전에 시작했으니 아직은 대한뉴스가 나올 테고."

빛은 바랬어도 특별한 인생의 한 페이지가 뜯기지 않고 남아 있어 감개무량했던 걸까. 피셔맨이 상기된 얼굴로 말했다. 확인해보니 가격표에 오십오 세 이상은 경로우대 할인가 이천원이라고 적혀 있기는 했다.

역시 빨갱이들은 영리했다. 실버영화관 인근에 즐비한 콜라텍

이며 스크린 골프장들을 보라. 노인들을 위하는 척하면서 뒷골목 후미진 곳에 몰아놓겠다는 음험한 계략이었다. 게다가 비역질 소굴이라니. 노인들을 소돔의 주민으로 타락시킬 셈인가. 아니나 다를까, 뒤미처 표를 끊는 사람 중 제값을 낼 것 같은 이는 한 명도 없었다. 그리고 죄다 사내들뿐이었다. 하긴 파리 잡는 끈끈이에 스리에스만한 게 있을까.

스포츠, 스크린, 섹스.

빨갱이들은 왜 예의라는 걸 모를까. 타인의 창작물을 베꼈으면 로열티를, 하다못해 술이라도 한잔 사야 도리 아닌가. 지금에야 밝히는 얘기지만, 스리에스 정책은 회사의 지적 재산, 정확히는 그분 머리에서 나온 스테디셀러였다.

"일본 자민당이 장기집권하는 비결이 뭘까?"

잉어들에게 말린 새우를 던져주던 그분이 불쑥 물었다.

그분의 말이 의문부호로 끝날 때마다 나는 시험지를 받아든 수험생처럼 가슴이 콩닥거리곤 했다. 그분 앞이라면 들이쉬고 내쉬는 숨조차 시험으로 느껴질 만큼 혹독했던 훈련의 시간을 통과한 여파였다.

"고도 경제성장…… 아닌가요?"

신중하다못해 기어들어가다시피 하는 투로 내가 대답했다.

"잉어들은 제 비늘이 무슨 빛깔인지 몰라. 그런데 황금색 놈들에게만 주던 말린 새우를 다른 놈들에게 주면 헤엄치는 자태부터

달라져. 물살을 헤친다기보다는 유유히 거느리는 식으로. 진짜 황금 잉어들처럼."

해가 중천에 떠 있어 중앙 정원 어디에도 없던 그늘이 내 얼굴에 드리웠을 것이다. 뜬금없는 잉어 얘기는 내 답이 빗나갔다는 그분만의 완곡한 표현이었다. 그것은 산파술의 대가가 깨달음이라는 산도産道 저 안쪽에 끼어 있는 정답을 향해 내미는 마중의 손길이기도 했다. 친절한 힌트에도 불구하고 내 머릿속 톱니바퀴들은 정확히 맞물려 돌아가기는커녕 서로 헛손질, 헛발질만 주고받기 일쑤였다. 그러다 결국 두 손을 앞으로 공손히 모은 채 그분이 스스로 답하기만 기다리게 되었고.

그분이 큰 그림을 구상할 때마다 머물던 장소라서였을까. 광주사태 진압 일 주년을 앞두고 긴장감이 감도는 회사 분위기 때문이었을까. 그날만큼은 어쩐지 남다른 인상을 남기고 싶은 마음이 꿈틀거린 건.

"국화와 칼인가요?"

나는 재일교포 간첩단 공작 무렵 찾아 읽은 책 제목을 댔다.

"계속해보게."

정답 여부와 상관없이 그분의 관심을 끌어냈다는 사실만으로 나는 떨듯이 기뻤다.

"국화는 복종이고 칼은 두려움 아닙니까."

"일본인들에게 야구는 국화인가, 칼인가?"

"야구요?"

그분과의 대화는 늘 그런 식이었다. 숨이 턱까지 차오르도록 달려 결승 테이프가 눈앞이다 싶은데 다시금 출발선이었다.

"베이스볼 몰라?"

"칼 아닌가요? 사무라이가 목을 베듯 배트로 공을 후려치더라고요."

그분이 빙그레 미소를 머금었다. 내가 또 헛다리짚었다는 신호였다.

"야구라는 공놀이는 여러모로 흥미롭지. 투수가 일 구 일 구 던질 때마다, 타자가 배트 한 번 휘두를 때마다 더그아웃의 코치가 지시를 내릴 수 있어. 승부의 매 순간 명령체계가 작동되는 유일한 구기종목이야. 멋모르는 관중들은 선수들의 플레이에 일희일비함으로써 코치의 보이지 않는 지배력을 내면화하지. 우리나라도 일본처럼 날마다 야구 경기를 즐길 때가 됐어. 안방마다 컬러 텔레비전이 들어가고 있는 지금이야말로 적기야."

그분이 붉은빛의 한 무리 잉어들에게 말린 새우를 던져주며 말했다.

"우리도 프로야구 리그가 생기는 겁니까?"

"서울, 충청, 경북, 경남, 호남에 한 팀씩 만들 계획이네. 경기·인천·강원을 하나로 묶어 총 여섯 팀."

"왜 영남만 두 팀입니까?"

"다섯 개면 한 팀은 놀아야 하지 않나. 자금력이 되는 연고 기업도 그쪽이 많고."

"팀명도 정해졌습니까?"

"생각나는 이름이라도 있나?"

"슈퍼맨은 어떨까요?"

나는 그분을, 내 현실세계의 슈퍼맨을 똑바로 쳐다보며 말했다.

팀명을 차지하지는 못했지만 슈퍼맨이 배트를 들고 있는 슈퍼스타즈 심벌마크를 접한 순간 나는 감격에 겨워 울 뻔했다. 그분에게 인정받은 기분이었으니까. 연고를 무시하면서까지 열렬히 응원했지만, 자부심이 산산조각나는 데는 첫 몇 경기만으로 충분했다. 상대 팀마다 크립토나이트 공을 던지는 것 같았다. 슈퍼맨의 방망이는 허공을 가르기 일쑤였다. 1할 8푼 8리라는 기네스북에 오를 시즌 승률이 그 결과였다. 그분을 욕보이는 것 같아 면목이 없었다. 네 시즌 만에 슈퍼맨이 리그에서 사라졌을 때 나는 차라리 안도했다.

☆

"와서 경배하라. 내가 너희를 종살이하던 집에서 빼내준 하느님이다."

빨갱이 정권의 술책에 놀아날 수 없다는 말을 혀 위에 굴리고 있는 참에 피셔맨이 두 팔을 벌리며 채근했다.

나는 못 이기는 척 고개를 끄덕였다. 그분이 설령 지금 이곳에 없더라도 영화에서 실마리를 찾게 될지 모르는 일이었다. 〈십계〉라니. 더는 길이 없다며 주저앉고 싶어질 때마다 분연히 나아가 몸소 길이 된 분의 교본 같은 영화 아닌가.

아메리칸 스타일로 각자 표를 끊자고 제안할 새도 없이 피셔맨이 어느새 만원권 지폐를 발권 구멍으로 밀어넣고 있었다.

영화는 이미 상영중이었고 우리는 아무 자리에나 가서 앉았다. 빈자리가 많아서 어둠 속에서 좌석 숫자를 읽어내는 수고를 감수할 필요가 없었다. 예상대로 피셔맨은 맨 뒷줄 정중앙, 남십자성 공작 때 그분이 제비와 담판을 벌였다는 자리를 택했고, 재단사는 피셔맨과 같은 줄 가장자리에 착석했다. 나는 자막이 눈에 들어올 때까지 더듬더듬 계단을 내려갔다. 장님 코끼리 만지듯 엉덩이를 붙이고서 헤아려보니 앞에서 세번째 줄이었다. 스크린에서는 갓 태어난 모세가 고리버들 광주리에 담겨 강물에 둥둥 떠내려오고 있었지만 영화에 몰입하기가 쉽지 않았다. 마지막으로 극장에 온 게 언제였는지 가물가물했다.

아버지는 수틀리는 일이 있을 때마다 전등을 다 꺼버리는 벌을 내렸지만 내가 등화관제 훈련을 손꼽아 기다리는 아이, 옆얼굴도 보이지 않는 어둠을 좋아하는 아이라는 사실을 꿈에도 몰랐으리라. 아버지 얼굴이 지워진 자리를 근사한 영화배우들이 차지한다는 것도.

녹내장이라는 쥐새끼가 내 시야를 야금야금 갉아먹어 들어올 줄 상상도 못하던 시절 얘기였다. 극장과 멀어진 건 노환인 줄만 알았던 녹내장이 마흔도 안 돼 찾아온 뒤부터였다.

"뭐하시는 분인데 벌써 이렇게 됐을까? 어두운 데서 장시간 작업하시나요?"

의사가 딱하다는 투로 말했다.

만성폐쇄각녹내장. 그것은 일종의 직업병, 아니 업무수행으로 입은 산업재해, 나라를 지키기 위해 사물들의 혼과 불철주야 교감을 나눈 대가였다. 그런 내게 파면이라니. 회사에서 잘리고 비디오 대여점, 서점, 문방구를 차렸다 번번이 폐업할 때는 차라리 내 눈을 찌르고 싶은 심정이었다. 그랬다면 사진관은 못 열었을 테지만. 어둠은 나의 숙명일까. 왠지 사물의 혼이 선명하게 읽히는 듯해 일부러 찾던 회사 사진팀 암실, 필름에 찍히지 않은 것마저 현상해내는 그곳 터줏대감에게 주워들은 한마디로 먹고살게 될 줄이야.

"사진이 빛의 예술이라고들 하지만, 사진에서 진짜 중요한 건 빛이 아니라 어둠이야."

수십 년 만에 다시 본 〈십계〉는 어둠만 이어붙여 만든 빛나는 영화였다. 동포의 자유를 위해 일신의 안위를 초개같이 내던진 선지자, 어제의 형제였던 파라오에게 핍박받는 모세는 영락없이 그분이었다. 고통스러운 장면의 연속이었지만 이상하리만치 눈이 멀쩡했다. 흐릿하지도 침침하지도 뻐근하지도 않았다. 그분의 수난을 외면할 수 없다는 일념으로 두 눈을 부릅떴다. 녹내장도 내 충심을 가로막지 못했다.

하지만 모세의 기도에 홍해가 둘로 나뉘는, 영화사의 명장면 앞에서 끝내 무너지고 말았다. 모세와 이스라엘 백성들이 자유를 찾는 장면 위로 하루아침에 영어의 몸이 되어야 했던 그분의 원통함이 겹쳐졌기 때문이다. 보상은커녕 배반으로 돌아온 헌신이 가엾고 억울해 가슴이 미어졌다. 그분이라는 거인의 어깨에 올라타 산을 옮기고 바다를 주름잡던 시간들이 사무치도록 그리워 숨을 쉴 수 없었다. 내 눈이 틀렸다. 〈십계〉는 빛 좋은 개살구만 이어붙여 만든 암울한 영화였다. 영화와 달리 그분에게는 홍해의 기적도 약속의 땅도 주어지지 않았다. 모세의 운명이 빛날수록 그분의 어두운 운명이 더 사무쳤다. 모세의 하느님께 묻고 싶었다.

"이것이 진정 당신의 나라입니까? 선행에는 상을 악행에는 벌을 내리는, 정의가 빗방울처럼 쏟아지고 공정이 강물처럼 흐르는 나라가 맞습니까?"

고개를 떨군 채 숨죽여 흐느끼느라 다시 합쳐진 홍해가 파라오의 군대를 집어삼키는 통쾌한 장면마저 놓치고 있었다. 봇물이 터진 듯 뜨거운 눈물이 연신 볼을 타고 흘러내렸다. 문득 은은한 향수 냄새가 콧구멍을 파고들었다. 눈물범벅이 된 눈으로 흘끗 곁눈질해 보니 옆자리 사내가 손수건을 내밀고 있었다. 내내 그분만 바라보고 그분만 생각하고 있어서였을까. 그분이 건네는 손수건 같았다. 그분은 그런 분이었다. 자신의 슬픔을 손수건 삼아 부하들의 눈물을 닦아주는. 황송하고 또 황송해 가슴이 벅차오르고 손이 떨렸다. 두 손으로 받아들다 그만 떨어뜨릴 만큼.

다행히 손수건이 바닥에 떨어지지는 않았다. 바지 앞섶에 얌전히 내려앉아 있었다. 손수건을 집어들려다 나는 그대로 얼어붙고 말았다. 옆 사내의 손길이 바로 거기, 사타구니께로 미끄러져 들어오는 게 아닌가. 온몸이 싸늘해졌다. 뼛속까지 얼리는 한기. 그것은 분노라기보다 수치심에 가까웠다. 살의를 부르는 수치심. 분노 때문이라고 착각할 때조차 인간은 수치심으로 살인을 저지른다. 분노는 눈이 어두워 애먼 대상으로 튈 수 있지만 수치심은 눈이 밝아 장본인이 제거되기 전에는 없어지지 않는다. 수치심을 안긴 자가 전령이라면 그가 건네는 명령서의 한 줄은 정해져 있다. '이 서찰을 들고 간 자의 목을 쳐라.'

몇십 년 만에 찾은 영화관에서, 그분을 기리는 신성한 순간에, 상상도 못할 더러운 짓이라니. 내 면전에서 그분을 모욕한 것 같았다. 내가 그리 호락호락해 보였나.

"특히 자네는 조심하게. 아직 머리숱도 건재하니."

피셔맨의 말이 귓전을 울렸다. 뼈를 얼리는 한기에도 얼굴은 불덩이처럼 뜨거워졌다. 다시 합쳐지며 소용돌이치는 홍해처럼 수치심은 무서운 속도로 불어났다.

이웃의 성기를 탐내던 손목을 한 손으로 낚아챈 채 나는 주머니 속 하모니카를 꽉 쥔 나머지 한 손으로 허공에 날카로운 반원을 그렸다. 코뼈 부러지는 불쾌한 감각이 손날에 고스란히 전해졌다.

모조리 잡아다 삼청교육대, 아니 이북으로 쫓아버려도 시원찮을 놈들! 감히 그분의 영화 〈십계〉 앞에서, 홍해가 갈라지는 거룩한 장면에서 신성모독이라니. 여자와 자듯 남자와 한자리에 들면 안 된다. 그것은 망측한 짓이다. 내 손에 베레타가 아니라 하모니카가 쥐어진 천운에, 코가 몇 주 주저앉는 선에서 일단락되는 기적에 담긴 성경의 경고를 깊이 새겨야 하리.

하지만 감사의 인사는 없었다. 왱왱거리던 파리가 한순간 짜부라진 자리처럼 적막한 가운데 큭인지 컥인지 모를 신음 같은 외마디뿐. 이윽고 놈이 급히 자리를 뜨는 기척이 느껴졌다.

하느님은 시나이산 석판의 살인하지 말라는 계명 앞에 한 문장을 빠뜨렸다.

수치심, 나의 이름을 너희는 함부로 입에 올리지 말지어다.

분하고 괘씸해 모세가 시나이산에서 십계명을 받는 대목까지 자리를 지키고 있을 수 없었다. 비록 그 열 계명을 등대로 삼아온 인생은 아닐지라도.

안식일을 기억하여 거룩하게 지키라; 안식일에도 야근을 밥

먹듯 했나이다.

부모를 공경하라; 하루에도 몇 번이고 아버지를 죽이고 싶었습니다.

거짓 증거하지 말라; 빨갱이들은 존재 자체가 죄악의 증거 아닌가요?

등대는커녕 돌멩이를 던져 깨뜨리기를 일삼은 유리창이나 다름없었다. 나는 클라이맥스로 치닫는 스크린을 뒤로하고 출입문을 밀었다.

"김감독, 왜 벌써 나오나?"

나는 화들짝 놀랐다. 재단사가 문밖에 버티고 서 있는 게 아닌가. 엉덩이가 무겁기론 우리 중 으뜸인 재단사가. 동그래졌던 눈이 점점 가늘어질 수밖에. 피셔맨이야 추억의 자리였다지만 좋은 자리 다 놔두고 하필 출입구 바로 앞자리를 택한 것부터 수상쩍었다. 중간에 슬쩍 나와야 할 용무라도 있었을까.

"자네야말로 여기서 뭐하고 있나?"

내가 가자미눈으로 되물었다.

"목사와 엇갈릴 수도 있으니까."

재단사가 무심히 대꾸했다. 왠지 궁색한 변명처럼 들렸지만 더 캐묻고 싶지는 않았다.

"난 볼일이 급해서."

"그건 뭔가?"

재단사가 내 손을 내려다보며 말했다. 불끈 쥔 오른손에 들린 하모니카를.

"마침 여기 온 김에 수선이나 받을까 하고. 소리가 예전 같지 않아서 말이야."

"그런 취미가 있는 줄 몰랐는데."

"굳이 떠들 필요가 없는 일도 있지 않나."

나는 그쯤에서 대화를 끊고 화장실로 향했다.

아무리 찬물을 얼굴에 끼얹어도 더러워진 기분을 씻을 수는 없었다. 화장실을 나와 극장 안으로 돌아가는 대신 계단을 내려갔다. 영화를 마저 볼 마음이 싹 가신 김에, 재단사한테 둘러댄 대로 하모니카라는 수수께끼의 실낱같은 단서라도 찾아볼 요량이었다.

아래층에는 상호만 다른, 고만고만해 보이는 악기점이 즐비했다. 한 종류만 전문으로 취급할 것이라는 예상과 달리 예닐곱 평 남짓한 가게마다 온갖 악기들이 백화점식으로 망라되어 있었다. 휴대폰만 들여다보고 있던 사내에게 수수께끼의 하모니카를 건네면서도 별다른 기대를 품기 힘든 이유였다. 등받이의자 끄트머리에 아슬아슬 엉덩이를 걸치고 있는 폼이 주인이 잠깐 비운 자리를 지키고 있는 단골손님 같기도 했고.

"이게 아직도 남아 있네?"

하모니카를 이리저리 뜯어보며 사내가 중얼거렸다.

"보시다시피 겉은 멀쩡한데……"

"리드도 망가졌네. 소리가 전혀 안 나. 똥 하모니카예요. 빈티지 숍에나 넘기면 모를까. 약줏값은 드릴 테니 놓고 가세요. 여기 아니면 사겠다는 데도 없을 거예요."

몇 번 부는 시늉 끝에 사내가 경매 망치를 두드리듯 단언했다.

"팔려고 가져온 거 아니오."

나는 하모니카를 획 낚아챘다.

☆

엔딩 크레디트가 올라가고 있는 극장에 도로 앉아, 나는 하모니카를 손에 쥔 채 눈을 감아보았다.

눈앞이 캄캄했다.

떠오르는 이미지는 없었다. 글자 한 획 없었다. 그 무언가의 조각조차 나타나지 않았다.

불길하도록 완전한 암흑.

모세의 하느님이 빛이 있으라 명하기 전의 세상 같았다.

하모니카는 끝내 아무것도 보여주지 않았다.

눈을 떴을 때 극장에는 하느님의 첫 음성이 실현되어 있었다.

돌아온 빛이 보기에 좋지 않았다. 적어도 라이카에게는.

황금 십자 목걸이

☆

나의 우상은 지금 어디에 있는가.

꼬박 한나절이 걸린 낙원상가에서의 대대적인 탐문은 말하자면 베이컨식이었다. 프랜시스 베이컨이라는 철학자는 네 곳에 우상이 있다고 했다.

맨 먼저 극장.

"얼굴을 감싸고 뛰쳐나온 한 명만 기억날 뿐 특이점은 없었네."

재단사가 나오는 길목까지 지키고 있었지만, 여남은밖에 안 되는 〈십계〉 관객 중에 그분은 없었다. 다음 입장 관객 중에도.

사층에는 실버영화관 말고도 뮤지컬 공연장과 예술영화관이 있었다.

"말로 하면 될 걸 왜 노래로 하는지 모르겠어."

뮤지컬이 비효율적인 장르라고 하셨던 그분 말씀이 떠올라 뮤지컬 공연장은 아예 건너뛰었다.

예술영화관에서는 〈400번의 구타〉라는 작품을 상영하고 있었는데 야만적인 제목부터 그분과는 거리가 멀었다. 광고문구도 노골적이었다. '누벨바그, 영화사적 혁명의 신호탄!' 혁명의 신호탄이라니. 파업의 천국 불란서에서 날아온 빨갱이 영화를 그분이 보고 앉았을 리가. '학교보다 거리에서 나는 더 많은 걸 배웠다.' 불온한 카피 아래 철조망에 갇힌 십대 소년의 반항적 눈빛도 마음에 들지 않았다. 자신이 누군지도 모르던 우리를 데려다 타고난 재능을 꽃피우게 해준 그분이야말로 교육자의 대명사 페스탈로치 같은 존재 아닌가. 내가 아는 모든 걸 나는 그분에게 배웠다. 이것이 나의 카피다.

다음은 시장. 구역을 나눠 건물 이층과 삼층 악기점들을 샅샅이 뒤지고 지하층의 재래시장까지 칸칸이 훑었지만 애당초 그분이 있을 만한 곳이 아니었다. 그분은 어수선한 시장통보다 한적한 공원이나 고즈넉한 서점이 어울리는 분이었다.

그러니 세번째, 종족이야 말할 것도 없었다. 복도와 계단과 엘리베이터를 종종거리며 노인들이란 노인들은 낱낱이 심검했다. 술에 취해 구석에 엎어져 있는 노인네까지 허투루 지나치지 않았지만 어떤 연결점도 찾지 못했다.

마지막은 동굴이었다. 동굴은 은밀한 곳. 행여 그분이 비밀 메시지라도 남겨두었을까봐 신고를 무릅쓰고 여자 화장실 칸막이까지, 변기 수조 안은 물론 천장 패널까지 들춰보았다. 하지만 종이 쪼가리 하나 나오지 않았다.

나의 우상은 극장, 시장, 종족, 동굴, 그 어디에도 없었다. 낙원이라는 이름의 공간 어디서도 그분의 자취를 발견할 수 없었다.

〈귀부인의 초상〉이 엉뚱한 곳을 가리킨 걸까. 재단사의 털벙거지 속에서 내가 헛것을 본 건가. 건물 밖으로 나서는 걸음이 천근만근이었다. 한나절에 걸친 수색으로 녹초가 되어서만은 아니었다. 미궁 속의 우리를 그분에게로 인도하던 붉은 털실이 뚝 끊어져버린 것 같았다. 발걸음보다 마음이 몇 배 더 무거웠다. 다른 요원들의 실수는 어떻게든 바로잡을 수 있었지만 나, 라이카의 경우엔 달랐다. 내가 번지수를 잘못 짚으면 타깃을 확보할 골든 타임을 놓쳐버리기에.

기억에서 삭제하고 싶은 실패들이 더러 있었다. 사십 년 가까이 살을 맞대고 산 아내 이름은 깜박해도 그런 일들은 뇌리에서 좀체 지워지지 않는다. 가장 지우고 싶은 작전 중 하나는 동해안 잠수정 사건이었다. 주문진 앞바다에서 북한 소형 잠수정이 발견되었는데 승조원들의 행방이 묘연했다. 헬기 편으로 현장에 급파된 내게 주어진 단서는 달랑 유리병 하나였다. 오줌이 절반쯤 담긴 일

리터짜리 코카콜라 병. 잠수정에서 볼일을 해결해야 했던 승조원들이 남긴 게 분명했다. 배설물의 혼과 접속하기는 난생처음이었지만 눈을 감자마자 낯선 정경이 생생하게 펼쳐졌다. 해송 대신 동백나무가 바람막이 구실을 하고 있는 바닷가 공장. 주요 산업시설 파괴가 침투 목적인가? 부랴부랴 헬기에 올라 부산의 한 공장으로 날아갔다. 날아가며 무전으로 지역 부대를 출동시키고 윗선에 중간보고도 했다. 오줌이 담긴 병을 한시도 놓지 않은 채.

도착해보니 그곳은 코카콜라 제조공장이었다. 부산과 경남 지역 유통을 맡고 있던 업체. 타깃은커녕 타깃 비슷한 존재도 있을 리 만무했다. 내가 읽어낸 건 오줌의 혼이 아니라 유리병의 태생지였으니. 그나저나 거기서 만든 코카콜라를 북한 놈들은 어떻게 입수했을까? 하긴 〈수사반장〉도 실시간으로 보던 자들이니.

추적의 포커스가 엉뚱한 곳에 맞춰진 사이 두 명의 승조원이 휴전선을 넘어 달아나고 말았다. 낙오한 한 명이 인근 농지 볏짚단에 숨어 있다 총격전 끝에 사살되었다는 사실로는 벌충할 수 없는 실패였다. 회사에서 책임을 묻지는 않았지만 한동안 현장에서 은근히 배제된 게 더 뼈아팠다. 그분의 신뢰가 예전 같지 않다는 느낌이 그 어떤 중징계보다 더 두렵고 고통스러웠다.

"그림이 보여준 곳, 여기 맞나?"

재단사가 미덥지 못한 속내를 노골적으로 드러냈다.

"분명히 여기였는데."

움츠러든 어깨만큼 작아지는 목소리를 어쩔 수 없었다.

"저거……"

피셔맨이 손가락으로 도로 쪽을 가리켰다. 눈에 익은 검정 세단이 레커차에 끌려가고 있었다.

"김배우 BMW 맞지, 일구육사?"

내가 피셔맨을 돌아보며 말했다.

항공기 엔진 생산업체에서 만들었다는 독일산 세단은 이륙이라도 하려는 듯 앞바퀴가 허공에 들린 채 조금 전 우리가 빠져나온 건물 필로티 기둥 사이로 멀어져갔다.

"딱지 짭새 주제에 감히……"

피셔맨이 보이지도 않는 교통경찰을 향해 욕을 퍼부으며 냅다 차도로 뛰어들었다. 재단사도 나도 뒤따라 레커차를 쫓기 시작했다.

"스탑! 스탑!"

기계체조의 힘일까. 재단사가 피셔맨을 가볍게 추월해 선두로 치고 나가며 외쳤다. 하지만 뒤에서 일제히 울리는 경적 소리에 묻히고 말았다. 레커차는 이제 건물이 드리운 검은 그늘 속으로 사라져 보이지 않았다. 몇 발 떼지도 않았는데 그새 숨이 차오르고 무릎이 삐걱거렸다. 재단사는 말할 것도 없고 피셔맨과의 간격마저 점점 벌어졌다. 말을 듣지 않는 몸뚱이에 화가 치밀었다. 한줄기 바람처럼 보이지 않게 나뭇잎을 흔들던 민첩함은 어디로 갔는가. 신들의 풍차를 사흘 밤낮 돌려도 끄떡없던 지구력은 또 언제 사라졌나. 닦고 조이고 기름칠하지 못한 유폐의 시간들, 겨우 숨만 쉬어온 무기력한 나날에 참기 힘든 모멸감이 밀어닥쳤다.

그러는 동안에도 꾸역꾸역 발은 놀렸고, 발을 놀렸으므로 앞으로 나아가지 않을 수 없어서 지평선처럼 닿지 못할 것 같던 건물 아래 터널 아닌 터널로 진입하게 되었다.

"뒈지려면 방구석에서 뒈져!"

터널 안에서는 욕설을 내뱉는 차들의 브레이크 등을 화살표 삼아 달려야 했다. 완만한 커브를 돌자 터널 밖에서 쏟아져 들어온 빛이 시야를 뒤덮었다. 화이트아웃. 모든 게 희붐한 장막 너머로 사라졌다.

살기등등한 욕설의 터널을 어떻게 빠져나왔는지 기억나지 않았다. 죽기 아니면 까무러치기. 실신 일보 직전에야 시야가 복원되며 레커차가 다시금 눈에 들어왔다. 레커차는 좌회전 방향등을 깜박이며 교차로에 발목이 잡혀 있었다.

피셔맨이 불가사의한 막판 스퍼트로 재단사를 따라잡더니 여세를 몰아 BMW와의 거리를 맹렬히 좁혀나갔다. 조금만 더, 조금만 더. 괴력의 역주에 주먹이 절로 쥐어졌다. 피셔맨의 쭉 내민 손끝이 트렁크에 닿을 듯 말 듯 했다. 하지만 거기까지였다. 레커차가 꽁지에 불이 붙은 듯 다급한 호를 그리며 종로3가 방면으로 꽁무니를 빼고 말았다.

역주의 당사자인 양 나는 가쁜 숨을 몰아쉬며 뒤를 돌아보았다.

몇 정거장은 달려온 줄 알았는데 고작 건물 뒤에서 앞으로 건너왔을 뿐이었다. 오래된 건물의 눈에 익은 전면부. 그러고 보니 내 머릿속 세번째 눈동자에 비친 것도 저 빌딩의 앞모습 아니었던가. 낙원의 뒷면이 아니라 낙원의 앞면.

낙원악기상가라는 고딕체 글자 위로 대형 광고판이 붙어 있었다. 세 극장의 레퍼토리를 나란히 홍보하고 있는 광고판. 가운데를 차지한 영화 포스터가 눈에 익었다. 그분, 아니 모세가 갈라진 홍해를 배경으로 십계명 석판을 높이 치켜들고 있었다. 거친 페인트 질감이 살아 있는 옛날식 간판 그림은 오리지널 포스터 그대로였지만 틀린 그림 찾기처럼 어딘가 모르게 어색했다. 찬찬히 보니 모세의 흰 수염 아래 번쩍이는 목걸이가 거슬렸다. 원그림에 덧칠을 한 것처럼 황금색이 도드라져 보이는 십자 목걸이.

어디서 봤더라? 눈에 익었지만 분명 모세의 것은 아니었다.

빵빵대며 달려오던 차가 스치듯 지나갈 때까지 나는 간판 그림에서 눈을 떼지 못하고 있었다. 흠칫 몸을 움츠리며 인도 위로 올라서는 순간 기시감의 발원지가 떠올랐다.

"왜 그러나, 김감독?"

어느새 곁에 선 재단사가 내 눈길을 좇으며 물었다.

"모세가 걸치고 있는 목걸이, 어디서 본 것 같지 않나?"

내가 새로운 단서를 향해 걸음을 재촉하며 말했다.

우상은 극장도 시장도 종족도 동굴도 아니고 목걸이에 있는지 몰랐다. 우상을 섬기지 말라는 석판을 내던질 듯 높이 쳐들고 있는 그림 속 목걸이에.

저 영화 간판장이를 만나보아야 했다.

☆

"마티스 조요?"

건물 지하 한 귀퉁이에 우리가 수색 때 놓친 공간이 있을 줄이야. 피셔맨이 맡은 구역이었다. 훑을 만큼 훑었다며 허름한 국숫집에서 혼자 소주잔을 기울이고 있을 때부터 불안하더니. 극장 직원에게 물어 찾아간 사무실인지 창고인지 모를 공간에는 꽁지머리 청년 하나가 신문지를 깔고 앉아 짜장면을 먹고 있었다. 페인트 얼룩투성이 앞치마를 두른 채로.

"마티스?"

피셔맨이 되물었다.

"새채으 야수라나 무어라나."

꽁지머리가 우물거리며 심드렁하게 대꾸했다.

그러는 사이 나는 빠르게 주변을 살폈다. 벽면마다 겹쳐 세워놓은 영화 포스터들. 〈자이언트〉 〈닥터 지바고〉 〈로마의 휴일〉…… 향수를 자극하는 간판 그림들이 같은 사람의 작품이라는 건 분명했다. 제임스 딘도 오마 샤리프도 그레고리 펙도, 크기는 달랐지만 다 같은 목걸이를 하고 있었다. 모세가, 아니 귀부인이 목에 걸고 있던 황금빛 십자 목걸이. 위작 논란 당시 도트 무늬 블라우스와 함께 매대에 나오기 무섭게 동이 났던, 이른바 귀부인 목걸이.

"그 야수는 어디 가면 만날 수 있나?"

내가 꽁지머리에게 물었다.

"누구신데요?"

"그런 건 알 거 없고, 묻는 말에나 대답해."

눈앞에서 견인된 차 때문에 독이 오른 피셔맨은 완연한 시비조였다.

"우린 옥외광고 사업을 하고 있네. 화려한 네온이 식상하던 차에 마티스 조의 작품이 계시처럼 눈앞에 나타났다네. 레트로가 너희를 구원에 이르게 하리라."

미리 준비한 대사처럼 재단사가 자연스레 둘러댔다.

"명함이나 놓고 가시든지."

꽁지머리가 군만두를 한입 베어 물며 귀찮다는 듯 말했다.

"명함을 뿌리고 전화나 기다리는 사람들이 아니라서 말이야."

"그분도 얼굴 보기 힘들어요. 제가 다 그려놓으면 와서 실눈으로 한참 꼬나보다가 눈동자랑 저 요상한 목걸이나 휘리릭 그려넣는 게 전부거든요. 화룡정점. 그래야 비로소 그림이 살아 숨쉰다나."

"화룡점정이겠지, 젊은 친구."

피셔맨이 트집을 잡으며 말했다.

"됐고, 마티스 조 명함이나 줘."

"간판이 명함이라는 분이에요. 한창때는 충무로 제작자들이 하루에도 몇 번씩 찾아왔대요. 남주 코 높이, 여주 속눈썹 길이에 따라 몇십만이 왔다갔다했다면서."

"남주?"

"남자 주인공이요. 여주는 여자 주인공. 대박이냐 쪽박이냐는 전적으로 자기 붓끝에 달렸었다나 뭐라나. 개뻥도 적당히 쳐야지, 간판 감상하려고 극장 오는 인간도 있나?"

뒷말을 쏟아내던 꽁지머리가 황급히 입을 닫았을 때 우리의 시선은 일제히 출입문 쪽으로 쏠렸다. 소주병을 쥔 군복 차림의 사내 하나가 들어서고 있었다. 시커먼 라이방으로 두 눈을 가렸어도 우리 또래로 보이는 연식은 감출 수 없었다. 그리고 반창고를 덕지덕지 붙인 심상치 않은 콧잔등.

설마 내 사타구니를 더듬은 그놈?

"마티스 조?"

내가 한 걸음 다가가며 물었다.

그놈인지는 몰라도 마티스 조인 건 확실했다. 군복이 부리나케 달아나기 시작한 것이다. 내가 복도로 나갔을 때는 그새 비상계단을 오르고 있었다.

허둥지둥 발을 놀리자니 욕지거리가 입가에 절로 맴돌았다. 두 번째 랠리에서도 우리 팀 에이스는 단연 재단사였다. 재단사는 초반부터 맨 앞으로 나섰다. 뒤에서 첫번째는 어김없이 내 차지일 줄 알았는데 레커차 추격 때와는 달리 피셔맨이 영 맥을 못 췄다.

마티스 조는 순대 냄새가 코를 찌르는 비좁고 혼잡한 노포 골목을 요리조리 잘도 빠져나갔다. 급회전이 잦아 무릎에 무리가 가는 코스만 아니었어도…… 행인 한 명 한 명 피할 때마다 서너 걸음씩 간격이 벌어졌다. 결국 피셔맨에게 앞자리를 내줘야 했다.

마티스 조가 탑골공원 돌담을 끼고 저만치 멀어졌을 때, 재단사가 갑자기 몸을 돌려 레커차를 쫓던 도로로 진로를 바꿨다. 돌담을 빙 돌아나간 마티스 조가 큰길에서 종로3가 방면이 아닌 탑골공원 정문 쪽으로 향한다면 덜미를 낚아채겠다는 복안 같았다. 나도 길목을 지키는 편을 택했다. 뒤쫓는 건 피셔맨 하나로 충분했다. 몰이꾼보다 매복조에 힘을 보태는 게 유리하리라는 판단이었다.

매복 포인트에 도착했을 때 재단사는 이미 공원 담장에 바짝 붙은 채 사냥감이 나타나기만 기다리고 있었다. 그물을 펼치듯 나는 보도블록 가장자리 가로수 뒤에 몸을 숨겼다.

손차양을 하고 마티스 조의 예상 도주로 쪽을 바라보았다. 과연, 저만치서 국방색 실루엣이 힘겹게 뛰다 걷다 하며 다가오고 있었다. 야전野戰을 위한 보호색이 추적 신호인 양 두드러져 시야에서 놓치는 건 불가능했다. 뒤는 피셔맨이 달라붙고 있을 터. 우리가 할 일은 사냥감이 눈치채지 못하도록 타이밍을 잘 잡는 것뿐이었다.

하지만 도심 한복판에는 예기치 못한 변수가 너무 많았다. 공원 정문에서 난데없이 군복 차림의 노인 한 무더기가 쏟아져나올 줄이야. 손에 손에 태극기와 성조기를 든 노인들이 인도를 순식간에 뒤덮었다. 푸른 다윗의 별, 이스라엘 국기도, 심지어 일장기도 눈에 띄었다. 만국기 휘날리던 그 옛날 운동회 때처럼 활기와 적개심이 뒤섞인 집단적 흥분이 대열을 휘감고 있었다.

군복이 꼬리에 꼬리를 물며 1차로를 점령하더니 파라오의 압제를 떨치고 일어난 이스라엘 백성들처럼 자유를 부르짖으며 종각역 방면으로 행진했다.

"좌파 독재 타도하자!"

"빨갱이들은 이북으로!"

우리의 사냥감은 거대한 진녹색 물결 속으로 감쪽같이 스며들고 없었다.

시위대를 뒤따라가며 살폈지만, 무성한 풀숲에서 메뚜기 한 마리 찾는 격이었다. 죄다 희끗한 스포츠머리인데다 시커먼 라이방은 또 어찌나 많은지.

"자유민주주의 수호하자!"

피셔맨은 그 와중에도 구호를 열렬히 따라 외쳤지만 나는 선뜻 입이 떨어지지 않았다. 저런 티나는 차림새로 노인 격리구역에 모여 만날 떠들어본들 무슨 효과가 있을까. 지나가는 사람들도 거들떠보기는커녕 피하기 바쁜데. 열심히 행렬을 살필 뿐 구호를 복창

하지 않는 재단사도 나와 같은 생각인 걸까. 좀더 교묘한 전략이 필요하다는 생각. 아군을 늘리려 정체마저 숨기는, 빨갱이들의 통일전선전술처럼.

"이봐, 마티스 조!"

행렬 중간쯤에서 콧잔등의 반창고를 발견한 건 나였다.

마티스 조가 무심코 내 쪽을 돌아보았다. 움찔하는 기색, 켕기는 자가 풍기게 마련인 시큼한 불안의 냄새.

"조용히 얘기 좀 할까?"

팔을 낚아채며 말을 걸었지만, 마티스 조는 내 정중한 제안에 응할 뜻이 없는 듯했다. 응하기는커녕 야수라는 별명답게 내 손을 거칠게 뿌리치더니 시위대의 어깨와 어깨를 헤집으며 앞쪽으로 나아갔다.

"빨갱이 잡아라!"

내가 다급하게 소리쳤다.

무슨 소린가 하고 몇몇이 흘끗거릴 뿐, 내 외침에 호응하는 복창 소리만 어설픈 4·3조에서 입에 착 붙는 4·4조로 진화하며 메아리처럼 울려퍼졌다.

"빨갱이를 잡아라!"

"빨갱이를 때려잡자!"

이대로 놓칠 수 없다는 절박함이었을까, 되살아난 수치심 때문이었을까. 성난 파도 같은 구호가 터져나왔다.

"호모 새끼 잡아라!"

이번에는 효과가 없지 않았다. 거칠 것 없이 도주하던 마티스 조가 누군가의 발에 걸렸는지 홍해에 가라앉은 파라오의 군대처럼 처참하게 고꾸라졌다.

☆

"저기가 좋겠군."

사위를 둘러보던 피셔맨이 마티스 조와 긴한 대화를 나눌 장소로 지목한 곳은 보신각이었다.

"괜찮을까? 거긴 만남의 장소 아닌가."

내가 손차양을 하며 말했다. 보신각은 희뿌연 햇살 속에 거무스름하게 서 있었다.

"제야의 종을 왜 서른세 번 치는지 아나?"

아는 척 병이 도졌는지 재단사가 퀴즈 내듯 물었다.

"불교의 삼십삼천天에서 온 거 아닌가. 서른세 개의 하늘 세계가 존재한다는."

내가 신중히 대답했다.

"맞네. 새벽이 밝으니 성문을 연다는 파루종을 서른세 번이나 쳤어. 도성 안 백성 누구도 새로운 하루를 놓치지 말라고. 일종의 기상 알람이었지. 이제는 새로운 하루가 아니라 새로운 한 해를 깨우니, 그때 말고는 아무도 쳐다봐주지 않아."

재단사 말대로 새해가 밝는 순간만 이목이 쏠리는 장소가 된 걸까. 도심 한복판인데도 비현실적으로 적막한 공기가 몇 걸음 만에 완전히 다른 세상으로 건너온 듯한 착각마저 불러일으켰다. 누군가를 기다리는 사람 하나 보이지 않았다. 보신각 앞에서 보자던 오래전 약속들은 다 무엇이었는지, 그 사람들은 누구였는지 아득하기만 했다.

난간을 넘어 종만 덩그러니 놓인 누각에 오르니 마티스 조의 심장이 두근대는 소리까지 들리는 것 같았다.

"대체 왜 죽자사자 달아난 거야?"

얼마나 길게 이어질지 모를 대화의 테이프를 끊은 건 자백 기술자, 피셔맨이었다.

"당신들 누구야? 뭐하는 자들인데 백주 대낮 서울 한복판에서 무고한 사람을 납치해? 손수건 한번 빌려주려다 별 미친놈한테 코뼈까지 부러지고 오늘 일진이 더럽더니만……"

마티스 조가 바닥에 침을 뱉는가 싶더니 난간 쪽으로 달아나려 했다.

손수건을 건네려 했다고? 그게 오해였다고? 그럼 왜…… 피셔맨이 떠벌린 소리는……

내가 주춤하는 사이 재단사가 몸을 날려 마티스 조를 넘어뜨렸다.

"신사적으로는 대화를 못하시겠다. 그럼 사무적인 분위기로 만들어야지."

피셔맨이 공공칠가방을 열더니 케이블 타이를 꺼내 재단사와 나에게 넘겼다. 재단사는 마티스 조의 발목을, 나는 손목을 결박했다.

피셔맨의 가방 안에 눈에 익은 장비가 보였다. 소침, 대침, 장침 등 다양한 길이와 굵기의 침들이 가지런히 담긴 스테인리스 케이스.

"자리 좀 비켜주겠나?"

피셔맨이 목소리를 낮게 깔았다.

"같이 하면 안 되나? 물어볼 것도 있고."

나도 신문을 지켜보고 싶었다. 진실을 확인해야 될 개인적인 일도 있고.

"누군가 망을 봐야 하지 않나."

"보초야 한 사람이면 충분할 텐데. 여기야말로 보조가 필요할 수 있잖은가?"

"다이다이, 내 작업 스타일 몰라? 침술은 자기 자신과의 싸움, 고독한 행위예술이라니까. 오늘 처음 본 사이도 아니고 왜 이래?"

피셔맨이 대뜸 언성을 높였다.

굳이 둘 다 내려보내려는 심사를 납득할 수 없었다. 천국의 지하실을 여는 과정도 녹화해서 같이 봐놓고…… 혼자만 들어야 할 뭐라도 있는 건가? 하지만 재단사가 내 팔을 잡아끄는 바람에 계단을 내려가지 않을 수 없었다.

인도를 오가는 행인 중 이쪽에 눈길을 주는 사람은 없었다. 그곳은 등잔 밑처럼 어둡고 등잔 기름처럼 조용했다. 담배를 꺼내 한 개비 권했지만 재단사는 완강히 고개를 저었다. 재떨이가 비어 있는 법이 없던 골초가 별일이었다.

"내가 담배 끊은 거 모르나?"

재단사가 게슴츠레한 눈으로 말했다.

나는 지포 라이터로 담배에 불을 붙이고 급히 한 모금 빨았다. 정신이 은단처럼 또렷해지는 느낌이었다. 중학생 때부터 시작한 담배를 은단 덕분에 끊었다는 얘기가 뒤미처 떠올랐다.

"마티스 조가 그쪽으로 올 거라는 걸 어떻게 알았나?"

내가 담배 연기를 내뿜으며 서둘러 화제를 돌렸다.

담뱃불을 나누는 사람과는 친구가 되거나 적이 되거나 둘 중 하나라던 아버지 말이 떠올랐다. 담뱃불이 쓸모없어진 이 사내는 내게 무엇인가. 친구도 아니고 적도 아니라면 대체 어떤 의미일까. 친구이기도 하고 적이기도 한 자? 친구인 줄 알았으나 아무도 몰래 적으로 돌아선 자? 어쩌면 우리는 처음부터 서로에게 아무것도 아니었는지 모른다. 목사의 열두 제자. 같은 담배 필터에서 나와 형체도 없이 흩어져버리는 저 연기처럼. 유일한 연결고리였던 그분이 사라진 지금은 더더욱.

"달아나는 자는 지구 자전 방향으로 돌기 마련이지."

역정보를 섞어 혼란에 빠뜨리는 기만전술이 입에 밴 탓일까. 재단사의 말은 어디까지가 농담이고 어디까지가 진담인지 종잡을 수 없었다.

"흥미로운 가설이군."

"자네가 들려준 얘기잖나."

"내가?"

"훈련생 시절에."

그럴 리가. 오늘 처음 듣는 얘기를 그 시절 내가 해줬다고? 하지만 그렇게 말할 수는 없었다. 내 능력을 의심하는 재단사에게 기억력마저 의심받고 싶지 않았다. 나는 필터까지 타들어오는 담배를 계속 물고 있었다.

"새소년이라고, 기억 안 나나?"

재단사는 허점을 파고드는 사냥꾼처럼 숨쉴 틈을 주지 않았다. 예스나 노로만 대답해야 할 것 같은 분위기였다.

담배를 끌지 말지 망설이는 내 손끝의 떨림을 재단사도 느꼈을까. 새 소년인지 세 소년인지는 모르겠고, 연기할 때 감정 표현보다 두 손 처리가 더 까다롭다던 어느 배우의 인터뷰만 떠올랐다. 카메라 앞에 선 사람들이 무의미하게 펴 드는 브이를 보라. 신문 때도 가장 많은 걸 실토하는 게 바로 손이었다.

취조실 탁자 밑에 설치된 소형 카메라로 우리는 피신문자의 손놀림을 유심히 관찰했다. 깍지 낀 손, 움켜쥔 손, 마주 비비는 손, 허벅지를 꼬집는 손, 무릎을 연신 두드리는 손. 손가락은 갈비뼈 밖으로 삐져나온 열 개의 심장마냥 진실과 거짓의 군무를 적나라하게 보여주었다. 입이 꾸며대는 거짓이 들통나기 바라는 또다른 자아처럼 손은 부산스레 움직였다.

"거짓말은 몸에 적잖은 스트레스를 주네. 정교한 거짓말은 말할 것도 없지. 빈틈이 있을까 노심초사하는 그 스트레스는 어떤 형태든 비언어적 생체 신호를 남긴다네. 자백을 거부한답시고 혀를 깨무는 건 어리석은 짓이야. 인간의 몸뚱이는 혀투성이니까. 나라면 취조가 시작되자마자 허를 찌르듯 적당한 진실을 던져주겠어. 진실이야말로 활용하기에 따라 가장 교묘한 거짓이 되기도 하니까. 진실들 사이에 거짓 하나를 끼워넣는 거지. 빵과 빵 사이에 있는 햄처럼. 이것은 빵인가, 햄인가? 샌드위치지. 정확히는 햄샌드위치. 빵은 어디로 갔나? 진실은 인식의 맹점 속으로 빨려들어가버리는 거야."

좀체 판단이 서지 않는 문제일수록 그분은 단순하게 결정하곤 했다. 앞뒷면이 똑같은 동전을 던져 올리듯.

나는 담배를 구둣발로 비벼 끄며 입을 열었다.

"요원 중에 새소년이라는 코드 네임이 있었던가? 나는 기억에 없네만."

내게 꽂히는 재단사의 날카로운 시선이 느껴졌다. 나는 새 담배에 불을 붙였다.

재단사가 말없이 미소를 지어 보였다. 이를 드러내는 섬뜩한 미소. 그러고는 이내 키득거리기 시작했다. 특유의 비웃음이 아니라 간질 환자의 발작 같은 기괴하고 낯선 웃음소리에 나는 부르르 몸을 떨었다. 뭔지는 몰라도 무시무시한 무언가가 아슬아슬하게 비껴간 느낌이었다.

"이제껏 자네에게 들은 얘기 중에서 유일하게 재미있었네. 보답으로 잃어버린 필름 하나 채워주겠네, 라이카. 새소년이라는 이름의 잡지가 있었어. 혹독한 훈련으로 진이 빠진 자네들이 하루하루 손꼽아 기다리던 월간지. 맞아, 우리가 아니라 자네들. 기성 문인들도 기고하던 『학원』조차 내겐 유치했으니까. 지구 자전 방향 운운은 자네가 『새소년』을 보고 들려준 얘기야."

그제야 생각났다. 다음 호를 기다리며 너덜너덜해지도록 읽고 또 읽던 모험과 추리와 공상과학 이야기들.

"과학으로 풀어보는 세계의 불가사의!"

내가 기억을 더듬어 출처를 댔다. 보물창고 같던 그 잡지에서도 가장 먼저 펼쳐보던 코너였다.

"진짜 기억 못하는 줄 알았잖나. 그럼 새소년이 어떻게 시작됐는지 아나?"

"1964년 창간된 거 아닌가? 없어진 한국 최초의 잡지 『소년』을 새롭게 이어간다며?"

"잡지 말고 다른 새소년."

다른 새소년이라니. 아슬아슬하게 비껴간 무언가가 부메랑처럼 되돌아온 기분이었다. 어쩌면 비껴간 게 아니라 더 깊은 덫으로 이끄는 미끼였는지도 모른다. 나는 선불리 입을 떼지 못했다. 지뢰 위에서는 발끝도 까딱하면 안 된다.

어느새 재단사는 내가 알던 재단사로 돌아가 있었다. 앞뒷면이 똑같은 동전을 쥐고 위태롭게 서 있는 나를 비웃는 표정으로.

"젠틀맨!"

때마침 누각 난간 너머에서 피셔맨이 흥분을 가누지 못하는 얼굴로 소리쳤다. 올라오라는 손짓과 함께.

☆

"마티스 조, 좀전에 내게 털어놓은 얘기를 다시 해보게."

피셔맨이 의기양양한 얼굴로 말했다. 무언가 의미심장한 정보를 캐냈을 때 짓던 표정이었다.

"한국 대표 회화 특별전에 걸린 〈귀부인의 초상〉은 내 새끼요."

마티스 조가 히죽거리며 말했다. 정수리부터 귀 뒤까지 침이 잔뜩 꽂힌 채로.

"위작이라고? 실력자들을 접견하던 곳에 걸려 있던 그림이?"

목걸이가 모종의 연결고리일 거라 짐작했지만, 나라를 들었다

났다 했던 그림이 영화 간판장이 솜씨였다니. 황당한 소리가 아닐 수 없었다.

"위작이 아니라 이 몸이, 마티스 조가 그린 진품이라고."

마티스 조는 케이블 타이에 묶인 두 손으로 가슴을 두드리며 뽐내듯 말했다.

"이런 사쿠라 같은 놈 말을 믿나?"

나도 모르게 목소리가 높아졌다.

"내 침을 의심하는 건가?"

피셔맨이 불쾌감을 감추지 못했다.

"내 작품활동을 했을 뿐이야. 원하는 화가만 대면 같은 스타일로 그려줬지만 똑같이 베낀 적은 없소. 이런 작품은 위작이 아니라 모작이라고 하는 거요. 하늘 아래 모방에서 자유로운 작품이 어디 있어? 다른 작품을 모방하든 자연을 모방하든."

누가 사기꾼 아니랄까봐 마티스 조는 헛소리를 잘도 지껄였다.

"빨갱이 화가가 제 새끼라 하지 않았나?"

나는 목소리를 누그러뜨리려 애쓰며 물었다.

"노화가가 취리히 사건의 복수를 했군. 목사를 엿 먹이려고."

감정이 묻어나지 않는 목소리로 재단사가 중얼거렸다. 아무 상관 없는 체스판을 지켜보는 사람처럼.

"그 그림 하나로 온 세상이 야단법석일 땐 왜 입다물고 있었나?"

내가 다시 물었다.

“기자들 만나서 얘기했소. 내가 그린 그림이다, 내 새끼다, 내가 친부다.”

마티스 조는 여전히 히죽대는 표정이었다. 한눈에 봐도 진실을 얘기하는 것 같던 자백 영상의 주인공들과는 사뭇 달랐다. 될 대로 되라는 듯 아무 소리나 내뱉는 느낌이랄까. 피셔맨이 들으면 노발대발할 소리지만 천국의 지하실을 제대로 연 걸까.

“그런데?”

“모델이 누군지만 캐묻더군. 이름깨나 알려진 여자들 사진을 쭉 펼쳐놓고서. 한 일간지 기자는 녹음기를 끄며 내 얘기가 사실인 것 같다더니 기사에는 아예 소설을 썼지. 위작 경력 이십삼 년 차 베테랑 A씨는 진품일 가능성이 99.9퍼센트라고 확언하며 이런 말을 덧붙였다. 진품은 위작 전문가가 제일 잘 알아봅니다. 진품만 보고 그리는 사람들 아닙니까?”

“하이에나 새끼들!”

광기라고밖에 표현할 길이 없던 몇 달간의 여론 몰이가 떠올라 새삼 치가 떨렸다.

“모델은 누구였나?”

재단사가 무덤덤하게 물었다.

“당구장에서 나오는데 새까만 양복 차림 사내들이 잠깐 갈 데가 있다며 다짜고짜 새까만 차에 밀어넣지 않았겠소. 당신들처럼 삼인조였지. 머리에 복면을 씌워서 어디였는지는 모르오. 쥐도 새도 모르게 죽이려는 건가? 죽일 거면 굳이 복면을 씌울 필요 없지 않나? 뭐하는 자들이지? 전에 그린 그림이 잘못됐나? 오만 생각이 스치는데 복면이 걷히니 캔버스가 눈앞에 있고 그 너머에는 머리를 한껏 부풀려 틀어올린 여인이 다리를 꼰 자세로 앉아 있지 뭐요. 그림을 그려달라는 시추에이션이구나. 그제야 거실 창으로 한강이 눈에 들어오는데 왈칵 눈물이 솟구치는 거요. 진짜 죽었다 살아난 것처럼. 그뒤로도 복면을 쓰고 끌려갔다 온 게 몇 번인데. 왜 죽자사자 달아났냐고? 그후로 낯선 남자 셋만 다가와도 일단 튀고 보니까. 그때나 지금이나 나는 아무 죄가 없어. 이름을 감춰야 할 만큼 그림 솜씨가 빼어나다는 죄, 천재적인 재능에도 돈이 없어 미대에 진학하지 못했다는 죄 말고는. 유전무죄, 무전유죄인 나라 아니오."

"그래서 모델이 누구였다는 건가?"

재단사가 재우쳐 물었다.

"길 가다 스치면 한 번은 돌아볼 미인이었지만 처음 보는 얼굴이었소. 왠지 분위기가 살림할 것 같지는 않았지. 옆에 아는 얼굴이 있기는 했소. 나중에 텔레비전 뉴스 보고 알게 됐지만. 그 사람이 뭔가 허전하다며 목걸이를 가져와 걸어줬지."

"그 사람?"

"나보다 더 잘 알 텐데. 안기부 양반 있잖소. 거 왜 아파트 몇 채

해먹고 감옥 갔던. 귀부인처럼 그려달라고, 귀부인의 초상처럼 그려달라고 그 화가 도록까지 보여줍디다."

그 여자는 누구였을까? 거실 창으로 한강이 보였다면 압구정 안가? 그림쟁이를 거기까지 데려와 그릴 정도면 보통 사람은 아닐 터. 높으신 분의 여자? 우리도 모르는 공작의 일부였을까? 확실한 한 가지는 위작이라던 그분의 주장이 진실이었다는 점이다. 그분은 그런 분이었다. 진실 앞에서는 자신의 유불리조차 따지지 않는.

"그림마다 목걸이는 왜 그려넣었나?"

내가 물었다.

"낙관을 찍는 심정으로 그런 거지. 세기의 작품을 내가 그렸다, 그 유명한 〈귀부인의 초상〉을 그린 사람이 나다. 기자들이 안 써주니 그렇게라도 증거를 남겨야지 않겠소. 대단한 물건이라고도 들었고."

"대단한 물건?"

"사명대사라고 아시죠? 임진왜란 때 날렸다는."

"스님이 웬 십자 목걸이?"

"임진왜란 직후 사신으로 일본에 파견된 사명대사가 거기서 포르투갈 신부를 만났소. 조총을 실은 상선 편으로 일본에 와 있던 신부. 사명대사의 도력에 감복해 지니고 있던 목걸이에 달린 황금 십자가를 물푸레나무 염주와 맞바꿨다지."

"왜군들이 공을 인정받으려 베어간 조선인 귀 무덤 앞에 두 사람이 나란히 섰을 때였네. 내 마음이 바뀌면 당신 손목이 잘릴 테지만 당신 마음이 바뀌면 내 목을 쳐야 할 것이다. 사명대사가 염주와 맞바꾼 십자가에 삼으로 줄을 달아 목에 걸며 말했어. 십자가 네 귀퉁이의 칠보 장식이 특징이지. 십자가 위쪽에 INRI, 유대인의 왕 나사렛 예수라는 구절의 라틴어 첫 글자들이 새겨져 있고. 그림이 아니라 목걸이가 국보급이었군. 물론 진품일 때 얘기지만."

그림 속 목걸이의 정체를 이미 알고 있던 걸까? 아는 얘기만 나오면 참지 못하는 재단사가 상세히 덧붙였다. 자신이 쓴 대본을, 보기 좋게 성공시킨 공작의 뒷얘기를 들려주는 것처럼.

"진품 맞을 걸세."

내가 단언했다. 그분을 뵌 꿈에 난데없이 사명대사가 등장한 곡절을 그제야 알 것 같았다.

"지금 어디 있는지 아나, 사명대사의 목걸이?"

마티스 조에게 묻는 내 목소리는 절박했다. 실재할까 싶은 전설적 물건만이 우리를 그분에게 인도해줄 유일한 단서였다.

"원래 있던 곳으로 갔다고 들었소."

"원래 있던 곳?"

"나머지는 우리끼리 뭐 좀 마시며 얘기하는 게 어떤가? 간만에 천국의 지하실 깊이 내려갔더니 목이 칼칼하네만."

피셔맨이 말을 마치기 무섭게 몸을 획 돌려 앞장서기 시작했다.

"당신들 대체 누구요? 정체가 뭐요?"

고래고래 소리치는 마티스 조를 뒤로하고 재단사와 나는 묵묵히 피셔맨의 뒤를 따랐다.

피셔맨이 눈을 반짝이며 들어간 곳은 근처 호프집이었다.

"목걸이가 어디 있다는 건가?"

술이 나오자마자 능숙한 손놀림으로 소주와 맥주를 섞어 붓는 피셔맨에게 내가 물었다.

"혹시 백린사에 있나? 사명대사가 일본에서 돌아와 여생을 보냈다는?"

내게도 짚이는 구석이 있었다.

피셔맨이 폭탄주 한 잔을 단숨에 비우고서 고개를 끄덕였다. 피로의 기색이 가득하던 얼굴에 아연 생기가 돌았다. 소주 반잔에 얼굴이 새빨개지던 사람이 맞나 싶었다. 정작 술고래인 재단사는 물만 홀짝이고 있었다.

"백린사에서 보관중이던 물건이 어떻게……"

"그거야 아이 돈 케어고, 유일한 단서인 그 목걸이가 현재 백린사 소장이라는 점은 확실하지."

피셔맨이 내 말을 자르며 호기롭게 대답했다.

"마티스 조, 아니 조춘범이라고 했나? 그놈 말이 사실이 아니라면?"

나는 여전히 의심을 거둘 수 없었다.

"만일을 대비해 볼모를 데려왔지."

피셔맨이 양복 안주머니에서 무언가를 꺼냈다. 선글라스였다. 마티스 조가 쓰고 있던 라이방.

피셔맨이 라이방을 쓰고서 말을 이었다.

"이렇게 일러주었네. 이제부터 우리는 당신의 눈이 되어 귀하가 어디 짱박혀 있는지 훤히 알 수 있습니다. 언더스탠드?"

말을 마치기 무섭게 피셔맨은 남은 소주를 병째 들이켰다.

기린아, 기린아

☆

고려 목종 때 지어졌다는 백린사白麟寺, 그곳에는 두 개의 전설이 내려오고 있었다. 둘 가운데 더 오래된 하나는 절의 명칭에 관한 것. 약수로 이름난 천불산에서도 얼음골의 물은 옥황상제가 마신다는 옥수에 비견될 만큼 청량했다. 하루는 전설의 동물 오색 기린 한 쌍이 목을 축이러 내려왔다 아름다운 풍광에 시간 가는 줄 몰랐다. 금성이 새벽하늘에 뜨기 전에 수컷은 떠났지만, 미처 따라가지 못한 암컷은 털이 새하얗게 변해 한 그루 백린송이 되었다.

나머지 하나는 사명대사와 얽힌 전설이었다. 일본인들의 계략으로 통구이가 될 뻔했던 사명대사. 의식이 혼미해진 순간 사슴인지 말인지 용인지 모를, 그 모두를 합친 듯한 존재가 홀연히 나타나 혀로 얼굴을 핥아준 덕에 정신을 놓지 않을 수 있었다. 며칠 뒤 찾은 귀 무덤 앞에서 불현듯 그때의 감촉이 되살아났다. 다시는 못 볼 피붙이를 끌어안고 살을 부비듯 서글프리만치 부드럽던 감촉. 벌건 죽음의 아가리 속으로 떨어지기 일보 직전, 신령한 기린의 형상으로 나타난 건 귀 무덤의 혼백들이었던 것이다. 그들을 기리기 위해 사명대사는 여생을 백린사에 머물렀다. 포르투갈 신부의 목걸이도 자연스레 그 절의 보물이 되었다는 이야기.

알려지진 않았지만 백린사는 또다른 전설의 무대이기도 했다. 동에 번쩍 서에 번쩍하던 주사파 수괴를 그곳에서 찾아낸 건 우리였다.

"영남 알프스라더니 빵은 아니었네. 이런 첩첩산중에 숨어 머리도 밀고 가사장삼까지 걸치고 있었으니 석 달이 넘는 공개수배에도 냄새조차 못 맡을 수밖에. 김감독 아니었으면 까맣게 몰랐겠지."

운전대를 잡은 피셔맨이 목을 길게 빼고 전방을 살피며 말했다.

백린사를 찾아가는 길에는 함박눈이 쏟아붓듯 내리고 있었다. 백린사라는 이름에 눈까지 더하니 하얗게 변한 소나무숲에서 전설 속 동물이 금방이라도 튀어나올 것만 같았다.

"눈 때문인가, 처음 와보는 곳 같아."

내가 대꾸했다.

"처음 아닌가?"

"주사파 넘버원 잡으러 헬기 타고 왔었지. 그땐 단풍으로 불타오르던 가을이었고."

"그 헬기에 자넨 못 탔잖나. 부장, 1차장, 2차장, 윗대가리들이 다 나서는 바람에 자리가 없어서."

그제야 떠올랐다. VIP 집무실로 일일 보고가 올라간 월척이라 체포현장에 어떻게든 한 다리 걸치려 하던 장면이. 라이카라는 코드 네임도 이제는 반납해야 하는 걸까. 어떻게 그 기억이 가물가물할 수 있을까. 이륙 직전 헬기에서 내리던 순간의 황당함과 좌절감이 불에 덴 자리처럼 생생하게 남아 있는데. 부장이나 1차장이야 그렇다 쳐도 국내 공작 파트 책임자까지 나설 줄이야. 평양에서 열린 세계청년학생축전에 남한 대학생 대표를 파견했으니 엄연히 해외영업부 수화물(검거 대상자를 가리키는 은어다)이었는데.

"사물의 혼을 타고 왔어도 오긴 온 거니까."

재단사가 눈송이를 지우는 와이퍼처럼 무덤덤하게 말했다.

"재주는 자네가 넘었는데 대통령 표창은 헬기에 탄 윗대가리들만 받다니. 10·26도 그래서 난 거 아닌가. 삽교천 방조제 준공식 가는 각하 헬기에 경호실장만 태우고 중정부장은 못 타게 해서. 삽교천 찍고 KBS 당진송신소 개소식 가는 길인데 중정부장을 열외시키는 게 말이 돼? 그 송신소는 대북 심리전 방송의 기지였지 않나. 주사파 수괴 검거의 일등공신은 쏙 빼놓고 자기들만 헬기를 타? 타깃이 낌새를 채고 달아나기라도 하면 지들이 사물의 혼과 대화할 건가? 메이크 노 센스야. 다른 사람은 몰라도 목사는 그러면 안 되지."

피셔맨이 자기가 당한 일인 양 핏대를 올렸다.

"그분이 대신 내리려 하니까 부장이 의아해하며 물었어. 누군데 김실장이 자리를 양보하느냐고."

"그래서?"

"고향이 그쪽이라 일대 지리를 손금처럼 꿰는 직원이라고 하더군."

"우리의 진짜 능력을 윗선에조차 비밀에 부쳤으니 둘러댈 수밖에 없었겠지. 내 대본에도 목사 이름만 오르지 않았나. 나는 유령 작가의 유령 작가였던 셈이지. 목사는 그것만이 우리를 지키는 길이라고 했지만."

재단사가 차갑게 뇌까렸다.

그랬다. 우리의 특별한 능력은 그분과 우리만 알았다. 회사 인사 카드에 적힌 나의 주특기는 카메라로 찍은 듯한 기억력이었다. 사건의 맥과 혈을 짚어내는 예리한 분석력. 이것은 피셔맨의 카드에 적힌 내용이었고. 재단사는? 악마적인 기획력 대신 꼼꼼한 보고서 작성이라고 적혀 있었을 것이다. 말하자면 우리는 음지 속의 음지, 베일에 싸인 별동대, 회사의 심장부에 박힌 블랙 요원인 셈이었다.

"어쨌거나 타깃을 무사히 확보하지 않았나. 흥분하지 말고 운전에나 집중하게."

말은 그리했지만 서운함이 전혀 없었다면 거짓말일 것이다. 한 방울의 인정이라도 더 갈급했던 그분의 입에서 나온 말이었으니 더더욱. 피치 못할 사정을 수긍하는 머리와 달리 차갑게 굳어가는 마음은 삼십 년이 더 지난 지금도 어쩔 수 없었다.

나는 담배에 불을 붙이고 차창을 조금 내렸다. 사위는 희끄무레하고 길은 험해지는데 눈발은 성겨질 기미가 보이지 않았다. 길은 커녕 헤드라이트 불빛조차 보이지 않을 지경이었다. 휴전회담이 막바지에 이를 즈음 지리산에서 패퇴한 빨치산 잔당이 최후의 거점으로 삼을 만했다. 알프스라는 명칭을 안긴 눈도 눈이지만 빈틈을 허락하자마자 살을 에어오는 냉기도 무시무시했다. 토벌군 총에 맞아 죽은 빨치산보다 얼어죽은 빨치산이 더 많았다는 말이 과장은 아닌 듯싶었다. 산봉우리는 드높고 골짜기는 깊었다. 산허리를 휘감아 오르는 길이 수월할 리 없었다. 피셔맨의 차에는 체인도 스노타이어도 준비돼 있지 않았으니.

"그때 그 시가 뭐였지? 주사파 넘버 스리가 다급히 삼키려 했던?"

피셔맨이 어느새 추억에 잠긴 목소리로 물었다.

주사파 넘버 스리가 인멸하려던 암호문은 영문과생들의 바이블인 『노튼 앤솔러지』라는 책에서 뜯어낸 습자지처럼 얇디얇은 종이 한 장이었다. 비록 제적당하기는 했지만 주사파 넘버원의 전공이 영문학이었다는 사실을 무심코 지나칠 그분이 아니었다. 라이카가 능력을 발휘해야 할 시간이었다.

사찰, 녹차밭, 그리고 하늘을 향해 길게 목을 빼고 있는 한 그루 흰 소나무…… 녹차는 영묘한 소나무와 더불어 백린사의 명물이었다. 녹차로 알려진 절도 여럿이고 범상치 않은 노송이 시선을 끄는 절도 더러 있지만 둘 모두라면 여기뿐이었다.

"이 불모의 바위섬 고즈넉한 난롯가에 앉아 나이든 아내와 해로하는 왕으로 무위도식하며, 먹고 자고 욕심만 부리는 야만 족속에게 어울리지 않는 법이나 베풀고 있으니 별 쓸모 없는 삶이로다. 테니슨의 「율리시스」였네."

재단사가 피셔맨의 아련한 물음에 도입부 암송으로 화답했다.

"아니, 월북을 지시한 대목 말이야."

"내 목표는 해 저무는 그곳, 온갖 서녘 별들이 몸 씻는 곳 너머로 죽을힘 다해 항해하는 것. 혹시는 심연이 우리를 삼킬지도 모르나 극락도에 다다라 일찍이 알던 위대한 아킬레우스를 볼 수도 있겠지. 비록 잃은 것 많아도 우리에겐 아직 남은 것도 적지 않아. 저 옛날 천지를 들어 옮기던 힘은 사그라졌지만 그래도 우리는 우리로다."

테니슨은 자신의 시가 극동의 한 나라에서 빨갱이들의 암호문으로 쓰일 줄 꿈엔들 상상했을까. '서녘 별들이 몸 씻는 곳 너머'는 서해상의 월북 경로를, '극락도'는 평양을, '아킬레우스'는 김일성을 뜻한다고 회사 암호해독팀은 믿어 의심치 않았다.

"저 옛날 천지를 들어 옮기던 힘은 사그라졌지만 그래도 우리는 우리야."

내가 마지막 구절을 가슴에 새기듯 되뇌었다. 잃었던 그분의 신뢰를 회복하는 계기였으니 내게도 잊을 수 없는 시였다.

시간과 운명에 약해졌다 하나
한결같이 영웅의 기개를 가진 우리.
강력한 의지로 싸우고 추구하고 찾아내며
결코 굴복하지 않으리.

「율리시스」의 마지막 연을 떠올리며 울컥한 건 내 기억력이 건재함을 확인해서만은 아니었다. 그 굳건한 다짐의 언어야말로 빨갱이들과는 거리가 먼, 정확히 지금 우리의 이야기였다.

"천지를 들어 옮기던 힘이 왜 사그라져. 아직도 이렇게 쌩쌩한데."

피셔맨이 버럭 소리치더니 갑자기 운전대에서 두 손을 떼 만세를 부르듯 허공으로 치켜들었다.

차가 좌우로 비틀거렸다. 내가 본능적으로 운전대를 틀어쥐었지만 얼마 안 있어 차가 뚝 멈춰 섰다. 피셔맨이 브레이크를 밟은 줄 알았는데 엔진 돌아가는 소리가 들리지 않았다. 시동이 꺼진 것이었다. 피셔맨이 연거푸 키를 돌려봐도 엔진은 묵묵부답이었다.

피셔맨이 차에서 내려 보닛을 들어올렸다. 나도 뒤따라 내렸다.

"뭐가 문젠가?"

"퍽! 하필이면 점프해줄 차 한 대 없는 이런 데서 배터리가 나가다니."

피셔맨이 인상을 잔뜩 구기며 말했다.

"보험사에 전화하게."

"지랄! 휴대폰도 안 잡히네. 날 잡았네, 날 잡았어."

눈밭이 된 도로 위에 피셔맨이 칵 하고 침을 뱉었다.

"전기뱀장어라면 가볍게 해결했을 텐데. 그 친구는 뭘 하고 있을까? 입버릇대로 전기도 안 들어오는 산속에 오두막 짓고 꿀벌이나 치고 있으려나?"

내가 코트 깃을 꼭꼭 여미며 말했다.

전기뱀장어라 불리던 요원이 있었다. 감전의 위험 때문에 함부로 악수도 못하는 친구였다. 피 대신 고압 전류가 핏줄을 채운 것 같던 그는 전기고문 담당이었다. 축전지며 전압계며 케이블이며 너저분한 도구 없이 고문의 증거 하나 남기지 않고 중요한 정보를 캐내곤 했다. 문제는 전압 조절이 뜻대로 안 된다는 점이었다. 제구가 들쭉날쭉한 강속구 투수처럼 불안불안하더니 기어이 몇 차례 불상사가 터지고 나서는 자백 기술자라는 타이틀을 피셔맨에게 넘겨야 했다.

"의정부에서 치킨집 하고 있네. 전기 구이 통닭."

재단사가 어느새 곁으로 다가와 말했다.

"전기세는 굳겠군. 그런데 그러고도 몸이 남아나려나?"

피셔맨이 제 농담에 만족한 듯 흐흐하고 웃었다.

"치킨집 하는 건 어찌 알았나?"

내가 재단사를 돌아보며 물었다.

"맛집 소개 블로그에 주인장 사진까지 올라왔더라고. 근처 동네라 검색하다 봤지. 한번 시켜 먹었는데 몸이 예전 같지 않은지 닭이 눅눅한 게 내 입에는 영 아니었네."

재단사가 딱하다는 투로 말했다.

블로그 얘기는 정말일까? 그마저 요주의 전직들을 관리하는 비밀 부서의 일은 아니겠지.

"도보로는 얼마나 걸릴까?"

피셔맨이 희끄무레하게 겹친 능선들을 망연한 눈길로 바라보며 중얼거리더니 이내 패딩 점퍼 안주머니에서 무언가를 꺼냈다. 병뚜껑에 쇠사슬이 달린 삼백 밀리짜리 힙 플라스크였다. 피셔맨이 한 모금 들이켜고 내게 내밀었다. 병 주둥이에서 독한 위스키 향이 훅 풍겨왔지만, 한 모금 삼키니 부드럽고 달콤했다. 혀로 녹여 먹는 스카치 사탕처럼 목 넘김도 부드러웠다. 가슴 안쪽에서부터 훈훈한 기운이 실핏줄을 타고 온몸으로 번져가는 느낌이었다. 나는 재단사에게 힙 플라스크를 넘겼다.

"시바스리갈 십팔 년산이군. 아직도 이런 걸 마시나?"

재단사는 냄새만 맡고 돌려주었다.

"아직도라니? 각하와 마지막을 함께한 술인데. 한 모금 마셔보게. 심장에 난로를 켠 기분이야."

"대장암이네."

재단사가 술 이름이라도 대듯 말했다.

"뭐라고? 누가?"

"누군 누구야."

"김작가, 자네가 대장암이라고?"

"길어야 여섯 달이랬는데 그 말을 들은 게 언젠지 가물가물해."

무슨 말이든 건네야 할 것 같았지만 적당한 한마디가 떠오르지 않았다. 아내가 파킨슨병이라는 얘기를 들었을 때처럼. 어디선가 길을 잘못 들어 엉뚱한 미래에 와 있는 기분이었다. 플라자호텔 커피숍 맞선 자리에서 결혼을 결심한 이유는 분명했다. 이 여자와 가정을 일구면 평범하지만 평탄하게 늙어갈 수 있겠구나, 내 별난 능력도 순하게 나이를 먹을 수 있겠구나 싶었다. 오래전 그 호텔 자리에 있었다는 외국 사신들의 숙소 이름 '태평관'처럼.

"캔서가 불치병이라는 건 다 옛말이야. 전립선암을 봉침으로 고치는 세상이라고. 서울대병원에서도 두 손 든 환자를 고환에다 말벌 침을 놔서 살렸어, 내가. 보통 꿀벌보다 오백 배쯤 독한 침을 쏘는 무지막지한 놈들이 있는데 겁먹을 건 없어. 알코올 속에서 헤엄 좀 치게 두면 독이 약해지니까. 김감독 관절염쯤은 한 번만 맞아도 거뜬해질 거고, 대장암도 일단 한두 번만 맞아보게."

피셔맨이 침을 튀겨가며 떠들었다.

갑자기 모든 감각이 희미해졌다. 내내 고속도로를 달리다 인적 끊긴 첩첩산중에 고립된 것도, 순식간에 눈송이에 파묻힌 것도 비현실적으로 느껴졌다. 몽환적인 흑백의 세계를 휘감으며 떠도는 저것은 구름인가 안개인가 눈발인가. 피셔맨 병원에 걸려 있던 〈몽유도원도〉 속으로 들어온 것 같았다. 현실감이 전혀 없었다. 손등에 내려앉는 눈송이의 감촉조차 느껴지지 않았다. 무릉도원이 뼈를 얼리도록 춥고 무섭도록 적막한 곳은 아닐 텐데. 홀리듯 나풀거리는 눈송이를 좇아 걷다가는 살아서 저 눈이 녹는 걸 못 보겠다 싶었다.

피셔맨은 나보다 더 심각해 보였다. 힙 플라스크 주둥이를 입으로 가져가는 손이 바들바들 떨리고 있었다.

"김배우, 자네……"

"저기 뭐가 오는데."

피셔맨 말대로 저만치 눈발을 뚫고 다가오는 무언가가 보였다. 처음에는 제설차인 줄 몰랐다. 흔히 보아온 불도저 스타일이 아니었다. 트랙터 같은 생김새에 눈을 집어삼켜 멀리 흩뿌리고 있었다. 타는 듯한 오렌지빛 제설차는 산허리를 능숙하게 돌아 우리 앞에 멈춰 섰다. 운전석 문이 열리고도 한참이 지나 느적느적 내린 사람은 스님이었다. 얼굴 가득한 주름과 검버섯, 잔뜩 굽은 허리. 제설차 운전석에 앉았던 인물이라고 믿어지지 않았다. 한눈에 봐도 제설차 문보다는 관뚜껑을 밀치고 나옴직한 모습이었다.

남의 이목에 신경쓰지 않는 듯한 분위기 때문이었을까. 이 사찰 주지일지 모른다는 예감이 스친 것은.

"겨울은 눈이요, 눈은 겨울이지요. 손님이 올지도 모른다고 조화백에게 듣기는 했습니다만, 이런 폭설을 뚫고 오실 줄은…… 나무관세음보살."

노승이 합장하며 인사했다.

우리가 올 줄 알았다고? 나는 혼몽한 상태로 엉거주춤 답례를 보냈다.

내 예감대로 노승은 백린사 주지였다.

☆

과연, 백린사는 〈몽유도원도〉 속 무릉도원처럼 험준한 산봉우리들 가장 깊숙한 곳에 배꼽처럼 들어앉아 있었다. 일주문 주변에 울타리처럼 줄줄이 서 있는 나무들이 왠지 복숭아나무일 것만 같았다. 산사 이곳저곳에서 새어나오는 불빛만으로도 몸과 마음이 훈훈해졌다고 말할 수 있으면 좋으련만, 실외는 물론 실내조차 온기 한 점 없이 관 속처럼 냉랭했다. 내일 아침까지 살아 있으려면 불 화火 자를 깔고 앉아야 할 것 같았다.

"기린이 왜 기린인지 아십니까?"

불가의 선문답이란 게 이런 식인가. 폐부를 에는 듯한 공기보다 주지의 어법에 먼저 익숙해져야 했다. 보이진 않지만 너무나 자명한 존재인 공기에조차 물음표를 붙일 것 같았달까. 이른 저녁 공양을 마친 자리였다.

"본래는 상상의 동물이었지요. 청룡의 비늘에 백호의 몸, 주작의 발톱과 갈기, 현무의 이빨과 눈, 신통력의 근원인 외뿔까지 신묘한 동물들을 모두 합친 신령한 존재로, 수컷 기麒와 암컷 인麟을 묶어 기린이라 불렀고요. 명나라 영락제의 명으로 아프리카 원정길을 떠났던 정화가 목이 긴 낯선 짐승을 배에 싣고 와 기린이라며 바쳤다지요. 그뒤로 사슴과의 목이 긴 그 짐승이 기린이라 불린 것으로 압니다만."

재단사도 모르는 얘기가 있을까. 사전조사라도 한 사람처럼 대답에 막힘이 없었다.

"과연! 온종일 마음이 뒤숭숭했는데 처사님들에게서 위안을 얻습니다. 황제는 전설의 동물이 아니라는 걸 알면서도 구름 같은 백성을 모아놓고 요란한 환영 의식을 치렀답니다. 기린이 등장하면 난세에 걸맞은 성인이 나타난다는 믿음을 정치적으로 활용하기 위함이었지요. 영락제 본인이 어린 조카의 옥좌를 빼앗는 업보를 지었으니. 나무관세음보살."

"마음이 왜 뒤숭숭하셨을까요?"

피셔맨이 물었다.

"내 정신 좀 봐. 일주문 바로 안쪽에 있는 백린송 밑동이 오늘 아침에 보니 불그스름하지 뭡니까."

"그럼, 무슨 문제라도 됩니까?"

"삼라만상이 크게 뒤집힐 징조지요."

"뒤집혀요?"

"고려 왕조가 망할 때, 임진왜란 때, 6·25 때 세 번뿐이었습니다. 나무관세음보살."

그분의 부름이 이것과 관련이 있나. 세상이 뒤집히는 일과 맞물린 건가. 짧은 전율이 몸을 빠르게 훑고 지나갔다. 그분이야말로 난세의 기린 같은 존재 아니었나. 그리고 그분이 선택한 우리는 타고난 재주로 기린을 보필하던 기린의 아이들, 기린아麒麟兒.

"사명대사의 목숨을 구한 것도 기린이었다죠? 귀 무덤의 원혼들이 기린 형상으로 나타나 불지옥에서 건져냈다고. 그 무덤 앞에서 얻은 포르투갈 신부의 목걸이를 여기 안치한 것도 그 때문이고요. 그 목걸이, 비천한 두 눈에 담아보는 영광을 누릴 수 있겠습니까?"

내가 조심스레 본론을 끄집어냈다. 목걸이의 혼과 접속할 시간이 충분할까, 몇 초면 될까 가늠하면서.

"산사의 겨울밤은 두고 온 속세의 일생만큼 길답니다. 차나 한잔하시지요."

한가하게 차 타령이라니. 내 속내를 읽은 걸까? 귀한 물건이라 함부로 보여주기 싫다는 건가? 확실한 한 가지는 '차나 한잔'에 숨은 뜻을 헤아리기 위해서는 잠자코 차를 마시는 수밖에 없다는 것이었다.

주지는 우리를 도량 맨 앞자락에 자리한 별채로 안내했다. 동시재凍時齋. 녹차밭 쪽으로 통유리를 내고 붉은 기가 도는 황토로 벽을 마감한 다실이었는데 현판에 새겨진 이름이 좀 독특했다. 얼어붙은 시간? 시간이 얼어붙는 곳? 잠깐 궁금증이 일었지만 주지의 장광설을 듣게 될까봐 가만히 있었다. 정작 내 눈길을 사로잡은 것은 현판이 아니라 한쪽 벽에 걸린 고승의 초상화였다. 부드러우면서도 날카로운 눈매, 꾹 다문 입매와 길게 기른 수염, 그리고 황금빛 십자 목걸이.

"사명대사시군요."

내가 반색하며 말했다.

"이십몇 년 전인가요, 여기 천불산에 큰불이 났을 때 원본은 소실되고 새로 그린 것입니다. 뭐든 그대로 재현해내는 조화백 솜씨지요. 목걸이는 원화에 없던 거지만. 어떻습니까? 왜군 진영 심장부로 담판을 지으러 들어간 것도 모자라 너희 나라의 가장 귀한 보물이 무엇이냐고 묻는 적장에게 지금은 너의 목이다, 라고 일갈했던 승병장의 기개가 느껴지십니까?"

"마티스 조 말씀입니까?"

"사바세계에선 그리 통하더군요."

낙관처럼 그려넣은 목걸이. 마티스 조가 틀림없었다. 목걸이에 관해 소상히 아는 데는 다 이유가 있었다.

"그림을 접하니 실물이 더 궁금해지네요. 귀한 자태를 영접해 볼 수 있을까요?"

"차나 한잔하시지요."

주지가 눈가에 미소를 지으며 말했다. 보여준다는 건지 안 된다는 건지 도통 감이 잡히지 않았다.

"여기 차가 왜 불생불사차로 불리는지 아십니까?"

잠시 후, 주지가 차밭에서 담아온 눈을 전기주전자에 넣으며 말했다.

"불로초 같은 건가요?"

피셔맨이 솔깃한 태도로 대꾸했다.

"여기 겨울은 고랭지 채소도 얼어죽을 만큼 혹독합니다. 녹차 순도 머리를 내밀기 무섭게 시들어 갈변하기 십상이지요. 한데 늦봄이 되면 다시 푸른 기운이 돕니다. 죽었다 살아난 건지 죽은 자리에 새순이 돋아난 건지 알 수가 없지요. 그 아이들을 따서 차를 빚습니다. 나무관세음보살."

이윽고 전기주전자에서 자글자글 물 끓는 소리가 났다.

"물을 좀 식혀서 우려야 합니다. 찻물에서 화기를 빼지 않으면 차가 품은 땅의 기운을 다 잡아먹지요. 그렇다고 너무 식으면 땅의 기운이 그 뿌리까지 우러나지 못하고요. 시간이라는 실체도 불분명한 무언가가 모든 실체를 결정하지요."

"그래서 얼마나 기다려야 됩니까?"

내가 참지 못하고 주지의 장광설을 끊었다.

"찻잔을 준비하는 동안이지요. 찻잔 좀 가져다주시겠습니까?"

"찻잔은 안 보이는데 어디에……"

법회를 열어도 될 만큼 널따란 방에 세간이라곤 방 한구석에 쌓인 방석이 전부였다. 그리고 벽에 기대놓은 접이식 사다리. 생뚱맞은 물건에서 눈길을 거두니 다들 위를 올려다보고 있었다.

찻잔이 거기 있었다. 사 미터는 족히 될 천장 밑 허공에 동동 뜬 채로. 주지가 부린 조화일까. 그분이 데려온 아이 중에도 그런 능력의 소유자가 있었다. 눈싸움하듯 노려보면 뭐든 둥실 떠오르던. 감쪽같던 윗분 가발을 두피에서 멀찍이 떼어내는 바람에 짐을 싸야 했지만.

어느새 모두가 일어서 있었다. 재단사가 사다리를 가져다 펴고 올라가 찻잔을 잡았다. 알고 보니 눈속임이었다. 찻잔은 투명한 줄에 매달려 있었다.

"삼백 년 된 장작 가마에서 삼 년 넘게 말린 소나무만 써서 구워낸 것들입니다."

뭔가 특별한 게 있나 살펴봤지만, 허공에서 내려온 네 개의 찻잔은 빚다 만 것처럼 우둘투둘 거칠고 투박하기만 했다.

짝.

갑자기 죽비처럼 울린 파찰음은 주지의 손뼉 소리였다. 그 소리에 맞춰 조명이 꺼지고 실내는 내 코끝조차 안 보일 정도로 캄캄해졌다. 통유리에 희끗희끗 얼비치는 폭설의 기척만이 유일한 빛이었다. 그리고 찻잔. 놀랍게도 찻잔들이 푸르스름하게 번뜩이고 있었다.

“이곳 도량에서 수행하다 열반하신 도반들의 골분을 섞어 빚은 것입니다. 생명이 푸른빛이라면 죽음 또한 푸른빛. 혼백의 빛깔과 저 찻잎의 빛깔이 똑같이 푸르지요. 흙에서 나온 것은 흙으로, 빛에서 나온 것은 빛으로. 차 한잔 공양으로 생과 사가 한몸임을, 본디 한몸이었으니 다른 몸이 아님을 상기하게 되는 셈인가요? 나무관세음보살.”

한밤의 무덤가를 떠도는 도깨비불, 원효대사의 해골바가지 일화가 떠올랐지만, 입안에 머금은 한 모금의 죽음을 차마 뱉어내지 못하고 억지로 삼켰다.

“찻잔을 왜 저리 높이 매달아놓으시는지요?”

“불생불멸. 살아 있되 죽었고 죽었으되 살아 있는 우리 모두 구천을 떠도는 객귀客鬼들이지요. 흙에서 비롯됐지만 흙으로 돌아가지 못하는 저 찻잔처럼. 나무관세음보살.”

법문을 읊듯 나지막이 얘기한 뒤 주지는 찻잔을 입으로 가져갔다.

검은 허공 속 찻잔들이 작은 연등처럼 빛나고 있었다. 마주앉은 재단사의 눈가가 젖은 듯 보인 것은 어둠 속의 착시였을까. 거기 자신의 혼백이 매달려 있기라도 한 듯 넋이 나가 있었다. 말장난

같은 선문답에 한마디 얹지도 않고 내내 조용한 것도 재단사답지 않았다. 어디가 불편한 것인가. 투병 사실을 알고부터였을까. 문득문득 내가 알던 자기 확신의 화신이 아닌 것 같은 느낌이 드는 것은.

"그럼, 이제 목걸이를……"

기나긴 다도의 시간이 끝나기를 기다려 겨우 본론으로 돌아갔지만, 주지는 엉덩이를 뗄 기미도 보이지 않았다.

"죄송하지만 아무에게나 내보이는 물건이 아닙니다. 보안 문제도 있고……"

신사적으로 일을 보기는 그른 건가? 피셔맨의 침까지 동원해야 할까? 예기치 못한 주지의 반응에 우리는 무거운 침묵에 빠져들지 않을 수 없었다.

"하지만 먼길 떠나실 분들이니 한 번쯤 기회를 드리지요."

주지가 장삼 소매에서 꺼낸 것은 작은 상자갑이었다. 상자 위에 큼지막하게 박힌 스페이드 에이스가 어둠 속에서 누군가의 혼백처럼 푸르스름하게 빛났다. 먼길 오신 분들이 아니고 먼길 떠나실 분들이라니. 게다가 포커 카드는 또 뭔가. 노망이 들지 않고서야.

☆

"산은 높아야 맛이고 물은 낮아야 맛이니 하이로 게임 어떠신가요? 삼 대 일이니 그래야 좀 공평해지지 않겠습니까? 소승이 지면 목걸이를 보여드리는 건 기본이고, 맨입으로는 심심하니 돈도 좀 걸지요."

여전히 불이 꺼진 방안에 울리는 저 목소리는 정녕 같은 사람의 것인가. 카드를 만지작거리는 주지의 목소리가 두 톤쯤 높아져 있었다.

대본에 없는 변수였지만 마다할 이유가 없었다. 공평해진다고? 그냥 포커든 하이로든 우리가 평범한 사람들일 때나 들어맞을 얘기. 일이 쉽게 풀릴 모양이었다.

"부처는 가장 높은 곳에도 가장 낮은 곳에도 계시지요. 화엄의 자리에 어찌 높낮이의 바로미터가 온리 하나이겠습니까? 가장 높은 것이 가장 높은 것이요, 가장 낮은 것도 가장 높은 것이지요."

피셔맨의 목소리엔 자신감이 흘러넘쳤다. 상대가 누구든 어떤 포커페이스든 피셔맨 앞에서는 엽서나 마찬가지였다. 무슨 내용이 적혀 있는지 봉투를 뜯는 수고조차 기울일 필요가 없었다.

"사명대사 안전이니 차마 불은 못 켜겠습니다. 눈빛이 눈밭에 어리는 달빛마냥 형형한 분들이니 오늘밤의 운 역시 마음의 눈으로 쪼아보시겠습니까?"

게임의 조건이 하나 더 추가되었다. 자기 패만 간신히 보이는 어스름 속 포커라니. 황당하기 짝이 없었지만 지기 힘든 게임이라는 사실에는 변함이 없었다. 우리가 누구인가. 음지에 도사린 채

양지를 속속들이 들여다보던 어둠의 사제들 아닌가.

"하! 색즉시공, 공즉시색. 보이는 건 보이지 않는 것이요, 보이지 않는 건 보이는 것이라. 하이는 산, 로는 물, 스윙은 차茶, 하고 외치지요."

누구도 자백을 받아내지 못한 상대라도 맞닥뜨린 듯 피셔맨의 목소리엔 달뜬 기색이 역력했다.

"카드를 돌리는 허드렛일은 세속의 때에 전 손이 맡아도 될는지요?"

내가 두 손을 공손히 내밀며 말했다.

"성불하시기를!"

주지가 카드를 건네며 중얼거렸다.

카드마저 내 손에 들어온 이상 질 수 없는 게임은 절대로 질 수 없는 게임이 되었다. 두 눈에 드리워진 어둠이 오히려 내 세번째 눈에 힘을 실어주었다. 손에 스치기만 해도 카드가 보였다. 눈먼 자들 속에 유일하게 눈뜬 자, 홀로 적외선 투시경을 낀 야간 전투원이나 다름없었다.

목걸이를 손에 쥐는 게 떼어놓은 당상이라는 자신감은 오만이었을까. 유독 주지의 카드만 읽히지 않았다. 감은 눈에 아무리 힘을 줘보아도 무늬든 색깔이든 숫자든 떠오르는 게 전혀 없었다. 짝짝. 마지막 베팅이 끝나고 불이 켜졌을 때 판돈은 차, 하고 외친 주지 앞으로 다 빨려들었다. 하트 플러시에 세븐 톱. 산은 높디높고 물은 깊디깊으니 하이도 로도 막강한 족보였다.

“리허설까지 마쳤으니 본 게임을 시작하지요.”

피셔맨은 여전히 상기된 목소리였다.

“그럴까요? 그럼, 성불하십시오!”

주지가 손뼉으로 불을 끄자 나는 다시 패를 돌렸다.

이자의 정체는 뭐지? 뚫리지 않는 결계라도 친 걸까? 이번에도 주지의 카드만 읽을 수 없었다.

“삼세번이라는 말도 있으니 한 판만 더 하시지요.”

피셔맨의 희망대로 세번째 판 만에 주지를 누르고 목걸이를 영접하게 되었다고 말할 수 있었으면 좋았겠지만, 결과는 다르지 않았다.

“나무관세음보살.”

주지는 후한 시주라도 받는 태도였다. 목걸이고 뭐고 자존심이 상했다. 재단사와 나는 아예 지갑을 깔고 앉았고 피셔맨도 공공칠 가방을 열어젖혔다. 하지만 승리의 여신은 번번이 우리의 손을 외면했다. 굴욕적이게도 주지는 매시 정각마다 타종하러 다녀오는 여유마저 보였다.

“뇌를 금고에 넣어둔 걸까? 의중이 전혀 읽히지 않아.”

피셔맨이 고개를 갸웃거렸다.

“무의식의 흐름인가, 제행무상인가. 플롯이랄 게 없네.”

재단사가 미간을 찌푸리며 중얼거렸다.

"무슨 술수를 쓰는지 저 영감 카드만 깜깜이네? 그나저나 총알은 좀 남았나?"

내가 입맛을 쓰게 다시며 피셔맨을 쳐다보았다.

"내가 처음부터 침을 쓰자고 했잖아?"

공공칠가방 안을 뒤적거리던 피셔맨이 신경질적으로 내뱉었다.

"감이 좀 잡힌 것 같으니 한 판만 더 해보세. 우리 명예도 있고."

재단사의 투지가 무뎌지는 데는 채 삼십 분도 걸리지 않았다.

어떤 흑막이 있는지 몰라도 산에서도 물에서도 주지는 매번 승자였다. 한 사람은 어찌어찌 봉쇄할 수 있다 쳐도 셋 모두를 매번 무력화시키는 게 가능할까? 자존심을 접고 앉은 자리까지 바꾸지 않았나. 패배가 거듭될수록 다음 판은 다를 거라는 믿음인지 바람인지는 커져만 갔다. 급기야 목걸이는 뒷전이고 우리의 능력이 죽지 않았음을 확인하는 일이 더 절실해지기에 이르렀다.

그렇게 시한부 삶을 하루하루 연장하듯 '한 판만 더'를 되풀이했지만 흐름은 단 한 번도 바뀌지 않았다. 어느 순간부터 재단사는 죽은듯 눈을 감고 있었고, 피셔맨은 빈 힙 플라스크 뚜껑만 열었다 닫았다 했다. 나는 화석이 돼버린 무릎을 접지도 펴지도 못한 어정쩡한 자세로 벽에 기대어 있었다. 셋 모두 일주문을 들어설 때보다 몇십 년은 늙어버린 것 같았다. 영락없이 저승사자만 기다리는 산송장 꼴이었다. 특별한 능력이라곤 쥐뿔도 없는 평범한 상늙은이. 우리에게 정말 그런 능력이 있기는 한 걸까. 능력이

봉쇄되었다기보다 아예 없었던 건 아닐까. 그렇지 않고서야. 어느 쪽이든 주지는 우리의 돈뿐만 아니라 기운까지 빨아들이는 듯 몰라보게 팔팔해졌다. 저승꽃이 가득하던 얼굴에는 화색이 돌고 구부정하던 허리마저 꼿꼿해진 느낌이었다.

"지금 몇시인지 궁금해할 피조물은 이 산중에 없을 듯합니다만."

다시 자리에서 일어서는 주지를 향해 피셔맨이 가시 돋친 농담을 건넸다.

"소승이 뻐꾸기시계도 아니고 그저 어둠에게 시간을 알리기 위함이겠습니까? 도량에서는 만사가, 카드 게임조차 수행이지요. 너 자신을 알라. 열반을 향한 용맹정진의 길이 어디 멀리 있겠습니까? 보리수나무 아래서 싯다르타 왕자가 깨달은 것도 다르지 않지요. 내 패는 무엇인가? 아니, 나는 누구인가? 바깥에만 정신이 팔리면 정작 안은 직시하지 못하는 법이지요. 내가 산인지 골짜기인지, 겨울인지 여름인지도 모르는데 남이야 오죽하겠습니까. 이번에는 좀 걸립니다. 부처님 뵈러 법당에도 들러야 합니다. 새벽 예불 올릴 시간이거든요. 기다리기 뭐하시면 어떻게, 향 내음이라도 좀 맡으시렵니까?"

플랜 B가 떠오른 걸까. 재단사가 피셔맨과 나를 돌아보며 고개를 끄덕였다. 왕년엔 플랜 A로 충분했지만 오늘밤에는 플랜 C, 플랜 D까지 가야 할지도 몰랐다. 지금의 재단사에게서 제대로 된 계획이 나올지 미지수였지만.

☆

까똑.

주지를 따라 종루로 가던 중에 주머니 속에서 익숙한 알림음이 들렸다. 먹통이던 휴대폰에 다시 수신 막대기가 여럿 떠 있었다. 그새 단톡방을 만들어 우리를 부른 것은 재단사였다. 우리는 휴대폰을 음소거 모드로 전환하고 은밀한 작전회의를 시작했다.

김작가

작전을 바꿔야겠어

역시 침뿐인가?

김배우

영하 12도 아래에서는 침발이 안 듣는데

부처님 앞은 곤란하고 다실로 돌아가서 기회를

김작가

바람을 미리 잡아야

일단 나한테 무릎 풀어주는 침을 놓으면서

김배우

오케이

플랜 B의 얼개는 대충 완성됐지만 불안감이 떨쳐지지 않았다. 대여섯 발 앞서 성큼성큼 걷는 주지의 뒷모습을 좇고 있자니 한번 말려든 이 페이스에서 벗어날 수 없을 것만 같았다. 불타는 오렌지색 제설차를 타고 나타났을 때 알아봤어야 했나. 안도하며 뒤따라가는 길 끝에 들어본 적도 없는 기묘한 지옥이 기다리고 있음을.

"간단히 새벽 예불 드리러 가실까요?"

타종이 끝나자 주지가 대웅전으로 향하며 말했다.

주지가 말한 간단한 새벽 예불이란 대웅전 불단에 향을 피운 다음 백팔배를 올린다는 뜻이었다. 우리 셋은 주지가 향을 집어들어 촛불로 가져가는 모습을 두어 걸음 떨어져 지켜보았다.

"아기 부처님 코는 왜 저렇지요?"

석가모니불 발치에 작은 분신처럼 놓인 아기 부처상을 바라보다 내가 물었다. 해맑게 웃고 있는 아기 부처의 코 부위가 금박이 벗겨져 거뭇거뭇했다.

"중생들은 이 불상에 아들을 점지해주는 기운이 있다고 믿지요. 암컷 기린이 백린송이 되면서 남긴 분신이라고도 하고, 여기 내려와서 잉태한 존재라고도 하고. 코를 만지며 기도하면 아들이 들어선다나. 뒤에서 보면 불상이 거시기 형상으로 보이긴 합디다. 대학생 하나 잡겠다고 헬기까지 타고 온 양반은 아예 통째 들고 가더군요. 잠시 빌리겠다고 했지만 차용증을 써준 것도 아니고, 말은 점잖아도 협박조였지요. '용공 세력의 온상이 된 불교계, 이런 헤드라인 밑에 존안尊顔이 팔려서야 되겠습니까?'"

대학생과 헬기라면 주사파 수괴 검거 작전 아닌가. 팔공산 약수만 마신다던 부장? 골동품 수집이 취미이던 1차장? 금붙이라면 사족을 못 쓰던 2차장? 주지가 언급한 사람은 누구일까?

"딸만 셋이라던 그 양반 득남했나 모르겠네요. 간첩 만드느라 그럴 시간이나 있었을까 의문이지만. 불상은 그렇다 쳐도 사명대사 목걸이는 어디다 쓰려고 가져갔던 건지. 벼락을 부르는 고목이라, 가진 것마저 다 내놔야 겨우 목숨 부지할 팔자였는데. 나무관세음보살."

그분에 대한 모욕은 참기 힘들었지만 주지의 말이 완전한 거짓은 아닐 터였다. 사명대사의 목걸이가 안가로 옮겨온 건 분명하니까. 아기 부처상이 그분 손에 있었다는 것도 사실일까? 빼앗다시피 가져갔다고? 그때였다. 바지 주머니 속 휴대폰이 진동한 것은. 재단사가 보낸 카톡이었다.

김작가

봐달라고 주지가 목사에게 바친 거야. 목걸이

안 봐도 카메라지. 사기꾼 땡중 같으니라고

김작가

너 자신을 알라고? 주사파 수괴를 숨겨준 위인이

"자, 부처님께 문안인사 올립시다."

주지의 목소리에 놀라 휴대폰을 황급히 바지 주머니에 집어넣었다. 그새 주지는 바닥에 넙죽 엎드려 있었다. 나도 엉겁결에 무릎을 굽히며 머리를 조아렸다.

애당초 무리였다는 후회가 밀려들었을 땐 이미 무언가에 홀린 듯 백팔배 수행이라는 늪 깊이 빠져든 뒤였다. 채 서른 번도 안 돼 무릎이 앓는 소리조차 못 내고 하얗게 질리는 게 세상에서 가장 경건한 고문을 받는 기분이었다. 급기야 무릎이 없어진 것 같은 순간 이후로는 내가 절을 올리는 것인지 절이 나를 무릎 꿇리는 것인지 분간되지 않는 무아의 지경에 이르렀다.

"진짜 나를 만나러 가실까요?"

천팔백배 같은 백팔배를 기적적으로 마치기 무섭게 주지가 이브를 꾀는 뱀처럼 속삭였다.

막 피어난 내 마음속 화엄의 불꽃도 '딱 한 판만'이라는 신기루를 잠재우지 못했다. 누가 아나, 백팔배 치성의 효과가 곧바로 나타날지. 피셔맨도 재단사도 나와 같은 마음이었는지 기다렸다는 듯 주지를 따라나섰다. 물론 우리의 주목적은 주지의 목덜미에 침을 놓는 것이었지만.

"그 대학생이요……"

묵묵히 다실로 향하던 주지가 불쑥 말을 꺼냈다.

"여기 숨어 있다 잡힌 대학생 말씀입니까?"

피셔맨이 물었다.

"웬 젊은이가 일주문 안으로 쓱 들어서는데 사명대사께서 아홉 번 환생하신 얼굴이었습니다. 나무관세음보살."

주사파 수괴를 비호한 과오를 합리화하려 지어낸 얘기일까. 오늘 밤 주지 입에서 나온 이상한 말들 중에서도 단연 해괴한 소리였다.

"빨갱이 짓 하다 감옥 간 게 도리어 훈장이 되는 세상이니, 저도 다음 생엔 빨갱이로 태어나야겠습니다. 빨갱이라면 자다가도 벌떡 일어나 이를 갈아대는 생이니 당연 그리되겠지요? 윤회론인지 뭔지로는 정반대로 환생한다고 하니."

피셔맨이 이죽거렸다.

"윤회의 거대한 수레바퀴에 그런 인과는 없습니다. 자신이 누구인지 깨닫지 못하면 번뇌의 굴레를 반복할 뿐."

"반복이라……"

"반복되더라도 똑같이 반복되지는 않습니다. 눈뜬 뒤의 나는 눈감기 전의 내가 아니니까요."

"자유의지가 운명을 바꾼다는 말씀입니까?"

"내가 누구인지 아는 것 또한 선택의 문제. 몰라서 모른다기보다 모르는 쪽을 택해서 모르는 것이지요."

"그럼 저는 다음 생에 무엇으로 환생할 것 같습니까?"

주지가 갑자기 걸음을 멈추더니 피셔맨의 얼굴을 빤히 돌아보았다. 다가올 생이 아니라 이미 지나간 생을 일별하듯.

주지의 말문이 열리기를 얼마나 기다리고 있었을까. 일이 초? 일이 분? 어쩌면 누군가, 아니 무언가의 일생이었는지도 모르겠다.

이윽고 주지의 입이 실룩거렸다.

"떨어진 줄도 모르고 해만 바라보는 낙엽 주제에 어찌 환생을 논하겠습니까? 차나 한잔하시지요."

자신의 목소리를 어둠 속에 남기고 주지는 다시 성큼성큼 걷기 시작했다.

어느새 눈발은 완전히 그치고 빈 구석 없이 꽉 찬 새벽 보름달이 눈 세상을 환히 비추고 있었다. 주지의 법명이 만월이라던가. 아무래도 날을 잘못 잡은 것 같았다.

치성이 부족했던 걸까? 자세가 바르지 못했던 걸까? 정녕 우리는 우리가 알고 있던 우리가 아니었던 걸까? 침을 쓰자던 계획도 까맣게 잊고 카드에만, 나 자신을 찾는 데만 집중했지만 백팔배의 약발 같은 건 없었다. 더 놀아보자며 붙잡아도 완곡히 사양했겠지만, 주지는 빈말일지언정 총알을 빌려주겠다는 의사도 일절 내비치지 않았다. 자비를 설파하고 실천하는 게 업인 사람이 개평 한 푼 없었다. 몇 판 구경만 하다 머쓱해져 빈손을 움켜쥐며 일어서야 했다. 피셔맨도 재단사도 내 뒤를 따르는 건 시간문제였다.

나는 누구인가? 비싼 수업료까지 치르고 떠안은 화두를 곱씹으며 걷다보니 대웅전 앞이었다. 이끌리듯 법당 안으로 들어서자 아기 부처상이 금빛을 잃은 코로 환하게 미소 짓고 있었다. 아들을 점지해준다는 아기 부처상. 부하 직원의 득남 소식을 들을 때마다 쓸쓸함이 어른거리던 그분의 얼굴. 밑져야 본전이었다. 나는 금박이 벗겨진 코 위에 손을 얹고 기도하듯 두 눈을 감았다. 그리고 속삭였다.

기린아, 기린아, 코가 없는 기린아, 나는 누구니? 아니, 세상에서 가장 자비로운 분은 지금 어디 계시니?

☆

"그 극장에 또 가야 한다고?"

거기서 말 못할 봉변이라도 당한 사람처럼 소리친 장본인은 내가 아닌 피셔맨이었다. 내가 아기 부처상과 대화를 마쳤을 때는 이미 판이 정리되어 두 패잔병들은 요사채로 물러나 있었다.

"에이치, 오, 엘, 와이, 더블유, 오, 오, 디. 영화 간판이 아니라 알파벳이 보였네. 간판처럼 커다란 알파벳."

나는 아기 부처상이 내어준 신탁을 다시금 힘주어 전했다.

"설마, LA에 있는 진짜 할리우드? 확실한가?"

"여기까지 어떻게 올 수 있었는지 벌써 잊었나? 야자수가 줄줄이 늘어선 도로 한편이었어."

"목사가 태평양 건너에서 우리를 부른다고?"

"라이카 아직 안 죽었네. 못 믿겠거든 사명대사 목걸이를 내 손에 쥐여주게나. 주지에게 침을 놓든 포커로 이기든."

나도 물러서지 않았다. 무성영화 필름처럼 스쳐간 화면들 속에 분명 그분 얼굴이 있었으므로. 세월의 더께에 흐려졌던 나 자신을 온전히 되찾은 건가.

"너는 라이카. 보이지 않는 것을 보는 사람."

아기 부처상이 그렇게 속삭인 것 같았다. 역시 나의 능력은 도박같이 비루한 일에 쓰일 것이 아니었다. 지난 몇 차례보다 훨씬 선명한 영상이었다. 젊은 여인의 무릎을 베고 누운 그분의 편안한 모습과 그 앞에서 아장아장 걸음마하는 사내아이도 보았지만, 다 말하지는 않았다. 안 본 걸 보았다고 할 이유가 없듯 본 것을 모두 얘기할 필요도 없었다. 딸이나 손주인지도 몰랐다.

"목사 큰딸이 미국 시민권자라는 얘긴 들었네. 워낙 큰물에서 노시는 분이니 가 계실 수도 있지."

큰딸 얘기는 또 어디서 들었을까? 내 말에 신빙성을 보태준 재단사의 말이 고마우면서도, 미심쩍은 마음은 여전히 어쩔 수 없었다.

"목사가 미국에 있을 수는 있네. 하지만 우리가 왜 거기까지 가야 하나? 적화 직전의 위기에 처한 조국으로 목사가 건너와야지."

피셔맨이 쌍심지를 켜며 말했다. 내가 못 갈 데라도 입에 올린 것처럼.

나 역시 선뜻 바다를 건너기엔 망설여지는 마음이 없지 않았다. 그분의 존재감이 강하게 느껴질수록 다가올 미지의 과업이 두렵기도 했으니. 멀어지려야 멀어질 수 없는 미래인 죽음처럼.

"왜, 병원 비울 동안 단골손님 떨어질까봐 그러나?"

피셔맨의 얼굴이 벌게지는 게 재단사가 정곡을 찌른 모양이었다.

"미국 한 번 들어가는 데 돈이 얼만데? 한 사람도 아니고 셋씩이나. 이 얘기는 안 하려고 했는데 오늘 날린 공작금은 누구 주머니에서 나왔나?"

"비행기 삯이 그리 아까우면 이번 일에서 김배우는 빠지게. 무릉도원을 뒷마당처럼 드나드는 무욕의 어부가 언제부터 돈, 돈, 하게 되었나? 나도 궁금하네. 그분 라인은 하나같이 퇴직금도 제대로 못 받고 파면당한 걸로 아는데 자네가 무슨 돈으로 목 좋은 곳에 병원씩이나 차렸는지."

사짜 중에게 지갑을 탈탈 털려 울고 싶던 차에 뺨을 맞은 격이었을까. 가슴 깊숙이 품고 있던 말이 나도 모르게 튀어나왔다.

그분이 은신해 있다 붙들린 최후의 안가 베들레헴. 회사 장부에도 올라 있지 않은 그곳, 우리만 알던 그곳이 어찌되었는지 우리 중에 아는 사람이 없었다. 잃었다는 사람은 있어도 땄다는 사람은 없는 포커 판처럼. 차명으로 계약되어 있었을 테니 눈먼 판돈이나 마찬가지. 누군가 꿀꺽했다면 그분을 배신한 대가였을 가능성이 컸다. 예수를 팔아넘기고 유다가 받아든 은전 서른 닢처럼.

"내가 목사를 팔아넘기기라도 했다는 소리야?"

피셔맨이 붉으락푸르락하며 소리쳤다.

"그건 방금 본인 입으로 한 말이네만."

"라이카 자네야말로 마음만 먹으면 목사가 어디 숨었는지 손바닥 보듯 할 수 있는 사람 아니었나. 목사의 손때가 묻은 물건이라면 차고 넘쳤으니까. 목사가 강탈해갔다는 저 빌어먹을 목걸이나 불상처럼."

"빨갱이 중이 처벌을 면하려 뇌물로 바친 거라고 내가 카톡에 썼지 않나."

재단사가 늘 그렇듯 감정 없는 목소리로 말했다.

"신기하기도 하지. 김작가는 매번 그런 걸 어찌 그리 잘 알까? 자네가 귀띔해주기만 기다려야 하는 게 또 있나?"

피셔맨이 재단사를 똑바로 쳐다보며 물었다.

의심하고 또 의심하는 건 나만의 일이 아니었나보다. 우리는 서로서로 믿지 못하는 셈이었다. 그분에게 가까워질수록 아무도 믿어서는 안 되었다. 원수는 몰라도 배신자와는 같은 하늘 아래 살 수 없는 법. 그분이 고향 산천 등지고 말도 안 통하는 땅으로 훌쩍 떠날 수밖에 없었던 심정이 절절히 다가왔다.

"천하의 라이카가 기억 못하는 게 있다는 사실은 더 신기하지. 못하는 척하거나 일부러 지워버리지 않고서야. 목사의 부름을 받았다며 이십 년 만에 불쑥 나타난 것도 희한하고. 목사가 부르는 건 확실해?"

재단사가 이번에는 의심의 총구를 내게로 돌렸다. 감정이라는 게 있는지조차 의심스러운 재단사일지라도 배신한 사람을 마주하기는 내키지 않으리라. 어쩌면 목사의 행방에 나보다 더 촉각을 곤두세우고 있는지도 모른다. 요주의 전직들을 관리하는 부서에서 은밀히 활동하고 있다면.

"이런 소리까지 듣게 될 줄 꿈에도 몰랐지만, 다행히 암호문을 태우지 않고 남겨뒀네."

나는 바바리코트 안주머니에서 장지갑을 꺼냈다. 내 죽음을 알리는 부고. 부고로 가장한 암호문을 어디에 끼워뒀더라.

"어디 뒀는지 잊어버렸나? 한 모금 마시면 생각날지도 모르지."

피셔맨이 바닥난 지 오래인 힙 플라스크 뚜껑을 돌리며 말했다.

"잠깐!"

재단사가 손까지 들어 보이며 소리쳤다.

재단사의 시선은 벽걸이 텔레비전에 가 있었다.

"왓 더……"

피셔맨은 더이상 말을 잇지 못했다.

나도 벌어진 입을 다물 수 없었다. 백린송의 경고가, 삼라만상이 크게 뒤집힐 일이라는 게 바로 저것인가.

대출 광고가 나오는 화면 하단에 큼지막한 붉은 자막으로 속보가 떴다.

백악관, '사상 최초 평양 정상회담' 전격 발표.

속지 말자 소련 놈, 믿지 말자 미국 놈

☆

하늘처럼 우러러보던 오리지널 CIA의 나라로 난 길은 짙은 새벽안개에 묻혀 있었다. 몇 번은 다녀왔을 법한 나라인데 이번이 초행이었다. 그분이 계속 자리를 지키셨다면 기회가 있었을까.

"지금 제군들이 받는 훈련은 CIA 비밀 특수요원들을 위한 교범 그대로네. 스타 러너 프로젝트. 문자 그대로 별 위를 달리는 경지에 도달한다는 각오로 갈고닦으면 바다 건너에서 부름 받는 날이 올지도 모르지. 북한 대남사업부가 아니라 KGB와 맞짱 뜨는 그 날이."

왕의 무덤가에 풀어놓은 토끼들을 눈빛 레이저로 마비시키려 눈알에 잔뜩 힘주고 있던 우리에게 그분이 하신 말씀이었다. 손가락을 문질러 구부리는 훈련 다음 단계였으리라. KGB는 역사의 뒤안길로 사라지고 없지만, 그분께서 말씀하신 날이 오늘인지도 모른다. 바다 건너에서 부름 받는 바로 그날.

여권에 찍힌 스탬프는 스위스, 오스트리아, 서독, 스웨덴, 프랑스…… 유럽에서도 북한 공관이 있거나 지척인 나라들뿐이었다. 아시아는 당연히 빨갱이들이 제집 드나들듯 하는 일본에 집중되었고. 미국에 못 간 이유는, 아니 갈 필요가 없었던 이유는 오직 하나, 북한 공산주의자들이 발도 들여놓지 못하던 나라, 빨갱이 청정 구역이었기 때문 아닌가. 그 위대했던 나라가 북한 같은 나라도 뭣도 아닌 괴뢰 집단과 수교라니. 목마를 들여놓는 트로이 꼴이 아닐 수 없었다.

비행기가 뜨기는 할까? 무사히 입국할 수 있을까? 입국하면 어디부터 가야 하나? 혼자 떠나는 길이라 마음도 안개 속이었다.

피셔맨이 그럴 줄은 몰랐다. 미국행이 아무리 부담스러워도 힘을 실어주지는 못할망정 그분의 존재마저 의심하다니.

"올해로 백 살인가, 백한 살인가? 솔직히 살아 있다는 보장도 없잖나?"

"아직은 두 자리일걸."

"일부러 한두 해는 넘겨 출생신고를 하던 시절 아닌가?"

"1922년인가, 23년생인가로 들은 기억이 있네만. 개밥인지 돼

지죽인지 아침 먹일 때 태어나셨다고. 닭띠는 확실히 아니야."

미국 대통령의 평양행과 미북 수교라는 핵폭탄급 날벼락 앞에 머리를 맞대고 대책을 세워도 모자랄 판에 뭐하는 짓인가, 자괴감이 일었다.

"닭이든 개든 돼지든 대충 고인이 되었어도 이상할 것 없는 연세지. 숨이 붙어 있대도 능력이 예전 같을지 미지수고."

피셔맨은 본심을 감추지 못하는 사람이었다. 마지막 말의 생략된 주어는 목사가 아니라 라이카임이 틀림없었다. 난데없는 나이 타령 역시 핑계를 위한 핑계에 불과했다.

재단사도 선뜻 동행의 뜻을 내비치진 않았다.

"혹시 제록스 연락처 아나?"

공중전화 송화구를 손으로 감싸며 내가 재단사에게 물었다.

회사에서 잘린 후로는 외국 나갈 일이 없었다. 마지막 여권조차 만료된 지 이십 년이 다 돼가는데 여권을 새로 만들고 비자 신청까지 하면 감시의 눈에 불 켜고 있을 자들에게 의심받기 십상이었다. 비밀리에 출국할 방법이 필요했다.

제록스는 공작에 필요한 신분증이며 증명서며 온갖 서류를 만들어내던 요원이었다. 진짜보다 더 진짜처럼 카피해서 붙은 코드네임. 국민학교 시절 전국 경필 쓰기 대회를 휩쓸며 한석봉의 재림이라는 찬사를 듣던 아이. 그런 재능을 그분이 놓칠 리 없었다. 그분에게 선택되지 않았다면 성적표나 조작하며 자라 문서위조범으로 감옥이나 들락거렸을지도. 그 시절 회사에서도 제록스 본인과 관련된 서류만큼은 결재란에 사인이나 도장 대신 지장을 찍게 하지 않았던가.

"그걸 왜 나한테 묻나?"

"자네라면 알고 있을 것 같아서."

"그 친구는 왜?"

"급전이 필요해서 말이야."

나는 주위를 살피며 목소리를 낮췄다. 용건이 용건이다보니 도청 위험을 피하려 지하철역까지 가서 찾아낸 공중전화였다. 발에 차이는 게 공중전화 부스였는데 언제부턴가 일부러 치워버린 듯 씨가 말랐다. 모든 통화를 엿듣겠다는 속셈이 분명했다.

급전은 가짜 여권, 가짜 비자를 가리키는 은어였다. 아니, 가짜 여권이 아니라 위장 여권. 우리가 만들어내던 것에 가짜는 없었다. 중요한 것은 진위가 아니라 효과였다. 통하느냐 안 통하느냐. 그런 관점에서 본다면 제록스가 내놓는 작품들은 통하지 않은 적이 거의 없었다.

"인사동 어느 표구점에서 도장 파고 있다는 소문은 얼핏 들었네."

우리 사이에 미국의 미 자도 거론된 적이 없다는 듯 재단사가 무심하게 대꾸했다.

"자네는 어쩔 건가?"

진짜 용건을 그제야 꺼냈지만 재단사는 어느새 전화를 끊은 뒤였다.

아무래도 나 혼자 떠나야 할 것 같았다. 단독 작전이라 생각하니 도리어 홀가분했다. 배신자가 누군지는 몰라도 잠재적 위험 요소를 떠안은 채 그분에게 갈 수는 없었다. 애당초 그분의 부름을 받은 사람도 나였고.

나는 휴대폰으로 구글에 접속했다. 해킹 염려로 국내 포털은 이용하지 않는다. 이메일 계정도 마찬가지. 예전엔 북한 665부대만 경계하면 그만이었지만 이제는 옛 직장도, 심지어 가장 가까웠던 동료조차 잠재적 적이었다.

ESTA, 전자 여행 허가제라는 게 있었다. 미국 가는 데 구십 일 이내 체류는 비자 면제라니, 세상이 변해도 너무 많이 변했다. 구십 일이면 충분하려나? 그분 뜻을 받드는 데 그 정도면 충분할까? 일단 접선이 급선무. 그분이라면 체류기간을 연장할 방책이 있으리라.

위장 여권은 물건너갔으니 신분을 감추기 위한 변장이라도 할 일이었다. 여권 사진을 찍으러 가는 길에 이발소 먼저 들렀다. 내가 사진관 하던 시절만 해도 색안경이나 뿔테안경만 안 쓰면 됐는데 그사이 규정이 엄청 까다로워졌다. 여권 사진은 귀를 훤히 드러내야 한다기에 아예 해병대 스타일로 옆머리를 바짝 밀어버리고 염색도 했다. 뭐니 뭐니 해도 변장의 핵심은 머리색이었다. 오래 방치해둔 머리카락을 새까맣게 물들이고 보니 거울 속에 낯선 사내 하나가 있었다. 빨갱이는 물론 빨갱이 귀신이라도 잡을 것처럼 보이는 게 썩 마음에 들었다.

사진관 주인장이 서비스라며 팔자 주름도 지워줬다. 보안은 역시 혼이 없는 디지털 사진인가. 필름 한 통에 든 서른여섯 컷을 매만지노라면 카메라에 필름을 끼우고 노출을 조절하고 하나, 둘, 셋 외쳤을 장소와 그곳의 정취까지 가보지 못한 내 삶의 일부인 양 다가왔었는데, 수천만 디지털 화소로 조립된 얼굴은 아무 감흥이 없었다. KCIA의 라이카가 아니라 오리지널 CIA의 라이카라도 위치를 추적할 수 없을 것 같았다.

ESTA 신청도 염려했던 만큼 어렵지는 않았다. 하나 마나 한 질문에 사실대로 체크하면 그만이었다.

신체적, 정신적 장애를 가지고 있습니까?

불법 약물을 소지, 사용한 적이 있습니까?

체포되거나 유죄 선고를 받은 적이 있습니까?

테러 활동이나 첩보 활동에 연루된 적이 있느냐는 질문에는 잠시 멈칫했다.

미국에 취업할 예정이거나 미국 정부의 허가 없이 취업한 적이 있습니까?

미국 입국을 거부당한 적이 있습니까?

그리고 마지막.

북한을 여행하거나 체류한 적이 있습니까?

당연히 아니라고 잡아뗐는데 배신감이 밀려들었다. 미국 대통령이 평양에 가면 언제 그랬냐는 듯 사라질 문항이었다. 바이러스의 진원지마냥 발만 디딘 적 있어도 입국을 금지하던 나라와 수교라니. 악의 축, 불량국가, 테러 지원국을 봉쇄하고 무너뜨리기 위해 이제껏 우리가 기울인 노력들은 다 뭐란 말인가.

어릴 적 흘려들었던 노래가 새삼 귓전을 맴돌았다.

속지 말자 소련 놈, 믿지 말자 미국 놈.

☆

"김배우, 자네가 여긴 어떻게?"

벌떡 일어서려다 안전벨트의 존재만 아프게 확인하며 내가 말했다.

피셔맨이 모습을 드러낸 것은 활주로의 안개가 걷히고 비행기 탑승도 거의 끝나갈 즈음이었다.

"LA에 분원이나 내볼까 하네."

피셔맨이 공공칠가방을 선반에 올리며 대꾸했다.

"내 비행편이랑 좌석 번호는 어찌 알았나?"

"표 끊었다며 단톡방에 올린 사람이 누구더라? 그나저나 그 민망한 스타일은 뭔가? 우리 나이에 염색이 너무 검으면 없어 보이는 법인데."

그제야 떠올랐다. 카톡 전송 버튼을 누르고 후회하던 순간이. 하지만 어차피 따라올 사람은 없을 줄 알았고, 있다 해도 피셔맨은 아닐 거라 생각했다. 나는 의구심과 반가움이 뒤섞인 감정을 숨기며 신문을 마저 읽는 척했다.

"자리 바꿔줄까? 나보다는 자네가 화장실을 더 자주 갈 것 같은데?"

피셔맨이 내 옆자리에 앉으려다 말고 물었다.

"내 방광은 아직 멀쩡해. 달나라까지 가도 끄떡없어."

달에 인류의 위대한 첫발을 내딛던 암스트롱도 우주복 안에 기저귀를 차고 있었다는 말은 하지 않았다.

마지막으로 비행기를 탄 게 언제였더라? 확실히 기억나는 건 97년 대선 직전 그분을 모시고 간 북경. 공식 직함도 없이 막후에서 기획만 하던 그분이 전면에 나서야 할 만큼 절박한 상황이었다. 단군 이래 최초로 나라가 빨갱이들에게 넘어갈 수도 있었다. 친위 쿠데타 빼고는 뭐든 다 해봐야 했다. 선거 사나흘 전 휴전선에서 인민군과의 무력 충돌을 연출하는 공작도 그중 하나였다.

북십자성.

그 중요한 공작에 수행원으로 발탁된 건 돈 가방 때문이었다. 미화 오백만 달러가 든 검정 보스턴백. 착수금 내지 계약금으로 준비한 그 지폐 다발은 일이 성사되는 즉시 스위스 비밀 계좌로 송금될 돈이었다. 그분은 전파 발신기나 식별 잉크보다 내 세번째 눈을 더 믿었다. 내 양복 안주머니에는 보스턴백에서 떼어낸 지퍼 고리 하나가 추적기 대신 들어 있었다.

북측과의 접선 장소였던 자금성 근처의 한 호텔, 객실 한구석에 놓여 있던 대나무 새장이 또렷이 기억에 남아 있다. 새하얀 몸뚱이에 금관이라도 쓴 것처럼 우관만 노래서 중국 황제들이 곁에 두었다는 앵무새. 그 호텔 스위트룸의 트레이드마크인 유황앵무 새장은 텅 비어 있었다. 흰 깃털 몇 개만 뒹굴고 있을 뿐.

"낮말은 새가 듣고 밤말은 쥐가 듣지 않습네까?"

먼저 와서 기다리고 있던 북측 요원이 몸수색을 하며 말했다.

피셔맨의 호의를 받아들였어야 했다는 후회가 밀려드는 데는 그리 오랜 시간이 걸리지 않았다. 비행기가 공중으로 떠오르자마자 요의가 느껴졌다. 나는 안전벨트를 풀고 몸을 일으켰다.

"안전벨트 사인이 꺼지기 전에 이동하시면 안 됩니다."

스튜어디스가 득달같이 달려와 제지하는 서슬에 도로 주저앉아야 했다.

"괜찮겠어? 천궁혈天窮穴에 침 한 방이면 두어 시간은 편안할 텐데. 침 세트는 왜 압수하고 난리야? 침이 사람 죽이는 물건인가? 살리는 물건이지."

의자 끝에 엉거주춤 엉덩이만 걸친 나를 돌아보며 피셔맨이 구시렁거렸다.

달을 수십 번 왕복하는 듯한 몇 분이 지나고 마침내 안전벨트

사인이 꺼졌다. 볼일을 보고 돌아오니 피셔맨은 위스키를 온더록스로 홀짝이고 있었다.

"자넨 스트레이트로 하게. 몸을 따뜻하게 덥혀야 방광도 가벼워지지."

피셔맨이 응급 처방이라도 내리듯 승무원 호출 버튼을 눌렀다.

"비행기는 북십자성 이후로 처음이라서 말이야."

잠시 후, 위스키 잔을 받아들며 내가 변명조로 말했다.

"정말? 그 흔한 패키지 여행, 아니 제주도 한 번 안 갔다고?"

"회사에서 잘린 뒤로는 하늘에 그려진 비행운조차 쳐다보기 싫더군. 북경에서의 거래만 성사됐어도…… 그분이 처음 기안한 대로 입찰 금액에 공을 하나 더 그렸어야 했어. 그랬다면 반장들이 마지막 순간 발을 빼는 일은 없었을 거야."

〈수사반장〉을 동시에 시청하고 있다는 사실을 알고부터였으리라. 우리가 북측 대남사업부를 반장들이라고 부르게 된 것은.

"IMF만 안 맞았어도."

내가 탄식처럼 한마디 덧붙였다. 그랬다. 출국 두 주 전에 터진 외환위기 사태로 북경에 들고 갈 달러도 마른행주까지 쥐어짜 억지로 마련해야 했다.

"온리 머니 때문이었을까? 반장들은 선거를 반반으로 봤던 거야. 반장들이 주판알은 냉철하게 튀기잖나. 하긴, 회사 내부에도 극비리에 보험을 드는 자들이 있었으니. 북십자성 정보마저 상대

캠프로 새나가지 않았나. 빨갱이들한테 정권이 넘어가고도 자리 보전한 자들 중 하나였겠지. 뭐 하나 잘하는 것 없이 꾸역꾸역 승진하던 부류들. 생존 본능만 동물적으로 발달한 자들."

피셔맨이 위스키 잔의 얼음을 오독오독 씹으며 말했다.

얼음조각 부서지는 소리가 기압차로 먹먹해진 귓전에 비현실적으로 울렸다. 굳었던 몸이 술기운에 풀리듯 피셔맨에 대한 의심도 노글노글 풀어지는 느낌이었다.

"새소년 말이야……"

나는 위스키 잔을 비운 뒤 얘기하다 만 화제로 되돌아가는 양 말했다. 재단사의 반응으로는 내가 알고 있거나 알아야 할 무엇인 듯했으니.

"새소년? 그게 뭔데?"

"어릴 적 돌려보던 잡지도 기억 안 나나?"

피셔맨의 해맑은 반응에 안도감과 실망감이 교차했지만, 나는 짐짓 가벼운 톤으로 말했다.

"아! 기억나다마다. 매달 말일 잡지 나오는 날만 오매불망 기다리며 고된 훈련을 견디던 시절을 어떻게 잊나. CIA 비밀 첩보원이 주인공이던 그 연재물 제목이 뭐였더라? 시베리아 수용소에서 이중첩자를 탈출시키던 에피소드는 얼마나 읽고 또 읽었는지 거의 외울 지경이었는데."

재단사 앞에서 그 잡지를 입에 올리던 나도 저런 표정이었을까.

피셔맨이 어린아이처럼 눈을 반짝이며 말했다. 그 단어만 들으면 어떤 세계로 들어가도록 최면이라도 걸려 있는 것처럼.

“이제 와서 하는 얘기지만, 목사가 잉크 냄새도 채 가시지 않은 다음 호를 던져줄 때마다 이상하게 아버지라는 말이 떠올랐어.”

눈동자에 얼비치던 기이한 생기도 잠시, 피셔맨은 버려진 잡지 같은 얼굴이 되어 덧붙였다.

“진짜 아버지는 교과서나 한번 더 펼쳐보라며 그런 잡지 따위 빌리지도 못하게 했겠지. 연탄가스로 돌아가시던 그날도 부지깽이로 두들겨맞은 기억뿐이야.”

“연탄가스로 돌아가셨어?”

“얘기 안 했던가? 어머니, 형, 여동생도 한방에서 자다 같이 죽었네. 나만 어찌어찌 기어나왔는지 의식을 잃고 마루에 쓰러져 있다 병원으로 실려갔지.”

“괜한 말을 꺼냈나보네.”

“자백하자면 화장 가마 앞에 나란히 누워 있던 네 구의 시신 앞에서도 슬프지 않았어. 갈증이 너무 심해서. 목이 타들어가는 것이, 의식이 돌아왔을 때 간호사가 깎아준 배 생각만 간절하더군. 동치미 국물 대신 이거라도 먹으라며 건네준 배 한 조각. 지금도 배 먹을 때마다 그 간호사 얼굴이 생각나. 금방이라도 울 것 같은 표정이, 눈뜨자마자 내가 천애고아가 된 걸 알 정도였지. 눈뜨기 전 저희끼리 수군대던 소리만 안 들었어도.”

목에 붙은 불을 끄려는 듯 피셔맨은 씹던 얼음을 꿀꺽 삼키고 나서 말을 이었다.

"'저 어린것이 혼자 살겠다고. 차라리……' 차라리 다음엔 뭐였을까? 화장터에서도 계속 그 생각만 나더군."

현실이라는 중력이 희박해진 수만 피트 상공이어서였을까. 온몸으로 퍼지는 알코올 기운 때문이었을까. 저 밑바닥에서 익숙한 죄책감이 꿈틀거리며 올라오는 느낌은.

"나도 아네. 측은해하면서도 불행이 옮을까봐 곁은 내주지 않는 그런 사람들."

'다른 새소년'이라는 말이 입가에 맴돌았지만 차마 꺼내지 못했다.

"어느 날 고아원으로 찾아온 목사가 대뜸 그러더군. '왕자와 거지'군君, 거지꼴은 겪을 만큼 겪어봤으니 이제 왕자로 돌아가야 하지 않겠나? 가족 일은 안됐다, 희망을 잃지 마라 같은 소리는커녕 측은해하는 기색조차 없었어. 그게 도리어 위로가 되더군. 자네도 같은 처지였다고 들었는데."

"고아는 아니었지만 고아나 다름없었지. 어머니는 돌아가시고 아버지는 감옥에 갔으니."

"감옥은 왜?"

"그럴 만한 일이 있었네."

잠시 사이를 둔 나는 다시 말문을 열었다.

"그분이 데리러 왔을 때 나는 소년원에 있었어."

"소년원?"

"소싯적엔 껌 좀 씹었거든."

내가 으스대듯 말했다. 자네처럼 연탄가스 중독으로 고아가 되는 편이 나았을 거라는 말을 끝내 삼키며.

☆

몇 번을 자다 깨다 다시 잠들었을까. 마지막으로 띄운 개인 모니터 속 비행기는 여전히 태평양 상공이었는데 덜컹하는 충격에 눈을 뜨니 LA공항 활주로였다. 직선구간을 내처 달린 비행기는 남은 양력을 완전히 덜어내고서 완만한 호를 그리며 게이트 쪽으로 향했다. 기내방송에서 〈캘리포니아 드리밍〉이 흘러나왔다. 바다 건너 꿈의 대륙에 도착했음을 실감하는 순간이었다.

마른세수를 하고 보니 피셔맨은 입국신고서를 작성하고 있었다. 나도 받아둔 입국신고서를 꺼내 서둘러 빈칸을 채워나갔다. 직업란 앞에서 망설이다 피셔맨을 곁눈질했다.

Doctor.

현역 시절 피셔맨과 나는 종합상사 영업직원 행세를 하곤 했다. 위장 직업은 별 인상을 남기지 않는 것이어야 했으니. 내외물산이라는 유령회사 명함은 기본, 바이어에게 보여줄 원단 샘플이며 주의 분산용 비키니 시제품까지 가방에 넣고 다녔다.

"세일즈맨, 노."

피셔맨이 내 볼펜을 멈춰 세웠다.

"여긴 아메리카, 잡을 구하려는 사람들이 전 세계에서 몰려드는 곳이잖나. 불법 취업하지 않을 것 같은 직업을 고르게. 입국심사 때도 비즈니스라는 단어는 꺼내면 안 돼. 그랬다간 CCTV도 없는 방으로 끌려갈 테니."

"와츠 유어 잡?"

입국심사관이 내 얼굴을 빤히 쳐다보며 물었을 때 나는 주저 없이 대답했다.

"라이터!"

그것은 고심 끝에 적어넣은 입국신고서의 직업이었다. 충동적이었지만 적고 보니 오래전부터 내 직업이었던 것마냥 마음에 들었다.

"왓 두 유 라이트?"

이렇게까지 상세히 물어올 줄은 몰랐다. 피셔맨에게 무슨 과 의사냐고 묻지는 않았을 텐데. 전혀 당황하지 않았다면 거짓말일 것이다. 심사대를 거치기는 했는지 피셔맨은 어느새 수화물 찾으러 가는 길목에 서서 이쪽을 주시하고 있었다.

"스토리. 스파이 스토리."

언젠가 쓰게 될 자서전을 떠올리며 대답했다. 그분 가르침대로 정직이 최고의 위장 전술이 될 수도 있다. 게다가 이곳은 체리나무를 제가 베었다고 자백한 것으로 칭송받는 조지 워싱턴의 나라 아닌가.

입국심사관의 무표정하던 얼굴에 아연 활기가 돌더니 알아들을 수 없는 소리들이 마개 뽑힌 욕조의 물처럼 소용돌이치며 내 귓구멍으로 몰려들었다. 한참 무슨 말인가를 쏟아낸 심사관이 기대 어린 눈빛으로 나를 빤히 바라보았다. 대체 뭐라고 물었는지는 몰라도, 만족스러운 답을 듣기 전에는 놔주지 않을 것 같았다. 스파이 스토리야 차고 넘쳤지만 영어라는 장벽이 문제였다. 이럴 줄 알았으면 영어로 자서전 한 권쯤 미리 써둘걸.

"아이 앰 어 파트 오브 올 댓 아이 해브 멧……"

오래 궁리해온 자서전의 첫 문장마냥 유창하게 흘러나온 영어는 주사파 넘버 스리가 급히 삼켜 인멸하려 했던 시 「율리시스」였다. 내가 유일하게 암송하는 영시이자 언젠가 쓰게 될 내 자서전의 도입부. 너무 영국식 발음 아닌가 싶었지만 테니슨은 그 나라 사람이니 오히려 안성맞춤이었다. 편의상 우리말로 옮기면 다음과 같았다.

나는 내가 경험한 모든 것의 일부.
하지만 경험이란 다가갈수록 끝없이 뒤로 사라져가는
전인미답의 세계를 얼핏 보여주는 아치문일 뿐.

멈추고, 끝내고, 닦지 않아 녹슬고, 써서 빛내지 않는
삶은 얼마나 지루한가.
숨만 쉬는 삶, 삶 위에 삶을 쌓는 일은 얼마나 하찮은가.
……
이 잿빛 영혼의 간절한 바람은
인간이 생각해낼 수 있는 극한 너머로
가라앉는 별처럼 지식을 따라가는 것.

"무슨 얘기를 그리 오래했나? 한국말은 아닐 테고."

마침내 심사대를 빠져나왔을 때 피셔맨이 입국심사관과 마찬가지로 감탄의 기색을 감추지 못하며 물었다.

"내 작품세계에 관심이 많더라고."

입국심사관이 중간에 끊는 바람에 좌우명처럼 되새기는 마지막 구절은 생략할 수밖에 없었지만, 시작부터 자신감이 붙는 기분이었다.

그런 자신감에 끌렸을까. 특별 대접이라면 세관원도 못지않았다. 이민용 캐리어를 끄는 피셔맨은 세관신고서 한 장으로 끝이었지만 내 이십 인치 캐리어는 안감 천과 알루미늄 외피 사이 공간까지 더듬었다. 세관원의 관심을 독차지한 건 약 봉투였다. 두통약, 감기약, 소화제, 설사약 외에도 복용중인 약 한 달 치와 건강보조제는 부피가 꽤 됐다. 전립선약, 혈압약, 유산균, 종합비타민.

그리고 우황청심환. 플라스틱 개별 용기에서 미지의 구체를 꺼내 은박지 포장을 벗겨내는 손놀림은 폭탄 해체를 방불케 했다. 조심스레 냄새까지 맡아보고도 거무스름한 환을 한참 들여다보았다.

"버케이션?"

마음속에 인 의구심의 모든 뇌관을 해체한 뒤 세관원이 짤막하게 물었다. 직업을 물었다면 내 자서전의 도입부를 미리, 그것도 작가의 육성으로 맛볼 영광을 누렸을 텐데, 아쉬웠다. 나는 본연의 임무도 잊고 더 넓은 세상을 유람하러 온 라이터가 되어 힘차게 고개를 주억거렸다.

"압솔루틀리!"

한번 자신감이 붙으니 영어도 술술 나왔다.

"김작가, 와츠 고잉 온?"

검색대에서 캐리어를 집어들고 돌아서던 내 입에서 반사적으로 튀어나온 말이었다. 웬 낮도깨비도 아니고 피셔맨 곁에 재단사가 서 있는 게 아닌가.

"안 온다고 한 적 없네만."

재단사가 태평양 건너편에서처럼 특유의 비웃음을 날리더니 몸을 획 돌려 출구 쪽으로 걷기 시작했다. 짐이라곤 캐리어도 없이 달랑 등에 진 백팩 하나뿐이었다.

☆

공항에서 나온 우리는 근처 렌터카 업체부터 들렀다. 렌터카 주차장이 공항 활주 구역만큼 광활했다. 땅덩어리가 넓긴 넓었다.

"웨어 아 유 프롬?"

세단보다 덤프트럭이나 탱크로리 정도는 취급해야 어울릴 거구의 직원이 물었다.

"코리아."

"사우스 오어 노스?"

"사우스."

"해브 유 빈 투 평양?"

무심코 대답하던 나는 귀를 의심하지 않을 수 없었다. 북한을 방문한 사실만으로도 입국이 금지되는 나라에서 들을 법한 질문은 아니었다. 정확히는 '평양'이 아니라 '피이앙'이었지만 내가 짐작하는 그 도시가 분명했다. 사무실에 틀어놓은 텔레비전 화면에서도 내달로 잡힌 대통령의 평양 방문에 대해 떠들고 있었다. 둘로 나뉜 화면 한쪽에서는 대륙간 탄도미사일이 하늘로 솟구쳤고, 맞은편에서는 김일성과 카터가 대동강 유람선에서 환담했다. 김일성의 갑작스러운 죽음으로 무산된 최초의 남북정상회담이 주선되는 장면이었다.

"네버, 에버."

내가 정색하며 대꾸했다.

평양행은 내 생애 한 번으로 족했다. 공산주의자들에게 다시는 내 목숨을 맡기고 싶지 않았다. 수교라니. 용기와 신념을 갖춘 레이건 대통령이었다면 철의 장막을 무너뜨렸듯 평양도 힘으로 무릎 꿇렸을 텐데.

거구가 거대한 어깨를 으쓱해 보였다.

차는 국제면허증이 있는 피셔맨이 골랐다. 1963년식 링컨 콘티넨털 컨버터블. 캘리포니아에 온 걸 환영하듯 지붕을 접은 채 손님을 기다리고 있었다.

"너무 눈에 띄지 않을까?"

피셔맨이 한눈에 찍었기에 조심스레 물어야 했다.

"LA는 서울이 아니야. 최신 모델 세단이 도리어 촌스러운 동네지. 이 녀석은 할리우드 스타들도 즐겨 타는 차라고."

"케네디 대통령이 암살당한 차이기도 하지."

재단사가 불길한 한마디를 보탰다. 그러고 보니 길쭉하게 빠진 청회색의 날렵한 차체가 한 마리 청새치를 연상시켰다. 영화 〈노인과 바다〉에서 앤서니 퀸과 피비린내나는 사투를 벌인 물고기. 결국 상어떼에 뜯겨 뼈만 남게 되는 물고기.

"오즈월드와 상어떼만 조심하면 되겠군."

피셔맨이 시동을 걸며 중얼거렸다. 피셔맨의 능력에는 시차가 없는 것 같아 안도했다. 여기는 총잡이들의 나라, 주머니에서 빼

드는 게 총일지 악수일지 훤히 내다볼 수 있을 테니.

그분의 행방을 수소문하기 위해 우리가 목적지로 삼은 곳은 필립 말로 탐정 사무소가 아닌 할리우드 사인이었다. 선셋대로에서 벗어나 북쪽으로 달리자 얼마 안 있어 하늘로 솟은 송신탑이 먼저 모습을 드러내더니 이내 이 도시의 랜드마크가 눈에 들어왔다. 할리우드힐스. 차가 언덕길을 오를수록 영화에서만 보던 아홉 글자가 손에 잡힐 듯 선명해졌다.

"직접 보니 떠오르는 게 있나?"

피셔맨이 기대 어린 목소리로 물었다.

"원래 엘 자가 둘이었나?"

내가 자신 없는 목소리로 중얼거렸다. 뭔가 어색한 게 딱 들어맞는 느낌이 아니었다.

"여기까지 와서 그게 무슨 소린가?"

피셔맨이 차를 길가에 급히 세우며 따져 물었다.

"엘이 하나였던 것 같기도……"

말끝을 흐렸지만, 내가 본 할리우드 사인은 분명 여덟 글자였다.

"아 유 키딩?"

피셔맨이 라이방을 벗으며 어이없다는 얼굴로 말했다. 마티스 조에게서 압수한 라이방이었다. 돌팔이 화가 놈 말은 어디까지 사실이었을까? 요망한 땡중한테 끝까지 속아넘어간 걸까? 사내아이를 점지해주는 신통력도, 그분이 아기 부처상을 빼앗듯 빌려갔다는 얘기도 거짓이었다면? 하지만 내가 본 것들은 다 뭐란 말인가. 머리 회전은 딱 거기까지였다. 낮과 밤이 뒤바뀌어 몽롱해진 탓일까. 아기 부처상 코의 촉감조차 아득한 것이, 지구 반대편까지 날아와 다시 출발점에 선 기분이었다.

"가까이 가서 만져볼 수 있으면 좋겠네만."

"숙소에 짐부터 풀까 하는데, 자네 생각은 어떤가?"

피셔맨이 내 말은 못 들은 척, 룸 미러 속 재단사를 향해 물었다.

"주의 빛과 주의 진리를 보내시어 나를 인도하시고 주의 거룩한 산과 주께서 계시는 곳에 이르게 하소서. 시편 43장 3절."

재단사가 읊은 플랜 B의 '빛'과 '진리'는 어느 한인 신문사였다.

"거기 편집국장이 동생이야."

한인 커뮤니티 소식통이 가장 빠를 거라는 주장 끄트머리에 말줄임표를 달듯 재단사가 말했다.

"김작가 친동생 말인가?"

피셔맨과 내가 동시에 물었다.

친동생의 존재보다도 재단사가 사적인 얘기를 입 밖에 냈다는 사실이 더 놀라웠다. 안 올 사람처럼 굴다 짠 하고 나타난 것도 동생 때문이었나. 친동생에 신문사 편집국장이라면 에이급, 아니 알파급 정보원이었다.

"나도 어바인에 며느리랑 손주들이 있는데 한번 들를 시간이 되려나. 큰손자 놈은 아이비리그가 목표고 둘째도 이번에 명문 사립고에 들어갔어."

지지 않겠다는 듯 피셔맨이 한마디했다.

"피부과 며느리? 병원은 어떡하고?"

내가 물었다.

"강남 피부과 상담실장으로 잘나갔는데, 애들 뒷바라지 때문에 관둔 지 꽤 됐어."

"전생에 고려청자를 빚은 것처럼 솜씨가 예술이라며?"

"상담실장 하던 병원 의사 말이야."

운전대를 꺾어 차를 돌리는 피셔맨의 옆모습이 조금은 풀이 죽어 보였다.

☆

"여기 맞나?"

내가 피셔맨을 향해 물었다.

흰 페인트칠이 군데군데 벗어진 외벽, 녹슨 방범 창살 너머 한 번도 열린 적 없는 것처럼 굳게 닫힌 나무 창틀. 70년대 서울의 어느 관공서같이 투박한 이층 건물은 왠지 버림받은 분위기를 풍기며 서 있었다.

"지도는 철자 하나, 숫자 하나도 헷갈리는 법이 없다네."

피셔맨이 재킷 주머니에 꽂힌 지도를 톡톡 치며 대꾸했다. 렌터카 사무실에서 집어온 2절지 사이즈의 한국인 드라이버를 위한 LA 상세 지도. 동선 노출을 막기 위해 차에 장착된 내비게이션 대신 펼쳐 본 물건이었다.

회색 철문은 열려 있었다. 조심스럽게 건물로 들어선 우리를 맞은 것은 지난 세기를 떠올리게 하는 벽걸이 게시판이었다. 녹색 부직포를 덧댄 기다란 나무판에 각종 안내문이 압정으로 고정된 모습은 어색함을 넘어 향수마저 불러일으켰다. 법률 통역 양성 강좌, 의료 통역 양성 강좌, 자서전 쓰기 강좌까지. 안내문만 보면 신문사라기보다 무슨 문화센터 같았다.

"신문은 일요일 휴간이라 쉬는 날이 아닐 텐데."

피셔맨이 요일을 따진 이유는 건물 안에 우리 셋뿐인 것 같았기 때문이었다. 오가는 사람도 내다보는 사람도 없었고 복도를 따라난 방 어디에서도 인기척이 느껴지지 않았다.

어두컴컴한 일자형 복도. 건물 밖으로 나가는 출입문은 복도 양 끝에. 이층으로 올라가는 계단도 마찬가지. 복도 양편으로 방이 있었지만 창문으로 비상 탈출하려면 큰길에 면한 좌측 방으로 진입해야 했다. 나는 습관적으로 내부구조부터 파악하고 있었다.

"이층부터 시작해볼까?"

내가 수색의 원칙을 상기시켰다. 게다가 편집국장 자리는 가장 높은 층에 있을 확률이 높았다.

이층에 올라간 우리는 구역을 삼등분해 수색에 착수했지만 모든 문은 굳게 잠겨 있었고 문패 하나 붙어 있지 않았다. 그 옛날 캠퍼스처럼.

물샐틈없는 보안을 추구했던 캠퍼스, 그곳에서는 복도 양편으로 엇갈리며(문을 열고 닫을 때 맞은편 방에 노출되지 않도록) 출입문을 냈는데, 문패는 고사하고 이렇다 할 표식도 없어 어디가 무슨 방인지 구별이 어려웠다. 오각형의 다섯 변이 똑같은 모습인데다 계단에도 방과 똑같은 문을 달아 베테랑 요원조차 엉뚱한 손잡이를 돌리기 십상이었다. 그럼에도 그분의 공간만큼은 잘못 찾을 수 없었다. 미로 같은 구조도 자석처럼 끌어당기는 강렬한 존재감을 차단하지는 못했기에. 하지만 거기, 시간의 흐름에서 비켜선 공간 어디에서도 그런 자력은 감지되지 않았다.

일층도 마찬가지였다. 복도 저편에서 다가온 재단사도 고개를 저었다.

"동생한테 온다고 연락 안 했나? 안 했으면 지금이라도 해보게."

피셔맨이 재단사에게 채근했다.

"번호 모르네."

재단사가 아무 감정도 느껴지지 않는 목소리로 대꾸했다.

"동생 전화번호를 모른다고?"

"쉿! 목소리 낮춰. 누군가 있어."

"새로운 능력이라도 생겼나보군. 예전 능력과 맞바꿨거나."

내 경고에 피셔맨이 비아냥거렸다.

"화장실 세면대에 물기가 흥건하더군."

내가 대답했다. 갑작스런 요의 덕분에 우연히 발견한 것이었다.

"하긴, 아무도 없다면 출입문도 잠겨 있어야겠지."

재단사가 고개를 끄덕였다.

"너구리 한 마리가 문도 걸어 잠근 채 어느 구석에 웅크리고 있나보네."

내가 가늘게 뜬 눈으로 복도를 바라보며 말했다.

"너구리를 굴에서 끌어내려면 연기를 피워야지."

재단사가 걸어온 길을 휘적휘적 되짚어가더니 이윽고 복도 끝에서 걸음을 멈추고 벽면을 더듬었다.

때르릉, 때르르릉, 때르르릉.

요란한 벨소리가 귓전을 때렸다. 재단사가 건드린 것은 파이어알람 버튼이었다. 건물 전체가 떠나가라 울리는 소리에 온몸이 굳고 심장박동이 빨라지기 시작했다. 가슴 저 깊은 곳에서 무언가가 꿈틀했다. 의식의 수면 위로 떠오를 듯 말 듯 몇 번 입질하던 그것이 도로 가라앉은 건 내 바로 옆 방문이 벌컥 열린 순간이었다.

방안에서 너구리, 아니 사람 하나가 튀어나왔다.

"왓 더 헬……"

적으면 오십대 후반, 많아야 육십대 초반으로 보이는 동양인 사내가 뿔테안경 너머 두 눈을 치뜨며 소리쳤다. 두툼한 노트북을 가슴에 꼭 안은 채였다.

"돈 워리. 노 파이어. 안에 있으면 대꾸를 해야지."

피셔맨이 사내의 등뒤로 몸을 날려 방문을 확보하며 말했다.

"후 더 헬 아 유? 당신들 뭐야?"

뿔테 사내는 한낮에 출몰한 유령이라도 목도한 표정이었다.

☆

"김국장 그만둔 지 십 년도 다 돼가요. 이런저런 사업을 벌이다 몇 달 전에 모두 정리하고 귀국한 걸로 아는데."

자신이 편집국장이라고 밝힌 뿔테 사내는 교포 1.5세대라며 묻지도 않은 정체성까지 털어놓았다. 우리말에 능숙한 것이 취조 전문 통역사가 필요할 것 같지는 않았다.

나는 피셔맨을 쳐다보았다. 인간 거짓말탐지기가 눈을 한 번만 깜박였다. 거짓이 아니라는 판정. 십 년 넘도록 기별 한 번 없는 형제라면 친형제는 맞는 걸까? 정작 재단사는 눈 하나 깜짝하지 않았다. 놀람도 실망도 없이 비웃듯 무표정한 얼굴 그대로였다. 정보원이 연락도 없이 사라졌대도 그토록 무덤덤하지는 못할 텐데. 어쩌면 격조했던 세월이 훨씬 더 긴지도 몰랐다.

"아는 동생이 할리우드라는 간판으로 비즈니스를 하고 있다는데 어떻게 찾아야 할지……"

내가 뿔테 사내에게 지나가는 투로 물었다.

"업종이 뭔데요?"

"오래전에 스치듯 들은 얘기라……"

"이 동넨 순두붓집부터 가발 가게까지 죄다 할리우드라 한양 가서 김서방 찾는 격이에요."

"그럼, 엘이 하나, 홀리우드는?"

"그런 간판도 종종 있어요. 할리우드 스펠을 그렇게 알고 있는 무식한 사람들이 많아서……"

다시 한 번 벽에 부딪힌 기분. 맥이 빠지면서 나도 모르게 눈이 감겼다. 미친듯 졸음이 몰려왔다.

"이건 다 뭐요?"

사무실 안을 여기저기 살피던 피셔맨의 낮고 굵직한 목소리였다.

"아, 리스트 업하고 있던 소설 원고예요. 신춘문예 응모작."

뺄테 사내의 대답에 나는 억지로 눈을 떴다. 책상 위에 수북이 쌓인 A4 사이즈 출력물.

"여기도 신춘문예가 있소?"

입말도 설고 글말도 선 이곳에서 신춘문예라니 기분이 묘했다. 열두 시간을 날아왔는데 한국보다 더 한국 같은 곳에 떨어진 느낌이랄까.

"여기도라니. 열기는 한국보다 핫한데."

뺄테 사내가 정색하며 말했다.

"당선작 나온 지가 얼마 안 되었을 텐데?"

"올해 응모작을 미리 보내오는 거요. 그때그때 정리해두지 않으면 연말에 깔려죽어요. 신춘문예 아니었으면 신문사 간판 벌써 내렸을지도 모르지."

뿔테 사내는 하던 작업을 이어가려는 듯 노트북을 펴고 자판을 몇 번 두드렸다.

"한 글자도 더 손볼 데가 없다는 건가? 대단한 자신감이네."

"심사위원들이야 어떨지 몰라도 내가 보기에 절반 이상은 소설이 아니라 그냥 일기, 자서전이에요."

뿔테 사내가 노트북 화면을 피셔맨과 내 쪽으로 돌려주며 말했다.

파란만장 내 인생, 羅城日記, 태평양을 건너는 시간, 호랑가시나무 숲 연대기…… 아닌 게 아니라, 엑셀 표 첫 칸을 장식하고 있는 제목들은 하나같이 경험이라는 심에 침도 안 묻히고 눌러쓴 느낌이었다.

"자서전은 진실된 기록이에요. 제대로 된 자서전을 쓰시려면 내 인생은 열 권짜리 소설이라는 착각부터 깨끗이 접으세요."

구립도서관 자서전 쓰기 강좌 첫 시간에 들은 얘기가 새삼 떠올랐다. 소설가라던 강사는 자서전 운운하기엔 새파란 감이 없지 않았다. 성씨가 두 개인 점도 거슬렸다. 부계, 모계 성씨를 병기하는 건 문자 그대로 공산共産주의적 발상 아닌가.

진실된 기록? 평양에서 공산주의자들과 〈수사반장〉을 나란히 시청했다면, 평양의 어둠을 가르던 절체절명의 순간 뮤즈가 죽음의 키스처럼 찾아왔다면 독자들이 믿어줄까? 직접 겪지 않았다면 나 자신조차 소설 쓰고 앉았다고 코웃음칠 일들을?

문득 어떤 깨달음 하나가 머릿속을 밝혔다. 내가 자서전이라고 써도 사람들은 소설로 읽을 공산이 컸다. 가면을 써야 소설, 벗으면 자서전이 상식이라면, 나는 가면 뒤로 숨어야 자서전을 쓸 수 있다. 맨얼굴을 보여주면 소설이 된다. 이 고독한 모순이 바로 나, 라이카의 인생이다.

가면 속의 얼굴.

소설 빰치는 자서전, 아니 소설이라는 허울로 위장할 수밖에 없는 자서전의 제목은 운명적으로 정해져 있었던 셈이다.

"다른 기자들은 다 어디 갔소?"

피셔맨의 질문이 계속 이어졌다.

"맥아더 파크 인근에서 열리는 애국 동포 궐기대회에 갔죠. 수교가 웬 말이랍니까? 북한 빨갱이들이 취업하겠다고 몰려와서 물 흐릴 걸 생각하면 잠이 안 와요, 잠이. 92년에 흑인 폭동 겪고 일등 시민으로 이미지 업하느라 얼마나 애썼는데."

뿔테 사내가 고개를 절레절레 흔들었다.

"브라보! 기자들이 다 갔으니 대문짝만하게 실리겠네."

"요즘 누가 취재해서 기사 씁니까? SNS 훑어보고 대충 짜깁기하면 되는데. 머릿수 채우러 갔죠. 그림이 그럴듯하게 나와야 하니까."

"시간 내줘서 고맙소."

내내 입을 굳게 다물고 있던 재단사가 갑자기 대화를 삭둑 자르며 일어섰다.

"그런데 김국장과는 어떻게 된다고 했죠?"

뾜테 사내가 따라 일어서며 재단사에게 물었다.

"고종사촌이오."

재단사는 태연히 말을 바꾸며 사무실을 빠져나갔다.

☆

더부룩한 속을 더는 견디지 못하고 국물을 찾아 나선 건 미국에 온 지 사흘 만이었다. 우리가 그간 입에 댄 음식은 햄버거와 샌드위치, 테이크아웃 중국 음식뿐이었다. 재단사는 주구장창 샐러드였고. 불만이었다는 얘기는 아니다. 실낱같은 단서조차 찾지 못하는 나날, 목을 조여오는 초조함에 음식이 코로 들어가는지 입으로 들어가는지 알 수 없었다.

"LA에 왔으면 갈비가 필수 코스인데, 김작가가 절간 음식만 먹으니 순두붓집으로 가자고."

피셔맨이 차에 시동을 걸며 선심 쓰듯 말했다.

코리아타운까지 가는 내내 아무도 입을 열지 않았다. 할리우드라는 간판을 육안으로 하나하나 탐문한 칠십이 시간이었지만 번번이 허탕이었다. 할리우드사우나, 할리우드당구장, 할리우드뷰티숍, 할리우드치과, 할리우드경양식, 할리우드부동산, 심지어 할리우드한의원까지. 뾜테 사내 말이 과장은 아니었다. 한양에서 김아무개 찾기.

그러고 보니 우리 셋, 아니 그분마저 '킴'이었다. 스타벅스에서 주문받는 직원이 이름을 묻기에 성만 댔더니 컵 세 개 모두 Kim이라고 적혀 있었다. 그뒤로는 코리아타운 커피숍만 갔다. 똑같은 패밀리 네임 때문만은 아니었다. 종이컵 하단에 식별 코드처럼 그려놓은 캐리커처를 발견하지 못했다면 완전히 발을 끊지는 않았으리라.

첫번째가 나였음은 언급할 필요조차 없었다. 염색한 보람이 있었다. 나머지 둘이야 누가 봐도 피셔맨과 재단사.

"김감독처럼 우리도 변장이 필요하겠어. 이렇게 즉석에서 몽타주가 나와서는 곤란해."

스타벅스에서 나오기 무섭게 피셔맨이 말했다.

할리우드뷰티숍행의 목적이 탐문만은 아니었다는 얘기다. 재단사는 스포츠머리 가발을 구입했다. 피셔맨은 남은 머리를 최대한 살리겠다며 헤어라인에만 흑채를 뿌리더니, 거울을 보고는 구레나룻까지 붙였다. 그렇게 완벽한 변신을 마치고도 문제의 스타벅스 매장에 얼씬도 안 한 것은 비빌 언덕이 생겼기 때문이다.

할리우드다방은 메뉴판도 한글이고 주문도 우리말로 할 수 있어 더없이 편했다. 음료 가격 옆에 원도 아니고 환이라는 옛 화폐 단위가 적힌 탓이었을까. 70년대식 아케이드 건물에 나란히 입점한 전파사와 전당포 때문이었을까. 서울에서도 접하기 힘든 지난 시대의 공기가 우리를 좋았던 시절로 데려가는 듯했다. 거기 푹신한 의자(요즘 카페 의자는 어찌나 딱딱한지)에 앉아 담배를 입에 문 채 신문을 읽고 있노라면 그분이 출입문을 밀고 들어올 것만 같았다.

"또 안 받나?"

휴대폰을 귀에 댄 채 굳은 얼굴로 주차장에서 걸어나오는 피셔맨에게 내가 물었다. 짬이 날 때마다 며느리에게 전화를 거는 눈치였지만, 통화하는 모습은 한 번도 보지 못했다.

"간판이 희한하네."

피셔맨이 딴소리를 했다.

아리랑토푸. 고개를 올려보니 출입문 위로 한글 다섯 글자가 빨갛게 불을 밝히고 있었다.

"토푸?"

"두부도 몰라?"

"근데 뭐가 희한하다는 건가?"

"한글 간판이니 '두부'가 자연스럽지. 토푸라면 아예 알파벳으로 쓰든가."

순간, 놓치고 있던 무언가가 뇌리를 스쳤다.

"할리우드. 우드는 숲인데…… 할리는 뭐지?"

"호랑가시나무. 예전부터 이 지역에 그 나무가 많았다고 들었네. 할리 우드는 호랑가시나무 숲이지."

재단사가 무심히 대답했다.

왜 진작 떠올리지 못했을까. 신춘문예 투고작 리스트에도 있었는데, 호랑가시나무 숲이라는 단어가.

나는 식당 안으로 뛰어들어가 카운터 직원에게 다짜고짜 물었다.

"호랑가시나무 숲이라는 간판을 본 적 있소?"

"호가숲 교회가 있긴 한데……"

"호가숲?"

"호랑가시나무 숲 교회를 줄여서 그렇게 불러요."

직원이 금전등록기에 지폐를 집어넣으며 대답했다.

내가 틀리지 않았다. 아기 부처상이 내 기도에 제대로 응답했다. 그분은 여기, 천사들의 도시에 있었다. 악마보다 고요한 그분이 천사만큼 시끄러운 이곳에서 우리를 기다리고 있었다.

죽은 자들 가운데 살아 계신 분

☆

호랑가시나무 숲 교회는 코리아타운 동쪽 끄트머리에 있었다. 하루에도 몇 번씩 차로 지나치던 맥아더공원 근처라니. 게다가 피셔맨이 출국 보안검색대에서 압수당한 침 세트를 새로 구입하느라 들른 의료기구상 바로 옆 건물이었다. 교회의 존재를 알아채지 못한 건 삼층짜리 상가건물 지하에 자리하고 있었기 때문이다.

HOLYWOOD.

지하로 내려가는 출입구 상단 외벽에 얼기설기 잇대어진 네온등 간판. 백린사 아기 부처상의 영험한 코가 보여준 그대로 엘은 하나였다. 아니, 원래는 둘이었지만 하나에만 불이 들어왔다.

나는 벅차오르는 마음으로 네온 간판을 가리켰다. 피셔맨은 엄지를 세워 보였고 재단사는 어깨를 가볍게 두드려주었다. 혼자 끌어안고 있던 마음의 짐을 깨끗이 잊기엔 미흡했지만, 더 헤매지 않아도 된다는 사실에 감사하기로 했다. 급박하게 돌아가는 정세를 감안하면 길에서 허비한 사흘이 천금같이 아까웠다.

경제교류 활성화(맥도날드 북한 1호점은 어디에?), 북한 유학생 유치(북한 학생들도 학교에서 영어를 배우나?), 떠오르는 관광 코스(칠십여 년이나 인간의 손을 타지 않은 냉전의 깜짝 선물 DMZ), 그리고 주한미군 감축(철수를 점치는 전문가도 있었다). 미국 언론은 북한과의 수교로 달라질 미래에 관해 연일 대서특필하고 있었다. 한반도 적화를 우려하는 목소리는 한인 신문 말고 찾아볼 수 없었다. 끔찍한 미래로 탈선하려는 역사의 수레바퀴를 어떻게든 되돌려야 했다.

어떻게?

이번만큼은 우리를 부른 그분이 답해줄 차례였다.

어두운 계단 저 밑에서 웅웅거리는 노랫소리가 흘러나오고 있었다.

“수요 예배중인가?”

피셔맨이 반색하며 중얼거렸다.

계단을 내려갈수록 노랫소리는 찬송가임이 분명해졌다. 저 아래 모인 사람들 중에 그분이 계실 터. 꽉 막혔던 혈이라도 뚫린 듯 온몸에 피가 빠르게 도는 느낌이었다. 오래 누워 있다 갑자기 일어날 때처럼 세상이 빙글빙글 도는 것 같았다. 나는 중심을 잃고 허우적대며 벽을 짚었다.

"김감독, 왜 그러나?"

피셔맨이 걸음을 멈추고 물었다.

"냄새 안 나나?"

"무슨 냄새?"

"휘발유 냄새."

"난 모르겠는데?"

피셔맨이 재단사를 돌아보며 말했다.

재단사가 뭐라고 했지만 귀에 들어오지 않았다. 공기가 증발해버린 듯 숨을 쉴 수 없었다. 간신히 계단을 되올라간 보람도 없이 허겁지겁 삼킨 순두부를 모조리 게워내고 말았다.

"체했나보군."

피셔맨이 공공칠가방에서 침을 꺼내 손끝에 피를 냈다.

"바깥공기 좀 쐬고 있게."

"이제 괜찮으니 내려가세."

내가 허리를 곧추세우며 말했다.

속을 다 비워서인지 손을 딴 효과인지 어지럼증은 금방 수그러들었다. 하지만 냄새는 여전했다. 이번에는 무언가 타들어가는 역한 냄새였다. 개를 그슬릴 때 나는 지독한 누린내 같기도 했다.

"이거라도 쓰게나."

피셔맨이 공공칠가방에서 꺼낸 것은 마스크였다.

"죄 짐 맡은 우리 구주 어찌 좋은 친군지. 걱정 근심 무거운 짐 우리 주께 맡기세. 주께 고함 없는 고로 복을 받지 못하네. 사람들이 어찌하여 아뢸 줄을 모를까."

코를 단단히 감싼 마스크도 냄새를 완전히 차단하지는 못했다. 어쩌면 코끝으로 파고드는 냄새가 아니라 내 머릿속을 맴도는 냄새인지도 몰랐다. 저 속 편한 찬송가와 달리, 그 누구에게도 맡길 수 없는 어떤 죄의식처럼.

예배당 안에 있는 모두가 일어나 합창하고 있었다. 우리는 몇 안 남은 뒷자리로 조용히 합류했다. 높다란 층고 때문이었을까. 노랫소리가 머리 위에서 새벽빛처럼 쏟아져 내렸다.

"날빛보다 더 밝은 저 천국, 믿는 맘 가지고 가겠네. 믿는 자 위하여 있을 곳, 우리 주 예비해두셨네. 며칠 후 며칠 후 요단강 건너가 만나리. 며칠 후 며칠 후 요단강 건너가 만나리."

귓속으로 파고드는 노래가 아니라 내 머릿속을 맴도는 노래. 그것은 내가 아는 유일한 찬송가였다.

'며칠 후 며칠 후 요단강 건너가 만나리.'

심장에 새겨진 것처럼 익숙한 후렴구. 언제 어디서 들었더라?

그분을 찾는 내 시선은 내내 앞사람들에게 가로막혀 있었다. 단상 맨 뒷줄의 성가대원들만 일별할 수 있을 뿐.

흰 성가대 가운을 입은 사람들 중에 자꾸만 눈길이 가는 한 여인이 있었다. 풍성하고 우아한 올림머리, 브이넥이 어울리는 가늘고 긴 목선, 꼿꼿한 자세에서 배어나오는 은은한 기품. 어머니가 거기 서 있었다. 아니, 봉인이 풀린 어떤 악몽 속에 내가 서 있었다. 아무것도 보여주지 않던 하모니카, 의문의 하모니카를 두 손에 꼭 움켜쥐고.

하모니카는 어느 날 집을 나간 어머니가 남긴 유일한 물건이었다. 골절된 턱뼈에 당황해 아버지가 어머니 손에 쥐여준 멍청한 선물이기도 했다. 입도 달싹이지 못하는 사람에게 하모니카라니.

아버지가 미친 사람처럼 세간을 마구잡이로 집어던질 때 나는 장롱 안에 웅크리고 있었다. 하모니카를 두 손에 쥔 채로. 어머니는 어디 있을까? 이 지옥 속에 나만 남겨두고 어디로 갔을까? 원망과 두려움 속에서 감긴 두 눈. 암흑의 인화지 위로 어느 건물의 실루엣이 희미하게 떠올랐다. 아버지 몰래 어머니 손에 이끌려 몇 번쯤 갔던 교회. 어느 낡은 건물 지하에 있던 교회. 내 안의 라이카가 최초로 눈을 뜬 순간이었다.

버스를 탔던가? 택시를 잡아탔던가? 가슴이 터지도록 달렸던가? 불길에 휩싸이는 교회. 연습 도중 유일한 출구가 화마에 봉쇄되어 타 죽은 성가대원들.

나는 무너지듯 의자에 주저앉았다.

'날빛보다 더 밝은 저 천국…… 며칠 후 며칠 후 요단강 건너가

만나리.'

어머니에게 악마를 불러들인 건 나였다. 내가 어머니의 천국을 불사르는 불씨가 되었다. 꼬리가 붙은 걸 눈치채지 못한 채. 뒤를 밟는 아버지의 존재를 까맣게 모른 채.

죄인은 교회 출입구에 휘발유를 끼얹은 아버지가 아니었다. 영영 아내를 잃을지도 모른다는 두려움으로 활활 타오르던 사내를, 손목시계와 함께 라이터를 몸에서 떨어뜨리는 법이 없는 사내를, 머리를 짓이겨 불을 일으키는 성냥처럼 두려움을 짓이기며 자기파괴의 길로 뛰어들 준비가 된 사내를 거기까지 이끈 나 자신이었다.

그 찬송가는 어머니 장례식 때 들은 노래였던가. 아니, 그날 계단을 내려가던 순간 지하에서 새어나오던 노래였다. 어떤 기억은 필사적인 억압으로도 끝내 봉인되지 않는다. 도리어 오래 봉인된 기억일수록 더 강렬하게 복원되는지도 모른다. 육중한 철문 사이로 흘러나오던 불길한 예언의 노래. 그리고 철문에 붙어 있던 어린이 성경학교 안내 포스터까지.

'참 잘했어요' 도장의 주인공들처럼 해맑은 아이들의 얼굴 아래 궁서체 글씨로 이렇게 적혀 있었다.

'소년들이여, 순결하여라!'

실내가 보이지 않는 연기로 가득차 숨을 쉴 수 없었다.

얼마나 웅크리고 있었을까. 장롱 속 아이처럼, 암실 속 눈먼 사진사처럼, 소환된 고통 속에서 얼마나 허우적대고 있었을까.

노랫소리가 멎고 사람들이 일제히 자리에 앉고 나서야 나는 웅크린 몸을 펼 수 있었다. 사람들 머리 위로 모습을 드러낸 한 사람 때문이었다.

아아, 마침내, 그분이었다.

☆

이것은 환영인가 백일몽인가, 아니면 기적인가.

그분이 단상 한가운데 뿔나팔처럼 우뚝 서 있었다. 무대 전면을 비추는 강한 조명 탓에 확실치 않았지만, 살짝 턱을 내민 도도한 자세만으로도 그분임을 알아차리기에 모자람이 없었다.

설교대 앞에 선 그분이 성경책을 펼치고 말씀을 시작했다.

"내가 네 행위를 아노니 네가 살았다 하는 이름은 가졌으나 죽은 자로다. 너는 일깨어 그 남은 바 죽게 된 것을 굳건하게 하라. 내 하느님 앞에 네 행위의 온전한 것을 찾지 못하였노니."

낮게 깔리는 허스키 보이스. 먼 우주에서 도달한 신호음처럼 귀를 쫑긋 세우게 되는 목소리마저 그분이었다.

적어도 환영은 아니었다. 나처럼 몸을 반쯤 일으킨 채 홀린 듯 단상을 응시하는 피셔맨과 재단사가 없었다면 눈과 귀를 믿지 못했을 테지만.

"요한계시록 3장. 심판의 날을 예언하는 성령이 변질된 교회들을 질책하는 대목일세."

재단사가 나직이 해설을 덧붙였다.

"진짜 목사가 되셨을 줄이야."

피셔맨도 한마디 보탰다.

"그러므로 네가 어떻게 받았으며 어떻게 들었는지 생각하고 지켜 회개하라. 만일 일깨지 아니하면 내가 도둑같이 이르리니 어느 때에 네게 이를는지 네가 알지 못하리라."

그랬다. 그분이 언젠가 내 인생에 책갈피처럼 끼어들리라 예감했지만, 소년원 같은 고아원, 아니 고아원 같은 소년원으로 찾아올 줄은 몰랐다. 하루아침에 부모를 잃은 아이. 남편 손에 타 죽은 여자의 아들이자 아내를 불태운 남자의 아들. 어머니가 어디로 갔는지는 알 길이 없어도, 아버지가 어디에 있는지는 모르기 어려웠다. 라이터와 손목시계. 부적처럼 지니고 다니던 두 물건 모두 무의미한 곳에 아버지는 영원히 유폐되었다.

차라리 붙들리길 바랐던가. 도둑이 되어 있으면 그분이 도둑처럼 나타나리라 기대했던가. 오갈 데 없어진 열두 살의 나는 기지촌을 떠돌며 양담배를 훔치곤 했다. 양담배를 소지하기만 해도 십 년 이하의 징역에 처해지던 시절이었다. 길거리에 떨어진 꽁초를 쥐고 눈감으면 어디서 흘러나온 물건인지, 어느 구석에 숨겨져 있던 물건인지 훤히 보였다.

훔친 양담배를 팔아 껌을 박스째 사다 씹었다. 기갈 든 것처럼,

껌 못 씹고 죽은 귀신이 붙은 양, 껌 한 통을 다 까서 입에 넣고 우적우적 씹는 몇 분은 원망과 불안, 두려움과 죄책감, 그 모두가 뒤섞인 검은 감정으로부터 놓여날 수 있었다. 입안을 가득 적시던 단물만이 유일한 구원이던 나날, 진짜 범죄자가 되는 순간에만 죄의식을 잠시나마 떨칠 수 있던 나날이었다.

나를 물끄러미 바라보다 그분이 대뜸 물었다.

"교화 활동으로 원예를 택했더군. 화분 분갈이를 제때 안 하면 어떻게 되는지 아나? 양분이 모자라 잎이 시들고 물이 고여 뿌리가 썩은 채로 서서히 죽어가지. '보물섬'군君, 군에겐 특별한 능력이 있어. 어떤 화분에 옮겨 심어지느냐에 따라 전혀 다른 꽃을 피울 재능이. 선택은 군의 몫이야. 희대의 도둑으로 자랄 화분이냐, 영웅적인 애국자로 자랄 화분이냐."

그분을 따라 소년원 쇠창살 밖으로 나섰다. 머리에 피도 덜 마른 내게 선택권이 있다고 얘기해주는 어른을 어찌 따라가지 않을 수 있겠는가. 보물섬이라고 불러주며 보물 지도 보듯 하는 분을 어찌 섬기지 않을 수 있겠는가. 처음 만난 순간부터 나는 이미 그분의 보물 지도였는데. 그분이 찾는 것이라면 그 무엇이든 정확한 위치를 알려주는 보물 지도.

그때도 지금처럼 흰 와이셔츠 차림이었다. 소년소녀 세계문학 전집을 들고 내 인생에 처음 나타난 순간은 말할 것도 없고, 기억 속의 그분은 넥타이를 맨 적이 거의 없었다. 목 단추를 끄른 빳빳

한 셔츠 깃 사이로 목울대가 복숭아씨처럼 늠름했다. 어서 나이 먹기를 바라게 만들던 성인 남자의 상징.

무대조명의 환한 빛에 눈이 익으니 설교하는 이의 이목구비도 더 또렷해졌다. 눈앞의 형상이 환영이 아니라면 내가 백일몽 속에 있는 걸까. 아니면 무정한 세월이 그분만큼은 비켜 간 걸까. 한 마리 호랑이 같던 젊은 시절 모습 그대로였다.

"사데 교회는 어쩌다 죽은 교회가 되었습니까? 말뿐인 믿음, 실천 없는 신앙은 곧 죽은 신앙인 것입니다."

죽비 같은 한마디에 객석 전체가 아멘의 바다가 되었다. 그분의 설교는 힘이 있었다. 아주 오래전부터 부름을 받은 목회자였던 것처럼.

"조만간 북녘 하늘이 열릴 것이니, 마지막 여리고성을 무너뜨릴 시간이 다가오고 있습니다. 여기 계시는 이스라엘 백성 하나하나가 승리의 양각 나팔이 되어 지축을 흔들어야 합니다. 공산주의라는 붉은 우상을 집어삼키는 용암으로 들끓어야 합니다. 육백육십육이라는 짐승의 숫자를 지져 없애는 인둣불이 되어야 합니다."

역시 그분다웠다. 미북 수교를 기회로 여기는 역발상이라니. 좌중을 휘어잡는 카리스마 또한 내가 알던 모습 그대로였다.

"형제자매 여러분! 이것이 무엇입니까?"

그분이 꺼내든 것은 지폐였다. 액수는 몰라도 미국 달러 지폐가 분명했다.

"몇 달러짜리든 여러분 주머니에서 꺼내 뒷면을 보십시오. 뭐라고 적혀 있습니까? 뭐라고요? 인 갓, 위 트러스트. 우리는 주님을 믿는다. 맞습니다. 이것은 돈이 아니라 주님을 향한 우리의 믿음입니다. 삼팔선 이북의 마귀떼를 박멸하기엔 헌금함이 너무 가볍습니다. 복음의 최정예 부대가 되기엔 총알이 모자랍니다. 역사적인 선교 사역을 위해선 열매를 두 배 세 배 더 모아야 합니다. 헌금함을 여러분의 성령으로 가득 채워주십시오."

설교가 끝나기 무섭게 헌금함을 든 사람들이 좌중을 돌아다녔다. 헌금함에는 신용카드, 계좌이체도 가능하다고 적혀 있었다.

"주님께 영광 다시 사신 주. 사망 권세 모두 이기시었네. 흰옷 입은 천사 돌을 옮겼고 누우셨던 곳은 비어 있었네."

성가대가 찬송가를 부르는 가운데 헌금을 마친 사람들이 줄지어 단상으로 올라갔다. 한 사람 한 사람 그분 앞에 무릎 꿇고 고개를 숙였다. 그분이 성도의 머리에 손을 얹었다.

"나라와 권세와 영광이 아버지께 영원히 있사옵나이다."

와이셔츠 앞섶에 꽂은 핀 마이크를 통해 그분의 음성이 예배당 가득 울려퍼졌다. 뒤미처 놀라운 일이 벌어졌다. 그분이 성도의 머리에 얹은 손을 천천히 들어올리자 무릎 꿇은 이의 접힌 다리가 스르르 펴지더니 똑바로 선 자세가 되었다. 줄이 당겨진 관절 인형처럼. 아니, 햇빛을 향해 줄기를 뻗는 화분처럼. 아니, 아니, 성령의 입김으로 곧추서는 불기둥처럼.

그 사람만이 아니었다. 남녀노소 어느 하나 예외 없이 그분 앞에 무릎 꿇고 불기둥으로 거듭났다. 예배당 안이 성령의 용광로가 되어 두려울 것 없는 열기로 후끈 달아올랐다. 어머니의 마지막에도 성령이 함께했을까. 아아 나의 어머니, 내가 죽음의 골짜기로 끌어들인 어머니는 화마도 넘보지 못하는 믿음의 불기둥이 되어 두려움 없이 타올랐을까.

가슴 깊숙한 곳이 저릿했다. 그것은 감히 한 번도 그려보지 못한 그림이었지만, 상상만으로도 적지 않은 위로가 되었다. 어느새 나는 마스크를 벗고 줄 맨 끄트머리에 서 있었다.

"양지팀, 음지팀 나눠 축구 했던 거 기억나나?"

피셔맨이 내 뒤에 서며 말했다.

"왕의 무덤 뒤에 있던 축구장, 맨발로 뛰어도 될 만큼 보드랍던 잔디를 어떻게 잊나. 자넨 지루한 얼굴로 골문을 지키곤 했지. 슈팅 방향을 다 예상하면서."

"한번은 단독 찬스를 막다 고환을 걷어차였는데 자고 일어나도 통증이 가시질 않는 거야. 엉덩이를 뒤로 쑥 빼고 어기적어기적 걷는데 목사가 불러 세웠어. 자초지종을 얘기했더니 대뜸 그러는 거야. '빤스 내려보게.' 무슨 소린가 눈만 껌벅거리고 있으니 '왕자와 거지군君은 나를 믿지 못하나?' 이러는데 어쩌겠나. 눈 딱 감고 빤스를 내렸지. 목사가 고환을 쥐더니 두어 번 조물거리지 뭐야. 손안에 든 호두알 굴리듯. 창피고 뭐고 순식간에 지나간 일이었어. 진짜 믿지 못할 일은 그뒤에 일어났지. 허둥지둥 빤스를 추켜올리는데 통증이 씻은듯 사라진 거야. 놀라서 쳐다보니까 목사가 그러더군."

"모든 유기체는 일종의 에테르 장場이다."

재단사와 내가 입을 모아 말했다.

삼팔선 이북에서 역사하라는 말씀 뒤에 숨은 진짜 계획은 뭘까. 흉중 깊숙이 품은 큰 그림을 섣불리 내비치지 않는 분이니. 우리에게 나눠주던 것도 퍼즐의 한 조각뿐. 그 전모는 오직 그분 자신만 알았다. 재단사가 짜는 게 플랜 A라면 그분이 그려내는 건 계획 중의 계획, 다 이루어진 뒤에야 겨우 윤곽이 가늠되는 신묘한 계획, 플랜 X인 셈이었다.

저 뜨겁디뜨거운 행진가 같은 설교 이면에는 얼마나 차갑고 정밀한 설계도가 그려져 있을까. 단상이 가까워질수록 나는 종교적 광휘로 달뜬 사람들 속에서 반석처럼 서늘해지는 자신을 발견했다. 그분에게 배운 대로였다.

"인간의 정상체온은 36.5도. 0.1도씩 끌어내릴 때마다 실수는 십 퍼센트씩 줄어들지. 제군들은 뱀처럼 차가워져라. 뱀에게 왜 다리가 없는지 아나? 이브를 유혹한 죄? 성경은 그 자체로 암호첩이어서 행간을 읽어야 해. 더운 공기는 위로 올라가고 차가운 공기는 지표면에 깔리지 않나. 피를 차갑게 유지하기 위함이라네."

탁월한 언변만 빼면 목사라는 호칭이 세상에서 가장 어울리지 않던 사람. 지금 보고 있는 모습은 가면임이 틀림없었다. 청교도들이 세운 이 나라에서 목사만한 위장 신분이 어디 있으랴.

주머니를 털어 헌금을 내고 마침내 단상에 올랐다. 만년설과도 같은 기다림의 시간이 지나고 그분과 마주한 순간 더이상 뱀의 냉정함을 견지할 수 없었다. 환영도 백일몽도 아니었다. 그분이 살아 숨쉬는 육신으로 눈앞에 서 있었다. 소년소녀 세계문학 전집 카탈로그를 펼쳐 보이던 첫 모습 그대로. 나이를 거꾸로 먹은 저 팽팽한 얼굴도 가면일까. 늙은 피를 젊은 피로 갈아치운 듯한 저 탄탄한 몸도 위장 신분의 일환일까. 김일성도 실패한 일을 기어이 이루어낸 걸까. 그러니까 이것은 기적인가?

"실장님! 저희가 부름을 받고 달려왔습니다."

나는 큰절을 올리며 부르짖었다.

청송교도소 앞에서 인사드린 지 어언 스무 해 만이었다. 체온이 너무 높아진 걸까. 눈앞이 희뿜해졌다.

"혹시 아버님을 찾아오셨나요?"

뜻밖의 대답에 나는 고개를 들었다.

아들이라니. 그분에겐 딸만 셋이었는데. 그분이 무릎을 베고 누워 있던 젊은 여인, 아장아장 걸음마하던 사내아이. 아기 부처상을 만지며 내가 본 것들이 다 사실이란 말인가.

나는 성령의 도움 없이 자력으로 일어섰다. 피가 좀 차가워지니 아까는 놓쳤던 다른 구석도 눈에 들어왔다. 얼굴형이며 턱선이 아버지보다 기름한 느낌이었다.

"목사, 아니 김기왕 실장님은 어디 계십니까?"

내 뒤에서 피셔맨이 물었다.

"주님 곁으로 가셨습니다."

젊은 목사가 핀 마이크를 와이셔츠 앞섶에서 떼어내며 대답했다.

☆

그분이 돌아가셨다니!

언젠가 우리를 찾겠다던 기약은, 일간지에 부고를 가장해 실은 암호문은, 길을 잘못 드는 순간마다 신호등이 되어주던 메시지들은 다 무엇이란 말인가? 할리우드 사인이 검은 연기에 사흘간이나 뒤덮였던 작년 카운티 북부 산불 때 화를 입었다는 소리를 선뜻 믿을 수 없는 이유는 그뿐만이 아니었다.

손에 남은 화약내로 총기와 탄환의 정체를 가늠하는 분이었다. 장작 타는 냄새만으로도 수종을 알아맞히는 분이었다. 땅속에 숨은 불씨도 놓치지 않을 분이었다. 그런 분이 캠핑장 오두막이 잿더미가 되도록 빠져나오지 못했다니 어찌 믿을 수 있겠는가?

"아버님은 어디에 계시오?"

내가 다시금 물었다.

"로즈데일에 누워 계십니다."

로즈데일은 코리아타운 남단에서 두 블록 거리에 있는 공동묘지였다.

"지금은 문을 닫아서 내일 아침 9시 이후에나 입장할 수 있습니다."

젊은 목사는 이튿날 문이 열리는 대로 직접 안내하겠다고 나섰지만 우리끼리 찾아가겠다는 뜻을 꺾지는 못했다.

"엘 자 하나가 불이 안 들어오네요?"

젊은 목사와 악수를 나눈 뒤 교회 간판을 곁눈으로 올려다보며 내가 물었다.

"아버님 뜻입니다. 처음부터 전선을 연결하지 않았지요. 낮의 빛 아래서는 호랑가시나무 숲이 되고, 밤의 어둠 아래서는 신성한 숲이 된다는 의미로."

신성한 숲. 어둠이라는 시약을 발라야 떠오르는 투명 글자라. 음지에서, 어둠의 장막에서 오히려 진가가 드러나는 분다운 발상이었다.

가르침 하나가 새삼 떠올랐다.

어둠은 빛을 이길 수 없다. 다만 조종할 뿐이다.

젊은 목사는 룸 미러 속에서 검은 한 점이 될 때까지 우리를 배웅했다.

"살아나 있는지 모르겠다고 했건만."

피셔맨이 숙소로 차를 몰며 말했다. 허탈한 건지 홀가분한 건지 모를 말투였다.

"목사는 죽으면 안 돼."

재단사가 씹어뱉듯 말했다. 받아내야 할 무언가라도 있는 사람처럼.

"그분은 안 돌아가셨네."

대리석 무덤 앞의 꺼지지 않는 불꽃만큼 내가 확신에 찬 목소리로 말했다. 우리를 이곳까지 자석처럼 끌어당긴 힘. 그것만큼 확실한 근거가 또 어디 있겠는가.

"그 어느 때보다 강렬해. 미로 같던 캠퍼스에서 단 한 번도 엉뚱한 방을 노크하지 않게 만들던 그 거스를 수 없는 인력이 어느 때보다 강렬하게 느껴지네. 살아 계시지 않는다는 얘기를 듣는 순간부터 말이야."

내가 쐐기를 박듯 덧붙였다.

피셔맨도 재단사도 각자의 저울에 내 말을 올려놓고 있는 걸까. 차 안에 미묘한 침묵이 흘렀다. 한곳을 바라보는 사람들이 서로 다른 생각에 잠길 때 찾아드는 침묵.

"그 여자 닮지 않았나?"

침묵을 깬 건 피셔맨이었다.

"그 여자라니?"

"〈귀부인의 초상〉."

젊은 목사의 얼굴에 그분과 함께 겹쳐지던 누군가의 존재를 나

역시 부정할 수 없었다.

"김작가, 뭐 아는 거 없나?"

피셔맨이 재단사를 흘끗 돌아보며 물었다.

"헤소시타 산즌니 진카쿠 나시."

재단사가 별 관심 없다는 듯 무미건조하게 뇌까렸다.

배꼽 아래 세 치에는 인격이 없다는 뜻의 일본말. 미인계를 쓸 때마다 그분이 주문처럼 되뇌던 말이기도 했다. 그분의 배꼽 아래 일 또한 우리가 감히 왈가왈부할 영역이 아니었다.

"귓불이 두툼하고 늘어진 게 영락없이 부처님 귀였어. 아기 부처의 환생인지도 모르지."

피셔맨이 무언가를 주워 담듯 중얼거렸다.

"목사도 부디 환생, 아니 부활하셨기를."

좀전의 침묵은 나의 확신에 대한 무언의 긍정이었던 걸까. 아니면 열리지 않은 무덤 앞에서 한시라도 빨리 나를 단념시키려는 속셈이었던 걸까. 피셔맨이 재단사와 나를 인도한 곳은 숙소가 아니라 밤의 공동묘지였다.

로즈데일 공동묘지는 블록 하나를 통째로 차지할 만큼 규모가 컸고, 가장자리를 따라 철책이 둘러쳐져 있었다. 키 큰 종려나무들이 가로등처럼 줄줄이 심긴 드넓은 풀밭에 크기도 모양도 제각각인 묘석들이 빼곡했다. 젊은 목사 말대로 출입문은 굳게 닫혀 있었다.

"내일 아침에 다시 올까? 소주라도 사갈 겸."

피셔맨이 철책을 올려다보며 말했다. 이 미터는 족히 넘어 보이는 높이였다.

"훈련생 때 절반 높이도 안 되는구만."

재단사가 어느새 도로에서 동떨어진 동쪽 철망을 기어오르고 있었다. 오가는 차도 뜸했고 이쪽을 주시하는 눈도 없었다.

"피라미드 납골당, 성모상 묘비, 유칼립투스 나무……"

손전등으로 연신 약도를 확인하며 앞장서던 피셔맨이 문득 걸음을 멈췄다. 지면 높이로 매립된 스케치북 크기의 화강암 묘석 앞이었다.

Ki Wang Kim Mar. 1920 ~ Feb. 2019 내 영혼을 아버지 손에 부탁하나이다

막상 차가운 돌에 새겨진 익숙한 이름을 접하자 확신이 흔들렸다. 인생이라는 재판정의 최종 판결처럼 각인된 생몰 연월이 더이상의 유예는 없다고 선언하는 것 같았다. 여기가 정녕 내가 아는 세상의 끝이란 말인가. 해 저무는 그곳, 천궁을 가로지른 서녘 별들이 몸 씻는 곳 너머란 말인가. 삶을 마지막 찌끼까지 들이켜기

위해 죽도록 물살을 가른 항해의 종착점이란 말인가.

나는 묘석 앞에 털썩 무릎을 꿇었다.

"목사 생일은 추석 다음날 아닌가? 생일 떡이 항상 송편이었다는 얘기를 들은 것 같은데."

피셔맨이 고개를 갸웃거렸다.

"나인틴, 트웬티. 트웬티, 나인틴. 생몰 연도가 영어식으로 읽으면 대칭이군."

"거울에 비친 숫자는?"

"하나하나 더하라. 중복이면 한 번만."

"일에 아홉을 더하고 거기에 이와 영을 또 더하면 열둘."

"페뷰어리는 중복이고 마치는 셋이니 열다섯."

피셔맨과 재단사가 주거니 받거니 밀고 나간 추론은 결코 말장난이 아니었다. 묘석 자체가 암호문임이 틀림없었다.

"내 영혼을 아버지 손에 부탁하나이다."

피셔맨이 암호문을 해독기에 입력하듯 묘비명을 천천히 읽었다.

"예수께서 큰 소리로 불러 이르시되 아버지 내 영혼을 아버지 손에 부탁하나이다 하고 이 말씀을 하신 후 숨지시니라. 누가복음 23장 46절. 그 장은 56절까지니 열다섯 절 다음이면 24장 5절……"

누가복음 24장은 예수의 부활에 관한 대목이었다. 예수 죽음 사흘 만에 무덤은 텅 비어 있었고, 눈부신 옷을 입은 존재 둘이 홀연히 나타났다.

"너희는 어찌하여 살아 계신 분을 죽은 자들 가운데서 찾느냐?"

두 천사의 말이 내 목소리로 울려 나왔다.

역시나 죽음은 연막작전이었다. 그분은 죽음으로 자신이 살아 있음을 알리고 있었다. 텅 빈 무덤으로 건재를 보여주고 있었다. 눈에 띄지 않을수록 살아남을 가능성이 높아지는 세계에서 죽음만큼 완벽한 가면이 어디 있을까. 전율이 일었다. 그분은 과연 무엇을 계획하고 있는 걸까? 존재를 감쪽같이 지워버리면서까지 무엇을 도모하고 있는 걸까?

"이렇게까지 연막을 친 걸 보면 개나 잡아먹자고 부르는 건 아닌가보네."

피셔맨이 어둠에 묻힌 사위를 두리번거리며 말했다. 거기 어딘가에 그분이 숨어 계시기라도 한 듯.

☆

나는 묘석 위로 손을 가져갔다. 한낮의 볕을 기억하듯, 아니 부활하신 그분의 광휘가 드리운 듯 온기가 느껴졌다. 그분이 수의壽衣까지 동원해 몸을 감춘 곳이 어디인지 일러줄 단서가 바로 이 묘석이라면? 성령의 기운이 눈꺼풀을 쓸어내리는 것처럼 이번에는 두 눈이 스르르 감겼다. 사물의 혼이 전에 없이 강하게 느껴졌다. 눈꺼풀 안쪽으로 생생하게 떠오르는 선과 면. 돌에 스민 그분의 에테르 장이 암흑을 시약 삼아 또렷한 이미지들을 인화해냈다.

그분이 멀지 않은 하늘 밑에 있었다.

천둥과 번개를 부르는 벼락같이 우리를 기다리고 있었다.

아아, 새벽처럼, 새벽빛을 앞지른 최후의 어둠처럼 우리를 기다리고 있었다.

촘촘히 늘어선 옥수숫대, 새하얀 원형 천막, 천막 안에서 뛰어노는 아이들. 너무 선명해서 손에 잡힐 것 같은 영상들.

갑자기 영상들이 빙글빙글 회전하기 시작하더니 점점 빨라져 검은 소용돌이처럼 모든 걸 집어삼켰다. 암흑 속에서 어렴풋이 주지승의 목소리를 들은 것도 같았다.

"백린송 밑동이 불그스름해지는 건 삼라만상이 크게 뒤집힐 징조이지요."

우르르 쾅.

그분의 무덤을 봉인한 석판이 쩍 갈라지더니 번개처럼 빛나고 눈처럼 흰 옷을 걸친 천사가 그 위로 내려와 말했다.

"무서워하지 말라. 십자가에 못박히신 예수를 너희가 찾는 줄을 내가 아노라. 그가 여기 계시지 않고 그가 말씀하시던 대로 살아나셨느니라. 빨리 가서 그의 제자들에게 이르되 그가 죽은 자 가운데서 살아나셨고 너희보다 먼저 갈릴리로 가시나니 거기서 너희가 뵈오리라 하라."

두려운 기쁨에 떨며 소식을 전하러 뛰어가는 길에 그분께서 홀연히 나타나 물으셨다.

"평안하더냐?"

"아버지!"

그분의 두 발을 붙잡고 엎드려 절하였다. 천사의 발, 성령의 발. 늠름하고 다정한 발이 갑자기 뾰족해지더니 굽이 갈라지고 새까만 털로 뒤덮였다. 개의 발, 짐승의 발, 아아, 그것은 악마의 발이었다.

소스라치며 눈을 떴을 때 나는 피셔맨과 재단사의 부축을 받으며 죽은 자들의 세계를 가로지르고 있었다.

"정신이 드나? 목사의 빈 무덤에 자넬 대신 묻어야 되나 싶었네."

피셔맨이 손전등을 내 얼굴에 비추며 말했다.

"불빛 좀 치우게."

나는 빛을 손으로 가리며 소리쳤다. 눈알이 타들어가는 것 같았다.

피셔맨이 손전등 불빛을 아래로 떨어뜨렸다. 불빛에 드러난 피셔맨의 발에는 굽도 털도 없었다. 평범한 구두, 사람의 발이었다. 내 눈이 어둠으로 완전히 복귀하지 못해서였을까. 피셔맨의 발이 땅을 딛는다기보다 스치듯 떠가는 느낌이 든 것은.

"어찌된 건가?"

질질 끌려가다시피 하던 걸음을 멈추고 내가 물었다.

"다 타버린 장작처럼 묘석 위로 맥없이 허물어졌는데 기억 안 나나?"

피셔맨이 내 쪽으로 고개를 돌리며 대꾸했다.

그런 장면은 기억에 없었다. 다만 악몽으로 덧칠된 예수 부활의 성경 대목뿐.

"목사는 어디 있나?"

재단사가 물었다.

"갈릴리에서 기다리고 계시네."

현실보다 더 현실 같았던 악몽 속 지명이 나도 모르게 튀어나왔다.

"이젠 중동으로 가야 하나? 약속의 땅으로?"

피셔맨이 힙 플라스크를 꺼내 한 모금 홀짝이고 내게 건넸다. 그 순간만큼 위스키가 절실한 때가 앞으로 있을까 싶었다. 무덤에 갇혔다 빠져나온 사람처럼 나는 생생한 맛과 향을 온 감각으로 받아들였다. 그것만이 죽은 자들의 세계에서 벗어나는 유일한 길인 것처럼.

"묘석이 뭘 보여주던가?"

재단사가 질문을 바꿨다.

"옥수수밭, 원형 천막, 뛰어노는 아이들."

나는 본 대로 대답했다.

"천막이나 아이들은 모르겠고, 옥수수밭이라……"

"지평선 끝까지 펼쳐진 옥수수밭이었네."

"구글에 물어봐야겠군."

피셔맨이 휴대폰을 터치했다.

"미국 옥수수밭 실종. 미국 옥수수밭 시체. 미국 옥수수밭 자살. 미국 옥수수밭 미로…… 어째 월하의 공동묘지보다 으스스하네."

"이번엔 뭐 빠뜨린 거 없나? 불이 안 들어오는 엘 자라든가."

재단사가 내게 물었다.

"악마."

필름이 끊기기 전 마지막으로 비친 이미지가 있긴 했다. 악마와 싸우고 계시기라도 한 걸까. 그분이 계실 곳에 어울리지 않았지만, 분명 섬뜩한 악마의 이미지였다.

"악마? 어떻게 생겼는데?"

"날카로운 뿔에 이빨을 다 드러내고 웃는 모습이……"

"몬산토, 악마 기업에서 지속 가능한 기업으로."

피셔맨이 여전히 휴대폰에 시선을 붙들린 채 웅얼거렸다.

"여기 한번 그려보게."

재단사가 건넨 것은 호텔 로고가 인쇄된 메모지와 볼펜이었다. 뇌리에 박힌 이미지를 쓱쓱 그려보았다.

“아이들만 잡아가는 옥수수밭의 허수아비 악령이 있다는구먼.”

피셔맨이 숙소 입구로 차를 천천히 진입시키며 중얼거렸다. 한 손으로는 휴대폰 검색 화면을 띄운 채.

“어젯밤 묵은 데잖나?”

재단사가 지적하고서야 뒤미처 깨달았다. 보안을 위해 매일 숙소를 옮겨온 우리였다. 오늘 저녁에 짐을 푼 곳은 차이나타운 근처의 한 비즈니스호텔이었다.

“내 정신 좀 보게. 여기서 차이나타운으로 가려면……”

피셔맨이 실내등을 켜고 LA 지도를 꺼내 펼치며 중얼거렸다.

이제 보니 뒷면도 지도였다. 각 주의 특색이 일러스트로 표현된 미국 지도. 플로리다주는 청새치, 뉴욕주는 마천루, 메인주는 단풍나무, 그리고 옥수수는……

“아이오와!”

지도를 뺏어 들며 내가 소리쳤다.

“아이오와, 원주민 말로 ‘아름다운 땅’ 또는 ‘바로 여기’라는 뜻!”

주 이름 밑에 달린 자그마한 글자도 소리 내어 읽었다.

“바다 같은 호수 왼편의 기름진 땅. 미국의 갈릴리는 거기였군.”

재단사가 어느새 몸을 앞으로 빼 지도를 들여다보고 있었다.

“아이오와는 콘 스테이트로 불릴 만큼 대표적인 옥수수 산지이다. 남한의 1.4배 면적 중 옥수수밭이 차지하는…… 콘 벨트 옥수수밭이 남한보다 넓다는데?”

피셔맨이 여전히 휴대폰에 시선을 둔 채로 말했다.

차 안 공기가 찬물을 끼얹은 듯 서늘해졌다. 남한 면적의 1.4배라니. 이놈의 나라는 불필요하게 컸다. 손바닥 크기도 안 되는 축적의 아이오와를 뚫어져라 노려보았지만, 더이상의 단서는 떠오르지 않았다. 호텔 메모지에 그린 그림을 다시 뜯어보아도 마찬가지였다. 아름다운 땅과 악마 사이에 연결점이 있을 것 같지 않았다.

갑자기 차 안이 내 머릿속만큼 컴컴해졌다. 피셔맨이 실내등을 끄고 차를 출발시켰다.

"허수아비 악령은 잡아간 아이들을 악마의 제단에……"

몇 시간 전 나왔던 호텔 로비로 들어서면서도 피셔맨은 휴대폰 속 인터넷의 바다를 표류하고 있었다.

"김작가, 안 타고 뭐하나?"

엘리베이터 문이 닫히는 찰나 내가 급히 열림 버튼을 누르며 말했다.

재단사는 정신이 팔린 사람처럼 맞은편 벽 상단에 걸린 텔레비전만 올려다봤다. 두 개의 화면에는 이 도시를 연고로 한 프로 농구팀과 프로 미식축구팀 경기가 나란히 펼쳐지고 있었다. 레이커스와 램스. 미식축구팀 마스코트는 산양이었다. 하이라이트 영상 사이로 둥글게 말린 뿔이 도드라지게 표현된 엠블럼이 스쳐갔다.

"김감독, 그 메모지 좀 줘보게."

엘리베이터에서 내려 재단사에게 메모지를 건넸다. 재단사가 메모지를 이리저리 돌려보더니 눈을 빛내며 말했다.

"악마가 아니라 독수리였어."

"독수리?"

나는 메모지를 낚아챘다.

"세로 말고 가로."

재단사 말대로 메모지를 눕히자 완전히 다른 그림이 나타났다.

"독수리가 아니라 호크, 매야!"

피셔맨이 인터넷의 심해에서 낚아올린 새 한 마리를 보여주며 외쳤다.

호크아이스. 내가 묘석 위로 쓰러지며 본 마지막 단서는 매의 눈이라는 이름의 아이오와대학교 미식축구팀 엠블럼이었다. 그 대학교는 미국 옥수수 생산량의 이십 퍼센트를 차지하는 아이오와주의 옛 주도에 위치했다. 아이오와시티. 아름다운 땅, 바로 여기라는 뜻을 가진 도시. 적어도 이름만큼은 무덤에서 부활하신 분이 가 계시기에 어색함이 없었다. 이미 갈릴리로 향하는 몸과 마음은 이륙하는 비행기에 올라탄 듯했다. 정신을 차리고 보니 엘리베이터가 올라가고 있었다.

“웨어 아 유 프롬?”

언제 탔는지 호텔 직원이 함박웃음을 지으며 물었다.

“차이나.”

내가 입꼬리를 끌어올리며 대답했다. 남이냐 북이냐, 쓸데없는 질문을 원천봉쇄하기 위함만은 아니었다. 다 왔다 싶을 때가 가장 위험한 법. 이 직원은 우리 셋을 미식축구를 좋아하는 중국인 관광객으로 기억하게 되리라. 그것은 굳이 차이나타운 인근에 숙소를 잡은 목적이기도 했다.

“나인틴 식스티 스리, 링컨 콘티넨털 컨버터블!”

조금 전 피셔맨이 주차시킨 차를 호텔 직원은 차종은 물론 연식까지 정확히 꿰고 있었다. 만면의 미소 속에 눈빛만큼은 매의 눈처럼 날카로웠다.

나는 한순간 굳은 얼굴이 되어 피셔맨을 돌아보았다.

“워 스 중궈런!”

피셔맨이 중국 사람처럼 호탕하게 웃었다.

북극성

☆

백만 번 고쳐 죽은들 잊을 수 있을까. 놀람인지 탄식인지 기쁨인지 슬픔인지 모를 감탄사들의 행렬 같은 지명을. 본래 그 비옥한 땅의 주인이던 부족 이름을 딴 아름다운 지명을. 아, 하고 입을 채 벌리기도 전에 가슴 안쪽에서 찬바람이 이는 네 글자를.

아이오와. 그곳을 떠올릴 때 머리보다 피부가 먼저 기억하는 것은 바람이었다. 겨울 오대호에서 발원한 차가운 바람이 거칠 것 없이 달려왔다. 삼백육십 도 어느 쪽으로 몸을 향해도 시선의 끄트머리에는 하늘과 땅이 맞닿아 있었다.

지도상으로는 대륙의 동쪽에 치우친 곳을 중서부로 부르는 이유도 거기 있지 않을까. 대서양을 건너 신대륙 동쪽 해안에 발을 들인 이민자들에게 지평선으로 둘러싸인 그곳이 대륙의 반대편, 세상의 끝으로 보인 건 아닐까. 그런 느낌은 태평양 너머에서 출발했다고 다르지 않았다. 첩보 인생의 마지막 임무가 기다리고 있다면 더더욱. 그랬다. 아름답도록 황량했던 그 땅은 내 생명의 남은 불꽃이 완전히 사그라지도록 세상의 끝으로 남으리라.

그 무서운 끝은 언제 시작되었을까. 미국 땅을 밟은 순간부터? 부고로 가장한 암호문을 발견한 순간부터? 라이카라는 코드 네임을 갖게 되면서부터? 가눌 길 없는 회한으로 아무리 시간을 거슬러보아도 마지막엔 아이오와행 연결편을 기다리며 덴버공항에 앉아 있는 자신을 발견하게 된다. 두려움 어린 기대 속에서 불길한 예감을 곱씹고 있는 자신을.

☆

엎드려 만진 발이 개의 발로 변한 건 무슨 뜻일까. 매는 왜 악마로 보였을까. 보물섬의 마지막 관문을 지키는 존재였을까. 머리 셋 달린 저승의 파수견 케르베로스처럼? 그분의 존재감이 강하게 느껴지는 만큼 알 수 없는 두려움도 커져만 갔다. 준비가 덜 된 채 시험장으로 향할 때의 긴장감이었을까. 비행기로 두 시간이 채 안 되는 거리에 그분이 계신다 생각하니 엄청난 무언가가 비로소 시작되는 기분이었다.

"LA를 떴다고 문자하면 무슨 반응이 있을 줄 알았는데…… 세상을 떴다고 할 걸 그랬나."

피셔맨이 어바인에 있다는 며느리와 손자 목소리를 아직도 못 들었다며 씁쓸히 웃었다.

나도 재단사도 잠자코 있었다. 피셔맨이 화제를 돌릴 때까지.

"김작가, 자넨 언제부터 동생과 연락이 끊긴 건가? 형은 국내에서, 동생은 해외에서 신문 1면을 쥐락펴락했군. 하긴 김작가 대본 중엔 외국어로 번역된 경우도 적지 않지?"

나는 재단사를 흘끗 돌아보았다. 공작 기계도 그분과의 재회 앞에서 긴장한 걸까. 술은 한 방울도 입에 안 대더니 위스키를 콜라에 섞어 들이켜고 있었다. 대꾸는 없었다. 대본을 새로 구상중일 때처럼 다른 세상에 가 있는 것 같았다.

"곧 목사와 조인할 텐데 분위기가 왜 이리 다운되었어?"

계속되는 무반응에 멋쩍어진 피셔맨이 일부러 더 떠들어댔다.

"김감독, 새소년 얘기는 왜 하다 만 거야?"

내 머릿속에 스멀거리는 동요의 기운을 읽어낸 걸까. 피셔맨이 여전히 나흘 전 LA행 비행기 안인 것처럼 불쑥 물었다.

"김작가가 얘기해줄 걸세."

나는 피셔맨이 재단사를 볼 수 있도록 몸을 슬쩍 뒤로 빼며 대꾸했다.

딴 세상에 가 있는 줄 알았더니 다 들은 모양이었다. 재단사가 스툴에 기대놓은 백팩을 집어들어 무언가를 꺼냈다. 우리가 받아든 것은 하단부 절반이 타버린 낡은 문서철이었다. 종이 커버에는 굵은 매직펜 글씨로 한자 세 글자가 적혀 있었다.

'新少年'.

"97년 대선 다음날 새벽까지 회사 소각로 굴뚝에서 피어오르던 연기 기억나나?"

재단사가 위스키 잔을 다시 집어들며 말했다.

그날 초저녁의 출구조사 결과만큼이나 지워지지 않는 장면이었다. 비극의 서막처럼 동이 터오는 하늘을 시커멓게 물들이던 검은 연기. 그리고 유독가스처럼 번져가던 위기감. 언제부터였는지, 누구의 지시였는지 우리는 새 정부에 넘어가면 안 될 것들을 닥치는 대로 태우고 있었다. 내란음모죄로 사형선고까지 받았던 인물, 해외 반정부 활동중에 납치되어 수장 직전까지 갔던 인물, 그런 자가 대통령이 되었으니. 누군가의 자조 섞인 농담처럼 증거를 완벽히 인멸하려면 회사 건물 전체에 휘발유를 끼얹어야 했는지도 모른다. 명예의 전당이 하룻밤 새 텅텅 비었다는 소리가 과장은 아닐 터였다.

"집필중이던 대본을 불구덩이에 던져 넣다 발견한 걸세. 불길이 삼키고 있던 파일을 끄집어낸 건 극비라는 도장이 찍혀서만은 아니었네."

"제목이 마음에 들었나?"

피셔맨이 커버를 넘기며 물었다.

"아직도 모르겠네, 내가 왜 그걸 집어들었는지. 어쩌면 재가 되도록 내버려뒀어야 했는지도……"

자기 확신의 화신답지 않은 말투였다.

'인간 한계를 시험하는 現代 諜報戰에 능동적으로 대응키 위해 非凡한 재능을 早期에 발굴하여 능력과 충정을 모두 갖춘 一騎當千 특수요원으로 養成한다.'

첫 장에 적힌 내용은 공작의 개요였다. 이어지는 페이지들에는 미국 CIA 비밀 특수부대, 소련 KGB 초능력 부대, 동독 슈타지 게슈탈트 부대, 이스라엘 모사드 오메가 부대 등등 해외 사례들이 상세히 기술되어 있었다.

"유리 겔라가 모사드 요원이었어?"

피셔맨 말대로 오메가 부대 현황이라는 소제목 위에 익숙한 이름이 붉은 펜으로 휘갈겨져 있었다. 끄트머리에 물음표가 달려 있기는 했지만.

언제 작성된 문건일까? 가필 흔적으로 보아 단발성에 그치지 않고 지속적으로 업데이트된 것 같았다.

"신소년 모집 방법. 공식 루트. 전국 어린이 반공 글짓기 대회, 반공 포스터 그리기 대회, 반공 웅변대회 적극 후원. 비공식 루트……"

피셔맨의 목소리가 끊긴 지점에는 그을린 자국만 남아 있었다.

다음부터는 일종의 인사 카드였다.

"나이순인가? 아니면 코드 네임 알파벳순인가?"

피셔맨의 반응대로 어떤 순서인지 알 수 없는 인사 카드의 첫 주인공은 전기뱀장어였다.

'건설현장 잡부. 알코올중독이 거의 확실하며 발작적 폭력을 반복적으로 드러냄. 라디오나 텔레비전 근처에만 가도 지지직거림. 밤바다 낚시가 취미로 언제나 혼자 다니며……'

"아버지를 보고 뽑았나?"

피셔맨이 고개를 갸웃거릴 만했다. 인적사항은 전기뱀장어가 아니라 그의 부모, 특히 아버지에 대한 내용으로 가득했다. 출신 배경 파악이 목적이라기엔 상당한 품을 들여야 얻을 수 있는 정보였다. 다른 인물들도 마찬가지였다. 마치 혈통이라는 오크통 밑바닥에 구멍을 내 진액을 추출하려는 것처럼.

"내 이럴 줄 알았어. 제록스 아버지는 면사무소 호적계였군. 호적계는 그 동네 한석봉이 꿰차는 자리 아닌가. '독학한 주역으로 작명에 능하다며 스스로 떠들고 다님. 자기 과시욕이 비정상적으로 강함. 출생신고서에 이름을 멋대로 올리다 민원인과 멱살잡이를 한 적도 있음.' 부전자전이네. 제록스라는 코드 네임도 셀프 작명이었지? 위장 여권에 들어가는 이름도 제 마음대로 지었고."

내 눈길을 끈 것은 일부만 살아남은 마지막 대목이었다.

'화투를 한번 잡으면 일어설 줄 모름. 노름 때문에 언젠가 사달이 날 거라고 주변……'

두 건만으로도 패턴이 보였다. 특기할 만한 능력 뒤에는 어김없이 인간적 약점이 뒤따랐다. 그것은 공작 대상을 분석할 때의 방식이었다. 상대를 일거에 무너뜨릴 아킬레스건 찾기, 장점으로도 커버할 수 없는 치명적 약점 포착하기.

내 카드가 점점 궁금해졌지만 보고 싶지 않은 마음도 컸다.

"뭐야? 난 이름만 남았네. 연탄가스로 죽은 걸로도 모자라 재가 돼버렸군."

피셔맨이 실망한 투로 말했지만 안도의 기색도 없지 않았다.

"아버님이 연탄가스로 돌아가셨나?"

재단사가 위스키 잔을 내려놓으며 물었다.

"얘기 안 했던가? 어머니, 형, 여동생 다 죽고 나만 살아남았어."

"우연치고는 흥미롭군. 내 아버지는 뺑소니 사고였는데. 마치 고아가 선발 조건이었던 것 같잖나."

"김감독은 소년원에 있었네."

"고아원 아니고?"

"선더볼트, 비둘기, 지우개 다 있는데 라이카랑 테일러는 없네? 두 사람 것만 타버린 건가?"

빛바랜 종이를 휘리릭 넘기는 피셔맨의 눈이 가늘어졌다.

"내 것은 여기에 담고 태웠네."

재단사가 손가락으로 제 머리를 가리켰다.

"왜?"

"아버지의 약점은 곧 아들의 약점이니까."

무심한 대답이었지만 부정할 수 없는 진실이 담겨 있었다. 왕의 무덤가에서 박박 기던 우리가 개인사에 대해 말을 아낀 것도 약점을 잡히지 않기 위함이었을 테니까. 적어도 나는 경쟁에서 이기기 위해서가 아니라 짐을 싸지 않기 위해서였다. 한 발만 삐끗해도 소년원이라는 나락이었으니.

"내 아버지는 양복 재단사였네. 목에 건 줄자는 폼이고 눈대중만으로 일 밀리 오차도 없이 옷본을 그려냈지. 맹장 수술 때를 놓쳐 아내를 잃고 어린 두 아들을 혼자 길렀어. 가봉된 옷의 주인은 어떤 사람일지 상상의 나래를 펼치는 공간, 양복점이 내 놀이터이자 교실이었지. 내 글이 실린 신문을 사 들고 길을 건너던 아버지가 뺑소니 사고를 당하기 전까지. 도내 신문사 주최 반공 글짓기 대회 장원에 뽑힌 글이었네. 아들 글을 읽느라 정신이 팔려 있었던 거야. 내 글이 신문에 실리는 일만 없었어도……"

감정을 내색하는 법이 없던 재단사의 얼굴에 그늘이 드리웠다. 그것이 죄책감이라는 먹구름의 그늘임을 모를 수 없었다. 하모니카가 품고 있던 수수께끼가 풀린 지금은 더더욱.

"신춘문예 아니었나?"

피셔맨이 위스키를 한 모금 마시고 물었다.

"신춘문예는 지어낸 얘기야. 무시당하지 않으려면 신화가 필요했지. 고아원에서도 동생만 입양되었어, 미국으로. 아이들을 보러 온 사람들에게 잘 보이려고 내가 억지 미소를 지을수록 사람들 표정이 굳곤 했지."

거기까지 말한 재단사는 파일을 덮듯 입을 굳게 다물었다.

분위기상 내 파일을 공개할 차례였지만 차마 입이 떨어지지 않았다. 아내를 마녀처럼 화형에 처한 남자. 어머니는 몰라도 아버지 얘기는 입에 담고 싶지 않았다.

아버지의 약점은 곧 아들의 약점. 재단사의 말이 내게는 왠지 다르게 들렸다.

아버지의 운명은 곧 아들의 운명.

가장 소중한 것을 스스로 불사를 운명. 그런데 재단사 아버지가 진짜 재단사였다니. 저 얘기는 사실일까? 신춘문예 얘기가 허구라면 방금 털어놓은 얘기 또한 지어낸 건 아닐까? 전부는 아니더라도? 내 고백을 이끌어내려는 미끼로?

피셔맨이 나를 빤히 쳐다보는 게 느껴졌다.

"라이카는 태어나지 말았어야 했네."

내 안의 라이카만 깨어나지 않았어도 어머니는 불에 타 죽지 않았으리라. 아버지가 아내를 죽인 방화범이 되는 일도 없었겠지. 라이카의 파일이 있다면 머릿속에서조차 태워버렸을 것이다. 죄책감은 타인과 나눠 질 수 있는 짐이 아니기에. 하모니카에 비하면 글짓기 장원 따위는 죄책감 축에도 끼지 못한다. 그럼에도 재단사의 얼굴에 떠오른 죄책감은 꾸밈없는 사실이리라. 죄책감이란 심장박동처럼 의지와 무관하게 일어나는 근육의 움직임 같은 것이니.

내 파일에 관해서는 피셔맨도 재단사도 더 묻지 않았다. 우리 셋은 약속이라도 한 듯 같은 주파수의 침묵에 빠져들었다. 감각의 안테나를 세우지 않아도 고스란히 전해졌다. 피셔맨과 재단사가 보딩 패스처럼 가슴 한편에 담아둔 죄책감과 불안과 두려움이. 그리고 그 모든 감정을 끈적끈적하게 녹여 잊게 만드는 버번위스키 특유의 달짝지근한 향이.

얼마 안 있어 아이오와행 비행기에 탑승하라는 안내방송이 흘러나왔지만, 누구 하나 자리에서 선뜻 일어서지 못했다.

☆

바다를 건너고 대륙을 가로지르며 나는 무엇을 기대했던가. 빨갱이들이 차지한 세상에 복수하기보다 내가 아직 죽지 않았음을 증명하고 싶었던 건 아닐까. 반동의 세월이 지워버린 능력을 복원하는 일이라면 거의 도달한 셈이었다. 비행기가 바퀴를 내리기도 전에 그분의 존재감이 중력만큼 확실히 느껴졌으니.

"세울, 코레아?"

열예닐곱쯤 되었을까. 히스패닉으로 보이는 남자애 하나가 수화물 찾는 곳에 선 우리에게 다가와 접선 암호라도 대듯 물었다. 냄새로 정체를 알아내려는 양 코를 킁킁거리며.

뭐하는 아이인가. 한국 사람인 건 어찌 알았을까. 재단사도 피셔맨도 어리둥절한 기색이었지만, 소년의 눈매와 콧방울에 어른거리는 몽고인종의 피를 느끼자마자 어떤 직감이 스쳤다.

"시."

피셔맨이 고개를 끄덕이며 대꾸하자 남자애는 영어인지 스페인어인지 모를 말을 속사포처럼 쏟아내더니 말만큼이나 민첩하게 출구 쪽으로 향했다.

"따라오라는 것 같은데. 호텔에 픽업 서비스 신청했나?"

재단사가 피셔맨에게 물었다.

"어차피 여기 더 있을 이유는 없네."

막 나온 피셔맨의 캐리어를 집어들며 내가 말했다.

공항 밖으로 나가니 머리끝이 곤두서도록 차고 매서운 바람이 우리를 맞았다. 캘리포니아의 온화한 공기에 풀어졌던 관절들이 한순간 빳빳하게 오그라붙었다.

주차장 한구석에 소년이 보였다. 승합차 조수석에 오르며 우리에게 손짓하고 있었다. 다가가보니 호텔이 아닌 세탁소 광고가 도장된 승합차였다.

"세탁소를 턴 십대 갱들은 아니겠지?"

피셔맨이 소년 쪽으로 손을 흔들며 중얼거렸다.

"선샤인 클리너스. 음지에서 양지를 지향한다. 설마…… 그분께서?"

우연의 일치일까. 무의식의 발로일까. 그러고 보니 피셔맨의 한의원도 선샤인이었다. 선샤인 통증 클리닉.

"목사가 보냈다고? 우리가 오는 걸 어찌 아시고?"

피셔맨이 미간을 모으며 말했다.

그분의 존재를 강하게 느끼면서도 선뜻 걸음이 떨어지지 않았다. 묘석이 보여준 단서 중에 세탁소는 없었다.

"여기 있는 게 틀림없다면 날고 뛰어봤자 부처님 손바닥 안이지."

재단사가 질문 자체를 비웃듯 대꾸했다.

맞다. 그분이라면 그다지 놀랄 일도 아니었다. 더 빨리 환영의 손길을 내밀지 않은 것은 우리를 시험하기 위함인지도 몰랐다. 한순간이나마 그분의 능력을 의심한 나 자신이 부끄러웠다. 그분께서 스톱워치를 누르기 전에 도착하긴 한 걸까. 다리보다 마음이 몇 걸음 앞서 걷기 시작했다.

쌍둥이인지 형제인지 운전석에도 쏙 닮은 남자애가 앉아 있었다. 나중에야 알았지만 운전석은 존, 조수석은 제임스였다.

"요한과 야고보."

이름을 듣자마자 재단사가 중얼거린 대로 존과 제임스는 요한과 야고보의 영어식 이름이었다. 예수의 열두 제자였던 요한과 야고보. 운전석이 제임스이고 조수석이 존이었는지도 모르겠다. 따로 보면 구별할 수 있을 것 같다가도 함께 있으면 누가 누군지 헷갈렸다. 서로서로 은폐물이 돼주는 이인조처럼.

"뻐드렁니가 존일세."

피셔맨이 으스대듯 일러준 뒤로는 둘이 나란히 있어도 금방 알아볼 수 있었다. 소년들은 제 이름을 말하듯 언제나 이를 드러내며 웃는 얼굴이었기에.

추수가 끝난 옥수수밭이 차창 밖으로 끝없이 스쳐갔다. 너무 크고 드넓어 현실감조차 희박한 대평원. 여기저기 뒹구는 곤포 사일리지가 거대한 공룡 알 같아 보였다. 어쩌다 한 번씩 나타났다 사라지는 사일로 딸린 농가들조차 초현실적인 느낌만 부추길 따름이었다. 지평선을 따라 달릴수록 시간과 공간 감각이 희미해졌다. 저멀리 그어진 선 너머로 하늘과 대지가 하나로 뒤엉키며 사라져가듯.

옥수숫대를 다 베어낸 것은 아니었다. 간선도로를 빠져나간 승합차가 몇십 분쯤 달리다 멈춘 곳에는 말라비틀어진 옥수숫대 한 무더기가 빽빽이 남아 있었다. 우리는 존과 제임스를 따라 차에서 내렸다. 이곳이 얼마나 비옥한 땅인지 상기시키려 남겨둔 걸까. 옥수숫대는 이 미터도 훌쩍 넘어 보였다.

"저기!"

벌어진 입을 다물지 못하고 있던 내 어깨를 피셔맨이 툭 쳤다.

누런 허깨비들처럼 부대끼는 마른 옥수숫대 왼편으로 펼쳐진 휑한 벌판 가운데 무언가가 보였다. 높이 솟은 태양을 등진 검은 실루엣 하나가 이쪽으로 빠르게 다가오고 있었다.

출옥하시는 날 뵌 뒤로 이십 년, 그 모진 세월 동안 그분과의 재회 장면을 얼마나 그리고 또 그려보았던가. 때 되면 우리를 부르시겠다는 말씀이 실현되는 장면을 얼마나 고대했던가. 잿빛 하늘을 쪼개는 번개처럼? 마른땅을 두드리는 소나기처럼? 소나기 뒤의 무지개처럼? 숨통을 틔우듯 그려본 수천수만 그림들 중에 이런 그림은 없었다. 이 여정의 시작이자 끝이신 그분은 내 상상력의 지평선 너머에서 입장하고 계셨으니, 역광의 검은 베일을 벗어가는 실루엣은 말 탄 자의 자태였다.

은빛 갈기 휘날리는 백마를 타고 그분이 오고 계셨다. 광야를 건너온 선지자처럼 어느새 우리 앞에 우뚝 서 계셨다. 한 손에는 고삐, 다른 손에는 휴대폰을 쥔 채. 묘석 위로 쓰러지는 순간 내 머릿속 암실에 떠올랐던 굽이 갈라진 발은 악마의 발이 아니라 백마의 발이었던가. 악마의 형상으로 착각했던 매의 아이콘은 그분이 눌러쓴 스냅백 모자에 얌전히 들어앉아 있었다. 다만 말 위에서 태양을 등진 채 우리를 굽어보고 있는 얼굴이 익숙하고도 낯설었다. 다리미로 주름을 편 듯 팽팽한 피부에 모자 아래로 삐져나온 검고 무성한 머리숱이 밀랍을 바른 미라처럼 섬뜩한 느낌을 자아냈다.

젊은이도 아니고 노인도 아닌, 산 자도 아니고 죽은 자도 아닌 기이한 외모의 이 사내는 대체 누구인가. 우리는 큰절을 올리려다 말고 엉거주춤한 자세로 눈만 껌벅거리고 있었다.

"세금 문제는 나 살아 있을 때 다 정리된 거 아니었냐…… 이참에 변호사랑 회계사 싹 다 바꿔. 밥값도 못하는 놈들! 그래, 지금 막 도착했다. 나중에 다시 얘기해."

사내는 전화를 끊고서야 말에서 내렸다.

"말 탄 사람 처음 보나 제군들?"

적들의 감옥에서 살아오신 분, 스스로 지은 무덤에서 부활하신 분도 한 세기를 꽉 채운 나이는 어쩔 수 없는 것인가. 가까이서 보니 주름을 펴고 머리를 심어도 감출 수 없는 세월이 느껴졌다. 그럼에도 꺼지지 않는 용광로처럼 이글거리는 눈빛은 한창때보다 더 형형해 보였다.

"실장님!"

"살아 계실 줄 알았습니다!"

"이제야 뵙습니다!"

우리는 미몽에서 깨어난 사람들처럼 앞다투어 외치며 발치에 엎드려 절을 올렸다.

"재단사!"

"피셔맨!"

"라이카!"

한 사람 한 사람 호명하며 일으켜세우는 그분의 손길은 창백한 낮빛과 달리 온기가 가득했다. 할 얘기는 산더미였지만 막상 눈앞에서 뵈니 만감이 교차해 선뜻 입이 떨어지지 않았다.

"바람이 차니 회포는 안에 들어가 풀지."

그분이 옥수숫대를 헤치고 안으로 들어가며 말했다.

줄지어 뒤를 따르는 우리에게 그분이 불쑥 물었다.

"제군들, 주사위 눈이 왜 여섯인지 아나?"

지상에서 몇 센티쯤 떠 있는 것 같던 발바닥이 단단한 땅의 감각을 되찾는 데는 그분이 무심히 던진 질문 하나로 충분했다. 왕의 무덤 위를 구르던 훈련생으로 돌아간 기분이었다. 한 번 생각해본 적도 궁리할 필요도 없던 질문들. 하지만 최면에 걸리듯, 듣는 순간 견딜 수 없이 궁금해지면서 심장을 뛰게 만드는 질문들.

"'파우스트'군君?"

역시 그분의 수제자는 재단사인가. 내면 깊은 곳의 아이가 탄식하는 소리를 칠순의 나이에도 어쩔 수 없었다. 시간의 태엽을 되감아 소년소녀 세계문학 전집을 사이에 두고 마주했던 순간으로 돌아간 것은 그분만이 아니었다. 그분의 질문을 듣는 순간 나는 보물 찾는 해적 이야기에 매료된 소년으로 돌아가지 않을 수 없었다.

"다시 묻지. 악마는 손가락이 몇 개일까?"

소크라테스라는 별칭답게 그분은 인내심을 발휘해 질문의 방향을 슬쩍 틀어주었다.

"세 개인가요?"

재단사가 메마른 목소리로 반문했다. 눈에는 눈, 질문에는 질문. 수제자는 몰라도 그분을 가장 빼닮은 제자인 것은 분명했다.

"왜지?"

"인간이 십진법을 쓰는 이유가 손가락이 열 개이기 때문이니, 주사위라는 물건을 만든 존재는 육진법을 쓸 테지요."

"나쁘지 않군."

그분의 표정은 안 봐도 훤했다. 가늘게 뜬 눈, 실룩거리는 입꼬리. 그것은 그분이 주먹 속 공깃돌처럼 슬쩍 흘리던 최고의 칭찬이었다. 두 사람의 대화를 잠자코 뒤따르고 있자니 질투심으로 온몸이 홧홧해졌다.

"악마들은 손가락이 모두 여섯뿐이라서 옥수수알을 세다 날이 새고 말지. 성스러운 장막까지 감히 마수를 뻗치지 못한다네."

옥수수밭 한가운데 너른 공터가 숨어 있었다. 옥수숫대를 결계처럼 두른 요새 같은 그곳에서 묘석이 보여준 단서들을 마저 확인할 수 있었다. 맨 먼저 눈에 들어온 것은 천막이었다. 지붕 한가운데 나무 십자가가 높이 솟아 있는 원형 천막. 그것은 그분이 '성스러운 장막' 안에 세운 또다른 홀리우드였다. 그리고 천막 주변에서 뛰노는 아이들. 저글링하는 아이, 한 손으로 물구나무선 아이, 공중제비를 넘는 아이, 대부분 유색인종이나 혼혈로 보이는 십대 소년들 가운데 곁눈으로라도 이쪽을 의식하는 소년은 없었다. 눈가리개를 한 채 오로지 앞만 보고 달리는 경주마처럼. 무대에 오르기 직전의 서커스 단원처럼. 선교 서커스단이라도 꾸리신 건가.

허공의 한 점을 뚫어져라 노려보던 아이와 문득 눈이 마주쳤다. 아이가 내 가슴을 겨냥해 손가락으로 총 쏘는 시늉을 하며 씩 웃었다. 천진하면서도 왠지 선득한 구석이 있는 미소였다. 가슴팍을 움켜쥐며 마주 웃어 보이려 했지만 찬바람에 굳은 얼굴 근육이 말을 듣지 않았다. 코트 안주머니 속의 하모니카가 유난히 딱딱하게 느껴졌다.

무엇보다 괴이한 풍경은 천막을 지키듯 띄엄띄엄 서 있는 허수아비들이었다. 검은 중절모에 검은 외투를 걸친 채 십자 말뚝에 매달린 허수아비들은 과녁 속 검은 인간처럼 모자와 가슴 부위에만 구멍이 숭숭 뚫려 있었다. 악마의 형상으로 보였던 매 그림이 언뜻 떠올랐다.

"옥수수알을 다 센 악마도 주사위를 굴리느라 시간 가는 줄 모르지."

그분 말씀을 듣고 보니 허수아비들이 주사위 목걸이를 걸고 있었다.

"실장님이 아니라 목사님이라 불러야 되나요? 진짜 목사님이 되셨을 줄은 몰랐습니다."

피셔맨이 천막 안을 둘러보며 말했다. 탁자며 의자며 천막 안의 모든 집기가 나무틀에 옥수숫대를 엮어 만든 것이었다. 넉넉한 공간에 비해 의자는 여남은뿐이라 교인이 아직 많지는 않은 듯했다.

"조국은 김기왕을 배신했지만, 하느님의 나라에서는 충정이 배신당하는 일이 없지. 감옥에서 나온 이듬해 망명하듯 바다를 건너며 김기왕은 다짐했다네. 이제부터 내가 섬길 조국은 지상의 나라가 아니라 하늘의 나라, 빨갱이도 배신도 없는 하느님의 나라다. 지난 이십 년 동안 매일매일 재의 수요일로 살아왔지. 창자가 끊어지고 뼈가 으스러지도록 광야를 성전聖殿으로 일구는 데 진력했어. 하지만 머지않았네. 사순절을 마감하고 부활의 신호탄을 쏘아 올릴 날이."

잿더미 같은 얼굴, 얼음장 같은 목소리, 그 얼음장 아래 누워 때를 기다리는 자의 이글거리는 두 눈. 다른 어떤 말이 필요할까. 그분이 낯선 망명지에서 감내해야 했을 아침저녁의 무게가 고스란히 느껴졌다. 과거의 자신을 다른 사람인 양 삼인칭으로 표현하는 것도 마음 아렸지만, 세 번이나 반복된 배신이라는 단어에 폐부가 얼어붙는 것 같았다. 여기까지 오는 동안 애써 덮어두었던 의구심의 불씨가 다시 살아나기 시작했다.

배신자는 누구인가?

재단사가 내 시선을 외면했다. 피셔맨도 눈 밑께 파르르 경련이 이는 게 포착되었다.

"밖에 있는 친구들은 뭐하는 애들입니까?"

역시나 급히 화제를 돌리는 느낌. 미국에 오는 걸 꺼렸던 두 사람이 입을 모아 물었다.

"마인 노이어 윱게, 나의 신소년!"

그분에게도 저런 표정이 있었던가. 나쁘지 않군, 마지못한 듯한 한마디가 최고의 칭찬이던 분이 장난감을 양손에 쥔 아이처럼 환한 얼굴이라니.

☆

내 판단이 옳았는지 아직도 잘 모르겠다. 실은 흑백처럼 또렷했던 판단의 순간마저 시간이 갈수록 회색 지대로 뒷걸음질친다. 흑과 백이 마구 뒤섞여 무엇이 진실이고 무엇이 거짓인지 가늠할 수 없는 완전한 한덩어리가 될 때까지.

그 순간 이후 배신이라는 단어는 그분 입에서 나오지 않았다. 부름의 목적도 마찬가지였다. 묵은 회포라도 푸는 듯한 한때 한때였다. 미시시피강에 떠 있는 증기선 카지노도 구경하고 독일계 초기 정착민들의 삶이 보존된 마을도 둘러보았다. 농가 한 채 안 나오는 벌판을 차로 네 시간 달려 로데오 경기를 보러 가기도 했다. 광대한 자연환경에 비해 아이오와시티는 오가는 차창 너머로도 전모가 대충 그려질 만큼 자그마한 도시였다. 미국의 대학 도시들이 대개 그렇듯 대학과 관련된 건물들이 도시 곳곳에 산재해 있었다. 아니, 띄엄띄엄 세워진 대학 건물들을 거기 기대어 생계를 꾸리는 사람들의 가게와 주택이 일벌처럼 감싼 형태였다. 그분이 운영하는 '선샤인 클리너스'도 그중 하나였다.

"교회에서는 영혼을 세탁하고 여기서는 껍데기를 세탁하지. 한인 이민자들이 왜 세탁소를 차리는지 아나? 백의의 민족이라서? 틀린 말은 아니야. 학력 세탁, 신분 세탁, 돈 세탁, 얼굴 세탁…… 뭐든 없던 걸로 만드는 재주가 있는 민족이지. 우리가 했던 일도 권력의 비밀 파티 뒤에 남은 얼룩을 지우는 일 아니었나. 영어가 필요 없다는 점도 크지. 교회 십자가 아래 모이는 사람들의 목적이 하나이듯 세탁소 문을 열고 들어오는 사람에게 다른 용건이 있을 리 만무하니까."

하지만 그분 말씀에 따르면 선샤인 클리너스는 또하나의 교회였다. 성령이 백색 세제의 기적으로 임하는 교회. 존과 제임스가 그곳의 부목사이자 집사이자 권사이자 성가대원이었다. 빨랫감 접수부터 배송 서비스까지 어린양들의 청결을 둘이 도맡았다. 문전성시는 아니었다. 만원 전철도 없이 헐렁한 차림으로 느긋하게 움직이는 이곳 사람들에게 빨랫감이 넘쳐날 것 같지는 않았다.

도시 이곳저곳을 어슬렁거리다 주택가 한 귀퉁이에서 헌책방을 발견했을 때만 해도, 이 나른하고 평화로운 공간에서 무슨 일이 벌어질지 상상이나 했을까.

이타카.

운명의 힘에 이끌리듯 찾아간 그곳에서 나는 「율리시스」가 수록된 테니슨 시선집을 샀다. 이 모험의 마지막 페이지에 어떤 운명이 쓰일지 궁금해하며.

지인을 방문한 관광객처럼 소일하며 지낼수록 긴장의 끈은 팽팽해져만 갔다. 폭풍전야처럼 고요한 수면 아래 소용돌이치는 의심과 초조와 불안과 두려움의 아흔아홉 조각이 한 덩이 빙산으로 엉겨붙고 있었다.

"옥수수밭에 떨어져 있더군."

그분을 만난 뒤로 부쩍 말이 준 재단사가 카지노로 개조한 증기선 갑판에서 불쑥 무언가를 내밀었다.

"9밀리 쇼트."

차디찬 금속 조각이 내 손으로 건네지기 무섭게 재단사가 덧붙였다. 모자와 가슴께 구멍이 나 있던 허수아비들이 떠올랐다. 그리고 손가락으로 나를 겨냥하던 아이. 실제 사격 연습이 있었던 걸까. 아이들 생일선물로 진짜 총을 선물하는 나라에서는 그리 대수로운 일이 아닐지도 모른다. 재단사는 대체 무슨 말을 하고 싶은 걸까?

"내 아버지의 뺑소니 사고, 김배우 일가족의 연탄가스 중독. 우연일까? 우연일 수도 있겠지. 그래서 자네 카드에 뭐라고 적혀 있었는지 더 궁금해져. 자네 것만 없어진 이유만큼이나."

마침내 재단사가 마음속에 품고 있던 의혹의 일단을 내비쳤다. 우연이 아니라면 대체 뭐란 말인가? 재단사가 뺑소니 사고에 대해 위험한 상상을 하는 것이 죄책감 탓이라 짐작하기는 어렵지 않았다. 나도 마찬가지였으니. 아버지의 방화가 아니라 전기 합선으로 인한 화재였어. 아버지는 어머니의 행방을 이미 파악하고 있었어. 아니, 어머니는 잿더미가 된 사고현장에 없었어. 어디 다른 곳에 숨어살고 계신 거야. 죄책감이 만들어낸 망상의 장롱 속에 잔뜩 웅크리면 스스로를 파괴하고픈 충동에서 놓여날 수 있었다.

나야말로 묻고 싶었다. 라이카의 카드는 어디로 갔는가? 카드에 명시된 아버지의 방화 사실을 내 눈으로 확인한다면 차라리 홀가분해질 텐데. 자기 자신조차 속이지 못하는 망상에 매달리는 짓을 되풀이하지 않을 텐데. 누군가 미리 뜯어낸 건 아닐까? 어쩌면 내 망상 중 하나가 사실로 기록돼 있던 건 아닐까?

재단사는 물의 아버지라는 뜻을 지닌 장대한 강의 굽이 쪽을 바라보며 자기만의 세계로 한없이 침잠하고 있었다. 무섭도록 빙글빙글 돌아가는 소용돌이를 틀어쥔 수챗구멍의 고요. 재단사가 악마적 상상에 빠져드는 순간의 평온함.

옷깃을 파고드는 강바람 때문이었을까. 갑작스런 한기에 몸이 떨려왔다. 어쩌면 재단사가 혼잣말처럼 내뱉은 의심의 씨앗 때문이었는지도 모른다. 아니, 의심의 싹은 내 안에서 이미 쑥쑥 자라나고 있었다.

"혹시 제록스 아버지가 어떻게 죽었는지 아나?"

피셔맨이 끊었다는 담배를 다시 입에 문 건 그분의 자택 뒤뜰에서였다. 시티 중심부에서 차로 반시간 거리의 숲속에 지어진 외딴 통나무집이었다. 앞으로는 아이오와강으로 합류하는 개울이 흐르고 있었고, 뒤로는 아름드리 단풍나무 군락이 한낮에도 깊은 그늘을 드리우고 있었다.

“사람들은 잊혀도 산천은 잊히지 않아. 단풍 시즌이면 고향에 와 있는 착각이 들곤 한다네.”

통나무집으로 가는 숲길에서 한탄하듯 중얼거리던 그분은 실장님도 목사도 아닌 객수에 시달리는 백 세 노인이었다. 통나무집 거실에서 볕이 가장 잘 드는 자리라며 흔들의자에 앉아 보일 때처럼. 팽팽한 피부 아래 감춰진 생물학적 나이를 새삼 상기시킨 것은 그 뒤로 걸려 있던 두 개의 큼지막한 초상화였다.

하나는 상반신, 다른 하나는 백마 탄 모습이었는데 둘 다 젊은 날의 그분 모습이 담겨 있었다. 밀랍 같은 지금 얼굴에서는 찾아볼 수 없는 강인하고도 유연한 기운도 기운이지만, 낯익은 그림체가 더 눈길을 끌었다. 마티스 조, 그 돌팔이 화가 놈의 붓끝에서 탄생한 물건이 분명했다. 낙관처럼 그려넣은 황금 십자 목걸이가 움직일 수 없는 증거였다.

압구정 안가에 잡혀왔을 때 그린 걸까. 피셔맨과 재단사도 그림만 한참 바라볼 뿐 궁금증을 입 밖에 내지는 않았다. 그 둘은 모르고 나만 아는 사실 하나가 더 있었다. 두 초상화가 내게 충격적으로 다가온 건 황금 십자 목걸이 때문만은 아니었다. 1972년 평양의 김일성 집무실에도 똑같은 그림 두 점이 걸려 있었다. 상반신 초상과 백마 탄 모습. 물론 그림 속 얼굴은 혹이 생기기도 한참 전 젊디젊은 시절의 김일성이었다.

기분이 묘했다. 오십 년 가까이 지나 지구 반대편에 와서야 알 것 같았다. 죽은 목숨인 줄만 알았던 차디찬 그 밤이 실은 내 생애 가장 뜨겁게 살아 있는 시간이었음을. 공기와 맞닿아 가장 높은 온도로 타오르는 저 푸른 가장자리 불꽃처럼. 그분도 같은 심정이었던 걸까. 왜 하필 김일성 흉내인가 싶으면서도 그 모순된 감정에 동화되고 마는 나였다.

통나무집의 특별한 인상은 거기서 그치지 않았다. 한쪽 벽면 책꽂이를 가득 채운 어린이 잡지 『새소년』, 장식장에 줄줄이 진열된 프라모델 로봇과 무기들, 쌍안경과 무전기 같은 스파이 장난감들, 국민학교 과학실 한 자리를 차지하던 대형 지구본과 플라스틱 인체모형. 우리가 최후의 안가 베들레헴에 장난삼아 하나둘 들여놓은 추억의 물건들이 그때 모습 그대로 재현되어 있었다.

빛바랜 골동품들을 어떻게 구했는지보다 그분이 베들레헴의 기억을 매순간 곱씹어왔다는 사실이 더 놀랍고 두려웠다. 피셔맨도 재단사도 낯빛이 창백해졌다. 그분께 베들레헴이란 배신의 다른 이름이었기에. 우리에게도 코흘리개 시절부터 일구고 가꾸어온 한 세계의 붕괴를 의미했기에. 무엇보다 배신과 붕괴라는 두 단어가 과거완료형이 아니라 현재진행형이었으므로.

"추운가?"

내가 피셔맨의 담배에 불을 붙여주며 되물었다. 담배를 쥔 피셔맨의 손이 떨렸다.

재단사가 지핀 의심의 불씨는 피셔맨의 가슴속에도 옮겨붙고 있었다. 가족의 시신 앞에서도 슬프지 않았다고 허세를 부렸지만, 혼자만 살아남았다는 죄의식에서 자유롭지 못한 게 분명했다. 우리는 모두 원죄를 지닌 아이들이었다. 부모의 시신을 딛고 새로 태어난 원죄.

어쩌면 그 모두가 중요한 작전을 앞두고 찾아오는 한시적 공황상태였는지도 모르겠다. 실패해서는 안 될 사냥이 코앞이면 회사를 짓누르곤 하던 무겁고 날카로운 침묵. 현지 가이드처럼 구는 그분에게서 사냥감을 점찍고 짐짓 딴청 부리는 호랑이를 느낀 건 나뿐이었을까. 숨막히는 정적 속에서도 시시각각 다가오는 쇠맛 같은 피비린내가 느껴졌다. 다만 궁금할 따름이었다. 그 정밀한 침묵이 겨눈 사냥감이 무엇인지.

☆

우리가 맞이할 운명의 윤곽이 드러난 것은 그분과 재회한 지 나흘째 되던 날, 시 외곽의 한 뷔페식 중식당에서 가진 식사 자리에서였다. 거의가 백인 손님들이었지만 중국어도 간간이 들려왔다.

"가을 학기가 시작되면 전 세계에서 모여든 작가들이 이 도시 곳곳에서 낭독회를 연다네. 제각각인 언어를 듣고 있으면 바벨탑이 떠올라. 바벨탑을 지어 올리다 뿔뿔이 흩어진 형제자매들이 한데 모였구나. 하느님은 왜 가까이 다가가려는 인간들의 마음을 그토록 몰라주셨을까. 어찌 이토록 알아듣기 어려운 언어들로 찢어놓으셨을까. 바벨탑이 완성되도록 허락하셨다면 한국 작가도 진작 노벨문학상을 거머쥐었을 텐데."

예배를 마치고 온 길이었다. 원형 천막 안에 우리와 혼혈 소년들을 빙 둘러앉히고 하신 설교의 여운이 되살아났다.

"같은 아버지를 섬기는 너희는 언어가, 피부색이, 열 달 동안 품어준 배가 달라도 형제이니라. 손에 손을 잡고 형제의 심박동, 심장이 하는 말을 가슴 깊이 새겨두어라. 어느 날 내가 '네 형제는 어디 있느냐?' 물을 때 '제가 형제를 지키는 사람입니까?' 잡아떼지 못하도록."

예배라기보다 모종의 결사 의식처럼 느껴진 것은 다른 신도가 없었기 때문만은 아니리라.

그분이 샥스핀 수프를 한입 떠먹고 말씀을 이어갔다.

"이상하지, 백인들에 둘러싸여 있을 때보다 중국인들 사이에 있을 때 한국인이라는 사실이 더 또렷해진다네."

"막현호은莫見乎隱, 막현호미莫顯乎微. 숨은 것보다 더 잘 보이는 것이 없고, 미세한 것보다 더 잘 드러나는 것이 없다. 실장님께서 즐겨 인용하시던 『중용』 말씀이지요."

재단사가 맞장구를 쳤다.

"너무 드러나면 못 찾고 너무 크면 보이지 않는다."

통나무집 뒤뜰로 따라 나와 했던 말은 다 잊은 듯 피셔맨도 주석을 달았다. 재단사도 피셔맨도 선생에게 칭찬받으려는 학생으로 돌아가 있었다. 나는 괜히 초초해져 딤섬만 꾸역꾸역 씹어 삼켰다.

"저희를 부르신 이유가 평양 회담, 맞지요?"

딤섬이 목으로 넘어가기 무섭게 내가 쫓기듯 내뱉은 말이었다.

그분의 팽팽한 얼굴에서는 표정 변화가 읽히지 않았다.

"미북 수교라니, 이렇게 손놓고 바라보아야 합니까? 뭐라도 해야 하는 거 아닙니까?"

질세라 피셔맨이 한술 더 떴다.

"만남 자체를 막아야 합니다."

재단사도 밀려나 있지 않았다.

그분은 샥스핀 건더기를 천천히 입에 넣고 음미하듯 지그시 눈을 감았다. 훈련생 시절에도 현역 때도 익히 보아온 장면이었다. 이래라저래라 직접적인 명령을 내리는 법이 없는 분이었다. 애매한 시선과 각도, 미묘한 표정 변화, 툭 던져주는 이야기, 그 모든 암호를 조합해 명료한 문장으로 뽑아내려 기를 쓰는 장본인은 우리 자신이었다. 그 길만이 존재를 증명하는, 쓸모없는 녀석이 아님을 입증하는 길이었기에. 아니, 처음부터 그런 식으로 길들여졌기에.

어떤 관계의 수레바퀴는 첫 자국만 영원토록 되밟는다. 일탈은 꿈도 꿀 수 없다. 꿈도 꾸지 않는다. 알에서 깨어난 순간 눈에 들어온 대상을 어미로 평생 따르는 새끼 새들처럼.

"이 동네가 미국 대선의 풍향계로 불리는 이유를 아나?"

마침내 그분이 입을 뗐고 우리는 젓가락질을 멈추지 않을 수 없었다. 엉뚱한 질문 뒤에는 늘 그랬듯 의미심장한 얘기가 숨어 있을 것이기에.

그분이 잠시 사이를 두고 말을 이어갔다.

"매번 전체 선거 결과와 일치하거든. 대선후보를 뽑는 전당대회가 이 작은 주에서 시작되는 이유일세."

"대통령도 옵니까?"

피셔맨이 목소리를 낮춰 물었다. 식당 안은 왁자지껄했고, 우리 대화에 관심을 가질 만한 사람은 아무도 없었다.

"케네디는 댈러스에 갈 수도 있었고 가지 않을 수도 있었네. 댈러스에 발을 들이기 전까지는 두 케네디가 공존했지. 하지만 우리가 아는 건 댈러스에 간 케네디뿐이야. 와이? 댈러스에 가지 않은 케네디는 사라지고 댈러스에 간 케네디만 남은 이유는 뭘까?"

그분의 인정을 낙찰받기 위해 경쟁적으로 더 큰 숫자를 불러대던 우리 셋은 아연 서늘한 침묵에 빠져들었다.

재단사와 피셔맨은 어땠는지 몰라도 10·26 사건이 떠오를 때마다 나는 김부장이 대체 왜? 하며 이리저리 추론의 퍼즐을 짜맞춰보다가도 종내에는 김부장과 함께 사형에 처해진 부하들을 생각하는 자신을 발견하곤 했다. 첫 총성이 울리기 불과 몇 시간 전 들은 명령 한마디에 이유도 묻지 않고 끝까지 운명을 같이한 사람들. 그들은 어떤 마음이었을까. 내가 그 자리에 있었다면 어떤 선택을 했을까.

"오즈월드가 거기 있었기 때문이야. 댈러스에 가지 않은 케네디는 살아남았고 거기 간 케네디는 죽었지. 당연히 우리는 후자의 세계에 살고 있네. 둘 중에서 케네디가 댈러스에 간 세계를 택했으니까."

평행우주를 다룬 할리우드 영화 얘기가 아니란 건 분명했지만, 놀라움도 두려움도 아무 감정도 느껴지지 않았다. 다만 머릿속이 멍할 따름이었다. 죽음을 위장하면서까지 그리는 그림이 예사롭지 않을 거라 짐작했지만, 내 상상의 캔버스를 훨씬 뛰어넘는 발상이 아닐 수 없었다.

사실, 10·26 현장에 있었다면 어떤 선택을 했을까는 애당초 불가능한 물음이었다. 내게는 선택의 여지가 없었다. 그분을 따라 소년원에서 나온 첫 선택 이후로는. 그분 표현대로라면 나는 언제나 그분과 함께하는 세계에 있을 운명. 내가 뒤로한 것은 소년원이 아니라 그분과 함께하지 못하는 세계였으니.

"보이스, 비 앰비셔스!"

그분의 일갈에 정신이 번쩍 들었다.

'직속상관의 명령이라면 하느님도 쏠 수 있습니다.'

김부장의 어느 부하는 법정에서 그렇게 말했다. 부당한 명령이라는 생각이 들지 않았느냐는 검사의 질문에 대한 대답이었다. 어쩌면 그도 지금 나와 같은 처지가 아니었을까. 하느님을 감히 쏠 수 없는 세계와 하느님도 기꺼이 쏠 수 있는 세계, 둘이 갈라지는 지점에 위태롭게 선 존재. 아니, 서 있는 자신을 발견하게 되는 존재.

"미국 대통령이 사정거리 안에 들어온다는 보장이 있습니까?"

젓가락을 쥔 피셔맨의 손이 떨렸다. 내가 묻고 싶은 말이기도 했다. 이곳은 서울의 궁정동이 아니고 우리는 CIA 요원도 아니었으니.

"'왕자와 거지', 군君은 김기왕을 믿지 못하나?"

"그런 뜻이 아니라……"

피셔맨이 젓가락을 내려놓고 의자를 당겨 앉았다. 팬티까지 내리고 고환을 내맡기던 아이로 돌아간 채.

"제군들은 우주의 인과가 고정불변이라고 생각하나? 멧돼지가 달려올 곳에 그물을 친 것인가, 그물이 쳐진 곳으로 멧돼지가 달려온 것인가? 섭리라는 에테르 장, 파동의 세계에 고정된 인과는 없네. 별들의 움직임을 만드는 것은 우주의 굴곡이고 그 굴곡은 에너지의 산물이지. 중요한 것은 믿음일세. 메이플라워호의 후손

들이 삼팔선 이북 적그리스도의 왕국과 손잡게 내버려두어선 안 된다는 믿음. 하느님의 계시를 세계 방방곡곡 전할 총탄으로 선택받았다는 믿음."

"그럼, 오즈월드 역은 누가……"

벌써 머릿속에 밑그림을 그리고 있는 걸까. 재단사의 목소리에는 동요의 기색이라곤 찾아볼 수 없었다.

"그 친구, 스무 시간 넘는 신문 내내 항변했지. '아이 샷 노바디.' 그것이야말로 가엾은 청년의 문제였어. 아무도 쏘지 않았다는 것. 그래서 총에 맞아야 했지. 탈무드에 이런 말이 있다네. 모든 이에게 손가락질받는 자, 그는 무고하도다."

"오즈월드가 안 쐈다는 건가요? 그럼 누가 쏜 거죠?"

피셔맨의 질문에 그분이 다시 눈을 지그시 감았다. 이번에는 언짢은 순간을 견디는 표정이었다. 아무래도 피셔맨에겐 접시 가득 놓인 북경 오리구이보다 위스키 한 방울이 더 요긴할 것 같았다. 직설적인 표현을, 품위 없는 언행을 경멸해 마지않는 분임을 잊었단 말인가. 밤하늘의 별자리만큼이나 많은 간첩단을 발본색원하면서도 그분은 간첩이라는 단어를 입에 올린 적이 거의 없었다. 주어나 목적어를 뺀 모호한 문장들은 오히려 주문呪文처럼 깊숙이 각인되곤 했다. 파동인지 에테르 장인지는 몰라도 한 가지는 장담할 수 있었다. 설령 우리가 하느님을 쏘는 임무를 수행하고 있다 한들, 하느님의 하 자도 듣지 못한 채일 거라는 사실.

이윽고 그분이 찌푸려진 미간을 펴더니 피단 조각을 앞접시마다 하나씩 나눠주었다.

"여러모로 재미있는 음식이야. 썩은 알과 다른 점이 뭘까? 썩힌 알은 먹어도 썩은 알은 못 먹지. 사람들이 어리석은 탓일까?"

우리는 마땅한 답을 내놓지 못하고 피단 조각을 입으로 가져갈 뿐이었다. 어리석은 질문으로 공기만 얼어붙게 하느니 그 편이 낫다는 것은 많은 시행착오로 습득한 교훈이었다.

"다 먹기 전에 흰자를 보게. 삭힌 흰자에 소나무꽃 무늬가 나타나 송화단이라 부르지. 저절로 삭은 알에는 생기지 않아. 사건이란 인간의 의지에 자연의 의지가 응답할 때 일어나는 거라네. 뜻이 하늘에서 이룬 것같이 땅에서도 이루어지나니."

젓가락을 돌려 갈변한 흰자를 살펴보았다. 희끗희끗 어떤 패턴이 보이기는 했지만, 소나무꽃 문양인지는 조각난 오리알을 다 맞춰야 드러날 것 같았다. 각각의 손에 쥐어진 퍼즐이 온전히 모여야 겨우 전모가 짐작되던 그간의 공작들처럼.

당연히 그 만찬에서 더이상의 피단 조각은 없었다. 바꿔 말하면, 이번 공작에서 우리에게 할당된 몫은 오즈월드라는 조각이 전부였다.

"제목은……"

식사가 끝나갈 즈음 내가 우롱차를 홀짝이다 물었다.

그분은 말없이 찻잔을 들어올리며 테이블 가운데에 눈길을 두었다. 금빛 테두리 접시 위에 흰 냅킨들이 나선을 그리며 쌓여 있었다.

"북극성. 시대의 어둠을 밝히는 유일한 빛이라, 예술 그 자체네요."

피셔맨이 턱이 빠져라 고개를 끄덕이며 말했다. 북극성은 냅킨에 한자와 영어로 병기된 그 식당 이름이었다.

그분은 눈을 반쯤 내리깐 채 천천히 찻잔을 기울였다. 마침내 찻잔에서 입을 뗐을 때, 그분의 굳은 입 주위 근육이 어색하게 씰룩거렸다. 어쩌면 미소였을지 모를 그 씰룩거림은 이렇게 말하는 듯했다.

'북극성이 떴으니 항해를 시작하라!'

하지만 실제로 그분 입에서 나온 말은 완전히 상상 밖이었다.

"김일성, 오마에모 모오 오와리다!"

너도 이제는 끝장이라니. 김일성이 죽은 게 언제인데. 귀를 의심하지 않을 수 없었다.

"원조 1호가 아직 살아 있다는 겁니까?"

피셔맨이 어안이 벙벙한 얼굴로 물었다.

"'왕자와 거지', 군君은 언제부터 빨갱이들 말을 곧이곧대로 믿게 되었나? 그러다가 다시 거지꼴을 면치 못하게 될 거야. 온 세상을 속여도 하느님 아버지만큼은 못 속인다네. 하느님께서 어느 날 군 앞에 나타나 이리 말씀하셔도 똑같이 물을 텐가? 아들아, 적그리스도가 천년왕국을 획책하고 있는데 너는 무얼 하고 있느냐?"

피셔맨이 무슨 말인가 하려다 입을 다물었다. 그분이 찻잔을 뒤집어 테이블에 내려놓았다. 그것은 만찬이 끝났다는 뜻, 지금까지의 말은 주워 담을 수 없다는 선언이었다. 동시에 공작 실행의 불가역적 신호이기도 했다. 이제 남은 일은 배우고 익힌 대로 삼각자와 컴퍼스는 내던지고 오로지 물살을 가르며 나아가는 것뿐이었다. 서녘 별들이 몸 씻는 수평선, 인간이라는 종種이 생각해낼 수 있는 극한 너머로.

끔찍한 정적이 엄습했다. 수평선 너머에서 천 길 낭떠러지가 아가리를 벌리고 있는 건 아닐까. 케네디와 오즈월드 얘기를 들을 때와는 비교도 안 되는 두려움이 밀려왔다. 그분이 예전의 그분이 아니라면. 우리는 그분의 말씀을 거역하는 법을 배운 적이 없기에.

누구 하나 자리에서 일어서는 기척이 없었다. 피셔맨은 다리를 떨고 있었고 재단사는 눈을 감고 있었다. 그분의 시선은 허공의 한 점을 노려보고 있었다. 눈도 깜박이지 않은 채. 한참을 지켜보았지만 깜박임이 한 번도 없었다. 불가해한 확신과 신념으로 부릅뜬 두 눈. 최후의 사냥감을 덮치는 순간 영원히 박제된 늙은 호랑이의 두 눈처럼.

소년들이여 순결하여라

☆

설령 김일성이 아직 살아 있대도 그날만은 내게 김일성이 죽은 날로 영원히 기억될 것이다.

역대 최고기온 기록을 연일 갈아치우던 폭염의 한복판이었다. 지글거리는 아스팔트에 달걀 프라이를 해 보이던 뉴스 화면이 아직도 또렷하다. 카운트다운에 들어간 사상 최초의 남북정상회담보다 고작 하루도 못 갈 숫자에 호들갑 떤다며 혀를 차던 기억과 함께.

나는 남측 선발대의 일원으로 다시 평양 땅을 밟을 예정이었다. 김일성을 직접 만나본 유일한 현직 요원이라는 이유로. 당시 회사

일각에서 계속 제기된 김일성 대역설 때문이었다. 김일성은 이미 죽었거나 목숨이 붙어 있더라도 거동이 불가능해 공식석상에 나타나는 인물은 가짜라는 동경발 첩보가 있었다. 오염된 정보라고 무시하기엔 정황이 꽤나 구체적이었다. 김일성의 전담 요리사 중에 일본인이 있다는 원천 정보는 확인된 사실이었고, 그 요리사가 현지 지인을 통해 극비리에 진행하던 홋카이도 성게 조달이 몇 년 전부터 뚝 끊겼다고 했다. 그러니까, 이십이 년 만에 다시 휴전선을 넘는 내 임무는 진짜 김일성이 맞는지 육안으로 확인하는 것이었다. 자연산 혹이냐, 인공 혹이냐. 이번에도 결정적 단서는 혹이 될 터였다.

회담 날짜가 다가오면서 누구보다 바빠진 이들은 대북 감청 파트였다. 회담에서 유리한 고지를 점하려 이십사 시간 귀를 쫑긋 세우고 있어야 했기에. 그날 내가 용산전자상가에 들른 것도 하루치 감청 결과를 취합하기 위해서였다. 사내에 있던 공식 감청팀과는 별도로 그분이 직접 거느린 위장 감청 요원. 다른 새소년들처럼 점조직 형태로 암약할 수밖에 없었지만, 믿을 만한 정보의 출처는 늘 그쪽이었다. 모두가 놓친 결정적인 퍼즐 조각도 황금박쥐의 레이더망을 빠져나가지는 못했다.

황금박쥐는 아래층에서 올라오는 발소리만으로 누군지 알아맞히던 아이였다. 귀신같은 청력 때문인지 진짜 귀신 소리를 듣는 건지는 몰라도 박수무당이 될 뻔했다는 얘기도 있었고 내림굿을 이미 여러 번 받았다는 얘기도 돌았다. 당시는 용산전자상가에서 오디오상으로 가장한 채 감청 임무를 수행하고 있었다. 각종 가전제품들이 산더미처럼 쌓인 미로 한구석에 자리한 가게 맨 안쪽 자리, 헤드폰을 비스듬히 쓴 채(똑바로 쓰지 않아도 된다고 과시하듯) 눕다시피 앉아 있는 황금박쥐는 영락없이 파리 날리는 가게 주인처럼 보였다. 혼자만의 농담처럼 쇼윈도에 늘어놓은 단파 라디오나 무전기조차 그의 정체를 의심케 하지는 못했다.

줄줄이 진열된 선풍기들 앞에서 땀을 식히던 나는 고개를 들지 않을 수 없었다.

"북한 김일성 주석이 사망했다는 소식이 방금 들어왔습니다."

상가 곳곳에 전시된 텔레비전들이 일제히 속보를 내보내기 시작했다. 정상회담을 두 주 앞두고 사망이라니. 사방에 떠오른 김일성의 얼굴만큼이나 비현실적인 시나리오였다. 뇌까지 흐물흐물 녹아내리는 것 같던 무더위를 일순 싸늘하게 얼리는 충격이 뒷덜미를 훑고 내려갔다. 더이상의 자세한 소식은 없었다. 나는 애써 침착하게 황금박쥐의 가게로 걸음을 재촉했다. 1호의 신변에 관한 정보는 북쪽의 공식발표가 있기 전까지 의심하고 또 의심하라. 열차 이동중 피살되었다던 팔 년 전의 오보로 뼈에 새긴 교훈 아닌가. 남한의 유력 신문사가 보도한 지 이틀 만에 몽골에서 날아온 외빈을 맞으러 공항에 나타나지 않았나.

당시 회사는 신중한 입장이었지만 국면전환이 절실했던 윗선은 오보를 방치하는 것으로도 모자라 부추기기까지 했다. 반정부 구호를 외치며 농성중이던 대학생이 천 명 넘게 구속되고, 수면 아래 들끓던 대통령직선제 요구가 본격적으로 분출될 조짐이었다지만 채 사십팔 시간이 못 갈 지푸라기를 붙들다니. 부채질의 진원지는 군軍 라인이었음에도 뒷감당은 회사 몫. 사실이든 아니든 북한 관련 정보의 최종 책임은 회사가 져야 했다.

황금박쥐는 평소와 다름없이 태평한 모습이었지만, 입에 문 아이스께끼가 물이 되어 뚝뚝 떨어지고 있었다.

—1호는?

내가 쪽지로 물었다.

—삼십 분 넘게 통신 올스톱. 1986년 때랑 판박이.

황금박쥐가 고급 정보를 캐내는 금맥은 해외 공관 교신망. 그 라인이 잠잠하다는 게 찜찜했다. 팔 년 전에도 빨갱이들은 명백한 오보를 반박하지 않음으로써 남한 전체를 혼란에 빠뜨렸다. 김일성이 평양순안국제공항에 모습을 드러내기까지, 적막의 사십팔 시간 동안 우리의 정보력을 시험했다는 게 회사의 사후분석이었다.

"활주로에 참새떼가 득실대지만 착륙은 일없다."

"접수했습네다."

침묵 속의 유일한 속삭임은 몽골 울란바토르 주재 대사관으로 날아간 보안 통신이었다. 회사는 결정적 대화를 낚아채고도 진의 파악에는 실패했다. 몽골 서기장의 방북 일정 자체를 까맣게 몰랐기에. 1호 사망설에 개의치 말고 국빈 방문 절차를 예정대로 진행하라는 암호 대화였지만, 남한에서는 이미 김일성의 사망 소식이 기정사실로 굳어버린 분위기였다. 빨갱이들의 연막작전에 보기 좋게 낚인 참사가 아닐 수 없었다.

데자뷰마냥 반복된 김일성 사망 보도. 1994년 당시 회사가 파악한 바에 따르면 김일성은 6·25 때 빼고 거른 적이 없던 현지지도마저 중단한 채 남북정상회담 준비에 전념하고 있었다. 1986년과 달리 해외 국빈 초청이 예정되었더래도 취소될 판이었지만 나는 돌다리를 두드리는 심정으로 필담을 이어갔다.

—혹시 공항 얘기는?

—날씨 얘기도 없었네.

—지난번처럼 위장 침묵 아닐까?

—북경 대사관 발신!

황금박쥐가 헤드폰을 이어폰으로 바꾼 뒤 한쪽 수신기를 내게 건넸다.

"종합대학에 책상 숫자를 좀 늘려줘야겠습니다. 조선어를 배우갔다는 중국 청년들이 부지기수입니다."

"얼마나 늘려야 성과적입니까?"

김일성종합대학 중국 교환학생 증원에 관한 일상적 업무 협의였다.

나는 오보이기를 바랐던가. 극적으로 성사된 정상회담이 무사히 치러지기를, 이십이 년 만에 김일성을 다시 만나볼 기회가 물거품이 되지 않기를 바랐던가.

"전면전은 첩보전의 종말이야."

북한 핵무기로 촉발된 갈등이 전쟁으로 치달을 수도 있다는 회사 일각의 분석에 그분이 고개를 저으며 했던 말이 새삼 귓가를 맴돌았다. 그 말에 내심 공감하고 있었던 걸까. 북경 주재 북한대사관의 용건을 확인하자마자 나는 긴장이 풀리고 말았다. 조문단 규모에 관한 암호 대화임을 전혀 눈치채지 못한 채로.

—언론이 또 양치기 소년 짓을 했군.

내가 양복 주머니에서 담배를 꺼내며 적었다.

—쉿! 외무성 콜에 깔리는 소리 안 들리나?

황금박쥐가 볼륨을 올리며 휘갈겼다.

나는 담배를 도로 집어넣고 이어폰을 귓구멍 깊숙이 밀어넣었다.

지직. 지직. 지지직. 제어되지 않는 기계 잡음이거나 무의미한 백색소음으로 들렸다. 낡은 레코드판이 돌며 내는 소리 같기도 했다.

—아무 소리도……

나는 중간에 볼펜을 멈춰야 했다. 황금박쥐가 기록지에 무언가를 휘갈기고 있었다.

황금의 꽃같이 굳고 빛나던
옛 맹서는 차디찬 티끌이 되어서

(……)

나는 향기로운 님의 말소리에 귀먹고

꽃다운 님의 얼굴에 눈멀었습니다

황금박쥐 귀에만 포착된 소스가 뭔지는 몰라도 도입부를 곧바로 떠올릴 수 있었다.

님은 갔습니다. 아아, 사랑하는 나의 님은 갔습니다.

해독하고 자시고 할 것도 없을 만큼 명징한 문구 앞에서 얼어붙지 않을 수 없었다. 한용운의 「님의 침묵」. 1호 사망 속보는 이번만큼은 사실이었다. 그로부터 두 시간 뒤 조선중앙TV에서 장중한 추모곡이 흘러나왔다. 저 유명한 시구를 오선지에 옮긴 북한 가곡이었다.

그런 김일성이 살아 있다니. 이십육 년 전 전 세계 언론의 헤드라인을 장식했던 장례식이 눈속임이었다니. 아무리 그분 말씀이라도 짙게 드리우는 의구심을 어쩔 수 없었다.

"김일성은 죽지 않았어. 워싱턴의 보복 없이 정상회담을 회피하려는 쇼였네. 카터에게 한 약속을 무사히 뒤집는 방법은 그것뿐이었지. 애당초 정상회담을 받아들인 것부터 영변 핵시설에 대한 폭격을 모면하려는 술수였으니."

중식당 북극성을 나서며 그분이 덧붙인 말씀은 확신에 차 있었다.

"원조 1호 얘기 어떻게 생각해?"

우리를 내려준 목사의 차가 호텔 앞을 떠나기 무섭게 피셔맨이 물었다.

"1912년생이니 살아 있다면 백 하고도 아홉이겠군."

아무 대꾸도 없자 피셔맨이 휴대폰을 들여다보며 중얼거렸다.

"실장님도 백 살이 넘지 않았나."

피셔맨의 조소 어린 말투 탓이었을까, 반사적으로 튀어나온 말이었다.

"살아 있다는 소리를 믿어?"

"직접 만나본 몸 아닌가, 내가. 환갑이 넘은 나이에도 청년처럼 팔팔했어."

"살아 있대도 예전 같을지 미지수라 경고했건만."

"혹도 생각보다 크지 않았네."

"목사 말일세."

"북에서 원조 1호 사망 발표한 날 목사가 했던 말 기억나나?"

재단사가 침묵을 깨고 불쑥 물었다.

어떻게 잊겠는가. 그날 회사를 집어삼킨 그 혼란스러운 적막을 깨고 그분이 던진 뜨악한 농담을.

"초상집 같은 이 분위기는 뭐야? 누가 죽기라도 했나?"

아무도 웃기지 못한 농담. 웃기기는커녕 더 무거운 침묵 속에 빠뜨린 농담이었다. 불사신 같은 1호가 고꾸라질 날만 고대하던 시간들이었는데, 우리는 만세를 부를 수도 축배를 들 수도 없었다. 1호 유고 첩보를 미리 파악하지 못했다는 자괴감 때문만도, 다시 위기에 빠진 한반도의 불투명한 미래 때문만도 아니었다. 다음 세기로 건너와 돌아보니 알 것 같다. 그것은 누구도 차마 입 밖에 내지 못한 기이한 상실감이었는지 모른다.

"누가 죽기라도 했느냐던 말, 농담이 아니라 진담이었는지도 모르지."

재단사가 반은 웃고 나머지 반은 웃고 있는 절반을 냉소하는 얼굴로 말했다.

농담도 진담도 아닌 진심이었다면? 속을 드러내는 법이 없는 그분의 진심. 사망 속보의 진위를 파악하려 촉각을 곤두세우던 순간 나도 오보이기를 바라지 않았던가.

"이제 우리는 어떻게 되는 겁니까?"

기억난다. 그분이 말씀하시기 전 누군가 근심 어린 목소리로 뱉은 질문이. 든든한 뒷배라도 잃은 것 같던 침울한 어조가. 권력을 승계하게 될 2호 관련 정보를 부랴부랴 취합하면서도 해외영업부의 입지를 암암리에 걱정하던 무거운 공기가. 그것은 각하 서거 때도, 사상 최초로 정권이 빨갱이들에게 넘어갈 때도 차마 입 밖으로 나오지 못한 말이었다. 우리는 김일성 없는 세상에 단 일 초도 살아본 적이 없었기에.

어쩌면 김일성이라는 존재는 우리에게 있어 샘솟는 투쟁심의 원천, 흐트러진 전열을 다잡는 반격의 최저선, 유리에 우리의 얼굴이 비치도록 뒷면에 바르는 수은 같은 존재였는지도 모르겠다. 선뜻 믿지 못하면서도, 그분의 정신이 온전한지 의심하면서도 우리가 뿜어내던 그 야릇한 열기를 달리 어떻게 설명할 수 있을까.

발바닥 밑으로 숨은 정오의 그림자에 놀란 아이들처럼 우리 셋은 그분이 떠난 자리에 그렇게 한참 붙박여 있었다.

☆

그분은 언제부터 북극성 공작을 준비해온 걸까. 공작명이 정해지기만 기다렸다는 듯 모든 게 일사천리로 진행되었다. 우리에게 쥐여진 퍼즐 조각은 한 중국인 유학생이었다. 아이오와대학교 통계학 석박사과정 휴학중. 그분이 일러준 정보는 그게 전부였다. 우리의 임무는 그의 일거수일투족을 감시하는 것이었다. 이유 역시 말해주지 않았지만 오즈월드 역으로 점찍은 인물임을 짐작하기는 어렵지 않았다. 다만 왜 그자인지, 캐스팅 이유가 궁금할 따름이었다.

"꼭 진맥을 해봐야 아나? 북한이 미국 손아귀로 넘어가는 걸 원치 않는 중국. 압록강까지 미국의 포위망이 조여오는 걸 용납할 수 없는 중국. 이른바 항미원조라는 기치 아래 6·25에 참전한 것도 그 때문이었지 않나?"

나름의 추론을 먼저 펼쳐 보인 건 피셔맨이었다.

"이 동네 중국 유학생만 사천이 넘는다는데 왜 하필 염소지?"

내가 반문했다.

염소는 우리가 타깃에 붙인 코드 네임이었다. 몽타주 때문은 아니었다. 짧은 목, 떡 벌어진 어깨, 넙데데한 하관이 염소라기보다 들소를 연상시키는 외모였다. 국적은 중국이지만 이목구비에서 풍기는 인상은 인도나 중동 쪽 피가 느껴졌다. 공항에 우리를 데리러 나온 둘은 물론이고 천막 주변의 아이들 모두 혼혈 같더니, 일부러 백그라운드가 복잡한 애를 골랐나. CIA든 FBI든 수사에 혼선을 불러일으키려고?

"그거야……"

손에 쥔 한 조각으로 퍼즐 전체를 그려보는 걸까. 피셔맨이 도움이라도 청하듯 바라보았지만 재단사는 혼자만의 세계에 빠져 있었다.

"……목사가 어련히 엄선했겠지. 누가 알아? 진짜로 암살을 지령받은 중국 요원일지. 공부도 중단하고 빌빌대는 애송이 꽁무니나 따라다니자고 태평양을 건넌 게 아니어야 한다 이 말씀이야."

피셔맨이 또 볼멘소리를 쏟아냈다. 임무가 정해진 뒤로 틈만 나면 되풀이하는 레퍼토리였다. 곁다리로 밀려난 느낌이 내 마음 한편에도 없지 않았다. 유학생 하나 감시하는 데 왕년의 특수요원이 셋씩이나 붙다니, 민망할 지경이었다. 실제로 우리는 감시 하루만에 삼교대 단독 감시로 작업 방식을 바꾸었다. 셋이 몰려다니면 괜히 이목만 끌 우려도 있었고, 염소의 행동반경이 이진에 삼진까지 둬야 할 만큼 넓지 않았다. 넓기는커녕 집과 아르바이트 가게만 오가는 게 다람쥐 쳇바퀴나 다름없었다.

쳇바퀴의 원점은 도시 북서쪽 끄트머리에 있었다. 포플러 길 양편으로 엇비슷한 미늘 벽 이층 목조주택이 늘어선 주택가였다. 염소는 흰색 페인트칠이 군데군데 벗어진 낡은 이층집에 세 들어 살고 있었다. 처음 설계부터였는지 중간에 개조되었는지 이층 출입구가 별도인 구조였다. 일층에는 백인 노부부가 살았다. 항상 틀어놓는 텔레비전 소리가 위층에서 사람이 죽어나가도 모를 만큼 컸다. 염소에게는 동거인이 없었다. 누구를 초대하는 법도 없었다. 긴 밤의 동반자라곤 날이 밝도록 켜두는 스탠드 불빛뿐.

반환점은 상점이 밀집한 다운타운 동편의 한 인도 식당이었다. 홀 서빙 담당이었지만 손님이 뜸한 시간에는 주방일을 돕기도 했다. 왼손잡이였다. 영업시간인 11시부터 21시까지 일했다. 14시부터 17시까지 브레이크 타임에는 대학 도서관에 가거나 근처 카페에 죽치고 앉아 휴대폰만 들여다보았다. 누굴 만나거나 누군가와 통화하는 기미도 없었다. 일을 마치면 그로서리에서 즉석식품을 사다가 집에서 혼자 먹었다. 가게가 쉬는 날은 쓰레기를 버리러 나올 때 빼곤 종일 집에 틀어박혀 지냈다.

눈이 더 버티지 못해 사진관마저 접은 뒤의 나를 보는 것 같았다. 부정할 수 없는 외로움을 합리화하기 위해 스스로를 더 고립시키는 나날. 쓸모없다는 느낌을 정당화하기 위해 남은 쓸모마저 내팽개치는 하루하루.

"무인도에서 죽은 귀신이 붙었나, 그 나이 먹도록 만나러 나갈 친구 하나 없다니."

집에만 붙박여 있는 나를 보며 아내는 혀를 차곤 했다. 내가 안 나가니 본인이 박차고 나간 건 아닐까. 몸을 사시나무처럼 떠는 연기까지 해가며. 이번 공작에서 살아 돌아가더라도 이혼서류에 도장 찍어주는 일은 없으리라. 누구 좋으라고.

공동묘지 한구석에 죽어 누운 자보다 더 고독한 존재, 하루아침에 증발해도 아무도 눈치채지 못할 존재가 그분 눈에 어찌 띄었을까. 늘 걸치고 다니는 후드 티에 새겨진 숫자만(회색 후드 티 가슴팍 가득 1492라는 검은 숫자가 새겨져 있었다) 떠오르는 인물이 어떻게 낙점되었을까. 유일한 접점은 선샤인 클리너스 한편에 비치된 코인 세탁기였다. 그러잖아도 희박한 존재감에 냄새마저 말끔히 지워내려는 듯 하루걸러 한 번꼴로 빨래를 해가곤 했다. 그래도 염소를 스쳐지날 때면 희미한 카레 향이 느껴졌다.

"우엘로 아 솔레다드!"

세탁소 카운터를 보고 있던 존이 멀어져가는 염소의 뒷모습을 보며 코를 킁킁거렸다. 제 말대로 고독의 냄새를 맡는 것처럼.

"머릿속 냄새까지 맡는 아이들이야. 냄새만으로도 뭘 하려는지 내다본다네. 저 아이들 코를 속이려면 뇌를 식초나 과산화수소수에 담가놔야 할 거야."

그분 말씀이 허언은 아닌 모양이었다. 코를 킁킁거리던 존이 무언가를 예감한 듯 갑자기 문을 열었다. 그러자 염소가 되돌아오더니 건조기에 빠뜨리고 간 양말 한 켤레를 꺼내 챙겨가는 게 아닌가. 어쩌면 냄새로 염소를 점찍었는지도 모른다는 생각이 들었다. 생뚱맞은 세탁소를 연 것조차 거대한 밑그림의 일부였나. 공화, 민주 양당 대선후보를 뽑는 전당대회의 서막이 오르는 곳에서. 세상을 깜짝 놀라게 한 미북 평양 정상회담을 족히 일 년 전부터 내다보셨다는 건가. 첫 착점부터 마지막 행마를 예비하는 그분의 치밀함을 의심하고 싶지 않았지만, 귓전에 맴도는 피셔맨의 볼멘소리를 어쩔 수 없었다.

우리는 왜 부르신 걸까? 미행이나 감시쯤이야 천막 주변에 있던 아이들도 할 수 있는 일. 굳이 바다 건너까지 우리를 불러서 맡긴 이유는 뭘까. 독수리(그분은 미국 대통령을 그리 불렀다)를 떨어뜨리는 일을 정녕 저 코흘리개들에게 맡기실 심산인가. 피셔맨의 냉소대로 독수리 앞에서 서커스라도 펼쳐 보일 셈인가. 보안을 위해 현역 때처럼 최후의 순간에야 진짜 임무를 내려주실 계산일까.

한편으로는 서커스 단원으로 위장한 소년들의 진짜 능력에 두려운 호기심이 일었다.

"마인 노이어 융게, 나의 신소년!"

세상을 다 가진 듯 흡족해하던 그분 표정이 지워지지 않았다. 그들의 존재 자체를 깎아내리다못해 지워버리고 싶어도 절대 지워지지 않는 것처럼. 정작 지워지고 있는 것은 우리 자신들인지도 몰랐다. 재단사를 바라보는 그분 시선을 곁눈질할 때도 질투로 불타오를지언정 버림받을지 모른다는 두려움은 없었다. 온 세상이 나를 찾아도 그분에게 쓸모가 없다면 죽은 목숨과 무엇이 다를까.

버림받는 경험은 어머니 하나로 족했다. 하모니카가 인도한 교회로 달려가던 나는 일 초도 더 담아두기 힘든 질문으로 가슴이 터질 것 같았다. 왜 나를 버리셨나요? 내가 어떻게 하면 될까요? 어떤 아이가 되면 돌아오실 건가요? 눈이 뒤집힌 아버지가 손목시계를 풀 때마다 시한폭탄처럼 째깍거리던 살의를 터뜨렸어야 했을까요, 어머니?

다시는 버려지고 싶지 않았다. 강산이 두 번이나 바뀌는 세월의 침묵을 깬 부름 아닌가. 죽은 것도 산 것도 아닌 연옥의 시간으로 돌아갈 수는 없었다. 그분 곁이 아니라면 살아도 죽은 것, 그분 곁이라면 죽어도 산 것이니. 염소를 계속 사정거리에 두는 일이 성에 안 찰수록 나는 긴장의 끈을 고쳐 묶었다. 염소가 십자 조준선 한가운데를 벗어나는 순간이 곧 내가 그분의 시선에서 밀려나는 순간인 것처럼.

8시부터 16시까지의 염소는 내 몫, 이후 여덟 시간은 재단사가 맡았다. 자정부터 다음날 아침 다시 내가 이어받기까지는 피셔맨이 자청했다. 염소는 매번 도보로 이동했지만 장시간 잠복에는 차가 필요했다. 이번에 렌트한 차종은 눈에 띄는 청회색 컨버터블이 아니라 미국에서 가장 많이 팔린 차 중의 하나라는 토요타 캠리의 이십 년 전 모델이었다. 신형은 눈에 띈다, 블랙이 요원들의 컬러인 건 삼척동자도 안다며 고르고 고른 백색 위장 초소.

"오하요고자이마스!"

아침에 교대하러 가면 피셔맨은 술냄새 가득한 차 안에서 나를 맞았다. 피셔맨 때문에 닭 쫓던 개 신세가 될까 조마조마했다. 다행히 염소는 밤마실 나가는 법이 없었지만, 우리 운명의 일분일초도 운에 맡길 순 없었다. 만일에 대비해 추적용 소지품이라도 건질까 싶어 염소가 버린 쓰레기봉투를 뜯어보았다. 먹다 남은 음식물과 포장용기가 대부분이었다. 뱃속에 무엇이 들었는지 훤히 알려주지만 위치 파악에는 아무 도움도 안 될 쓰레기들. 그나마 건진 것이 구멍난 양말 한 짝이었다. 복사뼈 자리에 황소 머리가 그려진 시카고 불스 양말. 시험삼아 손에 쥐고 눈을 감으니 휑뎅그렁한 실내가 보였다. 일인용 소파 하나와 의자 하나만 덩그러니 놓인 거실. 벽에도 흔한 포스터 한 장 붙어 있지 않았다.

사형수의 독방도 그토록 휑할까 싶은 풍경이 그날 밤 꿈까지 따라왔다. 염소를 그곳에서 처치하는 꿈이었다. 정확히는 깜박 졸다 놓쳐 추적하는 꿈. 의자에 결박해둔 염소가 달아났다. 너무 놀라

심장이 목구멍으로 튀어나올 지경이었다. 독수리 터치다운. 첫번째 계획을 완수했다는 암호가 무시무시한 희열과 함께 저승사자의 호출로 다가왔다. 암살극이 무대에 올랐는데 암살자 역을 맡은 배우가 극장 밖으로 뛰쳐나간 꼴이었다. 브루투스도 없는데 시저 혼자 피를 흘리며 쓰러질 판이었다.

셰익스피어가 와도 수습할 수 없는 절망적 상황. 특별한 능력이 아니었다면 모든 걸 그르칠 뻔했다. 브루투스는, 아니 염소는 근처 헌책방에 숨어 있었다. 헌책방 이타카에서의 혈투, 가슴팍에 고이 넣어둔 하모니카가 형편없이 우그러지긴 했지만 치명적 실수를 가까스로 바로잡을 수 있었다.

"짜이젠, 오즈월드."

두 눈 부릅뜨고 죽은 염소의 눈꺼풀을 쓸어내리다 화들짝 눈을 떴다. 눈꺼풀에 느껴지는 선득한 기운 때문이었다. 내가 염소 눈을 감긴 게 아니라 염소가 내 눈을 감기기라도 한 것처럼.

나는 습관처럼 손목시계부터 확인했다. 18시 37분. 염소는 한창 저녁 손님을 응대하고 있을 터였다. 재단사와 교대하고 호텔로 돌아와 잠깐 등을 누인다는 게 까무룩 잠든 모양이었다.

급히 노크하는 소리가 들렸다. 문을 여니 옆방에 묵고 있는 피셔맨이 서 있었다.

"무슨 일인가? 비명이 들리던데."

꿈속에서 재갈 물린 염소가 내지른 소리였는데 내가 비명을 질렀다고?

"꿈을 꿨나보네. 한데 오늘은 벌써 시작인가?"

피셔맨의 손에는 힙 플라스크가 뚜껑이 열린 채 들려 있었다. 술을 홀짝이다 튀어온 모양이었다.

"자네도 한 모금 할 텐가?"

피셔맨이 창가 의자에 자리잡으며 물었다.

나는 힙 플라스크를 넘겨받아 입에 가져갔다. 잠결에 흘린 땀이 식으면서 한기가 돌았다. 잔뜩 오그라들었던 몸이 부드럽게 목을 넘어간 버번위스키에 서서히 풀리는 것 같았다.

"뭘 그리 골똘히 들여다보나?"

힙 플라스크를 돌려주며 내가 물었다. 가만 보니 피셔맨 손에 들린 것은 불에서 건져낸 자신의 신상 카드였다. 코드 네임 석 자만 남은 신소년 공작 파일의 한 페이지.

"김감독, 자네 어머니는 어찌 돌아가셨던가?"

피셔맨이 금방 바스라질 것 같은 종이 쪼가리를 노려보며 물었다. 재가 되어 사라진 부분을 읽어내려 애쓰는 사람처럼.

"교회 화재 사고였네."

나는 사고라는 단어에 힘주어 대답했다.

"사고 확실한가?"

"자네……"

재단사가 흘린 의심의 씨앗이 뿌리내리고 꽃을 피워 음모의 열매로 자라난 걸까. 간교한 기수 이아고가 고결한 무어인 장군 오셀로에게 그런 것처럼? 아버지라는 방화범만 없었다면 나도 솔깃했을지 모른다. 하지만 오셀로를 파멸의 구렁텅이로 밀어넣은 손수건이 현실에서는 이아고가 아닌 내 수중에 있었다. 그 모든 사고의 배후에 보이지 않는 손이 버티고 있으려면 아버지의 방화가 존재하지 않아야 했다. 어떤 오해나 부추김도 없이 아내를 태워 죽인 자. 내 인생을 지옥에 떨어뜨린 아버지가 더한 나락으로 추락하는 걸 막아주는 격이라니. 웃어야 할지 울어야 할지 알 수 없었다.

"고아라서 신소년으로 뽑힌 게 아니라 신소년으로 뽑히기 위해 고아가 돼야만 했던 게 아닐까?"

재단사도 차마 내뱉지 못한 말을 피셔맨이 무언가에 홀린 사람처럼 웅얼거렸다. 차오를 대로 차오른 의심을 넘쳐흐르게 만드는 마지막 한 방울을 입안에 털어 넣은 뒤였다.

아내 데스데모나를 목 졸라 죽이기 직전 오셀로가 저토록 얼빠진 얼굴이었을까. 피셔맨은 다른 누구도 아닌 자기 자신의 목을 조르고 있었다. 죄책감이라는 올가미에 스스로 목을 들이밀고 있었다. 그런데 그 죄책감이 인위적으로 주입된 것이라고? 아내의 뇌심부핵에 심으려던 전극처럼?

"평생 조종당하는 기분으로 살아왔는데 진짜로 조종당하며 살 순 없어."

전압 조절 리모컨을 보고 질색하던 아내 모습이 피셔맨 얼굴에 겹쳐졌다.

조종이라니. 황당하고 끔찍한 망상이었다.

"어둠은 빛을 이길 수 없어. 다만 조종할 뿐이지."

피셔맨도 그분 말씀의 뒷면을 들춰보고 있는 걸까.

그것은 사석死石 공작, 극렬 운동권의 잇단 반정부 투신자살로 임계점에 달한 위기 국면을 일거에 뒤집은 이른바 유서 대필 사건 때 추가된 금언이었다. 도덕성이 무기인 자는 도덕성을 위선의 시궁창에 빠뜨려라. 한 투신자살자의 유서가 조작되었다는 한마디로 가미카제식 죽음의 광기에 찬물 끼얹는 것을 넘어 극렬 운동권 전체의 도덕성에 치명상을 입힌 공작.

대필로 몰아갈 유서를 대필하다니. 진짜라고 속일 가짜를 만들어내는 게 아니라 진짜인 척하는 가짜를 위조하다니. 위조의 달인 제록스는 자살 당사자와 위조 혐의자의 필체 사이에서 아슬아슬 외줄을 타며 진짜처럼 보이는 가짜를 만들어냈다. 졸지에 동지의 유서를 지어낸 파렴치범으로 몰린 타깃은 속수무책일 수밖에. 자신이 쓰지 않았다는 걸 어떻게 입증한단 말인가. 친구의 필체를 흉내내느라 자신의 필체는 버렸다는 덫에서 어떻게 빠져나온단 말인가.

사석. 죽은 돌로 대마를 잡는다. 공작명을 떠올린 순간 이미 그분은 모든 것을 계산했으리라 믿었다. 몇 해 전 재심을 통해 자살

당사자의 유서로 최종 판결이 내려졌을 때만 해도 빨갱이들이 사법부까지 장악했다며 울분을 터뜨렸었다. 이제 그 모든 믿음에 금이 가고 있었다. 명예의 전당 앞자리를 차지한 전설적인 공작들은 어디까지 진짜였을까. 삶 자체와 맞바꿔 얻은 우리의 능력이 정말 쓰이기는 한 것일까.

힙 플라스크 주둥이는 아예 피셔맨의 입에 찰싹 달라붙어 있었다.

"작작 좀 마시게."

힙 플라스크를 낚아채며 내가 말했다.

"부엌으로 난 쪽문 앞에서 자고 있었어. 안방 가장 안쪽에서 자고 있었다고, 내가. 마루로 기어나가 목숨을 건진 사람은 윗목에 누워 있던 아버지여야 맞지. 아버지는 몸에 열이 많아 한겨울에도 러닝 바람으로 잤어. 나는 추위를 타 잠결에도 아랫목으로만 파고드는 애였고."

피셔맨은 이제 아버지의 원혼에 사로잡힌 햄릿이 되어 있었다.

"내 아버지가 왜 감옥에 갔는지 물었지? 어머니 목숨을 앗아간 화재는 자네 의심대로 단순사고가 아니었어. 아버지의 방화였네. 한데 그 마귀를 교회로 이끈 게 나였어. 난생처음 깨어난 라이카였지."

보이지 않는 손이 보이지 않는 침이라도 놓은 듯 나는 가슴 깊숙이 묻어둔 비밀을 털어놓았다. 우연의 일치 뒤에 보이지 않는 손 같은 건 없다고. 그 악마적 대본의 이음매에는 빼도 박도 못할 대못이 하나 박혀 있다고. 라이카의 원죄라는 대못이.

"언젠가 죄책감이 내 숨통을 끊을지도 모르지. 하지만 아직은 아니야. 라이카에겐 실패해서는 안 될 임무가 남아 있으니."

자백 영상 속 빨갱이들도 이런 기분이었을까. 심장을 꿰뚫고 있던 대못이 쑥 빠져나간 듯 허탈하면서도 후련했다. 오히려 피셔맨이 입을 벌린 채 놀란 눈으로 나를 바라보고 있었다. 자신이 끌어낸 자백에 놀란 자백 기술자. 어쨌든 최고의 자백 기술자가 맞았다. 그분 앞에서조차 꺼낸 적 없는 얘기였으니.

갑자기 타는 듯한 갈증을 느끼며 나는 힙 플라스크를 입으로 가져갔다. 달착지근하던 버번위스키가 얼굴을 우그러뜨릴 만큼 썼다. 지독한 열병에서 회복되는 순간의 입맛처럼. 힙 플라스크를 돌려받은 피셔맨이 주둥이에 무심코 입을 대려다 말고 뚜껑을 굳게 닫았다. 의심이든 죄책감이든 감당할 수 없는 파괴적 존재를 호리병 속에 가둬놓기라도 하듯.

"북극성을 따는 날까지 보물섬에 묻어두겠네."

피셔맨이 힙 플라스크를 하사하듯 내밀었다. 어설픈 농담, 선심 같은 부탁. 오셀로인지 햄릿인지는 어느새 내가 알던 피셔맨으로 돌아온 듯했다.

☆

봉인된 줄 알았던 지니가 호리병 밖으로 다시 빠져나오기까지는 그리 오랜 시간이 걸리지 않았다. 슈퍼 선데이, 공화·민주 양당 전당대회와 지역 대학교 미식축구팀의 전국 대회 출전이 걸린 홈경기가 겹친 날을 하루 앞두고였다. 누구 하나 입에 올리지 않았지만 내일을 운명의 날, 디데이로 점찍는 분위기였다. 그때까지도 우리는 퍼즐의 한 조각만 붙들고 있었다. 염소라는 한 조각. 그조차도 온전한 조각인지 물음표였다. 염소를 어떻게 할 것인지 구체적인 실행 계획조차 듣지 못했으니.

"해마다 새끼 염소 두 마리를 바치는 고대 제의가 있었네. 왜 두 마리였을까?"

김이 오르는 시뻘건 국물을 국자로 떠 간을 보던 그분이 대뜸 물었다. 교회 한가운데서 펄펄 끓고 있는 것은 보신탕, 아니 염소탕이었다. 개고기는 구하기 어려워 염소 고기를 쓸 수밖에 없다며 그분은 입맛을 다셨지만, 우리는 모닥불 위에 걸린 무쇠솥만으로 아연 비장해지고 말았다.

역시 내일이 디데이인가. 그분이 손수 준비하는 보신탕은 거사가 임박했음을 의미했다. 사냥에 나가기 직전 짐승의 피를 서로서로 얼굴에 발라주는 의식처럼.

"한 마리는 신에게, 다른 한 마리는 악마에게 바쳤지. 신에게는 죄를 사해달라는 속죄양으로, 악마에게는 그걸로 만족하라는 희생양으로."

그분은 솥에 소금을 몇 번 더 뿌려 넣은 뒤 곁에 앉은 존을 친아들인 양 다정히 바라보았다.

"수페르, 파드레."

존이 무쇠솥 위에서 코를 킁킁거리더니 엄지를 세워 보였다.

"다른 데는 몰라도 혀만큼은 나이를 못 속인다네. 일 초 전에 음미한 맛조차 가물가물해. 그나마 혀가 기억하는 것은 어릴 적에 경험한 맛뿐이지. 소울 푸드? 늙은이들이 우물거리는 건 음식도 영혼도 아니라 낡은 암호문 같은 거야. 자신도 해독하지 못하는 암호문. 냄새로 맛까지 알아맞히는 귀신같은 코지만 이 아이는 진짜배기 보신탕을 먹어본 적이 없으니 간이 맞나 모르겠군. 그래도 이것은 내 피요 살이니 남김없이 먹을지어다."

그분이 각자의 그릇에 건더기와 국물을 일일이 퍼주는 동안 나는 앞선 말씀을 곱씹고 있었다. 두 마리의 염소라니. 우리에게 감시를 맡긴 염소 말고 다른 염소가 더 있다는 뜻인가? 속죄양이며 희생양은 또 무슨 소리일까. 감춰온 퍼즐 조각을 드디어 공개하실 요량인가.

"하늘에 계신 우리 아버지, 당신의 이름을 거룩하게 하시며 당신의 나라가 오게 하시며 당신의 뜻이 하늘에서와 같이 땅에서도 이루어지게 하소서. 오늘 우리에게 일용할 양식을 주시고 우리가 우리에게 잘못한 사람을 용서하여준 것같이 우리 죄를 용서하여주시고 우리를 시험에 들지 않게 하시고 다만 악에서 구하소서. 나라와 권능과 영광이 영원히 당신 것이니, 우리의 영혼을 칼날에서 건져주시고, 목숨을 개의 아가리로부터 구하소서."

음식을 다 나눈 뒤 그분이 익숙한 기도를 올렸다. 개의 맛은 기억에서 가뭇없이 사그라진대도 절대 잊히지 않을 기도. 우리의 혀가 음미한 것은 개의 맛이라기보다 저 주문 같은 기도였으리라. 맥없이 엎드려 있던 피를 전사의 피로 용솟음치게 만드는 주문.

식사 내내 누구도 말이 없었다. 늙은 새소년들과 그분의 새로운 새소년들이 함께 모닥불 주위에 둘러앉아 묵묵히 염소 고기만 씹어 삼켰다. 결행 직전의 긴장을 풀어주기 위해 농담을 건네던 예전과 달리 그분도 조용했다. 무언의 약속이라도 한 것처럼 우리는 서로 눈도 마주치지 않았다. 목구멍으로 넘어가는 게 밥알인지 국물인지도 알 수 없었다.

"피셔맨, 재단사, 라이카."

개의 만찬, 아니 염소의 만찬이 끝나갈 즈음 그분이 우리 한 명 한 명을 또박또박 호명하며 일으켜세웠다. 드디어 진짜 임무가 베일을 벗는 건가. 역시 두 마리 염소는 그냥 하신 말씀일 리 없었다. 피셔맨과 재단사도 나와 같은 생각이었을까. 시제가 칠판에 적히기만 기다리는 백일장 참가자들처럼 마른침만 꿀꺽 삼킬 뿐이었다.

"제군들 가운데 한 사람이 나를 배신했다."

올 것이 오고야 말았다. 이것은 염소의 만찬이 아니라 최후의 만찬이었나. 가슴이 철렁 내려앉았다. 날벼락 같은 소리였지만 뒤집어보면 여태 거론하지 않으신 게 이상했다.

"저는 아닙니다!"

누가 먼저랄 것 없이 우리 셋이 거의 동시에 외쳤다.

"지금 나와 한솥밥을 먹고 있는 사람이 배신자다. 그자는 세상에 태어나지 않는 편이 더 나을 뻔했다."

"저는 절대 아닙니다!"

우리 셋은 숟가락을 바닥에 떨어뜨리며 소리쳤다.

"그것은 제군들의 말이니 진위는 이것이 가려줄 것이다."

그분의 꽉 쥔 주먹에서 얼굴을 내민 것은 주사위였다.

주사위는 진정 손가락 셋인 악마가 만들었을까. 여섯 개의 흰 얼굴마다 다른 개수의 눈이 달린 물건을 보자마자 행운의 숫자를 고르는 자신을 발견했다. 피셔맨도 재단사도 도박의 악령조차 울고 갈 미친 짓에 이의를 제기하지 않았다. 그렇게 우리는 숫자 두 개에 저마다의 목숨을 걸게 되었다.

그분은 운명의 주사위를 제임스에게 넘겼다. 존과 제임스는 그분의 세번째, 네번째 팔처럼 늘 양어깨에 바싹 붙어 있었다. 손에 직접 피를 묻히지 않는 그분다운 방식이었지만, 이번만큼은 거부감이 이는 걸 어쩔 수 없었다. 죽음의 판결을 받더라도 그분의 손이 내린 결정이기를 바랐다. 삼분의 일의 죽음. 그럼에도 내가 우연이라는 악마의 먹잇감이 될 것 같지는 않았다. 그분의 주사위는 진짜 배신자를 지목하리라는 불가해한 믿음, 물리법칙에서 훌쩍 비켜난 기이한 믿음이었다.

악마의 주사위를 던지는 신의 손. 그분이 침착하게 뿜어내는 광기 어린 확신이 모닥불의 열기처럼 우리를 감쌌다.

“디오스 테 벤디가, 에르마노스!”

제임스가 천천히 성호를 긋고 나서 주사위를 머리 위로 던져 올렸다. 옥수수마냥 가지런한 이를 활짝 드러낸 얼굴로. 목사의 묘석 위에 쓰러져 보았던 악마의 형상은 저 얼굴이었나. 매가 아니라 악마, 주사위의 악마가 맞았던 걸까.

일, 삼, 육…… 정점에서 잠시 갸웃거린 뒤 빙글거리며 내려오는 주사위의 눈이 슬로모션으로 바뀌었다. 옥수숫대 결계와 허수아비 보초마저 뚫은 악마에게는 수수께끼를 내면 된다. 눈이 스물한 개나 달렸지만 앞을 못 보는 것은? 정답을 손에 쥐고도 악마는 수수께끼를 쉽사리 풀지 못하리라. 아니, 정답을 쥐고 있기에 수수께끼를 풀지 못하리라.

악마가 여섯 개의 흰 얼굴에 새긴 것은 눈이 아니라 망자의 혼이었다.

넷. 연탄가스로 죽은 가족이 피셔맨을 부르고 있었다. 배신자는 피셔맨이었다. 한의원을 차린 돈은 그분이 숨어 있다 붙들린 베들레헴을 처분한 자금이었으리라. 갖은 이유로 미국행에 어깃장을 놓은 것도 이런 순간이 올까 두려웠던 때문이겠지. 제2의 염소는 피셔맨이었다. 피셔맨은 북극성 공작의 성공을 위해 도려내야 하는 죄악의 살덩이, 속죄양이었다. 배신자라는 형틀에 피셔맨의 언행을 조목조목 꿰맞추며 나는 깊은 안도감에 몸을 떨었다.

벌어진 입을 다물지 못한 채 미동조차 없는 피셔맨은 넋이 나간 사람 같았다. 죄를 순순히 인정하는 건가. 존과 제임스에게 두 팔이 붙들려 천막 밖으로 끌려나가면서도 저항하는 기색이 없었다. 존과 제임스를 가로막고 나선 이는 재단사였다. 재단사는 운명의 장난을 비웃는 얼굴로 두 팔을 벌리고 있었다. 재단사도 배신자인가. 왕의 무덤에서 재회하는 순간부터 미심쩍었던 재단사. 배신자가 한 명일 거라는 예단은 인식의 맹점이었나. 재단사의 은단 케이스를 내민 피셔맨. 그분을 함께 모신 요원들 중에 왜 하필 재단사를 찾아가야 하는지 한 번쯤 물었어야 했다.

대치중이던 존이 허리춤에서 무언가를 꺼내들었다. 총이었다. 재단사의 머리를 겨눈 총. 천막 안에는 숨소리조차 들리지 않았다. 언제부터인지 그분은 지그시 눈을 감은 채였다. 잔뜩 찌푸려진 미간만이 수족을 잘라내는 고뇌를 웅변할 따름이었다.

얼마나 그러고 있었을까. 한순간의 배신 때문에 잃어버린 이십여 년이 주마등처럼 스쳐간 뒤였을까. 그분이 번쩍 눈을 뜨더니 포효하듯 외쳤다.

"내가 세상에 화평을 주러 온 줄로 생각하지 말라. 화평이 아니요 검을 주러 왔노라. 내가 온 것은 사람이 그 아버지와, 딸이 어머니와 불화하게 하려 함이니. 사람의 원수가 자기 집안 식구리라. 검으로 맞서려거든 등뒤에서 빼 들지 말고 눈앞에서 빼 들지어다. 보이스, 비 이노센트! 소년들이여, 순결하여라!"

배신만큼은 절대 용납하지 않겠다는 서릿발 같은 경고. 마지막 문장에 심장이 멎는 것 같았다.

소년들이여 순결하여라!

불도장처럼 가슴에 찍힌 열 글자, 화마가 들이닥치리라 꿈도 못 꾼 채 마주한 여름 성경학교 홍보 포스터 속 한 줄. 저 비극의 서문을, 비운의 교회가 예언처럼 내붙였던 묘비명을 그분이 어찌 알까? 화평이 아니라 검을 주러 왔다는 예수님 말씀에 꽂힌 저 비수는 누구의 소매에서 나왔나? 아아, 설마 그분이 화재 현장에 있었단 말인가.

"난 아니야. 내가 안 그랬어."

체포되어 호송차에 오르는 순간까지 아버지가 쉬지 않고 중얼거리던 말이 머릿속을 빙글빙글 맴돌았다. 빙글빙글 도는 건 세상이었다. 천국은 지옥이 되고 지옥은 천국이 되었다. 아버지는 아들이 되고 아들은 아버지가 되었다. 백마의 발굽은 개의 발이 되고 개의 발은 백마의 발굽이 되었다. 난 아니야. 난 아냐. 아냐 난. 아느냐 나를. 아느냐 내가 누구인지. 나는 누구인가. 아버지! 나의 개 같은 아버지, 나의 백마 같은 아버지! 오! 아버지, 나의 백마 같은 아들! 나의 개 같은 아들!

정신을 차리고 보니 나는 어느 허수아비 발치에 염소 고기를 게워내고 있었다.

☆

오셀로가 옳았을까. 오셀로의 의심이 옳았을까. 오셀로는 불완전한 인간이었지만 오셀로의 의심은 완전했던 걸까. 뿌린 자가 거두리니. 의심이라는 용에 마지막 눈동자를 그려넣은 사람은 재단사였다.

"사람의 원수가 자기 집안 식구리라. 아버지나 어머니를 나보다 더 사랑하는 자는 내게 합당하지 아니하고 아들이나 딸을 나보다 더 사랑하는 자도 내게 합당하지 아니하며 또 자기 십자가를 지고 나를 따르지 않는 자도 내게 합당하지 아니하니라. 마태복음 10장."

호텔 내 방으로 따라 들어온 재단사가 문제의 성경 구절 뒷부분을 마저 읊더니 주석이라도 달듯 덤덤하게 덧붙였다.

"연탄가스, 빵소니. 역시 우연한 사고가 아니었던 거야."

무표정한 얼굴에는 충격도 분노도 없었다. 오래 씨름하던 문제의 풀이를 확인하는 투였다.

충격과 분노는 내 몫이었다. 목사는 저 대목에서 영감을 얻은 걸까. 성경 구절이 너무 딱 들어맞았다. 신소년 공작을 잉태한 비밀 코드라 해도 믿을 만큼.

"내 어머니 목숨을 앗아간 교회 화재도……"

단단한 심증으로 굳어가는 생각을 차마 입에 올리지 못했다. 죄책감 속에서 살아온 한평생이 말 한마디로 압축되는 걸 용납할 수 없었다.

"화재로 돌아가셨다고? 그 얘기를 왜 이제야 하나?"

"아버지가 방화범으로 잡혀갔네. 가출한 어머니 소재를 알아낸 장본인은 나, 라이카였고."

"자기 사람으로 부리려고 그런 십자가까지 지운 건가?"

재단사의 말에 나는 십자가를 짊어진 허수아비들을 떠올리며 진저리쳤다.

"소년들이여 순결하여라, 잿더미가 된 교회 출입문에 붙어 있던 여름 성경학교 홍보 포스터 문구였네. 목사가 그 구절을 입에 올린 것도 우연의 일치일까?"

"악마는 디테일에 있다!"

재단사가 감탄인지 탄식인지 모를 말을 웅얼거리며 끝까지 숨겨둔 얘기를 들려주었다.

"뼈가 열세 군데나 부러진 아버지가 신문을 꽉 쥐고 있었어. 빌어먹을 글이 아버지를 죽였다고 자책해왔는데 이제 보니 일부러 쥐여놓은 거였네. 내 죄책감을 극대화하려는 정교한 디테일이었던 거야."

진실의 마지막 퍼즐 조각이 맞춰지는 순간, 들끓던 머릿속이 수은처럼 서늘해졌다. 의심이 옳았다. 발 딛은 곳이 무간지옥이라면 의심은 언제나 옳다. 문제는 의심이 충분하지 않다는 것. 감히 넘어서서는 안 된다고 세뇌된 금단의 수평선 너머까지 의심의 뱃머리를 밀어붙이지 못한 내가 틀렸다. 목사를 감히 의심하지 못하는 세계를 택한 내가 틀렸다.

"의심이 틀리면 인간관계가 날아가지만, 의심이 맞을 때는 목숨이 날아간다."

목사도 틀렸다. 어떤 의심은 마음에 품는 것만으로 모든 것을 무너뜨린다. 의심을 속삭이던 재단사는 이아고가 아니었고 의심의 싹에 물을 주던 피셔맨은 오셀로가 아니었다. 우리는 모두 햄릿이었다. 아버지를 죽인 자를 새로운 아버지로 맞아들인 햄릿. 가장 안전한 선택이 우리를 가장 치명적인 위험에 빠뜨린다. 죽느냐 사느냐. 가장 위험한 선택은 운명의 항해를 어느 기슭으로 이끌 것인가.

"피셔맨!"

그제야 유다로 낙점되어 끌려간 햄릿을 떠올린 우리는 옆방으로 달려갔다. 당연하게도 문은 굳게 잠겨 있었다. 어디로 갔는지 알아내려면 피셔맨의 물건이 필요했다.

라이터. 선샤인 통증 클리닉으로 안내한 지포 라이터를 떠올렸지만, 바지 주머니에서 나온 것은 LA 한인 타운 기념품 가게에서 산 해골 문양 라이터였다. 인천공항 검색대에서 지포 라이터를 압수당한 장면이 뒤미처 떠올랐다.

"프런트에서 마스터키를 선선히 내줄까 모르겠네. 키핑해둔 술병도 아니고."

재단사가 꿈쩍 않는 손잡이를 부술 듯 돌려보며 중얼거렸다.

나는 반사적으로 코트 안주머니에 손을 집어넣었다. 피셔맨이 맡긴 물건이 거기 얌전히 들어 있었다. 힙 플라스크를 움켜쥔 채 두 눈을 감고 세번째 눈을 치떴다. 목이 허공에 달리기 전에 유다를 구해야 한다. 피셔맨은 유다가 아니다. 유다는 목사다. 배신자는 피셔맨이 아닌 목사다. 『왕자와 거지』를 배신한 유다. 『파우스트』를 배신한 유다. 『보물섬』을 배신한 유다. 소년소녀 세계문학전집을 배신한 유다.

옴짝달싹 못하는 어둠. 보이는 것은 숨통을 옥죄는 흑암뿐이었다. 이미 암매장되었나? 여기는 저승인가? 사물의 혼이 죽은 자에게로 이끈 적이 있던가? 눈을 뜨고 심호흡을 한 뒤 다시 시도해보았지만 결과는 마찬가지였다.

"너무 늦은 걸까? 아무것도 보이지 않네."

나는 힙 플라스크가 들린 손을 맥없이 늘어뜨리며 웅얼거렸다. 무력감과 함께 절망감이 엄습했다.

"아무것도?"

"무덤 속처럼 캄캄해."

"밤새 잠복하던 차에 가면 물건이 더 있을 거야. 숙박비가 아깝다고 투덜거리며 객실 베개에 담요까지 가져갔으니."

재단사가 비상계단 쪽으로 움직이며 소리쳤다.

"자네는 세탁소 쪽을 살펴보고 있게. 내가 차를 뒤져 행방을 알아내는 동안."

부랴부랴 재단사의 뒤를 따르며 내가 말했다.

렌터카는 염소의 집 근처에 있을 터였다. 목사의 아이들이 그새 거기까지 손을 쓰지 않았다면.

"냄새를 조심하게."

호텔 앞에서 갈라지기 직전 내가 재단사에게 말했다.

"냄새?"

"그 두 녀석, 냄새로 머릿속을 읽어내잖나."

재단사는 여전히 그 말을, 아니 내가 상기시킨 능력을 비웃는 듯한 표정이었다.

"목욕재계라도 하고 알현해야겠군."

피셔맨이라면 이렇게 대꾸했을까. 특유의 어설픈 농담을 영영 못 들을 수도 있다고 생각하니 마음이 더 급해졌다.

"참, 이걸 가져가게. 차문 따려면 필요할 거야."

재단사가 패딩 안주머니에서 꺼낸 것은 쇠 자였다. 대본과 씨름하면서도 손에서 놓는 법이 없던 쇠 자.

"아버지가 재단할 때 쓰던 물건이네. 악마의 이빨 같은 눈금을 들여다보며 한번 물면 놓치지 않는 대본을 쓰자 다짐하곤 했지."

과연 쇠 자에는 0.5밀리 눈금까지 표시되어 있었다. 고개를 들어보니 어느새 재단사는 저만치 달려가고 있었다. 나도 달리기 시작했다. 젖 먹던 힘까지 쥐어짜 발을 놀렸다.

이십 분 가까이 뛰다 서다 다시 달려 당도한 포플러 길 주택가 한편, 피셔맨의 차가 염소의 집 쪽으로 머리를 향한 채 서 있었다. 오가는 행인도 보는 눈도 없음을 확인한 뒤 쇠 자를 꺼냈다. 문 따기는 훈련생 시절의 필수 과목이었다. 초빙 강사는 고관대작들 저택만 털어 대도大盜로 이름 날린 어느 죄수였다.

"문은 99프로의 감과 1프로의 땀으로 따는 거야."

유일하게 기억나는 한마디였다. 특별한 비법은커녕 어느 대단한 분들 금고를 땄나 떠들기 바빴다. 이런 말도 생각난다.

"내 죄목이 뭔지 알아? 괘씸죄야 괘씸죄. 권력자들 금고만 턴 괘씸죄. 절도죄는 못 때렸어. 신고 못할 물건들이 태반이었거든. 도둑맞은 물건이 없다는데 판사 할아비가 망치를 쥔들 어쩌겠어? 내가 입 열면 나라가 뒤집어질 거야. 그래도 말 안 해. 학교 졸업하면 또 먹고살아야 하잖아."

아무리 문틈을 쑤셔봐도 운전석 문짝은 요지부동이었다. 마지막으로 문을 딴 게 언젠지조차 가물가물했다. 입김을 토해내는 입을 비웃듯 진땀이 눈두덩으로 흘러내렸다. 코트 소매로 땀을 닦아냈다. 땀은 충분했으나 감이 턱없이 부족했다.

목표물을 바꿔 조수석 문틈에 쇠 자를 쑤셔넣으려는 찰나였다. 뒤통수에 느껴지는 둔중한 충격과 함께 나는 쇠 자를 놓치며 그 자리에 고꾸라지고 말았다.

등뒤에서 카레 냄새가 희미하게 풍겨왔다.

푸른 산빛을 깨치고 단풍나무 숲을 향하여

☆

탕탕탕, 탕탕탕.

부장과 미리 약속한 암호는 길게 세 번, 짧게 한 번, 다시 길게 세 번이었는데. 총소리처럼 울리는 노크 소리, 저것은 우리 편인가 적인가. 나를 깨우러 오는 자인가, 죽이러 오는 자인가. 두개골 안쪽을 두드리는 소리에 번쩍 눈이 떠졌다.

여기는 대체 어디인가?

반세기 전 평양에서의 마지막 밤을 뒤흔든 소리였지만 내가 있는 곳이 모란봉초대소 객실일 리 없었다. 뒤통수가 욱신거렸다. 빛이라고는 저만치 반쯤 열린 문으로 새어나오는 불빛뿐이었지만, 처음 와보는 장소임은 금방 알아차릴 수 있었다. 내가 의자에 결박돼 있다는 사실 역시. 입에는 재갈이 물려 있고 두 손은 의자 등받이 뒤로, 발목은 의자 다리에 꽁꽁 묶인 상태였다.

얼마나 정신을 잃고 있었을까?

창밖은 캄캄했다. 어둠이 눈에 익자 기시감이 일었다. 전에 와본 곳 같았다. 일인용 소파 하나와 의자 하나만 덩그렇게 놓인 거실, 흔한 포스터 한 장 붙어 있지 않은 벽, 생활의 온기라곤 느껴지지 않는 휑한 분위기. 염소의 구멍난 양말이 보여준 공간이었다.

피셔맨의 차문을 따다 당했는데 왜 여기에? 왜 하필 우리가 감시하던 녀석의 본거지에? 머릿속이 엉킨 실타래처럼 뒤죽박죽이었지만 눈은 실내를 빠르게 살폈다. 내가 묶여 있는 공간은 부엌을 겸한 거실. 출입문으로 이어지는 좁은 복도 양편에 침실과 화장실이 있었다. 꿈속 그대로였다. 불빛이 새어나오는 쪽이 침실이겠지. 어둑한 조명 아래 도사린 자는 누구일까. 내가 아는 얼굴일까. 조용한 걸 보니 잠이 들었나.

조심조심 몸을 일으켰다. 의자를 짊어진 구부정한 자세로 중심을 잡아보았다. 의자는 무겁지 않았지만 낡은 마룻바닥 위에서 뛰뚸기는 금물이었다. 바닥에 무릎을 꿇고서야 벌레처럼 꿈틀꿈틀 전진할 수 있었다. 겨우 대여섯 걸음 너머가 세상 끝만큼 아득했다. 손목에 힘을 줘봤다. 케이블 타이가 손목을 더 단단히 옥죄었다. 손바닥을 펴 등받이를 더듬어보았다. 맨질맨질한 무언가를 엇갈리게 짠 느낌. 엉덩이 받침을 내려다보니 뭔지 알 것 같았다. 옥수숫대로 짠 의자. 천막 교회 안에 있던 것들 아닌가. 염소와 천막 교회라니. 도저히 연결 짓기 힘든 두 점이 하나의 그림 안에 들어와 있었다. 두 개의 점이 또렷해지는 만큼 나머지 부분은 점점 흐릿해졌다. 하얗게 빛이 바래 뭐가 뭔지 식별할 수 없는 지경이 될 때까지.

염소를 벌써 처리한 걸까? 옥수숫대를 엮은 의자는 염소가 한패일지 모른다고 말하는데? 혹시 같은 편을 제물로? 실낱을 잡아당길수록 머릿속 실타래는 더 복잡하게 뒤엉켰다. 확실한 한 가지는 여기서 벗어나야 한다는 본능의 목소리뿐.

침실 앞에 이르렀을 때는 온몸이 땀에 흠뻑 젖었다. 거칠어진 숨을 삼키려 애쓰며 문틈 안을 들여다보았다. 침대에 한 사내가 누워 있었다. 스탠드 불빛에 희미하게 비친 옆얼굴만으로도 누군지 알 수 있었다. 염소가 결박은커녕 큰대자로 곤히 잠들어 있었다. 우리는 대체 누구를 감시하고 있었던 걸까. 우리가 수행한 일들이 감시는 맞았던 걸까. 속이 메슥거렸다. 지옥 속의 지옥에 내던져진 기분. 목사는 몇 겹의 지옥을 준비해둔 것인가. 머리가 터져버릴 것 같은데 숨마저 함부로 내뱉을 수 없었다.

순간, 염소가 뒤척이는 기척에 머리털이 곤두섰다. 심장이 저 혼자 달아나려는 듯 빠르게 뛰었다. 염소의 고른 숨소리를 확인하자마자 다시 무릎으로 기어갔다. 현관문 앞에서 몸을 뒤로 돌려

간신히 잠금장치를 풀고 손잡이를 돌렸다. 계단이 악마의 목구멍처럼 아가리를 쩍 벌리고 있었다. 몸을 뒤로 뉘어 한 칸 한 칸 꼼지락거리며 내려갔다. 몇 칸도 못 가 두 팔이 떨어져나가는 것 같았다.

중간 층계참에서 자세를 모로 바꾸려다 미끄러지고 말았다. 우당탕 계단을 구르는 동안 내가 할 수 있는 일은 턱을 최대한 당기고 눈을 질끈 감는 것뿐이었다. 염소가 잠에서 깨지 않기만을 기도하며. 쿵 소리와 함께 콧잔등에 얼얼한 충격이 느껴졌다. 눈을 뜨니 의자 나무틀이 부서진 채 여기저기 나뒹굴고 있었다. 남아 있는 부분은 몸을 벽에 몇 차례 부딪쳐 떼어냈다. 의자에서는 풀려났지만 손발은 여전히 자유롭지 못했다. 코뼈가 부러진 걸까. 코에서는 피가 뚝뚝 떨어지고 손발은 사냥감마냥 꽁꽁 묶인 채로 나는 토끼뜀을 시작했다.

깊은 잠에 빠진 어두운 거리. 결박되어 있는 곳이 낯설고도 익숙한 공간임을 깨닫는 순간부터 목적지는 정해져 있었다. 이타카. 포플러 길이 끝나는 귀퉁이에 자리한 헌책방. 이층 목조건물의 일층인 그곳은 미닫이창이 늘 열려 있었다.

"단골손님이에요. 출입문이 열려 있어도 창문으로만 드나들어요. 책 사이를 비집고 다니다가도 누군가 책을 집어들고 카운터로 오면 따라와서 이렇게 지켜보고 있죠."

헌책방 주인이 테니슨 시선집을 계산하는 내게 한 말 중에 창문이라는 단어는 똑똑히 알아들을 수 있었다. 카운터에 올라온 검은 고양이는 정말 시집에서 눈을 떼지 않았다. 책에게 작별인사라도 하는 것처럼. 그 카운터 어느 서랍에 책방 주인이 우아하게 우편물을 뜯던 페이퍼 나이프가 들어 있을 터였다.

사력을 다해 한 번 뛸 때마다 무릎이 절그럭거리며 내려앉고 단단한 보도가 늪처럼 푹푹 꺼졌다. 몸이 천근만근 땅속으로 끌려들어갔다. 헌책방 건물이 희붐한 가로등 불빛 아래 모습을 드러낼 즈음에는 무릎 아래가 사라진 기분이었다.

반쯤 열린 창문 틈으로 머리부터 집어넣고 펄쩍 도움닫기를 해 몸뚱이를 창 너머로 던졌다. 낡은 마룻바닥이 한밤의 불청객을 메마른 비명으로 환영했다. 책방 안은 책들의 무덤답게 캄캄했고 펄프 조직이 산화되며 죽어가는 냄새가 코를 찔러왔다.

카운터가 있는 쪽을 가늠하는 찰나 창문 너머로 빠르게 다가오는 발소리가 들렸다. 카운터까지 갈 여유가 없었다. 뒤로 묶인 손으로 벽을 짚으며 왼쪽으로 뜀을 뛰었다. 염소는 왼손잡이니 무기를 손에 쥐고 있다면 그쪽일 터였다. 하나, 둘, 셋. 기습적인 한 방에 최적일 거리를 확보하고 어둠 속에 한껏 몸을 도사렸다. 염소가 창틈을 비집고 들어오는 모습을 머릿속에 그려보았다. 레슬링 선수처럼 떡 벌어진 어깨가 창틈을 완전히 통과하려면 몇 번은 비트적거려야 하겠지. 그래도 두번째 기회 같은 건 없으리라. 첫 돌진에 염소의 머리통을 정통으로 겨냥해야 했다.

사람보다 냄새가 먼저 창틈을 넘어왔다. 희미한 카레 냄새. 염소가 틀림없었다.

"으어어."

뒤가 없는 절망적 일격. 재갈 물린 입에서 기합 소리가 절로 새어나왔다.

슉.

마지막 도움닫기를 하는 찰나 가슴에 예리한 타격이 느껴졌지만 그대로 허공에 온몸을 던졌다. 미사일 탄두처럼 날아 염소의 머리를 들이받았다. 퍽 하는 소리와 함께 둔탁한 충격이 두개골 전체를 울렸다. 염소의 몸뚱이가 쿵 소리를 내며 헌책방 마룻바닥으로 고꾸라졌다. 총을 맞은 걸까. 숨이 멎는 통증과 함께 가슴 부위가 축축이 젖어드는 느낌이었다. 겨우 숨을 들이쉬며 정신을 가다듬고 염소부터 살폈다. 모로 쓰러진 채 미동도 없는 염소에게서 카레 냄새가 아닌 술냄새가 풍겨왔다. 취해 곯아떨어졌던 것일까. 사냥 성공을 자축하는 사냥꾼처럼? 염소 곁에 총이 떨어져 있었다. 묶인 손으로 재빨리 총을 집어들고 카운터로 향했다.

서랍 안에서 페이퍼 나이프를 찾아 케이블 타이를 잘라냈다. 재갈은 염소에게 고스란히 돌려주었다. 염소의 운동화 끈을 풀어 손발을 묶고, 미리 벗겨둔 후드 티를 팔이 뒤로 묶인 상체에 입혀 구속복으로 삼았다. 발목 묶인 두 다리는 트레이닝 바지 한쪽 구멍에 욱여넣고 다른 한쪽으로 단단히 홀쳐맸다. 책방 주인이 가게

문을 열기 전까지는 꼼짝없이 누워 있을 신세였다.

그제야 육신거리는 가슴 부위를 살필 여유가 생겼다. 코트에 구멍이 뚫리고 그 주변이 흠뻑 젖어 있었다. 피는 아니었다. 염소의 것인 줄 알았던 술냄새의 진원지는 코트 안주머니였다. 총알이 버번위스키가 든 힙 플라스크와 하모니카를 연달아 관통한 뒤 가죽 장지갑에 박혀 있었다. 정확히는 일, 이, 오, 십 달러가 뒤섞인 두둑한 지폐 다발에. 힙 플라스크만 없었어도, 하모니카만 없었어도, 지갑이 얇기만 했어도 지폐가 위스키에만 젖지는 않았으리라.

총은 발터 PPK였다. 라이카가 첩보원들의 카메라라면 발터 PPK는 첩보원들의 권총. 총신이 짧아 숨기기 쉽고 꺼내자마자 방아쇠를 당길 수 있는 반자동 피스톨. 일곱 발밖에 안 들어가는 탄창은 단점이라기보다 오히려 명사수임을 입증할 근거가 되었다.

"제군들, 머리보다 심장을 쏴야 한다네. 머리는 총알이 돌아다녀도 살 수 있지만 심장은 구멍만 나면 끝이야. 무엇보다 머리를 맞고 죽는 자들에게는 아무것도 물어볼 수 없지. 최후를 직감하고 모든 걸 불 준비가 된 황금시간대에 말이야."

목사는 사격 연습장 바닥의 발 모양을 딛고 선 우리 등뒤에서 소리치곤 했다.

발터 PPK는 김부장이 각하를 쏜 총이기도 했다. 법정 최후진술에서 그는 이런 말을 남겼다.

"야수의 심정으로 유신의 심장을 쏘았다."

소음기까지 단 발터 PPK라니. 염소의 정체가 더 궁금해졌다. 염소의 바지 주머니에서 나온 것은 구형 아이폰과 가죽 열쇠고리에 달린 구식 열쇠 하나가 다였다. 열쇠와 휴대폰을 챙겨 자리를 뜨려는데 어둠 속에서 시선이 느껴졌다. 인간의 것은 아니었다. 책장 맨 위 칸에 고양이 한 마리가 도사리고 있었다. 새까만 털 속에 호박琥珀처럼 번뜩이는 눈동자. 닫히는 법이 없는 미닫이창의 주인이었다. 검은 고양이는 거기 안치된 모든 문장들의 마침표처럼 아직 죽지 않은 자들의 세계를 굽어보고 있었다.

홀린 듯 하모니카를 꺼내 입으로 가져갔다. 전에 불어본 적이 있던가. 하모니카는 죽은 자들의 휘파람 같은 소리를 냈다. 내 심장을 끝장내려는 의지로 직진해오던 총알이 만든 구멍, 마지막 순간 저지된 살의의 흔적에서 새어나오는 멜로디였다. 어쩌면 검은 고양이의 울음이었는지도 모른다.

☆

헌책방을 빠져나온 나는 도망친 길을 되짚어 염소의 집으로 향했다. 자정을 조금 넘긴 시간, 거리는 여전히 깊은 잠에 빠져 있었다. 염소의 집 일층도 깨어난 기척은 없었다. 전생처럼 아득하게 느껴지는 반시간 전 온몸으로 구른 계단을 성큼성큼 올라 현관문 앞에 섰다. 문은 굳게 잠겨 있었다. 부랴부랴 뒤쫓는 와중에 문단

속이라니. 비인간적인 침착함에 혀를 내두르지 않을 수 없었다.

염소의 주머니에서 나온 열쇠를 꺼내 오늘밤의 두번째 운을 시험해보았다. 철컥. 문을 지키던 금속 조각이 팔짱 푸는 소리가 들렸다. 다행이라기보다 운을 다 써버린 건 아닌가 불안감이 밀려들었다. 진짜로 운이 필요한 순간이 도사리고 있을까 두려웠다.

화장실로 들어가 세수를 하고 핏자국을 씻어냈다. 거울 속 모습이 염을 마친 시신 같았다. 화장실 수납장 안에는 수건과 간단한 세면도구뿐이었다. 내 호텔 방 화장실보다 더 단출했다. 뭘 찾는지 몰라도 그것이 없다는 사실이 분명한 화장실. 변기 수조까지 뒤졌지만 단서는 없었다.

침실도 단출하기는 마찬가지였다. 세간이라곤 침대와 협탁, 행거 하나가 전부였고 행거에는 똑같은 옷이 줄줄이 걸려 있었다. 1492라는 숫자가 가슴팍 가득 프린트된 회색 후드 티. 염소가 제2의 피부처럼 매일매일 걸치는 옷. 다른 셔츠를 구경할 수 없었던 이유가 있었다. 위스키가 흠뻑 밴 스웨터를 벗고 개중 하나를 코트 아래 받쳐 입었다. 세제의 잔향이 섞인 카레 향이 위스키 냄새를 뚫고 희미하게 올라왔다.

나무틀에 옥수숫대를 촘촘히 엮어 만든 협탁 위에 휴대폰과 자동차 키 하나가 놓여 있었다. 휴대폰은 내 것이었지만 도보로만 다니던 염소의 자동차 키는 수수께끼였다. 차 키에 새겨진 토요타 로고를 보기 전까지는.

설마 피셔맨의 열쇠? 염소가 어떻게? 헌책방으로 돌아가 우리의 오즈월드를 신문해야 할 것인가, 너는 대체 누구냐고? 냄새가 났다. 희미한 카레 향에 가려진 음모와 비밀의 냄새가 방안에 진동했다. 그러나 침대 밑도, 시트와 베개 속도 깨끗했다. 마지막으로 매트리스 커버를 벗기는 순간 감이 왔다. 무언가 엄청난 것이 숨겨져 있다는. 그럼에도 총 모양으로 도려낸 홈에 드라구노프 저격소총이 끼워져 있으리라곤 상상도 못했다. 망원렌즈는 물론 소음기까지, 조용한 암살 기계는 살의로 무장된 눈과 손가락을 맞이할 준비가 끝나 있었다.

사격장 밖에서 소총을 잡아보기는 난생처음이었다. 창가로 가 총을 겨눠보았다. 교과서 보관소 육층에 도사린 채 대통령의 카퍼레이드가 다가오기를 기다리는 오즈월드처럼. 소련이 자랑하던 가공할 화기를 깔고 누워 염소는 밤마다 무슨 꿈을 꾼 걸까. 오즈월드 대역이 아니라 진짜 오즈월드였나. 목사는 이 모든 걸 알고 있었을까. 알면서 우리에게 감시 임무를 맡긴 걸까. 비밀 속의 비밀 속의 비밀. 저 살인 병기를 만들어낸 사람들이 아끼는 민속 인형처럼 비밀은 더 은밀한 비밀을 끝없이 품고 있었다.

나는 망원렌즈로 길가에 서 있는 차를 한 대 한 대 조준해보았다. 포드 픽업트럭, 폭스바겐 비틀. 흰색 토요타 캠리. 무심코 다음 차로 옮겨가다 말고 나는 총을 내렸다. 피셔맨의 차 전면부가 훤히 내려다보였다.

"손에 손을 잡고 형제의 심박동, 심장이 하는 말을 가슴 깊이 새겨두어라. 어느 날 내가 '네 형제는 어디 있느냐?' 물을 때 '제가 형제를 지키는 사람입니까?' 잡아떼지 못하도록."

예배 때 목사가 하던 말을 허투루 넘기지 말았어야 했다. 우리가 염소를 감시한 게 아니라 염소가 우리를 감시하고 있었다. 우리에게 감시당하는 척하며 감시하는 이중의 임무를 수행하고 있었다. 그런데 우리를 왜? 배신자가 누군지 몰라서? 배신자를 염려했다면 아예 여기로 불러들이지 않았겠지. 주사위 놀음을 보라. 배신자 색출은 처음부터 중요하지 않았는지 모른다. 그럼, 바다 건너 우리는 왜 불러들인 걸까? 무언가로 가격당한 뒤통수가 다시 욱신거렸다. 서둘러 집을 나섰다. 총구 방향이 바뀐 총 두 자루를 고이 품은 채.

피셔맨의 흰색 캠리는 주인을 잃은 채 어둠에 묻혀 있었다. 조수석 문을 따다 놓친 재단사의 쇠 자는 길바닥에 나뒹굴고 있었다. 염소의 협탁에서 집어온 자동차 키를 시험해보았다. 삐릭. 잠금장치가 곧바로 반응하자마자 까맣게 잊고 있던 원래 목적이 떠올랐다. 피셔맨은 어찌됐을까. 헌책방으로 가 염소와 대화를 나눌 여유가 없었다.

차에 오르기 무섭게 재단사에게 전화를 걸었지만 먹통이었다. 전원이 꺼졌는지 연결이 되지 않는지 대기 신호조차 들리지 않았다. 재단사도 당한 걸까. 냄새를 조심하라 당부했건만. 쇠 자에게 재단사의 행방을 물었지만 역시 무덤 속 같은 어둠뿐. 피셔맨의 힙 플라스크 때와 똑같았다. 내 능력에 문제가 생긴 거라 믿고 싶었다. 절망적인 생각을 하느니 차라리 그 편이 나았다.

재단사가 수만 번도 더 매만졌을 물건을 다시 한번 쥐는 순간 몸이 부르르 떨렸다. 극도의 긴장 뒤에 오는 경련 같은 떨림의 발원지는 코트 주머니 속 염소의 휴대폰이었다. 그리고 화면에 뜬 이름.

John.

한국의 김씨 성만큼 흔한 이름이었지만 목소리를 확인하지 않고도 내가 아는 인물임을 직감했다. 발터 PPK로 모자라 드라구노프를 깔고 자는 사람을 야심한 시간에 이토록 애타게 찾는 목적이 안부인사일 리 없었다. 내가 달아났다는 보고를 받았을까? 아니면 오즈월드의 임무에 긴급한 변경사항이라도?

몇 블록 떨어진 곳에 차를 대고 걸어가보니 선샤인 클리너스는 셔터가 내려져 있었다. 늘 서 있던 세탁소 승합차도 보이지 않았다. 세탁소 뒷문으로 발소리를 죽여 접근했다. 인기척은 없었지만 캄캄한 쪽창 안 어둠 속에 단속적으로 깜박이는 불빛이 보였다. 저 안 어딘가에 재단사가 갇혀 있는지도 몰랐다. 내가 염소의 거실에 묶여 있었던 것처럼. 손잡이를 돌려보았지만 차가운 쇳덩이는 꿈쩍도 안 했다.

"대도무문大盜無門, 진짜로 문을 따는 것은 감도 땀도 아니라 배

짱이야. 두둑한 배짱 앞에서는 문이 알아서 열리는 법이지."

초빙 강사로 불려왔던 죄수의 비법 아닌 비법을 뒤미처 떠올리며 발터를 꺼내 손잡이에 대고 쐈다. 문을 열어젖힘과 동시에 총을 겨누며 주위를 살폈다. 천장에 매달린 낡은 형광등 하나가 미세하게 깜박일 뿐 수상한 기척은 감지되지 않았다. 매복이 없는 것을 확인한 뒤 벽을 더듬어 불을 켜고 본격적으로 내부를 수색했다. 재단사는 어찌된 걸까. 몸싸움의 흔적은커녕 무언가 흐트러진 기미 하나 없었다. 특수 세탁을 기다리는 양탄자들이 돌돌 말려 벽 한편에 나란히 진열돼 있었고 천장 한편에는 드라이클리닝이 끝난 옷들이 비닐에 싸인 채 빼곡히 걸려 있었다. 정말 아무 일도 일어나지 않은 걸까. 폭력과 음모의 현장을 이미 감쪽같이 정리한 걸까. 어디선가 생사가 갈리는지도 모르는 순간에 헛다리를 짚고 있나 불안감이 밀려들었다. 적어도 주사위를 발견하기 전까지는.

주사위는 세탁소 맨 안쪽의 대형 세탁기에서 나왔다. 피셔맨을 유다로 지목한 주사위인가. 천막 바닥에서 네 개의 눈을 부라리고 있던 주사위는 누가 집어들었나. 요한과 야고보? 네 개의 눈을 죽음이 읽기 전에 감추고 싶었을 피셔맨? 어떤 디테일도 그냥 흘려 넘기지 않는 재단사? 정상적인 주사위인지, 여섯 개의 같은 얼굴을 지닌 악마의 주사위는 아닌지 본능적인 의심이 발동했다면?

세탁기 안을 샅샅이 훑어 찾아낸 털 조각이 답을 알려주었다. 피셔맨의 귀밑에 어색하게 붙어 있던 가짜 구레나룻 한 조각. 피셔맨이 거기 갇혀 있었다. 무덤처럼 어두운 세탁조 안에. 그렇다면 지금은 어디에 있단 말인가. 구레나룻을 꼭 쥐자마자 절로 눈이 감겼다. 그러나 빛에 노출된 필름처럼 현상액 위로 떠오르는 것은 이번에도 새까만 어둠뿐. 역시 능력에 문제가 생긴 것인가. 아내 이름이 떠오르지 않았을 때보다 더 당혹스러웠다. 라이카라는 이름을 잊어버리기라도 한 것처럼. 아니, 목사가 내 코드 네임을 거둬가기라도 한 것처럼.

혹시 그때부터였을까. 목사의 민낯을 보기 시작했을 때부터? 새소년의 음침한 비밀이 드러나면서부터? 라이카의 세번째 눈이 먹통 신세가 된 것은 믿음이 사라져서인지도 모른다. 하나 둘 셋, 눈을 뜨라는 주문과 함께 길고 익숙한 최면에서 깨어나고 말았는지도 모른다. 라이카가 사라졌다면 '보물섬'이라도 나서야 했다. '왕자와 거지' '파우스트'를 한시라도 빨리 찾아내야 했다. 세탁기에 가둬둔 사람을 굳이 왜 다른 데로 옮겼을까? 옮긴 것이 아니라 끝내려는 것이라면? 날이 밝기 전에, 죽음이 기상 점호를 하러 오기 전에 둘을 구해야 했다. 지평선을 덮은 어둠이 걷히면, 디데이의 동이 터오면 영영 기회가 없을 것 같았다.

주어진 시간은 모래시계처럼 줄어드는데, 차가 달리기 시작할 때까지도 목적지를 정하지 못했다. 어차피 남은 곳은 목사의 통나무집과 천막 교회뿐. 목사의 통나무집은 가능성이 낮았다. 주사위도 직접 던지지 않은 분, 킬이라는 단어의 케이도 입에 담지 않을 사람, 자신의 거처를 피로 더럽히는 일은 꿈도 못 꿀 자 아닌가.

"사람의 원수가 자기 집안 식구리라. 검으로 맞서려거든 등뒤에서 빼 들지 말고 눈앞에서 빼 들지어다. 소년들이여, 순결하여라!"

천막을 빙 두르며 서로를 바라보고 있는 열두 개의 허수아비. 목사의 열두 제자들, 목사의 피와 살로 한식구가 된 열두 에르마노스!

어느새 나는 천막 교회를 향해 액셀을 밟고 있었다.

☆

도심을 벗어나자마자 검은 안개 같은 어둠이 차를 에워쌌다. 식별할 수 있는 세상은 헤드라이트가 더듬는 두 줌의 길바닥이 전부였다. 천막 교회로 가는 길은 언제나 가드레일처럼 나란히 달리는 지평선과 함께였는데. 가도 가도 지평선인 낮의 풍경이 초현실적이었다면 가도 가도 먹빛 어둠뿐인 밤은 초자연적 체험이었다. 어느 거대한 짐승의 창자 속을 통과하는, 아니 이승과 저승을 가로지르는 검은 강을 살아서 건너는 느낌.

한번 건너면 영원히 돌아올 수 없는 강이 있다. 바람도 물결도 없는 균질한 암흑의 바다. 공간감이 희박해질수록 속도감도 마비돼갔다. 속도계 바늘이 백 마일을 훌쩍 넘기고도 계속 앞으로 꿈틀댔다. 바늘이 바르르 떨며 넘어선 것은 한 시간 뒤 도달할 거리가 아니라 내 머릿속 제한속도였다.

이곳은 어디인가? 나는 어디로 가고 있나? 무엇을 하려고? 무얼 위해?

인간의 의지를 자연의 의지와 구분 짓는 육하원칙이라는 경계선마저 희미해지자, 하나의 생명체처럼 살아 숨쉬는 어둠이 헤드라이트 불빛마저 삼켜버렸다. 가라앉듯 낮게 뜬 별들이 어서 오라고 손짓하는 것 같았다. 흩뿌린 듯 점점이 반짝이는 겨울 별들. 저 중에 북극성은 어디쯤 있을까.

북극성. 항해자들의 수호성이 대지와 맞닿은 밤하늘에서 가리키는 곳은 죽음이었다. 광대한 암흑의 중심을 꽉 물고 놓지 않는 그 별은 언제나 죽음을 노래했다. 가장 높고 가장 밝아 검은 두 글자를 떠올리지 못할 뿐. 선원들을 홀려 배를 가라앉히는 세이렌의 노래. 홀린 채 끌려가는 몸뚱이를 묶을 돛대도, 귀를 틀어막을 밀랍도 내겐 없었다. 어쩌면 염소의 총알이 하모니카를 관통하던 순간보다 죽음에 더 가까이 다가간 순간이었는지도 모른다.

"날빛보다 더 밝은 저 천국, 믿는 맘 가지고 가겠네. 믿는 자 위하여 있을 곳, 우리 주 예비해두셨네. 며칠 후 며칠 후 요단강 건너가 만나리. 며칠 후 며칠 후 요단강 건너가 만나리."

여름 성경학교 포스터가 붙은 육중한 철문 틈으로 훔쳐본 성가대. 흰 가운을 걸친 사람들 사이로 어머니가 보였다. 어머니는 더없이 행복한 얼굴이었다. 죽음의 노래를 부르면서도 벅차오르는 기쁨으로 환했다. 집에서는 한 번도 보여주지 않은 표정. 배우들의 연기로만 접했던 행복이라는 감정. 어머니의 낯선 얼굴이 나는 두려웠다. 어머니는 이미 다른 세계로 건너가버렸다. 아버지를 죽이는 상상을 하는 아이, 순결하지 못한 아이는 결코 발 들일 수 없는 나라로. 갈 수 없는 나라의 경계에서 육중한 철문을 닫고 돌아설 수밖에. 그 문을 열고 들어갔다면, 어머니 손을 잡고 나왔다면 나는 지금 이곳이 아닌 다른 세계를 살고 있을까. 플라자호텔 커피숍 맞선 자리에서 아내 얼굴 위로 그려보던 평범이라는 이름의 행복을 누리고 있을까.

저 어둠 너머 열어야 할 문이 있다. 두려움 때문에 못다 열어 어머니를 영영 잃어버린 문. 저 문 너머에 내 어머니가 있다. 이번만큼은 문을 열어젖혀야 한다. 그 너머에 혀를 날름거리는 지옥의 유황불이 기다리고 있을지라도.

헤드라이트 안으로 산짐승 같은 것이 휙 뛰어든 순간 차가 아스팔트를 그러쥐며 빙글 돌았다. 산짐승의 정체는 선샤인 클리너스. 세탁소 승합차가 길가에 멈춘 표지판처럼, 아니 지옥 입구 안내판처럼 서 있었다. 역시 존과 제임스는 천막 교회를 최후의 안가, 자신들만의 베들레헴으로 택한 것이다. 누군가에겐 골고다 언덕이 될 수도 있었지만 선택의 여지는 없었다. 지옥이라는 미궁을 빠져나가는 유일한 길은 언제나 미궁의 심장부로 나 있기에.

옥수수밭 경계에 처박히듯 멈춘 차에서 내리기 전 드라구노프를 챙겼다. 총신 끄트머리 가늠쇠도 안 보이는데 망원렌즈로 무얼 저격할까. 어둠 너머의 어둠? 그럼에도 총알은 부족한 것보다 남는 편이 나았다. 드라구노프로 정면을 겨누며 승합차로 빠르게 접근했다. 승합차에는 아무도 없었다. 비스듬히 도로를 벗어난 승합차 전면부가 화살표처럼 가리키고 있는 어둠 속에서 불길한 소리가 났다.

쉿, 쉬릭, 사스락. 메마른 옥수숫대가 바람에 부대끼는 소리, 아니 악마들이 셋뿐인 손가락으로 옥수수 알갱이를 세는 소리였다.

천막 교회를 둘러싼 옥수숫대 결계로 들어섰다. 일부러 멀리 돌아 바람을 마주하며 다가갔다. 존과 제임스에게 미리 냄새를 풍길 필요는 없었다. 사냥감의 방향이 아니라 사냥꾼의 방향. 사냥꾼은 바람을 거스르며 움직여야 한다. 옥수숫대에 숨어 결계 안쪽을 살폈다. 천막이 희끄무레하게 달빛을 반사할 뿐 아무것도 보이지 않았다. 천막 안 한구석에 도사리고 있을까. 나처럼 옥수숫대 속에 숨어 사격 자세를 취하고 있을까. 목사의 제자라면……

"숨은 것보다 더 잘 보이는 것이 없고, 미세한 것보다 더 잘 드러나는 것이 없다."

목사의 가르침대로 숨지 않은 듯 숨은 곳은 어디일까? 미세한 듯 미세하지 않은 허점은 무엇일까?

"으으으."

옥수숫대의 서걱임 사이로 신음소리가 들려왔다. 틀어막힌 입에서 새어나오는 소리. 조심조심 옥수숫대를 헤집으며 소리가 들려오는 쪽으로 움직였다. 얼마나 빙 돌았을까. 옥수숫대 너머로 십자 말뚝이 어른거릴 즈음 신음소리는 손에 닿을 듯 가까워졌다. 열두 개의 허수아비 중 하나가 신음하고 있었다. 말뚝에 묶인 재단사를 확인하자마자 달려가 팔목의 결박부터 풀었다.

"어어어."

재갈을 먼저 풀었어야 했나. 재단사가 기를 쓰고 뱉으려 한 말은 SOS가 아니라 경고였나. 묶인 발목을 풀려고 몸을 낮추는 순간 어둠 속에서 총성이 울렸다. 기우뚱하는 재단사를 안고 그대로 땅바닥에 드러누웠다. 발치에 내려놓은 드라구노프를 재단사가 어느새 쥐고 반사적으로 응사했다. 나는 재단사에게 깔려 옴짝달싹할 수 없었다. 몇 차례 오가던 총성이 멎자 재단사의 몸이 축 늘어졌다. 머리를 흔들어보아도 반응이 없었다. 깜박임 없는 눈동자에 피가 고여 있었다. 목선을 타고 오르는 동맥을 짚으니 어렴풋한 박동이 느껴졌다. 재단사를 구하려면 재단사와 떨어져야 했다. 재단사의 몸에서 빠져나가려 버둥거리자 다시 총성이 울렸다. 바람을 등지는 자리, 사냥감의 자리로 끌려들어온 것이다. 그나마 좌우에서 들려오던 총성이 왼쪽에서만 들려왔다. 재단사의 총알이 모두 허공만 가른 것은 아닌 모양이었다.

저만치 천막 입구가 보였다. 바람의 사각지대. 옆으로 굴러 재단사 밑에서 빠져나오자마자 총성을 뚫고 천막으로 뛰어들었다.

총알이 몇 번 천막을 뚫고 날아왔지만 터무니없는 방향이었다. 제아무리 머릿속까지 탐지하는 후각도 이제는 내 체취를 맡을 수 없었다. 그러나 나 역시 어둠에 더해 천막이라는 눈가리개가 덧씌워진 꼴이었다. 총알이 나를 향해 날아오기 전에는 적이 어디쯤 있는지 전혀 가늠할 수 없었다. 보이지 않게 포위망을 좁혀올 상대를 생각하면 시간은 내 편이 아니었다. 천막 너머 다가오는 자는 존일까 제임스일까.

주머니 속 염소의 휴대폰이, 화면에 뜨던 이름이 뇌리를 스쳤다. 존이든 제임스든 확률은 반반. 물론 휴대폰에 걸린 비밀번호를 푼 뒤에나 가능한 얘기였다. 염소의 휴대폰 화면에 뜬 동그라미 네 개가 악마의 가지런한 이빨처럼 보였다. 코트 앞자락으로 휴대폰 불빛을 차단하며 보니, 가슴께에 핏자국이 흥건했다. 재단사는 아직 숨이 붙어 있을까. 피셔맨은 어느 십자 말뚝에 묶여 있을까. 날아다니는 눈먼 총알을 무사히 피해내고 있을까. 한시바삐 이 막다른 곳에서 빠져나가야 했다.

"너무 드러나면 못 찾고 너무 크면 보이지 않는다."

후드 티 가슴팍의 네 자리 숫자가 피에 젖어 검붉은 색이 돼 있었다.

1492. 네 숫자를 입력하자 악마의 이빨이 사라지고 첫 화면이 떴다. 염소는 목사의 제자가 틀림없었다. 엎드려쏴 자세로 최근 통화내역 맨 위 칸을 눌렀다. 막 들이닥치려던 참이었을까. 착신

음이 바로 입구 쪽에서 들려왔다. 슉. 슉. 두 발을 연사했다. 단말마 같은 대응사격이 몇 발 들리다 멎었지만 휴대폰 소리는 그 자리에서 계속 울리고 있었다. 휴대폰을 끌 경황도 없다면 지금이 치고 나갈 기회였다. 슉. 슉. 총을 쏘며 달려나간 천막 입구에는 주인 없는 휴대폰만 땅바닥에서 울고 있었다. 부상을 입고 달아난 듯 휴대폰에 피가 묻어 있었다.

"으어어."

또다른 십자 말뚝에서 들려오는 소리를 따라가니 말뚝에 묶인 채로 비트적거리는 피셔맨이 보였다.

"김작가는?"

재갈이 풀리자마자 피셔맨이 물었다.

부리나케 달려갔지만 재단사는 여전히 눈을 치뜨고 있었다.

"김작가, 어서 일어나!"

재단사는 꿈쩍도 안 했다.

"재단사 요원, 기상!"

훈련생 시절부터 재단사는 아침잠이 많았다. 밤새 책을 읽느라 새벽 구보도 졸면서 돌기 일쑤였다. 개점휴업 신공, 눈뜨고 조는 법을 터득해 적발되는 일 한 번 없었다. 지금처럼 두 눈을 치뜨고 있다고 안심하면 속기 십상이었다. 졸면서 밥도 먹고 청소당번도 하고 공도 차던 위인 아닌가.

"여보게 파우스트!"

나는 재단사의 머리만 연신 흔들었다. 더 부를 이름이 없었다. 재단사의 본명, 김작가의 진짜 이름은 뭘까. 혈육보다 더 오래 함께한 세월, 한 번 물어본 적도 없는 이름은.

"그만하게. 파우스트는 잠들었네."

피셔맨이 맥을 짚어보던 손을 떼며 말했다.

"자네 침 세트 어디 뒀나? 공공칠가방은 차에 있나? 잠들게 할 수 있으면 도로 깨어나게 할 수도 있잖은가?"

피셔맨은 묵묵히 재단사의 입에 물린 재갈을 풀었다. 재단사는 미소를 머금고 있었다. 한쪽 입꼬리만 끌어올린 반쪽 미소가 아니라 나머지 반쪽도 똑같이 올라간 미소. 재단사가 난생처음 온전히 웃음 짓고 있었다.

재단사의 머리를 붙든 두 손에 힘이 쑥 빠졌다. 완전한 웃음. 그것만큼 재단사가 더이상 여기 머물지 않는다는 명백한 증거가 없을 것이기에.

☆

발터 탄창에 남은 마지막 한 발.

피셔맨과 내가 재단사의 시신을 차 트렁크에 싣고 목사의 통나무집으로 차를 몬 이유 중 하나라고 말할 수 있을까. 뒷자리의 드라구노프에도 몇 발 남아 있었지만, 목사 면전에 들이댈 총은 발터여야 할 것 같았다. 사실 이유 같은 건 필요 없었다. 애당초 목사가 최종 목적지인 여정이었고 목사를 찾아가는 일에 용건 따위는 필요치 않았기에. 다만 목사가 우리를 찾은 진짜 이유를 생각해본 적이 있었던가.

"오즈월드 대역이 아니라 진짜 오즈월드였군. 한데 왜 감시를 붙였을까?"

드라구노프의 출처에 대한 답을 듣고서 피셔맨이 말했다.

"아직도 모르겠나? 우리에게 다 뒤집어씌울 계획이었던 거야. 북미 수교를 저지하려는 전직 남한 특수요원들. 우리가 오즈월드였네."

전면창에 달라붙은 어둠을 와이퍼로 지워내고픈 마음을 억누르며 대꾸했다. 한쪽 입꼬리를 올리며 말했는지도 모른다. 재단사가 내 입을 빌려 얘기하듯. 순간 차가운 전율이 머리끝부터 발끝까지 훑고 내려갔다. 이제껏 재단사에게 수많은 대본을 들었지만 이보다 무섭도록 그럴듯한, 아니 너무 그럴듯해서 무서운 대본은 없었다. 히터를 켰는데도 한기에 몸이 떨려왔다.

부고로 가장한 암호문을 신문에 낼 때부터 계획된 일이라고? 배신자라는 독거미를 가려낼 수 없으니 모든 거미를 없앤다고? 인생을 송두리째 바친 부하를 대마 잡는 사석으로 써먹는다고? 한 치의 빈틈이라도 찾아내 송두리째 뒤엎으려 하면 할수록 퍼즐 조각들이 더 단단히 맞물리는 느낌이었다. 목사라면, 목사가 밑그림을 그린 퍼즐 X라면 그럴 수 있을 것 같았다. 비로소 진짜 고아가 된 기분이었다. 어머니가 불에 타 죽고 아버지가 감옥에 갔을 때도, 아버지가 옥중에서 죽었다는 소식을 들었을 때도 느끼지 못했던 아득한 상실감과 두려움. 총알도 뚫지 못한 가슴이 뒤늦은 통증으로 저릿했다. 반만 웃던 재단사의 얼굴을, 내리다 만 저주 같은 기괴한 표정을 나는 난생처음 부러워하고 있었다. 적어도 겁에 질린 아이처럼 앞니가 멋대로 딱딱거리는 일은 없을 테니. 나를 비웃는 운명의 신 앞에서도 똑같은 웃음으로 응수할 수 있을 테니.

"한 모금 해야겠네."

피셔맨이 맡겨둔 물건을 달라며 손을 내밀었다.

코트 안주머니에서 힙 플라스크를 꺼내 건네자 피셔맨의 눈이 가늘어졌다.

"이 구멍은 뭔가?"

"대문호들과 어깨를 나란히 할 뻔했네. 알코올이나 총알로 끝장난 작가들 말이야."

"하, 주류점에 가서 위스키를 채워달라고 건네려면 패스포트에 총기 등록증까지 준비해야 되겠군. 하긴 술보다 총 사기가 더 쉬운 나라니 패스포트만 있어도 되려나."

가망 없는 내 농담에 화답하는 피셔맨 특유의 너스레에도 차 안 공기는 여전히 서늘했다. 재단사의 공백을 외면하려 애쓸수록 그 모든 헛짓을 비웃어줄 존재의 부재만 더 크게 다가왔다. 절망 섞인 농담을 공포탄처럼 허공에 날리던 피셔맨과 나는 이내 차창 밖 어둠만 묵묵히 노려보게 되었다.

차는 어느새 어둠의 지평선을 넘어 숲길로 접어들었다. 급커브를 돌 때마다 벌거숭이가 된 단풍나무가 헤드라이트 속 고라니처럼 소스라치며 얼어붙곤 했다. 단풍나무 숲이 높아질수록 길 바로 아래 비탈진 계곡은 오륙 미터쯤으로 깊어졌다. 차 두 대가 겨우 비껴갈 폭이 어둠 속에서는 일방통행로만큼 좁게 느껴졌다. 그래도 속도를 아주 줄이지는 않았다. 아니, 줄일 수 없었다. 오늘밤 안에 어떻게든 결판을 내야 했다. 날이 밝으면 지금의 나는 사라지고 예전의 나로 돌아가버릴지도 몰랐다. 빛을 조종하는 목사의 검은 마법에 또다시 사로잡힐지도 몰랐다.

피셔맨도 차창 위 손잡이만 굳게 잡을 뿐 아무 말이 없었다.

"어어어!"

피셔맨이 긴 침묵을 깬 것은 계곡의 가장 깊은 구간을 지나 경사가 한결 완만해질 즈음이었다. 가로막힌 시야가 트이면서 저만치 불빛 한 점이 나타나는 순간 숲 쪽에서 튀어나온 무언가가 차를 들이받았다. 고라니도 단풍나무도 아니었다. 반사적으로 운전대를 꺾으면서도, 비탈로 정신없이 곤두박질치면서도 내 눈은 손에 잡힐 듯 어둠 속에 홀로 반짝이는 빛만 좇았다. 그것은 침몰하는 배를 냉정히 지켜보는 북극성, 아니 모든 것을 빨아들이는 블랙홀이었기에.

"눈뜨고 존 거 아니야."

기상 구보 도중 발을 헛디뎌 넘어진 재단사가 억울하다는 투로 말했다. 재단사가 눈뜨고 졸 수 있다는 사실을 처음 알게 된 순간이었다.

"그럼, 졸면서도 눈을 뜨고 있었겠지."

피셔맨이 히죽거리며 말했다. 나는 뭐라고 했던가.

차가 뒤집혔다는 사실은 눈을 감고 있어도 알 수 있었다. 피가 머리로 몰려 눈알이 튀어나올 것 같았다. 그래도 반쯤 정신을 잃고 신음하는 피셔맨에 비하면 멀쩡했다. 종잇장처럼 구겨진 조수석 문짝이 피셔맨의 하반신을 짓누르고 있었다. 운전석 문손잡이를 잡아당겼지만 꿈쩍도 안 했다. 문손잡이와 몇 번 더 씨름하다 재단사의 쇠 자에 생각이 미쳤다. 코트 주머니가 텅 빈 것을 확인하고는 팔을 머리 아래로 뻗어 천장을 더듬었다. 실내등을 켜면 백발백중의 표적이 될 터였다.

공공칠가방, 힙 플라스크. 두어 번 헛손질 뒤에 쇠 자를 집어들 수 있었다. 쇠 자를 문틈에 끼우고 쑤석거리는 찰나, 어둠 속에서 자박자박 자갈 밟는 소리가 들렸다. 코트 안주머니에 넣어둔 발터가 손에 잡히지 않았다. 천장 어딘가에 뒹굴고 있는 것인가. 자갈 소리가 잠시 멎더니 운전석 쪽으로 방향을 잡았다. 덫에 빠진 사냥감의 숨통을 끊으러 오는 사냥꾼의 발소리. 천장을 아무리 더듬어보아도 발터는 걸리지 않았다. 자갈 소리가 서너 걸음 거리쯤에서 다시 멎었다. 가장 안전하면서 확실한 발사 거리. 본능적으로 공공칠가방을 집어 차창에 갖다댔다.

탕, 탕. 슉, 슉, 슉. 처벅, 처벅, 쿵.

마지막은 분명 자갈 위로 몸뚱이가 쓰러지는 소리였다.

"교통사고를 냈으면 들이박은 자리부터 살피는 게 매너지."

고개를 돌려보니 피셔맨이 등받이를 한껏 젖힌 자세로 드라구노프를 들고 있었다.

간신히 문을 열고 차를 빠져나가 확인해보니, 개울가에 존이 널브러져 있었다. 검은 중절모에 검은 외투. 재단사가 쏜 총알을 맞고 말뚝 바로 앞에 쓰러져 있던 제임스와 똑같이 허수아비로 위장한 모습이었다.

조수석 문짝이 망가져 피셔맨도 운전석 쪽으로 끌어내야 했다.

"골반뼈가 으스러진 것 같아."

피셔맨이 비명을 질러댔다.

"목사는 자네 혼자 독대해야겠네. 오는 길에 위스키 좀 챙겨오게. 시바스리갈 한 병쯤은 있을 걸세. 그리고 권총은 허리춤이 기본 몰라? 내가 언제까지 자네가 흘린 총이나 줍고 다녀야 하나?"

부축하려는 내 손에 발터를 쥐여주며 피셔맨이 말했다.

"괜찮겠나?"

"담배나 한 대 주면 돼."

나는 바지 주머니에서 한 개비 남은 담배를 꺼내 불을 붙여주었다.

"내 이름이 도식, 김도식이라고 얘기했던가. 자네는 진짜 이름이 뭔가?"

"내 이름은…… 살아 돌아오면 알려주지."

피셔맨은 담배를 길게 한 모금 빤 뒤 어서 가라고 손짓했다.

계곡의 바람이 찼다. 존의 외투를 벗겨 바바리코트 위에 껴입고 중절모까지 눌러쓰고 나니 허수아비가 된 기분이었다. 심장이 뛰어야 할 자리가 담뱃갑처럼 텅 비어버린 것 같았다. 나는 아이오와강으로 흘러가는 개울을 거슬러 내 생애 단 하나의 불빛을 향해 걷기 시작했다. 내게는 여전히 한 발의 총알이 남아 있었다.

☆

지상에 내려앉은 별처럼 걷는 자의 눈높이에서 반짝이는 곳으로 가는 동안 내 마음의 탄창에는 수없이 많은 질문들이 장전돼 있었다. 하지만 손에 잡힐 듯하던 빛이 다가간 만큼 멀어지고 또 다가간 만큼 멀어지는 사이 어떤 질문들은 불발탄처럼 어둠 속으로 사그라졌다. 끝없이 물러날 것만 같던 빛의 정체가 통나무집 현관 위에 내건 호롱불로 밝혀진 순간에는 진짜 탄창에 든 총알만큼의 질문만 남아 있었다.

"왜 나였죠? 나를 왜 뽑으셨나요?"

어서 오라는 듯 반쯤 열린 현관문을 밀고 들어가 목사와 마주한 내가 물었다. 목사에게 조련되는 시간 내내 입안을 맴돌던 질문. 차마 용기 내어 입 밖에 내지 못한 질문. 무의식적으로 습득한 어떤 금기처럼, 버림받지 않으려 가슴 깊이 묻어버린 질문. 소년원을 뒤로하고 따라나서기 직전, 왕의 무덤가를 박박 기던 훈련생 시절, 그러니까 내 안의 괴물에게 라이카라는 코드 네임이 붙기 전에 물었어야 할, 너무 늦어버린 질문.

목사는 불 꺼진 거실 흔들의자에 앉아 있었다. 지직거리며 도는 낡은 턴테이블에서 귀에 익은 노래가 흘러나왔다.

님은 갔습니다. 아아, 사랑하는 나의 님은 갔습니다.

푸른 산빛을 깨치고 단풍나무 숲을 향하여 난 작은 길을 걸어서 차마 떨치고 갔습니다.

황금의 꽃같이 굳고 빛나던 옛 맹서는 차디찬 티끌이 되어서 한숨의 미풍에 날아갔습니다.

날카로운 첫 키스의 추억은 나의 운명의 지침을 돌려놓고 뒷걸음쳐서 사라졌습니다.

나는 향기로운 님의 말소리에 귀먹고 꽃다운 님의 얼굴에 눈멀었습니다.

구슬픈 단조 가락에 실린 여인의 애절한 목소리가 시간을 이십

육 년 전으로 되돌려놓았다. 김일성이 죽던 날 북한의 모든 방송에서 하루종일 틀던 곡이었다.

"김기왕은 군君을 뽑은 적 없네. 군이 김기왕과 함께하는 세계를 선택했지. 양담배나 훔치는 세계를 버리고 나라를 지키는 세계를 택한 것은 김기왕이 아니라 '보물섬'군 자네였어."

비장한 선율에 휘감긴 검은 어둠 속에서 백색소음 같은 목사의 음성이 들려왔다. 그것은 살아 숨쉬는 인간이 내는 소리가 아니라 앞뒤로 까닥이는 저 흔들의자 너머 벽에 걸린 초상화에서 새어나오는 것 같았다.

"제가 진짜 '보물섬'이긴 했나요?"

목사는 답이 없었고 노래는 후렴구를 반복하고 있었다.

> 아아, 님은 갔지마는 나는 님을 보내지 아니하였습니다.
>
> 제 곡조를 못 이기는 사랑의 노래는 님의 침묵을 휩싸고 돕니다.

"보물섬은 보물이 묻힌 곳이 아니야. 보물이 묻혀 있다고 믿는 곳이 보물섬이지. 중요한 것은 믿음이라고 하지 않았나. 저곳에 보물이 있다는 믿음, 내 두 눈과 두 발이 보물 지도라는 믿음. 그런 믿음을 잃었으니 자네는 보물섬을 잃은 거야."

주술 같은 화법에 말려들지 않으려 애쓰며 다시 물었다.

"바다 건너 우리는 왜 부른 겁니까?"

"김기왕은 제군들을 부른 적 없네. 제군들이 제 발로 찾아왔지."

"그럼, 부고 암호문은 귀신이 낸 것입니까?"

"김기왕이야말로 묻고 싶다. 기이한 몰골로 서 있는 너는 누구냐? 허수아비냐? 저승사자더냐? 라이카는 대체 어디 있느냐?"

"라이카는 태어나자마자 죽었소. 어머니가 있던 교회에 불이 붙는 순간 죽었단 말이오. 당신이었소. 불을 지른 게 당신 맞지?"

갑자기 휘발유 냄새가 진동하면서 속이 울렁거리기 시작했다. 욕지기가 치밀어오르는 목구멍에서 기묘한 소리가 새어나왔다. 텅 비어버린 심장을 비틀면 이런 소리가 날까. 레코드판이 제자리 걸음하며 지직거렸지만 어둠 속에 물러나 앉은 목사는 의자만 흔들고 있었다. 더 나아갈 곳 없는 원의 테두리만 쳇바퀴 도는 레코드 바늘처럼.

뱀의 혀를 지닌 자도 말문이 막힌 걸까. 내가 영원히 모를 거라 믿은 걸까. 신소년 공작 파일이 재가 되어 부스러졌다고 확신한 것인가. 잿더미와도 같은 침묵이 흐른 뒤에야 목사는 겨우 입을 열었다.

"여기, 이 베들레헴에 휘발유가 끼얹어졌다는 사실은 하나이지만, 언제나 그랬듯 너에게는 두 개의 세계가 있다. 교회에 불을 지른 게 김기왕이라는 세계를 택하면 라이터를 켤 것이요, 반대 세계를 택하면 새벽에 쫓기는 마귀처럼 물러가리라."

목사가 악령을 쫓는 주문이라도 읊듯 거스를 수 없는 위엄을 실어 말했다.

전지전능한 존재, 모르는 게 없는 목사는 그 질문마저 예상하고 있었던 걸까. 집안 가득한 휘발유 냄새는 환각이 아니라 진짜였다. 두려움으로 조종당하는 꼭두각시처럼 나는 그대로 돌아서고 말았다. 몸이 말을 듣지 않았다. 목사의 명령을 거역하는 법은 배운 적이 없기에.

현관문 앞까지 왔을 때 등뒤에서 레코드 바늘을 새로 거는 기척이 들려왔다. 딸깍. 주문이 풀리는 소리. 목사가 휘발유를 끼얹어 놓은 것은 전지전능해서가 아니었다. LA에서도 캠핑장 오두막을 태워 죽음을 가장했던 목사. 이번에도 작전을 마치고 우리를 희생양으로 내던진 뒤 모든 흔적을 지워버릴 계획이었다. 그 희생양이 사선을 넘어 여기까지 올 확률, 디데이가 아무 일 없이 지나갈 가능성은 계산에 없었다.

나는 죽을힘까지 쥐어짜내 라이터를 꺼냈다. 해골 문양 라이터. 라이터를 켜지는 못해도 뒤로 던질 수는 있었다. 그것은 명령에 반하는 행동이 아니었기에.

"이것이 내 선택이오."

나는 라이터를 흔들의자 쪽으로 던졌다. 선택은 이제 목사 차례였다. 교회에 불을 질렀다는 사실을 인정하는 세계인가, 끝끝내 부인하는 세계인가.

"김기왕은 죽지 않아. 김일성이 살아 있는 한 죽고 싶어도 죽을 수 없어."

웃음소리였던가. 통나무집을 나서는 내 귓등으로 날아든 것은 애써 삼키는 흐느낌이었나. 낡은 레코드판이 목청을 가다듬는 소리였을까. 어쩌면 저 어둠에 묻힌 지평선 너머 오대호에서, 그 너머 대서양에서 막힘없이 달려온 바람이 가쁘게 몰아쉬는 숨이었는지 모른다. 확실한 한 가지는 그것이 멎음과 동시에 통나무집에서 거대한 불길이 폭발하듯 솟구쳤다는 사실이다.

또하나. 불의 나라 묘석처럼 곧추선 채 타오르는 통나무집을 바라보며 확인해야 할 것이 있었다. 태워서 인멸하려다 마지막 순간 마음을 바꿔 먹은 신문 부고. 나를 여기까지 불러온 암호문이 지갑을 아무리 뒤져도 보이지 않았다. 대신 주민등록증 아래 무언가가 꼭꼭 접혀 있었다. 가장자리가 그을린 빛바랜 종이, 신소년 공작 파일에서 뜯어낸 라이카의 인사 카드. 살아 있는 짐승처럼 너울대는 불꽃으로 환한 그 자리에 얼어붙은 채 나는 불구덩이에서 건진 몇 줄을 눈으로 좇았다. 다른 신소년들과 달리 아버지에 관한 정보는 거의 없고 어머니에 대한 것뿐이었다.

'죽은 자들을 본다는 얘기가 있음.'

통나무집 대들보가 불구덩이로 무너져내리는 순간에도 나는 마지막 줄에서 눈을 떼지 못하고 있었다. 그 밤 통나무집에서 빠져나온 사람은 내가 유일했다.

에필로그

★

사람마다 두려워하는 것이 제각각이듯 두려움을 밀어내는 방법 또한 저마다 다르게 마련이다.

황천길 가기 전에 하는 행동만 봐도 알 수 있었다. 한밤의 공동묘지를 지나 왕의 무덤가까지 다녀오는 담력 훈련을 우리는 황천길 간다고 표현했다. 산중턱에 자리한 공동묘지를 피해갈 수는 없었다. 묘지 한복판에 파헤쳐놓은 무덤을 찾아 관짝 안에 넣어둔 제비를 뽑아야 했다. 삐기긱. 음산한 소리 너머로 손을 밀어넣으면 차가운 손가락뼈가 맞잡으며 벌떡 몸을 일으킬 것만 같았다. 용케 기절하지 않고 집어든 쪽지에는 특정 동물을 뜻하는 한자가 적혀 있었다. 왕의 무덤을 빙 두른 열두 개의 십이지 난간석 위에 조약돌로 눌러놓은 숫자를 찾아갈 단서였다.

달빛도 없는 그믐밤에 달랑 야광 나침반 하나 성냥갑 하나만 들고 야산을 넘어야 했다. 성냥도 세 개뿐이라서 아끼고 또 아껴야 했다. 말이 담력 훈련이지 생존 훈련이나 다름없었다. 가파른 산비탈에 굴러 머리를 열일곱 바늘이나 꿰맨 아이, 여우 밀렵꾼들이 놓은 덫에 걸려 발목이 잘렸다는 소문 속에 퇴소한 아이, 산을 넘다 온데간데없이 증발해버린 아이도 있었다. 형식적인 수색 끝에 실종 처리됐지만 우리는 도망쳤을 거라 생각했다.

다달이 찾아오는 공포의 시간 속에는 묘하게 달뜬 분위기도 있었다. 혼을 쏙 빼는 훈련 뒤에 『새소년』 최신호라는 포기할 수 없는 선물이 기다렸기 때문이다. 물론 전원이 통과할 때의 얘기였다. 암호를 손에 넣어도 다음 사람이 올 때까지 왕의 무덤에 머물러야 했기에 애당초 혼자만 아랫배에 힘준다고 될 일이 아니었다. 훈련보다 단 한 사람이라도 실패해 잡지를 구경도 못할까 더 두려웠다. 그날만큼은 해가 기울기 전부터 다른 애들의 안색을 흘끗거릴 수밖에.

황금박쥐는 솜으로 귀를 틀어막았다. 남들이 듣지 못하는 소리까지 듣는 황금박쥐에게 가장 두려운 것은 발밑에서 나는 바스락 소리였는지 모른다. 전기뱀장어는 건전지 약이 다했나 혀끝으로 확인하듯 제 코에 침을 묻혔고, 제록스는 정월 대보름에 태우던 부적을 똑같이 그려 간식으로 나오는 건빵을 받고 팔았다.

"귀신들은 오줌 누고 있는 애를 잡아간대."

물을 주전자째 들이켜는 피셔맨이 반나절 전부터 물이라곤 한 방울도 입에 안 댔다. 책벌레 재단사는 왕의 무덤에서 읽을 거라며 책 한 권을 꼬박꼬박 챙겼다. 나는 특별히 준비하는 게 없었다. 대단한 강심장이어서 밤마실 가는 기분이었다고 말할 수 있으면 좋았겠지만 두려움이 나만 내버려둘 리 없었다. 다만 두려움을 남몰래 밀어내려 애썼을 뿐. 두려운 것의 이름을 거꾸로 뒤집어 주문처럼 되뇌는 게 나만의 방식이었다.

신귀, 신귀, 신귀.

우여, 우여, 우여.

비깨도, 비깨도, 비깨도.

그날도 어김없이 달빛 한 점 없는 그믐밤이었고, 출발하자마자 나만의 주문을 읊조리기 바빴다. 의외의 복병과 마주치리라고는 상상도 못한 채.

그르릉 소리가 들린 것은 관짝에서 제비를 뽑고 공동묘지를 빠져나오려는 찰나였다. 이 산에 늑대가 있다는 얘기는 못 들었는데. 들개인가. 저만치 무덤 사이를 가로막고 있는 짐승의 거무스름한 형상은 하나가 아니라 서넛쯤 돼 보였다. 여우 덫 탐지기 삼아 발밑을 짚던 작대기를 반사적으로 치켜들었다. 들짐승에게 등을 보이면 안 된다던 어른들 얘기를 떠올리며 슬금슬금 옆걸음질치다 바로 옆 무덤 자락에 여우 굴인지 오소리 굴인지 모를 작은 구멍을 발견하고 재빨리 몸을 밀어넣었다.

컹컹. 맨 앞에 버티고 있던 놈이 맹렬히 짖으며 굴 안쪽으로 대가리를 들이댔다. 작대기를 휘두르며 저지하는 것도 잠깐, 끄트머리를 덥석 문 놈과 줄다리기하던 끝에 작대기를 놓치고 말았다. 다음 공격을 막아낼 무기라곤 맨손뿐이었다. 아니, 내게는 성냥이 있었다. 세 개의 소원처럼 달랑 세 개뿐인 성냥. 성냥을 꺼내 성냥갑에 긋는 손이 바들바들 떨렸다. 너무 서두른 나머지 불도 못 붙인 채 부러뜨리고 말았다. 두번째는 불이 붙다 픽 꺼져버렸다. 하나 남은 성냥마저 실패하면 죽은 목숨이었다.

다행히 세번째 성냥만큼은 본연의 소임을 잊지 않았다. 관짝에서 집은 쪽지에 불을 붙이자 송곳니를 드러내며 으르렁거리던 놈이 흠칫했다. 호랑이 인寅. 불빛 아래 실체를 드러낸 오늘밤의 한자에 갑자기 용기가 솟았다. 토끼나 양이었다면 굴 입구의 똥더미가 눈에 들어오지 않았을지도 모른다. 바짝 마른 똥더미는 금세 도깨비불처럼 파란 불꽃을 피워 올렸다. 컹컹대는 소리가 한 발 두 발 뒷걸음치더니 어느 순간 거짓말처럼 잠잠해졌다.

굴에서 기어나와 왕의 무덤까지 어떻게 갔는지 기억이 없다. 나침반 S극이 가리키는 쪽으로 무작정 걸었던 것 같다. 왕의 무덤에 먼저 와 누워 있던 재단사를 발견한 순간에는 눈물이 핑 돌 뻔했다.

재단사에게 빌린 성냥으로(두 개나 남아 있었다) 확인한 숫자는 3이었다. 왔던 길을 돌아가 회사 강령 3조를 한 글자도 틀림없이 암기해야 통과였지만 술술 외던 구절이 전혀 떠오르지 않았다.

"타고난 저마다의 능력을 계발하여 음지에서 양지를 지향하는 창조의 힘과 개척의 정신을 기른다."

재단사가 책으로 얼굴을 덮은 채 읊조렸다.

"안 가?"

"애들 암기력을 믿을 수가 있어야지."

나는 재단사 옆에 나란히 드러누웠다. 빛 한 점 없다고 생각했던 밤하늘을 밝히는 수많은 별들 가운데 유난히 붉게 빛나는 별이 하나 있었다.

"화성이잖아."

무슨 별이냐는 물음에 재단사가 주저 없이 대답했다.

"화성에는 머리에 뿔 달린 외계인이 산다던데."

내가 『새소년』에서 본 공상과학소설을 떠올리며 말했다. 뿔 달린 붉은 화성인들이 지구를 침략하는 이야기였다.

"화성인들은 지구에 파랗게 질린 겁쟁이가 살고 있다고 생각하겠지."

재단사가 진담인지 농담인지 모를 말로 대꾸했다.

"쥐새끼, 쥐새끼가 어디 있더라."

뒤이어 나타난 피셔맨이 제 암호를 요란스레 찾을 때까지 나는 붉은빛을 더해가는 별에서 눈을 떼지 못했다.

"7조 한번 읊어봐, 파우스트. 제대로 외우나 보자."

피셔맨이 왕비의 무덤을 오르며 소리쳤다. 왕과 왕비의 무덤은 좌우가 아닌 앞뒤로 자리해 왕의 무덤은 왕비의 무덤 뒤에 감쪽같이 숨은 꼴이었다. 라이카라는 그림자 속에 스스로를 꼭 포개버린 나처럼.

"반공정신과 충성심으로 무장한 애국애족만이 우리 삶의 나아갈 길이며, 자유세계의 이상을 실현하는 기반이다."

재단사가 곧바로 답을 알려줬다.

"자유세계 뭐라고?"

피셔맨의 외침에 재단사는 여전히 책으로 얼굴을 덮은 채 나지막이 되뇌었다. 밤새 반복할지언정 목소리를 높이는 일은 없을 터였다.

"여기로 오면 될 걸 왜 거기서 난리야?"

재단사 대신 내가 한마디했다.

"난 왕비가 좋아. 아버지한테는 맞은 기억밖에 없거든."

"네가 왕자냐?"

"이 몸이 '왕자와 거지'잖아. 왕의 무덤 위에서는 거지고 여기서는 왕자야."

피셔맨은 실없는 말의 선수였지만 결코 미워할 수는 없었다.

"시베리아 수용소로 끌려간 이중첩자를 어떻게 빼올까? 땅굴을 팔까? 수용소장으로 변장할까?"

어느새 거지로 변신한 피셔맨이 재단사 곁에 드러누우며 물었다. CIA 비밀요원 이야기는 『새소년』에서 피셔맨이 읽고 또 읽는 연재물이었다.

“마인드 컨트롤로 간수를 조종하지 않을까?”

질세라 내가 응수했다.

“오즈월드도 KGB가 조종한 걸까?”

피셔맨 특유의 옆길로 새기였지만 흥미가 동하는 건 어쩔 수 없었다.

“김일성이 조종했는지도 모르지.”

“김일성이?”

“미국을 정신없게 해놓고 밀고 내려오려고.”

“그럼, 왜 6·25가 다시 안 일어났는데?”

잠자코 있던 재단사가 비웃듯 물었다.

“그거야……”

머리를 아무리 굴려보아도 마땅한 답이 떠오르지 않았다.

‘무슨 얘기로 이다지 시끄러운 것이냐?’

언제부턴지 내 뒤에 앉은 존재가 물었다. 붉은 기가 도는 곤룡포 자락만 봐도 누군지 알 수 있었다.

‘전쟁 이야기입니다.’

‘전쟁이라 했느냐? 청淸이 또 쳐들어왔더냐?’

‘아닙니다.’

'왜倭더냐?'

'남한과 북한, 아니 조선끼리의 싸움입니다.'

'남과 북이라니, 조선이 둘로 쪼개졌더냐?'

"보물섬, 뒤는 왜 자꾸 돌아보냐? 귀신이라도 나올까 겁나?"

내 머릿속 대화를 엿듣기라도 한 듯 피셔맨이 불쑥 물었다.

"무섭긴. 너야말로 혼자 있기 겁나서 이리 건너온 거 아냐?"

아비가 어미에게 사약 내리는 것을 열네 살 나이에 지켜본 병약한 왕이, 옥좌에 오른 지 불과 사 년 만에 죽은 비운의 왕이 어찌 무서울까. 할말은 따로 있었지만 눈치 빠른 피셔맨 앞이라 머릿속에서도 얼른 지워버렸다. 좌옥. 두려운 것의 이름을 뒤집어버리는 방법을 가르쳐준 게 누군데. 내가 가장 두려워하는 것들이야 뒤집어도 그대로였지만.

남들이 못 보는 것을 보는 '눈'.

그런 눈을 가진 또다른 '나'.

작가의 말

왕복 6차선 도로를 끼고 한참 걸어 울창한 숲으로 둘러싸인 공원까지 오가던 산책이 작년부터는 아파트 단지 내 조깅 트랙만 뱅글뱅글 도는 것으로 바뀌었다. 다람쥐 쳇바퀴 같은 일상이 비유가 아닌 현실이 된 것이다. 나무 밑을 걸을 수 있는 공간이 지척에 있는 것만도 어디냐며 감사하던 어느 날 복병이 나타났다.

가릴 빛이라곤 가로등뿐인 야밤에 새까만 보잉 선글라스를 벗지 않고 걷는 사내. 지구 자전 방향으로 일정한 거리를 두고 도는 모두를 거스르는 한 사람. 마스크는 턱에 겨우 걸친 채 부딪칠 듯 다가오는 사람. 게다가 왜 그토록 무시무시한 스피드로 걷는 것인지, 반 바퀴도 채 못 가 다시 마주쳐야 했다. 마스크로 얼굴 대부분을 가린 이들의 표정은 짙은 어둠 속에서도 어렴풋이 느낄 수 있었지만, 눈빛을 가린 이의 표정은 환한 가로등 밑에서도 가늠하기 어려웠다.

그런 그가 트랙에서 자취를 감추고 며칠 뒤였다. 스치듯 그와 엇갈리던 순간을 복기하며 운동화를 꿰고 있는 자신을, 시간과 공간과 그 모든 걸 거스르는 어떤 인물에 대해 상상하고 있는 자신을 발견한 것은. 불가해한 바이러스를 차단하는 게 마스크의 일이라면, 소설의 일은 도저히 이해할 수 없는 존재조차 어떻게든 이해해보려는 노력일 테니.

도저히 이해할 수 없는 무언가를 이해해보려는 노력이 소설이라고 말하는 것은 멋있기보다 위험한 일이다. 문자 그대로 understand는 이해하려는 대상보다 아래에 서보는 일, 이해라는 손톱만큼의 빛을 위해 자신의 대부분을 어둠에 내주어야 하는 작업이기에. 무작정 아래 서다보면 이해는커녕 어둠의 그림자에 묻혀버리기 십상이니. 초승달을 얻으려 얼굴의 대부분이 컴컴해지는 지구별처럼.

시간과 공간과 그 모두를 거스르는 존재를 그려보겠다며 자판과 씨름한 몇 달, 영감의 발원지인 아파트 단지 조깅 트랙을 밤마다 한 시간씩 돌았다. 뮤즈가 되어준 그를 다시 볼 수 있을까, 캐릭터 묘사에 힌트라도 얻을까 기대했지만 그림자도 비치지 않았다. 다만 어느 순간 다른 사람들을 거슬러 반자전 방향으로 돌고 있는 자신을 발견했을 뿐.

선글라스 사내에게 나도 모르게 빙의돼버린 걸까. 내 안에도 그런 존재가, 우주의 순리를 거스르려는 존재가 도사리고 있었던 걸까. 도저히 이해할 수 없는 누군가는 결국 우리 자신의 일부인지도 모른다. 너무 가까워 시시각각 모양이 바뀌는 저 달처럼. 발 딛고 있어 대기권 밖으로 나가기 전엔 결코 볼 수 없는 지구별처럼. 가면이 벗겨지는 순간 민낯이 드러나는 쪽은 가면 아래 숨은 얼굴만이 아니다. 가면이 벗겨진 자리에는 거울이 남기 마련이기에.

이 소설을 쓰는 동안 지천명의 나이가 된 것도 우연이 아니리라.

제목부터 문장부호까지 작가의 근시안을 환히 밝혀준 편집자 이상술님과 독자 여러분(한 분일지 두 분일지 여러 분일지 모르겠지만)께 감사의 마음을 전한다. 소설에 등장하는 인물과 사건은 당연히 허구다. 현실세계의 어느 일단이 겹쳐진다면 그것은 전적으로 작가의 상상력 빈곤 때문임을 밝혀둔다.

2021년 6월

김경욱

문학동네 장편소설
나라가 당신 것이니

초판인쇄 2021년 6월 14일
초판발행 2021년 6월 23일

지은이 김경욱
책임편집 이상술
디자인 김이정 이원경 | 마케팅 정민호 이숙재 우상욱 정경주
홍보 김희숙 김상만 함유지 김현지 이소정 이미희 박지원
제작 강신은 김동욱 임현식 | 제작처 영신사

펴낸곳 (주)문학동네 | 펴낸이 염현숙
출판등록 1993년 10월 22일 제406-2003-000045호
주소 10881 경기도 파주시 회동길 210
전자우편 editor@munhak.com | 대표전화 031) 955-8888 | 팩스 031) 955-8855
문의전화 031) 955-3578(마케팅) 031) 955-2657(편집)
문학동네카페 http://cafe.naver.com/mhdn | 트위터 @munhakdongne
북클럽문학동네 http://bookclubmunhak.com

ISBN 978-89-546-8052-3 03810

잘못된 책은 구입하신 서점에서 교환해드립니다.
기타 교환 문의 031) 955-2661, 3580

www.munhak.com